长命泉

红柯 著

上海文艺出版社
Shanghai Literature & Art Publishing House

《打兼力》《[illegible]》

第一章 返校 红柯 第一章 返校（返乡）

~~张晓林接到大学录取通知书很淡漠，看一眼就收起来了。没人注意他，过去的几年，直到入学通知书的学生都来了。谁会在意一个落选的人，大家没办法决定命运。班主任也是他们的地理老师会有个叹了一口气，王老师知道这是张晓林同学的第二张大学录取通知书。张晓林最后一天离开家乡去渭北师范学院报到，车站接待新生的地方空空只有几个新生、接待新生的老生比新生还多，学校有专门的大巴车接新生、最后一天新生不多，上车要等半天。张晓林只提一个小包，接送人也不接。~~

①王怀礼到渭北师范学院办完入学手续，就直接去了学校对面的渭北大学。正好是下午四点半下课时间，政法系81级男生在宿舍楼前看到他们曾经的同班同学王怀礼，都愣住了，接着就跟一头牛一样欢叫着奔过来，他们又是拥抱又是捶打，很快引来了女生，女生们忍不住都哭了。已经是1984年9月了，81级明年就要毕业参加工作了，当初跟大家一起入学的王怀礼三年后重新入学，大家感慨万分，唏嘘不已。女生们的唏嘘很快变成哭泣，男生们也都哭起来了，牛叫一样很难听。班长侯咏春当过兵，当机立断制止了大家的哭泣。"怀礼东山再起，重新入学，这么大的好事，大家哭哭泣泣想弄啥？不欢迎怀礼入学，不是？"复员军人班长脖子伸长长的跟狼一样走到前排同学跟前，一个接一个问人家："你有怀礼的本事吗？你能第二次考上大学吗？"大家都摇头，摇得像拨浪鼓。班长侯咏春挺直腰板，"你们都不行，老实说，我也不行，老实说，全中国能两次考入大学的没有几个，怀礼只是把事情弄颠倒了，这么好的事情，要鼓掌！热烈鼓掌！"班长侯咏春双手高举在头顶鼓掌，大家都鼓掌，暴雨般的掌声中，班长侯咏春搂着王怀礼的肩膀跟一帮同学拥着王怀礼上楼。一小时后一帮男生去食堂打饭，过节一般加了不少菜，红烧肉烧排骨什锦大烩菜，还在小卖部买了啤酒。三楼307宿舍很快传出刮着……呀呼六六六的声浪接着是吉他伴奏下的……无限深情的……《一剪梅》《月亮代表我的心》……六点半这帮喝了酒唱了歌的男生簇拥着王怀礼走出宿舍大楼，大家都喜气洋洋红光满面，欢乐中的王怀礼面带喜色都显得格外精神，他们穿过校园时，大家都盯着他们看，倾倒校园全体人……王怀礼的……已经走出校园，王怀礼的直觉让人吃惊……目睹他……的模样……高兴起来。王怀礼脸上的……跟院子里最后一茬西红柿那种发紫的深红，……乡村姑娘的脸红。大家很快发现……大家的注意力很快就从王怀礼身上转移到王怀礼身后两个同学抬着的铺盖，……蓝色土布床单包裹起来的铺盖太扎眼了，就是农村常见的……一道蓝一道白的方格子图案土布床单，被子褥子裹在里边，枕头枕巾，草绿色布带子捆扎得结结实实；这条布带子……两个……热水瓶……白色搪瓷脸盆……白色搪瓷缸子……牙刷牙膏……干粮包……都是工业制品，"两个男生左右一左一右抬着

铺盖，一个男生还带着脸盆，这就是一个大学生的全部家当了。讲究一点的大学生应该有一个行李箱，农村来的都是自家打制的木箱，城市来的肯定是皮箱。穷学生没有箱子，他们入学前总要到县城从小卖铺小商店买纸箱子，装他们的细软。大方一点的店老板会白送他们纸箱子，都是烟酒茶叶之类货物的包装箱，当废品处理。快到校门口时，一个男生拉着两个桔红黄色纸箱一路小跑追上来，两个纸箱沉甸甸的是装西凤酒的，还散发着酒香呢！班长侯咏春高大魁梧，撑着王怀礼的肩膀，加上几个大个子男生形成一道墙，大家还是把目光投向这个小伙子拉着的铺盖和纸箱和[illegible]。到校门口时王怀礼终于进了，班长侯咏春松开手，大个子男生两两两边，王怀礼的目光从大门口投向整个校园，其实他只能直视一百米，从大门口到教学大楼一百多米，中间一个喷水池，在重新设计教学大楼把校园分两半，左右两侧的林荫大道全都掩在高大的法国梧桐里，跟隧道一样，种植的梧桐就跟[illegible]一样散落在草坪与花木间。王怀礼的目光[illegible]一样七拐八拐不断分叉，渗透了渭北大学的角角落落。那是一种十分复杂的目光，触及到的每一个人都不由地在心里一颤。王怀礼已经在同学们的簇拥下穿过马路到斜对面的渭北师范学院了。王怀礼走出渭北大学校门的那一瞬间听见有人在背后议论："他的铺盖行李一直放在学校啊。""是呀是呀。"教职员工学生们都这样议论。议论着议论着他们的表情就复杂起来，目光也复杂起来的时候，他们就不吭声了，看着王怀礼和他的同学穿过马路走向对面的渭北师范学院，[illegible]而来的[illegible]一切就都消失了。第二天上午，法律思想史教研室的蔡老师找班长侯咏春，系办公室教学秘书在教室门口专门等着，刚下课，教学秘书就在教室跟班长侯咏春招招手，到走廊尽头，没人的地方才告诉侯班长："蔡老师找你，到他教研室。""蔡老师已经不给我们上课了啊。""不给你们上课就不能找你班长了？""啥事情？""去了就知道啦。"算好时间。课间操二十分钟半节课的时间呢。侯班长有点不大情愿地慢慢腾腾下到二楼，快到法律思想史教研室门口时，侯班长从大学生变成了军人，本能地抻了抻衣领，轻轻敲门，三秒钟后屋里传出声音："进来吧。"教研室里蔡老师在批改作业，头都不抬。侯班长走到蔡老师办公桌前，蔡老师放下笔，稍稍推开作业本一点，抬头用[illegible]表情看侯班长一眼，"坐吧。"侯班长[illegible]的坐姿就是典型的正襟危坐，双手放在膝盖上，平视跟他穿同样藏青色中山装的蔡老师，俩个人都把扣子扣到领口，风纪扣都扣上了。法律史专业讲师在部队应该是正营级，[illegible]是教授就是校级。侯班长正在嘀咕，蔡老师直视着侯班长差不多一分钟，蔡老师终于开口了："王怀礼情况怎么样？"侯班长咳嗽一下，说："王怀礼考上了渭北师范学院中文系汉语言文学专业。"蔡老师十指交叉，目光再次直视侯班长，侯班长垂下眼皮，蔡老师收回他的目光。冷场了两分钟，蔡老师说话了："王怀礼的铺盖行李[illegible]一直留在你们班上。""是在309宿舍。"蔡老师身子后仰，靠在椅子的靠背上，"我记得不是很清楚，你一直担任班长，从入学到现在，其它班级都换了好几任班长，就你们班没换。""不好意思啊蔡老师，我这个班长能力有限，全班42个同学把我都弄得焦头烂额，大家的铺盖行李生活用品我还真没注意。""你还挺幽默的呀！""我说的是大实话呀蔡老师，全班42个同学，28个农村娃，铺盖行李都是农村土布，颜色图案都差不多，不仔细留心看还真分辨不出来哪个是王怀礼的东西。"

"三年啊，转瞬之年，铺盖和书生活用品，每一件都干干净净一尘不染，铺盖和书都晾晒过，暄腾腾热烘烘的。""蔡老师，你真是个细心人，心思细腻，值得我学习，值得我们全班同学好好学习，老师就是老师，老师永远是我们的老师，蔡老师，敬爱的蔡老师，我代表王怀礼和全班同学向您致敬。"侯班长后边的椅子吱哇一声怪叫，侯班长向蔡老师深深鞠三躬，跟古装戏里朝见皇上的臣子一样后退到门口："对不起蔡老师，我上课去呀，不打扰你啦。"轻轻拉上门就出去了。侯班长上到三楼才感觉到后背发凉的汗味。侯班长走到走廊尽头，解开风纪扣，解开两个扣子，敞开胸口，热气出来了，大团大团的阳光扑过来，跟火一样在头上脸上胸上燃起来。侯班长让太阳炽烤了5分钟，气味就没了。

离上课还有5分钟，侯班长把309宿舍六个同学叫到外边，告诉大家蔡老师啥都知道，消息灵得很，迟早的事情。农村同学频频点头，城市同学还有点懵懵懂懂，侯班长就点拨这帮城里娃，"王怀礼重新入学，出乎蔡老师的意料，王怀礼一出现，她就不舒服，尤其是王怀礼的铺盖和书在学校放了三年，她专门提到了这个问题，可见这件事对她刺激很大，大家你们要想到我的心思。"侯班长提醒大家："是非就在一步之遥。309的人小心嘴巴，千万不要出啥事，不要落下把柄，不要让人家抓到拿住，让我们被人家拿住，我们班长一生不得安然。"大家频频点头："蔡老师不怕穷人，班长你也要小心，天不怕地不怕，就怕被人拿。"那阵子，大中专院校学生宿舍都是八个人，王怀礼退学后，309宿舍加进一个化学系的男生，迅速地参与了309宿舍护送王怀礼的行动，就是那个主动拿白色带红花图案搪瓷脸盆的男生。吃午饭时，侯班长在食堂找到他，给他叮咛一番，城市娃答应侯班长不会做出过激反应。侯班长说一声，化学男就笑："我们那个系人早就习惯了，我们也早就习惯了，三年，等到毕业嘛。""三年都毕业了不就一年了嘛。""政法系81级二班一直保持全校优秀班级称号都是王怀礼的功劳。"化学男摇摇头走开了。侯班长越想越觉着化学男说的有道理。

当初这个化学系男生入住309宿舍，大家就告诉他，那个被劝退学的王怀礼同学的铺盖和书生活用品还留在宿舍里，化学男很惊讶。化学男听说政法系那个男生体检复查不合格被劝退学，化学男跟大家一样很同情王怀礼。同情归同情，班主任问大家谁愿意去住王怀礼的床铺，大家你看看我我看看你，没人吭气，班主任就激大家："不是传染病，复查体检时才查出来的隐性的先天性疾病，就把你们吓成这样子？"班主任的嗓门一下子高起来："班上有没有身体强壮的同学？有没有？"莽张飞一样的王利锋站起来，嗡声嗡气地说："那就是我嘛。"大家都笑了，班主任心情好了，说了句侦察兵里的台词："小伙子真棒，扛木头去。"王利锋扛着铺盖，班长替他拿生活用品到309宿舍。王利锋告诉309宿舍的人："我们宿舍住8个人，全校就我们宿舍挤，没办法，只能把我挤过来。"309宿舍的舍长代表大家欢迎化学系的王利锋。王利锋马上感觉到309宿舍同学们的恐慌和冷淡。舍长就告诉王利锋："我们8个人，就有一个舍友刚刚被退学。我们刚刚熟悉，就被学校劝退了，大家很难受，还没缓过劲来，不是针对你。"

以理解可以理解。"王利锋[illegible]按上自己大名的时候特别强调："不是山峰的峰，是锋利的锋，带金字边的。"309的人都噢了一声，仅仅一声噢也不强烈，王利锋的屁股在床板上跳了几跳：

"我爸我爸我家祖祖辈辈[illegible]都是杀猪的，我啥都不怕。"一副保家卫国的样子，连赵[illegible]大家都逗笑了，那种[illegible]的笑容就像几个刚刚出土的文物。王利锋马上意识到自己的莽撞

"理工科的人都很[illegible]，不会拐弯弯，我要跟你们文科生好好学习。"舍长就说了一句大实话："学文科是没办法，我们做梦都想学理工科，数理化不好嘛，学好数理化走遍天下都不怕。"[illegible]舍长的父母都是县城中学的老师，[illegible]，两个城市娃点头哈腰，农村娃一脸迷然。同样也是农村娃的王利锋当了农村娃的代言人。农村娃王利锋说："我们父母和我们的老师只要求我们一点：抱着铁饭碗，把农村户口变成城市户口，我们有许多学习好的初中毕业就上中专了，我们农村娃[illegible]两年高中再上大学，够了家里一笔债，我的初中考不上就[illegible]最后一次跳农(农)门的机会。"不知道谁在长长叹息一声："跳不过农门也不能跟[illegible]能跑进来，还能跑出去，把他压(nia娘)压(nia娘)给日的，把他压(nia娘)给日的没皮吐毛！"不经意间就撞上了大家最心酸最敏感的话题[illegible]。309人，不管城里娃农村娃立马就稳了，农村娃眼泪都下来了。王利锋一边给大家递[illegible]一边心里嘀咕："跟女娃一样，我跟一帮女娃住在一起，[illegible]神[illegible]尿水[illegible]哇哇哇哭，关中农村把流眼泪叫流尿水，[illegible]人看不[illegible]面是个啥样子嘛！王利锋[illegible]有必要让大家开心起来。王利锋就开始唱歌。

可以想象，那天大家[illegible]王怀礼[illegible]唱[illegible]唱[illegible][illegible]唱歌[illegible]王利锋[illegible]港台歌曲[illegible]王利锋[illegible][illegible]很有很好[illegible]不断。王利锋[illegible]王利锋[illegible]还有[illegible]的声音。[illegible]就是转移了大家的注意力，大家不再想王怀礼，[illegible]王怀礼[illegible]松的气氛[illegible]王利锋[illegible]，[illegible]："你的[illegible]《迟到》，当他唱到"……"[illegible]时，大家全部崩溃了。舍长直接了当地告诉他："你的歌喉就像[illegible]。"[illegible]地问大家："有这么差吗？"王利锋[illegible]，舍长就[illegible]王利锋，舍长[illegible]嗓子[illegible]一样[illegible]："你到我身边带着微笑，带来了我的烦恼，我的心[illegible]炸弹。"舍长朝两个城市娃[illegible]一声："你，就是你，来一下正版的[illegible]？"跟王利锋[illegible]松开手，[illegible]一样[illegible]，[illegible]从[illegible]手电筒[illegible]当话筒，[illegible]一样，把整个楼道的男生都吸引过来了。[illegible]着眼睛，歪着脖子、扭着[illegible]、跟他妈[illegible]。[illegible]着[illegible]。[illegible]，大家[illegible]王[illegible]

竟不客气地捶了诺尔曼一拳："你唱这么好，你不唱，让我这破锣嗓子吼了一个礼拜，丢人丢了一个礼拜，看我笑话，得逞了？"舍长让王利铎坐下，舍长告诉他："入学第一天他就给我们唱了，国庆节他给全班唱了，他就成了大家公认的王利铎。"舍长的声音开始沉痛起来："国庆节过后第二天，学校突然体检复查，查出王怀礼有隐性先天性疾病，系办公室劝王怀礼退学，王怀礼不干，我们宿舍、我们全班同学都不愿意王怀礼退学，拖到12月25日，我们都失败了。诺尔曼就唱了一首《迟到》给王怀礼送了行。王怀礼这一回去不知要《迟到》多少年，咱们都是挤过高考独木桥的，再挤一次能挤过来吗？"大家都含了泪花。舍长的泪花里含了微笑，舍长捶王利铎一拳："我们大家都感谢你，你的破锣嗓子你的铁锅刮锅底的吱嗞声把我们从那种状态中唤醒了，我们都快成僵尸了。""嗨呀，有那么严重吗？""眼睁睁看着同宿舍的同学被拆散三个月，那种滋味你永远也想象不到。"另一个男生，王怀礼的老乡告诉王利铎："没有你这一个礼拜吱哩哇啦吼叫，这场雪就会压在我们身上。"窗外果然飘起大雪，19[illegible]年的第一场大雪，纷纷扬扬，洗涤了黄土高原上所有的东西，刷刷刷跟树叶一样落下来了，地上全白了，寒气开始弥漫。309宿舍的人再也不打瞌睡了。舍长又捶王利铎一拳："压垮我们的最后一根稻草让你给拔掉了，我们309感谢你，欢迎你，热烈欢迎，我们可以度过这个寒冷的冬天了。"王利铎满脸乱动，都不会笑了，平静下来后就恳求诺尔曼："我要拜你为师，你不能拒绝，我一定要唱出像你这样的水平。"王利铎开始拜师学艺，不在宿舍吼叫，晚自习后跟诺尔曼去操场某个角落大吼大叫，躲避那些前来幽会的男生女生。九点半以后飘雪天，夜幕黑而厚重，只要不出现在路灯下，就如同钻进隧洞深入地底下，就如同戴上了面具，爱怎么唱就怎么唱。诺尔曼的耳朵跟故乡的土拨鼠一样，跟真正的猎犬一样让王利铎行走放松，舒展嗓子，再引导他从胸腔、鼻腔，控制声音和呼吸，很快就能达到[illegible]笑声和[illegible]，混乱一样的大吼大叫有了旋律和节奏，开始向"音乐"迈进。清早可以在校园的林子里吊嗓子了，那些[illegible]人还以为是一个声乐系表演专业的男生在练美声。当王利铎在309宿舍再展歌喉的时候，就像换了个人，他很老道地给大家来了一首《我们的生活充满阳光》，赢得热烈掌声以后，又来了一首《[illegible]》。大家没有掌声，大家死死地盯着王利铎，王利铎心里都发毛了，这帮女生们的男生又被伤害了？有个男生声音小小的，春风一样轻声细语告诉王利铎："你超过诺尔曼了。""嚷（哈萨克语捏造）人哩，嚷人哩。"王利铎满脸惊讶，眼睛和鼻子都要飞到额头上了。"嚷人也不能这么嚷嘛。"人家还是春风一样轻声细语："你唱出了我们的心声。"诺尔曼诚心诚意地告诉王利铎："你的嗓子是天生的，[illegible]没人能比得上你。"王利铎摸一下[illegible]，"真的吗？"诺尔曼面带微笑："真的！"王利铎又摸一下头上[illegible]，很老练地问诺尔曼："别人可以嚷（捏造）我，你不能嚷（捏造）我，我可拜你为师呀。"诺尔曼就告诉王利铎："309的人给了你掌声，楼道里也有人给了掌声，我们都听见了，你应该相信自己的歌声。"王利铎每天都唱歌，就唱《我们的生活充满

(5)

阳光》和《年轻的朋友来相会》。《迟到》从他嘴里消失了，也从歌手嘴里消失了，歌手开始合唱《渔港之夜》。王刘锋竟然察觉到1981年中国大陆流行的《渔港之夜》跟这首苏联卫国战争歌曲如此相像，歌手鼻子哼哼，偷学别人家的。‖自王怀礼看接下，歌手床头那台时髦的三洋收录机就没打开过，歌手（两下）就插进一盘强行卷带，按好按一按，立马传出俄语原唱和中国歌唱家的中文版，当唱到"再见吧，亲爱的海港，明天将要起远航"，"静静的海上，水波在荡漾，夜雾弥漫着海洋"时，309的人都加入了合唱，大都是五音不全、破锣嗓音，但这种刺耳的声音却显得真挚而深情。王刘锋已经相当细腻了，这种刚刚被激发起来的细腻马上就让他觉察到歌声唱到"亲人的蓝手帕在挥扬"时大家神情中的不自然和悲怆。三个月所带来的恐惧和伤痛并没有消失。陷入沉思中的王刘锋被舍长轻轻拍了一下，舍长告诉他："我们309多了一个歌唱家，两个歌唱家好好唱吧，我们大家就靠你们两个了。"好半天以后王刘锋才明白舍长说的这个靠有多么重要，连舍长自己也没有想到。‖王刘锋最拿手的也就是这两首歌《我们的生活充满阳光》《年轻的朋友来相会》，他把这两首歌带到他们班上，化学系81级二班的理工男女们都像老实人，加入政法系在人家宿舍也就半个月，一下子就脱胎换骨了，成歌唱家了。王刘锋很谦虚地强调自己只是个[illegible]，但还是经不起大家的掌声和鼓掌"再来一首再来一首！"王刘锋胆子就大了，就很昂扬地唱起了苏联卫国战争最有名的歌曲，索洛维约夫-谢多伊的歌曲《海港之夜》。开场白很感人，显然是309室跟他睡上下铺那个歌手告诉他的。歌手跟西安娃、父母都是大学教师，母亲就是教音乐的，音乐世家，古典和俄罗斯音乐大师了若指掌，苏联歌曲就更是小菜一碟。王刘锋重述《海港之夜》的产生背景和主要情节：1941年德国法西斯兵临列宁格勒城下，苏联海军舰上水兵加入陆军与法西斯决一死战，临别前与自己的亲人告别。作曲家索洛维约夫-谢多伊和诗人丘尔金来到海边的防波堤，不远处停泊的"基洛夫"号巡洋舰上传来手风琴声，月光下一个头戴蓝色头巾的姑娘在码头上和一个水兵依依告别，海面上起了雾，蓝莹莹的薄雾给月光给海水染上了朦胧的色彩。这幅动人的诗意画面，给了作曲家和诗人极大的创作灵感。于是《海港之夜》诞生了。我现在就给大家献上这首歌曲。"大家全部静下来。王刘锋右手大拇指[illegible]向后一扬向上一挺，就像狮子朝天吼，就像坦克撞上山顶开始发射炮弹。莽莽中王刘锋没有嘶吼也没有发射炮弹，从肺腑发出的是深情委婉的、胶一样缠绵的抒情的嗓音。女生们惊讶地捂上嘴巴，你能想象一头公牛像夜莺一样百灵一样歌唱吗？王刘锋这头大公牛就这么唱了，很地道很抒情的那种雾蒙蒙一样的迷离之音。惊讶中的女生们纷纷一个个看着王刘锋，那个朋友再过来，点燃了她们的激情，姑娘当心就美妙歌声极其短暂，也就是开头那两句："再见吧，朋友们，明天要去远航"，"当大雾笼罩大海洋"时卡住了，忍不住哽咽起来，那个动了芳心的女生不顾一切地捂着小手眼睛一阵一阵，当若回时，面部表情半僵硬了，跟白痴差不多了一样，所有的王刘锋男生到女生那边热切的鼓励，只能哽咽着随着头发摇晃一擦了，用我们当地人的说法，被女人给搞惑起来的都是大姑娘

⑥

包，王刘锋快要烧成灰了。化学系81级二班

学生们面对考验了。政法系81级2班309宿舍舍友们刚开始遭受的折磨，大家都接没有接受没有躲开底下硬撑着听完王刹锋的狼哭鬼嚎，全都跟着在这个女生如此动情的份上。王刹锋一点也不在乎，唱到"天色刚发亮"他就明白他在给一个人唱，其他人爱听不爱听都不重要了。唱完后他还喝了女生送上的一杯子热水。女生鼓励他，鼓励得很有分寸："你适合唱男高音，有好的歌唱家也不可能什么调子都能唱。"女生还把他当歌唱家，这才是对他最大的鼓励。他就告诉女生：我们309那个西安娃才是个歌唱家，他是我偶像，他唱得可好听了。||"我就喜欢你唱。"||王刹锋借了西安娃的三诗歌本，给女生教了真正的歌唱家唱的《海滩之夜》，女生就告诉他最好的是哪句："亲人的蓝头巾在摆动。"王刹锋心里揪了一下，马上想到309舍友的王怀唱到这句歌词时的不自然与恐慌。女生马上警觉起来："你怎么啦？不舒服吗？""莫来莫来。"王刹锋心里一下子乱了。女生又劝他："唱不好没关系，听歌也很好呀，今天我太开心了，你千万不要这么要求自己，你已经唱得很好了，把咱们全班人都震撼了，好多歌唱家一生就唱那么几首最拿手的歌曲。"王刹锋心不在焉地嗯嗯嗯。||王刹锋很快就明白了蓝头巾的秘密。||雪下了一个礼拜终于停了，雪还没停完太阳就噗哧一下出来了，是从天空的大肚子里挤了大半天挤出来的，简直就是女家妇生孩子的场景，连接生婆都不要，也不用进房间，就大大咧咧往下一蹲，叉开双腿，血糊糊的巨大的婴儿就自己钻出来了，射向大地的光芒都红得刺眼。那股新鲜的带有腥味的冷冽的芳香弥漫天地。积雪很快融化，残雪躲在背阴处苍白如僵尸。第二天寒气就散了，阳光从白红中复苏，把那些金色光芒的原色。女生们先抱出被褥到楼前空场上晾晒。楼前全是白杨树、青杨树，树上都绑了铁丝，专门用来晾晒衣服和被褥。男生们也行动起来了。309三个城市娃都是带被套的杭州丝绸被面，都是软乎乎的网套和棉花。四个农村娃全是土布被褥床单，硬邦邦的棉花，很沉。楼下白杨树绷起来的铁丝就把城乡学生的被褥分开了，土布不会跟丝绸绸缎搭在一起。下午五点左右大家开始收被褥。金色阳光烘烤大半天，所有的被褥就像从烤炉里取出的热面包芳香四溢，全都膨胀了一倍，每个人都有抱鲜花上楼的感觉。

||被褥全都收回来了，王刹锋都没发现有什么不对劲的地方。大家各自铺床叠被，门口上下床的只住一个人，上铺空下来放箱子杂物。下铺那个同学床上多出一床铺盖，粗心的王刹锋都没注意，直到那个同学开始捆扎行李王刹锋才大瞪双眼，王怀礼人走了，铺盖行李还留着，一直留在309宿舍。王刹锋不会咋咋呼呼大吼大叫了，王刹锋大瞪的双眼很快沉静下来，沉静的目光看着舍友扎绑好行李，舍友知道王刹锋要扛铺盖时，沉静的目光很理智地把王刹

① 锋牵引过去帮舍友举起铺盖，铺盖放在架子床上边角落的位置。那个空缺的地方还有个尼龙网兜装着的白色黑边搪瓷脸盆，脸盆里有白色黑边两朵红花的搪瓷缸子和天蓝色黑边搪瓷碗中华牌有红漆木柄白铁勺子，如果不是弯着腰在下铺床沿坐在上铺沿是看不到尼龙网兜和捆扎起来的铺盖卷，铺盖卷往大纸箱子里一塞，上边再放个中号纸箱，谁也不会相信王怀礼的家当还留在 ⑦ 渭北大学还留在政法系81级二班309男生宿舍

里。王刹锋帮助舍友把王怀礼的家当安置好，舍友竟然说了句谢谢你。王刹锋就不干了，王刹锋指着舍友的鼻子："啥意思你？把我当外人？王怀礼是你兄弟也就不是我兄弟了？我确实没见过王怀礼，可王怀礼的事情全校都知道，满心大学每一棵草就同情王怀礼，他们欢迎大诗人，我家心期待咱们怀礼兄弟来山西重新入学。"舍友不停地给王刹锋道歉。大家都说他是故意的，大家[illegible]异口同声：没有你王刹锋[illegible]309的人还僵硬着还沉浸在痛苦中出不来呢。"[illegible]这话王刹锋爱听，王刹锋跟大家一一拥抱拍后背。[illegible]捆扎王怀礼铺盖的舍友告诉王刹锋，装王怀礼铺盖的大纸箱是那天食堂[illegible]的，装脸盆牙膏[illegible]的尼龙网兜是舍长从家里拿来的。王刹锋连声称好，王刹锋最[illegible]感动人的话就是："家当在人就在，咱一定要保管好怀礼兄弟的家当，等待他返校那一天。"舍长就[illegible]蹬上小板凳趴着架子床上铺来说，伸长胳膊在装王怀礼铺盖的大纸箱上拍两下："怀礼当开学报到那句话[illegible]他说他就是死了他的灵魂都要留在大学留在309宿舍里。"一个舍友就小声告诉王刹锋："这句话[illegible]全是他说的，都在大家心里藏着呢，说给你听，他怀礼说的，没想你[illegible]人了。"王刹锋眼睛就湿了，大家还告诉他："送王怀礼离校那天我们都难受得说不出话，我们宿舍提着他的宝贝三洋收录机一路放[illegible]到大门口他们不让我们去，王主任和舍长送王怀礼去车站，我们都不知道咋回来的，舍长回来大家都没反应，就跟死人一样眼睛直勾勾盯着天花板直到天亮。你来309前，我们就是这么一副死样子。"从12月20日王怀礼离校到现在309宿舍一直处于恐怖状态，[illegible]此时此刻总算放松了。今天几号？有人嚷嚷，大家真的忘了今夕何夕？查一下日历，哇！12月31日，1985的最后一天，明天就是元旦，就是新的一年1986年元旦！总算从地狱里熬过来了。大家全都一副兴高采烈的样子。王刹锋知道他的好日子刚刚开始，王刹锋的兴奋就很节制。||不管哪个年代大学校园的最热闹的元旦肯定是刚入学的大一新生，大二就淡了，大三就[illegible]过去了，大四就已经趋于平淡不知今夕何夕了。政法系81级二班309宿舍的男生终于在元旦前一天4点钟正式跟全班同学一起过美好的元旦。按那个年代的惯例，学校食堂给大家提供饺子馅饺子皮，佐料，还是面粉。女生们会提醒男生，不要饺子皮要面粉，她们要展示她们的才，亲手和面亲手擀饺子皮。||12月31日晚上教室就成了娱乐场，桌椅全靠墙边，中间空很大的场地，三洋收录机播放流行歌曲、《歌唱祖国》《在希望的田野上》《在那桃花盛开的地方》《年轻的朋友来相会》《我们的生活充满阳光》，教室里临时搬来的大部分是[illegible]电炉子是不允许的，都用煤油炉子，铝壶铝锅。女生们把教室当厨房，课桌当案板，没有[illegible]没有擀面杖，从老师家里借来的酒瓶里和面，揉好醒一会儿，用手揪成小剂子再擀开，边擀边捏，捏出又圆又丰满的饺子。[illegible]手巧的女生肯定是农村女生和城市工人家庭的女生，[illegible]干部家庭的大小姐们就显得笨手笨脚，不仅学习，越学越乱越糟糕，弄得一手胳膊都是面粉。男生们就用眼睛嘲笑这些大小姐，大小姐们脸都红了。大伙[illegible]以来最和谐的时刻。男生们打水烧水接彩灯，忙忙乱乱热热闹闹，[illegible]有点过年的气氛，很有[illegible]大家庭的感觉。||饺子包好了，节目表演就开始了，高手们先上场，309宿舍[illegible]唱家给大家来了一曲[illegible]《[illegible]》又来一首吉他[illegible]《[illegible]

目　录

第一章　返校 …… 001

第二章　拿人 …… 025

第三章　失魂 …… 083

第四章　朝圣 …… 097

第五章　新生 …… 240

第一章　返　校

.1.

王怀礼到渭北师范学院办完入学手续，就直接去了斜对面的渭北大学。正好是下午四点半下课时间，政法系81级男生们在宿舍楼前看到他们曾经的同班同学王怀礼，都愣住了，接着就跟一群野马一样欢叫着奔过来，又是拥抱又是捶打，很快引来了女生，女生们忍不住都哭了。已经是1984年9月7日了，81级明年就要毕业参加工作了，当年跟大家一起入学的王怀礼三年后重新入学，大家感慨万千，唏嘘不已。女生们的唏嘘很快变成哭泣，男生们也都哭泣起来了，牛叫一样很难听。班长侯咏春当过兵，当机立断制止了大家的哭号。"怀礼东山再起，重新入学，这么好的事，大家哭哭泣泣想弄啥？不欢迎怀礼入学，得是？"复员军人班长脖子伸得长长的跟鹅一样走到前排同学跟前，一个挨一个问人家："你有怀礼的本事吗？你能第二次考上大学吗？"大家都摇头，摇得跟拨浪鼓一样。班长侯咏春挺直腰板："你们不行，老实说。我也不行，老实说。全中国能两次考入大学的没有几个，怀礼兄弟把事情给咱弄成了，这么好的事情，鼓掌！热烈鼓掌!"班长侯咏春高举双手在头顶鼓掌,大家都鼓掌,暴雨般的掌声中,班长侯咏春搂着王怀礼的肩膀跟一帮同学拥着怀礼上楼。

一小时后,一群男生去食堂打饭,过节似的加了不少硬菜,小酥肉烧排骨牛肉烧土豆,还在小卖部买了啤酒。三楼 309 宿舍很快传出哥俩好呀六六六呀的划拳声,接着吉他伴奏下的无限深情的罗德里戈《阿兰胡埃斯协奏曲》。

六点半这帮喝了酒唱了歌的男生簇拥着王怀礼走出宿舍大楼,大家都喜气洋洋红光满面,欢乐中的王怀礼面带喜色,却显得瘦弱疲惫不堪,他们穿过校园时,大家都盯着他们看。饭后校园全是人,教职员工们学生们,一边给他们让道一边议论纷纷。王怀礼的事情已经传遍校园,王怀礼的遭遇让人伤感不已,目睹他瘦弱疲惫的模样实在让人高兴不起来,王怀礼脸上的喜色就是菜园子里最后一茬西红柿那种微弱的淡红,就是关中老百姓说的屁红。

大家的注意力很快就从王怀礼身上转移到王怀礼身后两个抬着铺盖行李卷的同学身上,蓝色土布床单包裹起来的铺盖太抢眼了,就是农村常见的一道蓝一道白的方格子图案床单,被褥枕头枕巾裹在里边,草绿色布带子捆扎得结结实实。这条两指宽的布带子和枣红色铁皮热水瓶,白色红边搪瓷脸盆,白色红边搪瓷缸子,牙刷牙膏,天蓝色黑边搪瓷碗都是工业制品,两个男生一左一右抬着铺盖,一个男生端着脸盆,这就是一个大学生的全部家当了。讲究一点的大学生应该有一个行李箱,农村来的都是自家打制的木箱,城市来的肯定是皮箱。穷学生没有箱子,他们入学后花一毛钱从小卖铺小商店买纸箱子,装他们的细软。大方一点的店老板会白送他们纸箱子,都是装烟酒或杂货的包装箱,当废品处理。快到校门口时,一个男生拎着两个麻黄色纸箱子一路小跑追上来:新崭崭的两个纸箱子是装西凤酒的,还散着酒香呢!班长侯咏春高大魁梧搂着王怀礼的肩膀,加上四五个大个子男生形成一道墙,大家还是把目光投向后边几个小个头男生拎着的铺盖行李盆子热水瓶和搪瓷缸子。

到校门口时王怀礼转过身,班长侯咏春松开手,大个子男生闪两边,王怀礼的目光从学校大门口投向整个校园;其实他只能直视一百多米,从门口到教学大楼一百多米,中间一个喷水池,教学大楼庄重典雅把校园分为两半,左右两侧的林荫大道全都遮在高大的法国梧桐里,跟隧道一样,每个系的小楼跟小鸟一样散落在草坪与花木间。王怀礼的目光跟河流一样七拐八拐不断分岔,渗透了渭北大学的角角落落。那是一种十分复杂的目光,触及的每一个人都不由心里一颤。

王怀礼已经在同学们的簇拥下穿过马路到斜对面的渭北师范学院去了。

王怀礼走出渭北大学校门的那一瞬间听见有人小声议论:"他的铺盖行李就没拿走嘛,一直放在学校啊。""是呀是呀。"教职员工学生们都这样议论,议论着议论着他们的心情就复杂起来,目光也复杂起来的时候,他们就不吭声了,就看着王怀礼和他的同学穿过马路走向对面的渭北师范学院,蜂拥而来的车流和人群把一切都淹了。

第二天上午,法律思想史教研室的苏老师找班长侯咏春,系办公室教学秘书在教室门口专门等着,刚下课,教学秘书就进教室跟班长侯咏春招招手,到走廊尽头没人的地方小声告诉侯班长:"苏老师找你,到他教研室去。""苏老师已经不给我们上课啦。""不给你们上课就不能找你这个班长啦?""啥事嘛?""去了就知道啦。"

真会挑时间。课间操二十分钟半节课时间呢。侯班长老大不情愿地慢慢腾腾下到二楼,快到法律思想史教研室门口时,侯班长就从散漫的大学生变成严肃的军人,本能地抻了抻衣领轻轻敲三下门,三秒钟后屋里传出声音:"进来吧。"教研室副主任苏老师在批改作业,头都不抬。侯班长走到苏老师办公桌前时苏老师放下笔,稍稍推开一叠作业本，抬起头面无表情看侯班长一眼："坐吧。"侯班长的坐姿就是典型的正襟危坐，双手扣在膝盖上，平视跟他穿同样蓝涤卡中山装的苏老师，两个人同样扣子扣到衣领，风纪扣都扣上了。法律史专业讲师在部队应该是正营级，不是营长就是教导员。侯班长正在嘀咕，苏老师直视着侯班长差不多一分钟，苏老师终于开口了："王怀礼情况咋样?"侯班长咳嗽一下，说"王怀礼考上了渭北师范学院中国语言文学系汉语言文学专业"。苏老师十指交叉，目光再次直视侯班长，侯班长垂下眼皮，彻底收回他的目光。冷场了两分钟，苏老师说话了："王怀礼的铺盖行李生活用品一直留在你们班上。""是在 309 宿舍。"苏老师身子后仰，彻底放松的架势："我记得不错的话，从入学到现在，你一直担任班长，其它班级都换了好几任班长，就你们班没换。""不好意思啊苏老师，我这个班长能力有限，全班四十二个同学把我都忙得焦头烂额，大家的铺盖行李生活用品我还真没注意。""你还挺幽默呀!""我说的是大实话呀，苏老师，全班四十二个同学，二十八个农村娃，铺盖行李都是农村土布，颜色图案都差不多，不细心看还真格看不出来阿个是王怀礼的东西。""三年啊，整整三年，铺盖行李生活用品，每一件都干干净净一尘不染，铺盖行李都晾晒得暄腾腾热烘烘的。""苏老师，你真是个细心人，心这么细，值得我学习，值得我们全班同学认真学习。老师就是老师，老师永远是我们的老师，苏老师，敬爱的苏老师，我代表王怀礼和全班同学向您致敬!"侯班长后边的凳子吱哇一声怪叫，侯班长就起来向苏老师深深三鞠躬，跟古装戏里朝见皇上的臣子一样后退到门口："对不起苏老师，我上课去呀，不打扰你啦。"轻轻拉上门就出去了。

侯班长上到三楼才感觉到后背发凉的滋味，侯班长走到走廊尽头，解开风纪扣和两个扣子，半个胸都露出来了，大团大团的阳光扑过来，跟火焰一样在头上脸上胸上燃烧起来。侯班长让太阳烘烤了五分钟，鼻尖都冒汗了，离上课还有五分钟，侯班长把 309 宿舍六个同学叫到外边，告诉大家苏老师啥都知道，消息灵得很，迟早的事情。农村同学频频点头，城市同学还有点懵懂，侯班长就点拨这几个城里娃："怀礼重新入学，出乎苏老师的意料。怀礼一出现，他就不舒服，尤其是怀礼的铺盖行李在学校放了三年，他专门提到了这个问题，可见这件事对他刺激很大。"大家你望我我望你，侯班长再次提醒大家："再有一年咱们就毕业了，这半年，309 的人小心谨慎，千万不要出啥事，不要落下把柄，不要让人家把咱给拿住。任何一个人被人家拿住，我这个班长一生不得安然。"大家频频点头："苏老师就爱拿人，班长你也要小心，天不怕地不怕，就怕被人拿。"

那个年代，大中专院校学生宿舍都是七个人，王怀礼退学后，309 宿舍加进一个化学系男生，这个男生也参与了 309 宿舍接送王怀礼的行动，就是那个端白色带红边搪瓷脸盆的男生。吃中午饭时，侯班长在学生食堂找到他，给他叮咛一番。

.2.

当初这个化学系男生入住 309 宿舍，大家就告诉他，那个被勒令退学的王怀礼同学的铺盖行李生活用品还留在宿舍里，化学男很惊讶。化学男听说政法系有个男生体检复查不合格被勒令退学，化学男跟大家一样很同情王怀礼。同情归同情，班主任问大家谁愿意去住王怀礼的床铺，大家你看我我看你，没人吭气，班主任就激大家："不是传染病，体检复查时才查出来的隐性先天性疾病，就把你们吓成这样子？"班主任的嗓门一下子高起来："班上有没有身体强壮的同学？有没有？"莽莽牛一样的王利锋站立起来，瓮声瓮气地说："那就是我啰。"大家都笑，有人模仿《渡江侦察记》里的台词："小伙子真棒，扛木头去。"王利锋扛着铺盖，班长替他拿上生活用品到 309 宿舍。王利锋告诉 309 宿舍的人："我们宿舍住八个人，全校就我们宿舍挤八个人,没办法,只能把我挤过来。"309 宿舍的舍长代表大家欢迎化学系的王利锋。王利锋马上就感觉到 309 宿舍同学们的恐慌和淡漠。舍长就告诉王利锋:"我们的一个舍友刚刚被退学,我们刚刚熟悉,就被学校清退了,大家很难受,还没缓过劲来,不是针对你。""可以理解,可以理解。"王利锋报上自己大名的时候特别强调:"不是山峰的峰,是锋利的锋,带金字边的。"309 的人都"噢"了一声,反应一点也不强烈,王利锋的屁股在床板上颠了几下:"我爷我爸我家祖祖辈辈都是杀猪的,我啥都不怕。"一副保家卫国的样子还真把大家给逗笑了,那种尴尬拘谨的笑容就像几万年几十万年前出土的文物,王利锋马上意识到自己的莽撞:"理工科的人都是方脑袋直肠子,不会拐弯弯,我要跟你们文科生好好学哩。"舍长就说了一句大实话:"学文科是没办法,我做梦都想学理工科,数理化不行嘛,学好数理化走遍天下都不怕。"舍长的父母都是县城中学的教师,说得情真意切,另两个城市娃点头呼应,农村娃一脸茫然,同样也是农村娃的王利锋立马成了农村娃的代言人:"我们的父母我们的老师只要求我们一点,把草鞋换成皮鞋把农村户口变成城市户口,我们有许多学习尖子,初中毕业就上中专了,我们农村娃上两年高中再上大学等于欠了家里一笔债,我们初中考不上中专才硬着头皮上高中,对我们农村娃来说,大学那叫破釜沉舟背水一战,最后一次跳龙门的机会。"不知是谁长长叹息一声:"龙门也不保险,能跳进来,还能被赶出去,这不是给他压(nia 娘)打羔哩嘛。"不经意间就撞上了大家最心酸最难受最敏感的话题。309 的人,不管城市娃农村娃立马就瘪了,农村娃鼻涕眼泪都下来了。王利锋一边给大家递毛巾,一边心里嘀咕:"跟女娃一样,我跟一帮女娃住在一起,今后说话可得小心,一不留神就尿水哗啦啦。"关中农村把流眼泪就叫滴尿水,很让人看不起。尿水满面是个啥样子嘛!

王利锋就有必要让大家开心起来。王利锋就开始唱歌。我们可以想象,那天大家簇拥王怀礼进宿舍又是喝啤酒又是弹吉他又是唱歌,弹吉他的是舍长,扯嗓子唱歌的肯定是王利锋,甜美的港台歌曲被王利锋唱得出神入化,惟妙惟肖,掌声不断。

三年前他可不是这水平,三年前当王利锋发誓要309舍友们开心时,他的嗓音真不敢叫人恭维,就是那种瓦缸呜近乎猪叫的声音,还有铁铲刮锅底的声音。唯一的好处就是转移了大家的注意力,大家不再想王怀礼,甚至谈到王怀礼时不再浑身打颤脸色发白,大家已经开始用轻描淡写的口气谈论王怀礼了。

这种轻松的气氛给王利锋带来了麻烦,终于有人敢实话实说:"你的歌声跟你的名字一样锋利,刺耳。"王利锋一下就愣住了,他正在给大家演唱当时火爆全校的港台歌曲《迟到》,当他唱到"……哦,她比你先到"时,大家全都崩溃了,舍长直截了当地告诉他:"你的歌喉就像铁铲铲锅。""有这么严重吗?"王利锋恬不知耻地问大家,"有这么差吗?"舍长就摹仿王利锋,舍长必须用手掐住脖子,彻底变形才能吼出牛一样的歌声:"你到我身边带着微笑/带来了我的烦恼/我的心中早已有了她/哦,她比你先到。"王利锋自己捂上耳朵,蹲在桌子底下,龟缩一团就像在躲避炸弹。舍长朝另一个城市娃嗨一声:"你,就是你,来一下正版的《迟到》。"跟王利锋睡上下铺的那位西安男生就来了一遍正版的《迟到》,还真有点港台歌手的味道,王利锋慢慢地松开手,耳朵立马跟兔子一样蹦起来,把整个人都从狗蹲状态解放出来了,直立起来了,还把手电筒塞到"港台歌手"手里当话筒,"港台歌手"闭着眼睛,歪着脖子,扭着身子,跟他妈真正的歌星一样,把整个楼道的男生都吸引过来了,接着是暴雨般的掌声。掌声之后,大家散开。王利锋毫不客气地捶了"港台歌手"一拳:"你唱这么好你不唱,让我这破锣嗓子吼了一个礼拜,丢人丢了一个礼拜,看我笑话,得是?"舍长按王利锋坐下,舍长告诉王利锋:"入学第一天他就给我们唱了,国庆节他给全班唱了,他就成了大家公认的'港台歌手',比原唱刘文正唱得还地道。”王利锋就看见了上铺靠墙壁的那个三洋录放机,那个年代的奢侈品。王利锋又捶“港台歌手”一下,歌手就告诉他:“刘文正的歌带《却上心头》刚上市,我哥就从香港带了十几盒,我从歌带上学的。很快就传遍了校园。”舍长的声音开始沉痛起来:“国庆节过后第二天,学校突然体检复查,查出王怀礼有隐性先天性疾病,系办公室就令王怀礼退学。王怀礼不干,我们宿舍、我们班同学都不愿意王怀礼退学,扛到12月25日,我们都失败了。”歌手就后悔这首《迟到》给王怀礼带来了不幸,“王怀礼这一去不知要‘迟到’多少年,咱们都是挤过高考独木桥的,再挤一次能挤过来吗?”大家都含了泪花。舍长的泪花里含了微笑,舍长捶王利锋一拳:“我们大家都感谢你,你的破锣嗓子你的铁铲刮锅底的吱哇声把我们从麻木僵硬状态中唤醒了,我们都快成僵尸了。”“嘀嘀,有那么严重吗?”“眼睁睁看着同宿舍的同学被折磨三个月,那种滋味你永远也想象不到。”另一位男生、王怀礼的老乡告诉王利锋:“没有你这一礼拜吱哩哇啦吼叫,这场雪就能把我们毁掉。”

窗外果然飘起大雪,1981年冬天的第一场雪,灰蒙蒙的,洗涤了黄土高原上空所有的灰尘,刷刷刷跟树叶一样落下来了,地上全白了,寒气开始弥漫。309宿舍的人再也不打冷战了。

舍长又捶王利锋一拳:“压垮我们的最后一根稻草让兄弟你给拔掉了,我们309感谢你,欢迎你,热烈欢迎!我们可以度过这个寒冷的冬天了。”王利锋满脸开花,都不会笑了,平静下来后就恳求歌手:“我要拜你为师,你不能拒绝,我一定要唱出你这种水平。”

王利锋开始拜师学艺,不在宿舍吼叫,晚自习后跟歌手去操场某个角落大吼大叫,骚扰那些前来幽会的男生女生。九点半以后的冬天,夜幕黑而厚重,只要不出现在路灯下,就如同钻在隧洞潜在地底下,就如同戴了面具,爱怎么唱就怎么唱。歌手跟教小学生一样,跟真正的音乐大师一样让王利锋彻底放松,舒展歌喉,再引导他从丹田发音，调息，控制声音和呼吸，很快就给这匹野马套上了笼头和缰绳，泥石流一样的大吼大叫有了旋律和节奏，开始向“音乐”迈进。大清早可以在校园的林子里吊嗓子了，可以让人误以为是一个音乐系表演专业的男生在练美声或气声。

当王利锋在309宿舍重展歌喉的时候，就像换了一个人，他很专业的给大家来了一首《我们的生活充满阳光》，赢得热烈掌声以后，又来了一首《年轻的朋友来相会》。这回大家没有掌声，大家死死地盯着王利锋，王利锋心里都发毛了，这帮女生化的男生又被伤害了？有个男生声音小小的，春风一样悄声细语地告诉王利锋：“你超过了歌手了。”“嚷(嘲笑挖苦)人哩，嚷人哩。”王利锋满脸惊讶，眼睛和眉毛都要飞到额颅上了，“嚷人也不能这么嚷嘛。”人家还是春风一样的悄声细语：“你唱出了我们的心声。”歌手诚心诚意地告诉王利锋：“你底气足，这些阳刚高亢的歌曲没人能比得上你。”王利锋摸一下森林般茂密的黑发：“真的？”歌手面带微笑：“真的！”王利锋又摸一下头上的黑森林，压低嗓门，很雄浑地问歌手：“别人可以嚷我，你不能嚷我，我可拜你为师啊。”歌手就告诉王利锋：“309的人给了你掌声，楼道里也有人给了你掌声，我们都听见了，你应该相信自己的歌声。”

王利锋每天都唱歌，就唱《我们的生活充满阳光》和《年轻的朋友来相会》。《迟到》从他嘴里消失了，也从歌手嘴里消失了，歌手开始唱《海港之夜》。王利锋竟然觉察到1981年中国大陆流行的《军港之夜》跟这首苏联卫国战争歌曲如此相像，歌手鼻子哼哼两下模仿人家的。

自王怀礼离校后，歌手床头那台时髦的三洋收录机就没打开过，歌手就插进一盘新磁带，轻轻一按，立马传出俄语原唱版和中国歌唱家的中文版，当唱到“再见吧，亲爱的海港，明天将启程远航”“静静的海港上，水波在荡漾，夜雾弥漫着海洋”时，309的人都加入了合唱，大都是五音不全，近乎噪音，但这种刺耳的声音却显得真挚而深情。王利锋已经相当细腻了，这种刚刚被滋养起来的细腻马上就让他觉察到唱到“亲人的蓝头巾在飘扬”时大家的神情中的不自然和恐慌。三个月所带来的恐惧和伤痛并没有消失。陷入沉思中的王利锋被舍长轻轻拍了一下，舍长告诉他：“我们 309 多了一个歌唱家。两个歌唱家好好唱吧，我们大家就靠你们两个了。”好多年以后王利锋才明白舍长说的这个“靠”有多么重要，连舍长自己也没想到。三年后王怀礼重新入学时，309 的同学送王怀礼时，歌手的三洋收录机播放罗德里戈的吉他曲《阿兰胡埃斯协奏曲》时，王利锋才明白 309 的舍友隐藏了多么大的秘密。罗德里戈的爱子没有出世就死了，妻子挺过了死亡，罗德里戈向上帝发怒，婴儿的灵魂升上天堂，愤怒与爱、生与死反复回旋，哭诉变成了乞求。

王利锋最拿手的也就这两首歌，《我们的生活充满阳光》《年轻的朋友来相会》，他把这两首歌带到他们班上，化学系 81 级二班的理工男女们都惊为天人，加入政法系宿舍也就半个月，一下子就脱胎换骨，成了歌唱家了。王利锋很谦虚地表示自己是个音乐爱好者，但还是经不起大家的掌声和狂捧。“再来一首！再来一首！”王利锋头就大了，就很冒险地唱起了苏联卫国战争最残酷的列宁格勒保卫战歌曲《海港之夜》。开场白很感人，显然是 309 宿舍跟他睡上下铺的那个歌手告诉他的。歌手是西安娃，父母都是大学教师，母亲就是教声乐的教授，古今中外的音乐大师了若指掌，歌曲的来龙去脉更是小菜一碟。王利锋重述《海港之夜》的产生背景可谓声情并茂：1941 年 8 月，德国法西斯兵临列宁格勒城下，苏联海军纷纷上岸加入陆军与法西斯决一死战，官兵们与自己的亲人告别。作曲家索洛维约夫 · 谢多伊和诗人丘尔庚散步到海边的防波堤，不远处停泊的“马蒂号”布雷舰上传来手风琴声，月光下一个头戴蓝色头巾的姑娘在码头上和一个水兵低声话别，海面上起了雾，蓝莹莹的薄雾给月光给海水涂上了朦胧的色彩，这幅决战前的宁静画面，给了作曲家和诗人极大的创作灵感。两天后《海港之夜》诞生了。我现在就给大家献上这首歌曲。大家全都静下来。王利锋硕大的脑袋浓密的黑发和粗短的脖子向后一扬向上一挺,就像狮子朝天吼,就像坦克攀上山顶开始发射炮弹,莽莽牛王利锋没有怒吼也没有发射炮弹,从肺腑发出的是深情委婉轻盈的抒情嗓音。女生们惊讶地捂上嘴巴,你能想象一头公牛夜莺一样百灵鸟一样歌唱吗?王利锋这头大公牛还真就这么唱了,很地道很抒情的邓丽君苏小明一样的靡靡之音,惊讶的女生们中的一个后来成了王利锋的女朋友,再后来成了未婚妻。点燃他们爱情火焰打动姑娘芳心的美妙歌声极其短暂,也就开头那两句:"唱吧,朋友们,明晨要启航""驶向雾蒙蒙大海洋"时卡住了,忍不住咳嗽起来,那个动了芳心的女生不顾一切地挥着小手眼睛一闪一闪,光芒四射,面部表情丰富极了,跟鲜花盛开百鸟齐鸣一样,可怜的王利锋受到女生如此热切的鼓励,只能咬牙切齿硬着头皮拼死一搏了。用我们当地人的说法,被女人煽惑起来的都是大烧包,王利锋快要烧成灰了。化学系 81 级二班的学生们再次享受了政法系 81 级二班 309 宿舍舍友们刚开始遭受的折磨,大家都没有捂耳朵没有钻桌子底下硬撑着听完王利锋的狼哭鬼嚎,全都是看在这个女生如此动情的份上。王利锋一点也不后悔,唱到"天色刚发亮"他就明白他在给一个人唱,其他人爱听不听都不重要了。唱完后他还喝了女生递上的一缸子热水。女生鼓励他,鼓励得很有分寸:"你适合唱男高音,再好的歌唱家也不可能什么调子都能唱。"女生还把他当歌唱家,这才是对他最大的鼓励。他就告诉女生:"我们 309 那个西安娃才是个歌唱家,他是我师傅,他唱得可好啦。"

"我就喜欢你唱。"

王利锋借了西安娃的三洋收录机,给女生放了真正的歌唱家唱的《海港之夜》,女生就告诉他最动人的那句:"亲人的蓝头巾在飘扬。"王利锋心里咯噔一下,马上想到 309 舍友们,唱到这句歌词时的不自然与恐慌。女生马上警觉起来;“你怎么啦? 不舒服?”“莫事,莫事。”王利锋心里一下子毛了,女生劝他:“唱不好,没关系,听歌带也很好呀。今天我太开心了,你千万不要这么要求自己,你已经唱得很好了,把咱们全班人都震翻了。好多歌唱家一生就唱那么几首最拿手的歌曲。”王利锋心不在焉地嗯嗯嗯。

王利锋很快就明白了蓝头巾的秘密。

雪下了一个礼拜,雪还没落完,太阳就噗哧一下出来了,是从天空的大肚子里挤了大半天挤出来的,简直就是孕妇生小孩的场景,连接生婆都不要,也不用进房间,就大大咧咧往下一躺,叉开双腿,血糊糊的巨大的婴儿就自己钻出来了……射向大地的光芒红得耀眼,那股新鲜的带有腥味的冷冽的芳香弥漫天地。积雪很快就融化,残雪躲在背阴处苍白如僵尸。第二天,寒气就散了,阳光从血红中复苏,袒露出金光灿烂的原色。女生们先抱出被褥到楼前广场上晾晒,楼前全是白杨树、青杨树,树上都绑了铁丝,专门用来晾晒衣服被褥。男生们也行动起来了。309 三个城市娃都是带被套的杭州丝绸被面,都是软乎乎的网套好棉花。四个农村娃全是土布被褥床单,硬邦邦的棉花,很沉。楼下的白杨树绷起来的 8 号粗铁丝就把城乡学生们的被褥分开了,土布不会跟绸缎搭在一起。下午五点左右大家开始收被褥。金色阳光烘烤大半天,所有的被褥就像从烤炉里取出的热面包芳香四溢,全都膨胀了一倍,每个人都有抱鲜花上楼的感觉。

被褥全都收回来了。王利锋都没发现有什么不对劲的地方。大家各自铺床叠被,门口上下床只住一个人,上铺空出来放箱子杂物。下铺那个同学床上多出一床铺盖,粗心的王利锋都没注意,直到那个同学开始捆扎行李王利锋才大瞪双眼:王怀礼人走了,铺盖行李还一直留在 309 宿舍。王利锋不会咋咋呼呼大吼大叫了,王利锋大瞪的双眼很快沉静下来,那沉静的目光看着舍友扎绑好铺盖行李,舍友歇口气,正要拎铺盖时,沉静的目光很理智地把王利锋牵引过去帮舍友举起铺盖放在架子床上边角落的位置，那个空缺的地方还有一个尼龙网兜装着的白色红边搪瓷脸盆，脸盆里有白色红边搪瓷缸子和天蓝色黑边搪瓷碗中华牙膏红漆木筷子白铁勺子，如果不踩着下铺床沿趴在上铺沿是看不到尼龙网兜和捆扎起来的铺盖卷，铺盖卷往大纸箱子里一塞，上边再放一个中号纸箱，谁也不会相信王怀礼的家当还留在渭北大学还留在政法系81级二班309男生宿舍里。王利锋协助舍友把王怀礼的家当安置好，舍友竟然说了句“谢谢你”。王利锋就不干了，王利锋就指着舍友的鼻子：“啥意思你？把我当外人？王怀礼是你兄弟也就是我兄弟。我确实没见过王怀礼，可王怀礼的事情全校都知道，渭北大学每一棵草都同情王怀礼，何况我这个大活人，我衷心期待咱们怀礼兄弟东山再起重新入学。”舍友不停地给王利锋道歉，大家都说他不是故意的，大家异口同声：“没有你王利锋，309的人还僵硬着还沉浸在痛苦中醒不来哩。”这话王利锋爱听，王利锋跟大家一一拥抱拍后背。捆扎王怀礼铺盖的舍友告诉王利锋，装王怀礼铺盖的大纸箱是班长侯咏春花二毛五分钱买的，装脸盆碗筷缸子的尼龙网兜是舍长从家里拿来的。王利锋连声称好。王利锋最感动人的话就是：“家当在人就在，咱一定要保管好怀礼兄弟的家当，等待他返校的那一天。”舍友就踏上小板凳趴着架子床上铺床沿，伸长胳膊在装王怀礼铺盖的大纸箱上拍两下：“怀礼离开学校时那句话戳人心窝啊，他说他就是死了他的魂都要留在大学，留在309宿舍里头。”一个舍友就小声告诉王利锋：“这句话今天终于说出来了，都在大家心里藏着呢，说给你听哩，代怀礼说的，没把你当外人。”王利锋眼睛就湿了，人家还告诉他：“送王怀礼离校时我们都难受得说不出话，歌唱家提着他的宝贝三洋收录机一路播放罗德里戈的吉他协奏曲《阿兰胡埃斯》到大门口，班长不让我们去，班长和舍长送王怀礼去站台。我们都不知道咋回来的，舍长回来大家都没反应，就跟死人一样眼睛直勾勾盯着天花板直到天亮，你来309之前我们都是这么一副死样子。”从12月20日王怀礼离校到现在,309宿舍一直处于恐怖状态,此时此刻总算放松了。今天几号？有人嚷嚷,大家真的忘了今夕何夕？查一下日历,哇！12月31日,1981年的最后一天,明天就是元旦,就是新的一年,1982年元旦！总算是从地狱里熬过来了。大家全都一副兴高采烈的样子。王利锋知道他的苦难才刚刚开始,王利锋的兴奋就很节制。

不管哪个年代,大学校园最热闹的元旦肯定是属于刚入学的大一学生,大二就淡了,大三就各过各了,大四就忘得干干净净不知今夕何夕了。政法系81级二班309宿舍的男生终于在元旦前一天恢复正常,跟全班同学一起过美好的元旦。按那个年代惯例,学校食堂给大家提供饺子馅饺子皮,佐料,还有面粉。女生们会提醒男生,不要饺子皮要面粉。女生们要展示她们的才艺,亲手和面亲手抻饺子皮。

12月31日晚上教室就成了娱乐场,桌凳全靠墙边,中间空出很大场地,三洋收录机播放流行歌曲《歌唱祖国》《在希望的田野上》《在那桃花盛开的地方》《年轻的朋友来相会》《我们的生活充满阳光》,教室里传出来的大都是这些歌曲。电炉子是不允许的,都用煤油炉子,铝壶铝锅。女生们把教室当厨房,课桌当案板,没有擀面杖没有菜刀,从老师家里借来面盆和面,揉好醒一会儿,用手在桌子上搓成长条再揪成剂子,再抻开,边抻边捏,捏出又圆又平整的饺子皮。手巧的女生肯定是农村女生和大城市工人小职员家庭的女生,权贵家的大小姐们就显得笨手笨脚,倾心学习,越学越糟糕,弄得半个胳膊都是面粉。男生们就用眼睛嘲笑这些大小姐,大小姐们脸都红了,大概是她们有生以来最尴尬的时刻。男生们打水烧水挂彩灯,忙忙乱乱热热闹闹,还真有点过年的气氛,还真有一种大家庭的感觉。

饺子包好了,节目表演开始了,高手们先上场。309宿舍被大家公认的歌唱家给大家来了一曲小提琴《梁山伯与祝英台》又来一首吉他曲《乡间小路》,班长侯咏春拉了一首二胡《江河水》。那也是诗歌的年代,被称为随便扔一块砖头都能砸死一个诗人,诗人上台朗诵了朦胧诗人舒婷的《致橡树》。第二阶段歌手们开始大显身手,309 宿舍那个大家最看好的歌唱家不可能给大家唱刘文正的《迟到》,《迟到》从 309 宿舍传遍校园好几个月了,此时此刻其它教室里不断传出《迟到》,309 宿舍这个家伙给大家唱苏联卫国战争歌曲《海港之夜》。自从 12 月 20 日三洋收录机播放《海港之夜》后,当时流行大江南北的苏小明演唱的《军港之夜》就在渭北大学销声匿迹了。渭北市其它大专院校的学生们唱《军港之夜》时就会遭到渭北大学学生们的猛烈嘲讽。我们可以想象在 309 宿舍这个家伙演唱《海港之夜》之前,王利锋已经在化学系 81 级二班的教室里唱完了最拿手的《我们的生活充满阳光》和《年轻的朋友来相会》,然后带上他的女朋友直扑政法系 81 级二班的教室,正好赶上 309 宿舍那家伙上台演唱,还有几分歌唱家的的气派,所有的人都感动了,都忘了拍手,歌唱家都下来了,大家才反应过来,疯狂鼓掌。王利锋的女朋友扇扇子一样轻轻摇晃她的小手,王利锋都急了,热烈一点热烈一点,快!女友还是那么心不在焉地晃几下小手,王利锋又急了,女朋友就凑王利锋耳畔,王利锋耳朵上就像贴了一张热烧饼,王利锋听到他的女朋友小声嘀咕没有你唱得好。女朋友不给王利锋惊讶的机会,再次嘀咕道:“一点自信都没有,就是没你唱得好嘛,你再不老实我就大声嚷嚷啦,煞煞他的威风。”王利锋一下子就老实了。班长侯咏春上台来了一首电影《戴手铐的旅客》插曲《驼铃》,王利锋的女朋友也老实起来了。跟小绵羊一样的大眼睛成了眯眯眼,眼睫毛底下星光闪闪,跟大家一起情不自禁地轻声合唱。这首当年流行的歌曲,大家不知道听了多少遍,唱了多少遍,从来没有唱完,大多时间也就哼那么几句,有时连歌词都忘了,就哼哼曲子。这个晚上,大家在班长侯咏春的鼓动下终于唱出了完整

的《驼铃》,好多年后,大家还记得这首被遗忘的电影插曲的歌词:

送战友踏征程
默默无语两眼泪
耳边响起驼铃声
路漫漫雾蒙蒙
……
战友啊战友
亲爱的弟兄
当心夜半北风寒
一路多保重

歌声快完的时候,女朋友的小嘴再次贴在王利锋的耳朵上,王利锋这回很清醒,不是女朋友的小嘴巴热成了烧饼是他自己的耳朵成了热烧饼,半个脸都热乎起来膨胀起来了,另一只耳朵另一半脸就小了一半。女朋友的小嘴巴嘀嘀咕咕,告诉王利锋:"这个侯班长当过兵,不像个学生。"王利锋吸口气,他入住309宿舍半个月了,没听人说过侯班长的从军经历呀!王利锋就问身边309宿舍的舍友:"侯班长当过兵了?"人家就告诉他:"岂止当过兵,还打过仗呢,受过伤,特招上的大学。"女人的直觉太厉害了。女朋友一点也不惊讶,女朋友再次告诉王利锋:"一路多保重的不是战友,是那个被勒令退学的同班同学,惺惺相惜。"不等王利锋惊讶,女朋友的小嘴巴又贴到王利锋另一只没有膨胀的耳朵上,声音小得跟蚊子一样,蚊子钻进耳朵深处很甜蜜地告诉王利锋:"你把他们班从悲伤恐惧中救出来了,要是没有你这个大叫驴狼哭鬼嚎他们就别想过好这个洋节日元旦,更过不好咱们古老的春节。"

会餐开始,女生端饺子,男生开啤酒。如女朋友所言,侯班长第一个给王利锋敬酒，说的话竟跟女朋友说的一模一样。王利锋真小看了这个小女子。

散会后小女子就告诉王利锋："受害者固然痛苦，更痛苦的是痛苦的见证者。""我都没见过受伤害的王怀礼。""我就是见证者，可你是见证者的见证者。""你，你，你，你什么意思？""王怀礼事件引发的恐惧在他们班同学心中久久回荡，309 宿舍的人就是这场恐惧风暴的中心，你看到的恐惧都在他们脸上和眼睛里，他们心里的恐慌不安只能在他们彻底放松的时候才突然爆发。"王利锋满脸怪笑："今晚大家玩疯了，你不要这么扫兴好不好？""那是他们太压抑，压抑越久反弹就越厉害，我可警告你，这两天你可小心点，有个心理准备。""你是巫婆呀你。""你忘了我是医生的女儿，我爸我妈都是名大夫，专门看精神病的。"王利锋就愣住了，医生的女儿就告诉他精神病的特征：焦躁不安，噩梦不断。"我估计那个离校回家的王怀礼同学此时此刻就是这种状态，我猜得不错的话，从学校勒令他退学那天起他就进入了人生的噩梦，离校前他做过多少噩梦你根本不知道，309 宿舍的人备受折磨，今晚这么一场大联欢，他们就彻底放松了，放松的结果就是折磨你。""折磨我？"王利锋的手指指着自己的鼻尖，抖着肩膀在笑，"妹子，告诉哥哥我，他们怎么折磨我？"不等妹子开口，王利锋自信满满地把妹子的小手压下去："妹子，哥告诉你，打哥入住 309，哥就是他们的大救星。哥还告诉你，309 的人放松两个礼拜了，我还真没听到有谁做噩梦，放屁磨牙说梦话的倒有，鬼哭狼嚎般的噩梦还真没有。"说到这里王利锋很谦虚地摸摸后脑勺憨笑着告诉女朋友："人家没吓我，我把人家吓得够戗，我刚开始唱歌的腔调那才是真正的鬼哭狼嚎，人家教我最基本的音乐常识我才知道唱歌是怎么回事。"女朋友就在他肩膀上重重拍两下："那本姑娘就告诉你，你马上会听到比你那副五音不全的破锣嗓子刺耳十倍的狼哭鬼嚎。"女朋友扬长而去，头发一甩一甩，又蹦又跳就像个妖精，这个小妖精一边蹦一边嚷嚷：

“我咋就这么倒霉哇,我这么个小女子得不到男子汉大丈夫的保护,反而要保护这个大男人,这是什么世道啊。”

王利锋都气懵了,回到宿舍刷牙洗脚,钻被窝,还在咬牙切齿,在心里骂这个小妖精小妖精,一直骂到梦里还不解恨。一个大男人哪受过这种气,奇耻大辱啊!

后半夜,王利锋果然被舍友的噩梦惊醒了,压根就不是什么鬼哭狼嚎,而是跌宕起伏长一声短一声的呼救声,掉进河里跌入悬崖,就会发出这种急促的呼救啊!啊——啊!——啊!大叫,人都坐起来了,呼救声继续上扬,就是那种被猛兽追赶一路狂奔中的大声呐喊,依然是原始而古朴的啊!——啊!——啊!——啊!呼救声中明显带了颤音,所有的人都被惊醒了,全都双手撑床,身子绷直,大瞪双眼,大张嘴巴,大口出气呼气绝对吐不出一个字,显然是被大声呼救的“啊啊”声给震住了。呼救声进入高潮,王利锋以为自己听错了,王利锋无法使用自己的手脚,王利锋梗一下脖子,脖子带动耳朵,耳朵及时捕捉到了高潮中的呐喊声,前后连贯起来就是一首救命歌:

啊——啊——啊;
啊!啊!啊!
我给你压(娘 nia)——打羔哩!
啊——啊——啊!
啊!啊!啊!
我给你(娘 nia)——打羔哩!
我给你压(娘 nia)——打羔哩!
我给你压(娘 nia)——打羔哩!
我给你压(娘 nia)——打羔哩!
打羔哩!打羔哩!打羔哩!

打着打着声音渐渐弱下去,最后一声“打羔”已经是自言自语了,自己把自己打倒了,倒在枕头上时还本能地拉上了被子,那些双手撑床伸长脖子石头狮子一样蹲了好半天的舍友们也纷纷倒在枕头上顺手拉了被子,呼噜声响起,全都进入睡眠状态。唯一清醒的就是王利锋。王利锋嘿嘿一笑:“这就是噩梦?梦中骂人确实恶,没恶别人也没恶自己这算噩梦吗?”王利锋摸摸后脑勺,想不明白。王利锋钻被窝眯上眼睛,再也睡不着了。脑子清醒得就跟水洗了一样,那清澈冰凉的水再次显示出神秘的打羔。王利锋吸口冷气,这是关中农村骂人的话嘛,相当于日你妈,日你娘,操你妈,而且要把你娘肚子弄大,让你娘怀上娃。牛皮哄哄的时候才骂脏话嘛。谁见过大喊救命的人吐脏字?不要命啦?王利锋就这样钻进牛角尖给自己绾死疙瘩,越钻越深越绾越死反而睡着了,睡得很费劲很累。

让王利锋吃惊的是早晨起床他问昨晚的噩梦,大家都不承认,都睡好好的:“你小子做梦吧?梦见别人做梦。”人家还不客气刮他鼻子。

当天晚上,王利锋做了充分准备。后半夜第二个舍友开始诵唱救命歌时。王利锋溜下床,轻手轻脚摸过去,王利锋还带了手电筒,当王利锋凑到梦中唱救命的舍友跟前,一手搭上人家的肩膀一手摁亮手电筒时人家的救命歌正好唱到“打羔哩打羔哩”,他自己情不自禁地也打起了羔,同样的声调反复不断地吟唱“打羔哩打羔哩”。后来他给女朋友讲当时的感受,就是那种死后重生的感觉。两个人一起唱着救命歌,一起打羔打羔打不动就睡着了。人家倒枕头上顺手拉上被子呼呼大睡,王利锋倒在地上手在空中拉一下想象中的被子也开始呼呼大睡,不到半个小时就彻底从冰凉的地板上醒过来了,自己问自己,我遇上鬼了我?逃命似的奔到床上,钻进被窝,被子跟他一起狂抖,大风中的小树一样。

第三个舍友开始发疯时,王利锋再也不敢造次了,跟其他人一样爬起来双手撑床，狮子蹲或狗蹲，区别就是人家都是梦中狮蹲或狗蹲，他是假装做梦，没有灯光的夜幕里，他脸上的肌肉青蛙一样一跳一跳，透过黑暗他能看见每一个舍友毫无表情的脸，没有光泽的眼睛跟石头一样，连反光都没有，因为月光从窗口飘进来了，跟一团棉花一样擦每个人的脸，也仅仅剥去了夜雾，露出来的脸和眼睛毫无光亮，他们睡得这么死，真正跟死去的人一样，那个长一声短一声的唱救命歌的同学也黯然无光，脸上跳动的肉与一张一合的嘴巴舌头都是僵硬的。救命歌很快结束到了打羔这一节，手开始击打床板，依然是梦中之歌。歌声很快结束倒床入睡，其他人依次倒床入睡，王利锋瞪大眼睛望着一米多高的上铺，睡着了还在梦中瞪着双眼。

王利锋没有把这个恐怖的场面告诉女朋友，王利锋直接去找班长侯咏春，第一句话就是："你当过兵打过仗?"侯咏春的回答给王利锋一个措手不及："本来我去 309 宿舍，你去我们 411 宿舍，我们系办公室苏干事不愿意，苏干事不相信 309 宿舍会出问题，兄弟你吓坏了吧？咱们一起找苏干事，我们班的事不能连累你们化学系。""我不是这个意思，我胆子大着呢。"侯班长嗬嗬了两声，马上明白王利锋要说什么，侯班长就告诉他："王怀礼离校的当天晚上我就住 309 了，我料到 309 要发生大事，痛定思痛更伤心更痛苦嘛，王怀礼的救命歌给他们落下的阴影会强烈反弹，你要问的就是这首噩梦中的救命歌对不对?"王利锋点头。侯班长搂住王利锋的肩膀。"怀礼兄弟不是骂人，是对老师最大的尊重。你想想，渭北市十几所大学，每个学校都有复查体检不合格的学生。其他学校都没按规定来，都让这些不合格的学生休学回家治病，治好病再返校嘛，规定章程要灵活嘛。苏干事新官上任三把火，第一把就死死咬住怀礼不放怀礼，还有我们全班同学都希望苏干事能跟其他学校的老师一样，苏干事就是不松口，王八咬铁锹铁了心啦，怀礼差点自杀，就做噩梦，梦中想改变苏干事，打羔另一层意思就是脱胎换骨投胎转世嘛。白日梦嘛!"王利锋都听傻了。

侯班就长告诉王利锋:“苏干事要问你,你千万不要说出救命歌的内容,你只说救命啊救命啊这一句。”

苏干事目前只知道309宿舍的男生噩梦不断,从王利锋口中只打听到“救命啊”三个字,苏干事就放心了。

王利锋回到宿舍鼻子一哼:“还想从我嘴里掏秘密,门都没有!”大家挨个捶王利锋结实的胸膛,每一拳都在赞美男子汉好样的。王利锋得意忘形就吐露真言:“多亏侯班长提醒,我有充分的思想准备,不打无准备之仗嘛。”人家就告诉王利锋:“侯班长只撑了两天,第三天他也陷进去了,比我们还狼狈。”“他不是打过仗嘛,死亡线上过来的呀。”人家就告诉王利锋“侯班长等于给我们雪上加霜,我们才明白世界上还有比战争更残酷的事情,就是我们怀礼兄弟的这场灾难,飞来横祸呀,跟原子弹核武器一样。”王利锋终于明白班主任在他们化学系81级二班采用激将法的原因,三句话就把他这只大老虎引出来了。此时此刻309的人都用眼神询问他:“是不是后悔了?”王利锋心里发毛,嘴还很硬:“班主任一眼就盯上了我,我王利锋外号就叫莽莽牛,我啥都不怕,309宿舍算个啥?”人家就告诉他:“你不用怕,侯班长从开始就操心怀礼的事情,跟系上闹跟学校闹,要不是他在前线立过功学校把他也开销啦。怀礼离校他比谁都伤心,全班同学都痛哭流涕,他都没淌一滴眼泪,住进309宿舍第二天他就崩溃了,陷得最深操心最多心力交瘁啦。”人家还告诉王利锋一个秘密:“侯班长也没有吃亏,因祸得福,我们班好几个女生喜欢他,最勇敢的那个女生闻讯赶来,不顾一切冲进我们309,把噩梦中的侯班长抱进怀里嚎啕大哭,女人的眼泪真是灵丹妙药,侯班长一下子就恢复正常了,可怜我们这些王老五,备受噩梦折磨。”也有人怀疑侯班长住进309第一天那个勇敢的女生就敏锐地觉察到事情不妙,当天晚上在噩梦中高唱救命歌的是歌唱家,歌唱家的嗓音全校都熟悉,女生在楼道听一会就放心地离开了。第二天半夜侯班长的救命歌刚刚唱到打羔,女生就破门而入，侯班长在女生怀抱里只打三次羔，就安静下来，清醒过来的侯班长死不承认他做噩梦，泪流满面的女生就灵机一动计上心来："你做的不是噩梦，是美梦，叫人家名字，都传到女生楼了，人家能不来嘛。"侯班长目瞪口呆，309 的人都证实："你就是叫人家名字了，我们都听见了。"女生满面羞红，趁机离开。侯班长捶一下脑袋："哎呀，我这可把人丢大了。"大家就假戏真做："情投意合，好事情，你没丢人，你白捡了一个媳妇你偷着乐吧。"侯班长彻底清醒了，提醒大家："保密，一定要保密，咱们政法系把规定章程看得比人还重，按校规在校大学生不准谈对象，怀礼就栽在死板至极的规定章程上，苏干事跟疯狗一样咬住锤子不松口的这么一个货，他能把怀礼往死里咬，他那狗鼻子要是从我身上闻出些味道他能放过我？"大家都拍胸脯下保证绝不泄密。侯班长就给大家说了实话："其实我很喜欢这个女娃，入学第一天就看上人家啦，不到一礼拜就感觉人家对咱有意思，咱有贼心没贼胆嘛。"舍长就不客气来了一句："人家都说当兵的跟和尚最好色，得是？"侯班长一拍大腿："你还说着了，和尚好色不好色我不知道，当兵的肯定好色，军营里全是男人，没有女人。上战场那一刻大家最大遗憾就是战死沙场前这辈子还没碰过女人。战火中出生入死拣条命回来最大愿望就是搂一个女人在怀里，唤醒生命的感觉。这个女娃圆了我军人生涯的梦，她就是我的女人了。"王利锋听完之后马上就联想到自己的女朋友。

元月十四日放寒假的前一天，阳光灿烂，近于春天，马上要离校回家的学生们都下楼晒被褥。王利锋告诉 309 的人，从今往后由他来负责晾晒王怀礼的被褥。"苏干事把怀礼兄弟赶出学校就没打算让怀礼兄弟回来，把我安排进来就想让我鸠占鹊巢。我不想助纣为虐为虎作伥，我要跟怀礼做兄弟，兄弟一条心不怕返不了校。怀礼成功就咱 309 的成功，怀礼失败咱们失败，就是毕业找个好工作也是个失败。"王利锋不等大家回应就抱上王怀礼的被褥下楼了。下午四五点太阳偏西，王利锋先不收自己的被褥，先收王怀礼的被褥。王利锋从八号粗铁丝上揭被子时突然想起自己复补两年第三年才考上大学，王利锋的目光就投向了校园外的辽阔天空，王利锋并不知道此时此刻王怀礼就在渭北市北郊亲戚家呆着，直到元月 24 日大年三十除夕那天下午才坐上回老家的长途汽车……王利锋一定感觉到什么，王利锋最直接的感受就是连续几年高考失败父亲唉声叹气母亲坚韧不拔给儿子鼓劲，不怕村人嘲笑，借不到学费就卖掉家里最值钱的东西，粮食鸡蛋已经没有了，老母亲就弄了满满一架子车猪饲料卖了十几元钱。王利锋拿着这十几元钱破釜沉舟背水一战，进入考场时甚至有荆轲过易水刺秦王的悲壮。王利锋就想到王怀礼一定有一个白发苍苍的老母亲，王利锋从王怀礼晒得热乎乎的被子想到含辛茹苦的母亲们，王利锋就落泪了就哽咽了。女朋友的小手轻轻拍了一下他的肩膀，另一只小手递上手绢，王利锋蹲地上蹲了一会儿。女朋友抱王利锋的被褥，王利锋抱王怀礼的被褥。309 的人对他俩肃然起敬。他们都相信王怀礼会东山再起。

.3.

三年后，1984 年 9 月 7 日，王利锋与王怀礼相识，王利锋告诉王怀礼："这三年我就睡你的床铺。"王怀礼先是一愣，马上反应过来："啊呀，你就是我的替身，我的魂一直留在大学我从来就没有离开过大学。"他们跟亲兄弟一样又是握手又是拥抱。

当年的苏干事进步很快，三年间从行政人员转为教学人员，评上了讲师，当上了教研室副主任。政法系 81 级二班的全体同学怯于苏老师的权威，轻易不敢去斜对面渭北师范学院看昔日的老同学王怀礼。

化学系 81 级的王利锋没必要怕苏老师，明目张胆地穿梭于两个大学之间。好几次在校园碰到王利锋,苏老师就意味深长地说:“你挺活跃呀。”王利锋憨憨一笑该干嘛干嘛。第二次相遇,苏老师还是这么阴阳怪气地重复这句活,王利锋就直截了当地告诉苏老师:“你最大的失误就是安排我入住309。”苏老师一愣,王利锋就乘胜追击:“你知道这三年我干什么了吗?我每个月都要晒一次王怀礼的被褥,王怀礼离校时留下一句话:他死了魂都要留在大学校园里,铺盖行李在人就在。”苏老师气得发抖。王利锋还没完没了:“等你当上渭北大学校长那天再发你的虎威吧,我早都毕业了。”苏老师扬长而去。王利锋在校园里再也没见过苏老师。

王利锋可以大大方方地去看望王怀礼。让王利锋吃惊的是王怀礼讲那些痛苦的往事时毫无感情色彩,就像讲别人的事情,讲老母亲讲那个苏老师都是那么淡定。王利锋常常走神,进入无尽的想象。以下场景肯定是糅合王怀礼和王利锋两个人的叙述。

第二章　拿　人

.1.

还得从打羔说起。王怀礼告诉王利锋:“我确实是在噩梦中喊出来的,我从小就没骂过人,连脏话都没说过。我妈对我们要求很严,那些骂人的脏话都是听来的,没想到能从梦中喊出来。”王利锋就说:“309 的人告诉我你化腐朽为神奇改造了这句脏话,骂人变成了救人,救你自己嘛。”“刚开始不是哭爹喊娘,后来都没爹了全是娘。”老天爷和上帝都不管用,“压(nia 娘)”才是上帝,“压(娘 nia)”才是老天爷。一声土得掉渣的关中西府方言“压(nia 娘)”雷击一般让王利锋和王怀礼都直起了腰杆,王利锋就听到《母亲之歌》。显然是后来加上去的,刚开始就是民间小曲,面对死亡垂死挣扎时的一曲哀歌。王怀礼中学时的同学,那个叫红柯的作家,写这部小说时起名《母亲之歌》。民间就是哭爹喊娘,叫《压(娘 nia)之歌》外地人听不懂,就凑合着用这个《母亲之歌》吧。王怀礼开始喊叫了,抱头蹲地上刀子扎胸一样长一声短一声地呻唤:

呜哇——呜哇——

压(niang 娘)啊——压啊——

我娃——不当当(好可怜啊,太可怜了)的我娃

我娃——不当当的我娃

女娲——女娲——

嗯啊——嗯啊——

已经不是简单的打羔—投胎—再生复活,而是乞求苍天,乞求上帝乞求圣母。

王怀礼还记得1981年9月7日入学报到那天,母亲送他去学校报到。不是老实巴交的农民父亲,不是县机械厂当工人的姐姐和姐夫,是老母亲亲自送儿子去渭北市办入学手续。

母亲五岁时被逃难的外公卖给西安西郊一家农民。几年后,关中战乱,战火毁掉城郊大部分村庄,十二岁的母亲又被养父卖给另一家当童养媳。这家人很快也家破人亡,主人临终前交给童养媳一条棉布口袋,口袋上写有主人的姓名和地址。主人在客栈给人当伙计,本想带童养媳回西府周原农村老家与家人团聚,给小儿子带回未来的媳妇,战乱加上瘟疫蔓延,扛不住了,咽气前把最值钱的粮食口袋和几块干饼子交给这个碎女子,赶快逃难去吧。十二岁的童养媳按照那个年代女人们逃难的办法,用锅墨抹黑自己的脸,用柴草弄乱自己的头发,又厚又沉的棉线织成的粮食口袋折叠成大衣往头上一顶,仅仅是个活物而已,就贴着残垣断壁开始逃命。十二岁的碎女子只知道她去的地方是西边,沿着北山一直向西向西。沿途都是尸体,沟壑反而清静。碎女子离开西安不久很快就适应了,白天她在沟壑里找野菜充饥,找泉水解渴。夜晚就在大道的死人堆里睡觉,野狗和狼只顾吃死人就不会伤害她。从西安到西府周原几百里地碎女子奔波

了两个月，竟然奇迹般地出现在离周原县城二十多里地的主人家里。周原农村还有人烟，境况要比关中东部好多了。女主人和老人以及几个十三四岁的碎娃听这个大难不死的碎女子讲两个月前发生的灾难，包括亲人的病逝，就跟听一件遥远的陈年往事，面无表情。大家早已习惯了死亡和灾难。大家从这条棉布粮食口袋鉴定这个碎女子就是自己家的一员，大儿子已经定亲多年了，小儿子没有定亲，男主人拼着老命解决了小儿子的婚姻大事。童养媳说白了就是给家里找了一个扛工的。好多年后母亲告诉她的子女们："我就是你们王家的一头牲口。"母亲的大儿子当农民，女儿上到中学，当了工人，母亲最疼爱的小儿子王怀礼高中毕业应届考上了名牌大学。"文革"前村里只出过一个中专生，是村支书的儿子。在农村人的意识里，中专生相当于古代的秀才，大专生相当举人，本科就是进士状元了。母亲终于在村里扬眉吐气了。

母亲坐上长途班车进渭北市时那种喜悦难以言表。王怀礼还记得汽车离开县城开上省道掠过一个个村庄城镇时，母亲还能记得半个世纪战乱年代的深沟大壑和那些参天大树。母亲看着那些繁华的小镇和村庄情不自禁地说："新社会好啊，连狼都见不到，娃呀，你要好好念书哩。"

汽车到蔡家坡火车站，母子俩换乘火车。在车站旁边的小饭馆买了两碗扯面。对母亲来说就是极大的享受了，母亲吃得那么香。王怀礼知道任何一家饭馆的面，不管是扯面还是臊子面都不能跟母亲做的面相比。母亲完全在吃一个母亲的骄傲和自豪。下了火车，很快找到接新生的大卡车。很快到了渭北大学，跟大多新入学的新生一样，家长和新生都要站在迎面那栋古色古香的大楼前看半天。大楼有五层高，黄中带红，青灰色柱子，红瓦屋顶，"一五计划"时的俄式建筑，戴眼镜的师生进进出出，个个都斯斯文文。他们这些刚入学的愣头愣脑的孩子几年后也会修炼成这个样子。大楼前边的喷水池水花四射，阳光飞溅，水池周围全是鲜花，五颜六色的花瓣仿佛来自天界。家长们的眼神全是进入天堂的感觉，他们的孩子终于修炼成仙进入人间仙境了。广播里正好播放当年流行的《我们的生活充满阳光》《年轻的朋友来相会》。家长们都要在招待所住几天。王怀礼的母亲第二天一大早就回去了。母亲大概是最早离开的家长。母亲彻底放心了，母亲开始操心农村老家的老伴还有她喂养的猪和鸡，还有地里的庄稼和蔬菜。母亲上了公交车就跟儿子告别了，母亲不让儿子送她去车站。你妈是谁？你妈徒步从西安到周原，那还是兵荒马乱野兽乱窜的旧社会，你妈都走过来了，新社会四海升平社会安宁你妈我怕个啥？我娃你就把心放肚子里。

国庆节后第二天，放到肚子里的那颗心一下子悬到了天上。学校突然通知王怀礼体检复查。全校被通知体检复查的新生也就四五个人，由学校医院一位女医生带着，步行十五分钟到一条街后边的市人民医院。一个多小时结果就出来了，那四个新生一切正常，王怀礼被查出有隐性先天性疾病，化验单上医生写了一句不影响学习和工作。女校医叹口气没说什么。王怀礼有点不安，那四个外系的同学安慰他："考大学跟打仗一样，哪个人不落层皮，两三个月就恢复过来了。"王怀礼还是忧容满面，有个同学就说："化验单上医生写得清清楚楚不影响学习和工作，你不用紧张。"大家都说你不用紧张，王怀礼稍稍放松了一下。其实大家都明白，这么大声嚷嚷是说给带他们前来复查的女医生听的，女医生就在他们前面五六步的地方，女医生没有反应，进校门时朝他们笑了笑，直接去办公大楼。谁也不明白女医生的笑是什么意思，也不用多想，大家的眼神在告诉王怀礼放心吧，女校医都笑了嘛。大家就散了。

王怀礼还是不踏实，一连两三天都是蔫不拉叽的。

那个年代，大多刚入学的新生尤其是农村学生都营养不良，加上高考苦战，个个都是苦大仇深苍白病态的样子。没人注意王怀礼的苦瓜脸,班长侯咏春当过兵打过仗,凭军队的经验开导大家:“吃好点,多吃肉,多吃鸡蛋。”侯班长晚自习时专门开班会,专门介绍军队的经验。侯班长说的都是大实话,中央电视台还没开“实话实说”栏目,崔永元还没影响呢,侯班长就实话实说告诉大家:“每个人当兵的动机都不一样,贫困地区的农家子弟当兵就一个目的:吃,把身体吃好,共产党的兵为人民服务。共产党以前就是当兵吃粮,西北农村直到现在还把当兵的叫粮子,跟诸子百家一样也是一子啊。老百姓实在,民以食为天,用革命术语说就是身体是革命的本钱,有本钱才能干事。革命军队就有这么一个传统,新兵入伍,连队连杀几头大肥猪,猪肉炖粉条连吃一个月,肚子里有油水了,身上也就有力气了。第一顿饭,我们这些农家子弟狼吞虎咽风扫残云饿死鬼一样,人家城市兵和南方富裕地方的农村战友们慢条斯理啃馒头喝稀饭。两三个月后我们这些贫困地区的农家子弟不再哄抢饭菜,可那种狼吞虎咽风扫残云的吃相永远也难以改变。”侯班长停顿了两分钟,这两分钟里侯班长心中翻江倒海心潮起伏。侯班长拿到大学通知书那天,战友们就让他立军令状,一定要留在城市里,还要娶城里女人当老婆。入学不到一礼拜,就有城市女同学向他表达好感,他心中大喜表面沉稳,他拿得住自己,女大学生可不是猪肉炖粉条。几年后毕业前夕,女大学生带他去见父母,未来的丈母娘做一桌子好菜,侯班长心中惊叹,都是电影里见过的豪门盛筵。侯班长依然保持了大将风度,吃得慢条斯理,相处好几年的女友都吃惊地看着他,简直就是另一个侯咏春。第二次去丈母娘家,酒过三巡,侯班长就崩溃了,真正的原形毕露。女朋友再次吃惊,丈母娘反而劝女儿:“瓜女子,身体好比什么都重要。”女儿如实相告:“他吃饭都是这种饿死鬼样子,吓死人了。”侯班长敏锐地觉察几年后可能要出现的狼狈相,侯班长还是诚恳地告诉全班同学,尤其是贫困地区农村来的同学:“多加些菜票多加些副食,赶快恢复身体。”

侯班长特意瞥了王怀礼一眼。

散会后，侯班长在教室外边没人处截住王怀礼，给王怀礼手里塞菜票，王怀礼拒绝，两个人摔跤式地推来推去。侯班长压低嗓门："我好几百块钱转业费，给老哥一个做好人的机会嘛，你再推让老哥我就不客气啦，你还跟我做不做兄弟？"最后一句话把王怀礼给震住了。

侯班长走远了，路灯灯光和被灯光剪碎的树影反复投射折叠侯班长的背影。王怀礼紧紧攥着侯班长塞给他的菜票，回到309宿舍都没松开手。王怀礼把侯班长给他的菜票塞枕头下，拿上缸子挤上牙膏去洗漱间刷牙，泡沫涂满嘴巴时手和牙刷停下来，他感觉到一种强烈而奇异的清凉，沁入肺腑，他从来没有发现牙膏的味道这么好闻，漱口时他嘴巴里留有牙膏的清香。

王怀礼过了几天奢侈的日子。每天早餐一个茶叶蛋一个馒头一碗大米稀饭，中午一份小酥肉四两米饭(他第一次吃小酥肉)，晚饭一份醋溜土豆丝。第二天早餐还是茶叶蛋，中餐换了粉蒸肉(也是第一次吃粉蒸肉)，这大概是神仙过的日子吧。农村同学能吃到两分钱的咸菜都不错了，五分钱带花生的玫瑰咸菜都舍不得。第一天，学生食堂农村同学吃这种馒头咸菜一整天，让城市学生很吃惊。一周能吃一次荤菜就很奢侈了。农村同学把节省下来的伙食费用来置行头或买书。入学第二周侯班长就到每个宿舍跟农村同学谈话，收效不大。国庆节后，王怀礼体检复查，侯班长和全班同学还停留在营养不良高考疲劳症上，侯班长专门开班会把吃饭问题提升到战略高度。政法系81级二班农村同学率先吃起了茶叶蛋和广大农村罕见的小酥肉粉蒸肉糖醋里脊。王怀礼数了一下侯班长给他的票，五块钱，一礼拜的饭钱，这么大的礼这么大的好处他要牢牢记在心里。王怀礼吃美食时就惦念着侯班长的好处。王怀礼脸上有了喜色，王怀礼彻底放松了，就是母亲送他报到后离开渭北市返回周原老家时那种把心放在肚子里的感觉。侯班长还专门凑上来，瞅一眼王怀礼从窗口端来的粉蒸肉。

"这就对了,就要这么吃,也该这么吃,吃好!"

美好的日子总是那么短暂,而且总是在彻底放松毫无准备的时候给你突然一击。第三天下午四点半,系办公室苏干事没通知班干部也没通知班主任,直接到了309宿舍,问谁是王怀礼?王怀礼就从苏干事身后慢慢站起来。309的男生永远忘不了王怀礼颤颤巍巍站起来的样子,就像从地洞里蠕动着爬出来的虫子,还有那颤抖的声音:"俄……是……俄……"刚入学的农村新生都在努力摆脱乡音,满口半生不熟的普通话,俗称醋溜普通话。高度紧张的王怀礼很快就从半生不熟的醋溜普通话滑落到土得掉渣的关中周原方言,309的男生吃惊地发现王怀礼身上立马散发出一股浓烈的乡间泥土味,土腥味相伴的是升腾而起的黄尘,站在大家面前的完全是一个风尘仆仆的农民。苏干事有一种把王怀礼打回原形的满足和自豪。王怀礼一下子清醒过来了,浑身颤抖着绝地反击:"你,——你是谁?"关中周原方言土语起死回生又变成半生不熟的醋溜普通话。苏干事死死地看着王怀礼足足有三分钟,然后用纯正的城市普通话慢条斯理地告诉大家:"我——是——谁——并不重要。"苏干事停顿一下,直接面对王怀礼的疑问,"我——代表——渭北大学——正式——通知你,一周之内办理退学——手续。"然后走到门口,头也不回,抛下一句:"到系办公室直接找我。"后来大家才知道他是政法系办公室苏干事,当时大家真不知道他是谁,从神态上看是个老师无疑。

舍长立马去找侯班长。侯班长进来时,王怀礼呆坐在下铺床沿反反复复给大家表白:"复查报告上医生写得清清楚楚,不影响学习不影响工作嘛。"结尾那个"嘛",调子拉得很长,带着哭腔。侯班长和团支部书记一起来的,他们相信王怀礼同学的话,他们安慰王怀礼不要紧张,可能是个刚上班的年轻老师,没经验。那个年代,许多大学青年教师没有学生年龄大没有学生成熟。侯班长当过兵,班团支部书记当过工人,军龄工龄都在三年以上,两个班干部立马去系办公室交涉。他们很快就出来了,苏干事比他们想象的要成熟得多。苏干事一声不吭面无表情,听两个社会经验丰富的班干部反复不断地追问求情,苏干事就是不回应,气氛一下子就凝固了,安静了,静得可怕。苏干事就扫了两个班干部一眼,意思是说完了没有?两个班干部互望一下,同时把目光投向苏干事。苏干事还是不说话,盯着他们半天,然后慢慢地拉开抽屉,取出人民医院的体检复查单子和有关大专院校新生入学的相关规定文件,往桌子上一搁,团支书和班长拿起来仔细地看。侯班长说:"医院说了嘛,不影响工作和学习嘛。"苏干事没吱声,苏干事等团支书提问。团支书跟班长保持一致,也是那句话:"不影响学习和工作嘛。"苏干事还是那么不紧不慢地看他们半天,淡淡地来了一句:"你们故意不提,前边那句先天性隐性疾病,这才是复查结果,是科学,后边的话是医院安抚病人的体已话,红脸唱法,不符合相关规定。"团支书马上笑脸相迎:"苏老师,你就当个大好人,唱个红脸吧。""唱红脸?把规定当废纸,这是你这个法学专业大学生说的话吗?"侯班长马上配合团支书给苏干事递烟,苏干事把烟推回去:"你们两个,一个当兵三年,战斗英雄;一个当工人八年车间主任两年,一点纪律性都没有。"侯班长就说:"农村娃上学不容易,求您放王怀礼一马,发发善心吧。"苏干事就来了一句:"慈不带兵,真不敢相信你这兵是咋当的?"侯班长就来了一句:"我们对俘虏都人道主义,救死扶伤。王怀礼是咱们自己人,同情心该有吧?"苏干事已经不理他们了,苏干事开始整理材料。侯班长和团支部书记再叨叨也没用。苏干事头都不抬,只淡淡来了一句:"法不讲情也不讲理,法比天大。"

下楼时侯班长突然一愣,告诉团支书:"快!你去找系领导,我去找校领导。"校办公室在后边的三层小楼,侯班长一阵狂奔。团支书返回政法大楼,也是一阵狂奔。不管他们奔得多快,都赶不上苏干事的电话。

他们一出系办公室，苏干事就知道他们要去干什么。系领导正在系主任办公室开会，苏干事完全以正规公文的格式一句一句按第几号文件第几条规定，一字不落重述规定的具体内容。系主任还是问了一下系书记，系书记说能不能灵活一下？苏干事在电话那头听见了系书记的不同意见，苏干事就来了一句："我们可是法学专业哟，没有规矩不成方圆，相关规定都当儿戏，法规就会成一张废纸。"系领导只好告诉苏干事就按相关规定办吧，放电话时苏干事听见两个系领导说小苏跟商鞅一样把法看得比天还大。办公室里就他一个人，他还是笑了笑，开始给校办打电话，只告诉校办已经给系领导汇报过了，相关规定点到为止，重点强调法学专业法比天大，校办主任只能被动地"是这样是这样"，隔着电话都能看到校办主任不耐烦的神情。

此时此刻，政法系 81 级二班团支书正在跟系领导交涉，系领导就告诉团支书："苏干事可以自己处理这件事，规定上写得清清楚楚，苏干事还是很慎重地向系里做了汇报。苏干事是认真负责的，作为班干部你要配合系上的工作，给王怀礼把有关规定讲清楚讲透，做好他的思想工作。"侯班长直接找主管学生工作的副校长，副校长打电话问校办主任，校办主任马上明白两分钟前政法系办公室苏干事打电话的意思了。校办主任就告诉副校长政法系已经处理过了，副校长愣了一下就指示校办主任了解一下详细情况。校办主任就说：政法系苏干事刚刚做了汇报，还专门强调法学专业法比天大。副校长连声说这个苏干事这个苏干事，商鞅再世嘛。副校长就对侯班长说："你都听见了，我们不能扯下边的后腿，你这个班干部也要配合系上的工作，同学情谊要讲，规章规定也要讲，就这样吧。"

两个班干部都有丰富的社会阅历和工作经验，他们明白都是这个苏干事死咬不放。解铃还须系铃人。两人商量一下，决定暂时不告诉王怀礼结果，立马召开班干部会。那个年代大专院校不收学费而且还有班费。政法系81级二班的班干部们一致同意班长和团支书的意见:用班费来帮助王怀礼渡过难关。具体程序就是花钱摆平苏干事,班上拿出二十块钱,两瓶茅台酒九块六角,两条金丝猴香烟十块,在那个年代算是大礼了。天黑,侯班长带上学习委员——班上最漂亮的女生,也是政法系乃至全校最令人瞩目的几朵校花之一,口才极好,气质高雅,很适合公关。还好苏干事没有把他们拒之门外,给了他们面子。苏干事的妻子在附中教书,端庄贤淑,招呼他们坐下,沏上茶就批改作业去了。苏干事微微一笑,一句话就把他们打懵了:"一天之内,苏某人两次被誉为当代商鞅,我太荣幸了。我把话搁这,法不容情也不容理,法比天大,比命大,我把我的命抵上了。我不想多说了,东西带回去吧。"苏干事始终没有瞧校花一眼,只是很轻蔑地扫了一下侯班长。侯班长和校花很知趣地退出去了。下楼时校花气得发抖:"真是奇耻大辱,什么狗屁商鞅,他想被车裂呀。"

老实不客气地讲:他们根本不了解苏干事,连一点印象都没有。入学刚一个月的新生,包括有工作经验的班长和团支书,大家最先熟悉的老师肯定是班主任,然后是系领导。系领导要在新生入学大会上讲话,几位名教授讲话,新生们一下子就被震住了,一下子就感受到中学老师与大学老师的不同,都是在全国甚至国际上有影响的学者,寥寥数语就让人耳目一新。谁也不会注意在名教授和系领导周围窜来窜去的小干事。这些不起眼的小人物都是管具体事务的,新生们很快就会知道他们的厉害。就是好多年以后大家常说的那句:千万不要以为村长不是干部,千万不要忽视小科员小干事。小干事干的可都是皆关民命的大事。

此时此刻,陆军某师某团某营某连军龄五年的侦察班长侯咏春和亚洲最大水泥厂耀县水泥厂八年工龄的第四车间主任在渭北大学校园偏僻的角落大口大口地吸烟,两个老江湖犯了常识性错误,都忽略了苏干事。他们手发抖,抖着抖着都把烟灭了,在砖墙上狠狠地摁几下,就像在摁一条毒蛇。他们什么也没说直接去找班主任。

那个年代,大专院校没有专职班主任,都是青年教师兼任。入学前班主任先查看新生档案,挑选出有工作经历工作经验的大龄新生担任班干部,半学期后大家都熟悉了,再投票选举是否连任。班主任很少与学生接触,具体班务都由学生干部自行处理,美其名曰学生自己管理自己。政法系 81 级二班班主任是西南政法学院毕业的,不是土著,两个班干部心里清楚最好不要给班主任惹麻烦。两个班干部给班主任汇报详细情况时很快就发现他们的班主任笑得很神秘,班主任甚至告诉他们:“摊上这么一个主,王怀礼同学太不幸了,你好好做王怀礼的工作。”一般情况班主任要亲自介入的呀,班主任就告诉他们:“你们不了解苏干事,等你们了解了苏干事,你们就知道该怎么做了。”

离苏干事给王怀礼下达的离校时间还有四天。侯班长和团支书分头行动,对苏干事进行摸底,已经有点地下党搞情报的意味了。两人各有所长,侯班长侦察兵出身,搜集情报易如反掌;团支书在国营大企业管理过几百号职工,民情社情包括各种隐私都不在话下。

.2.

两天后两人互换情报,结果可想而知,两个字:绝望。

侯班长的情报最具杀伤力。班长和团支书都知道陕西人什么事都爱“拿人”一下,但都不如苏干事“拿人”拿得那么快那么准那么狠。

传统“拿人”分“硬拿”和“软拿”,对生人就“硬拿”,对熟人就“软拿”。苏干事这一代人经历过“文化大革命”,虽然没有“打砸抢”没有拉帮结派没有造反起家,但他们大串联走遍大江南北大辩论贴大字报见过世面,胆大心细,完全没有老一辈“拿人”时的小心谨慎,硬拿软拿合二为一，从“文革”后期第一批工农兵学员开始，他们“拿人”的对象都是有背景的人。狠狠地一“拿”，人家马上明白你的动机和目的。“拿人”的人俗称“大拿”，原本指东家主子领导一把手，老百姓统统称之为“大拿”，有权有势就是“大拿”，更通俗的说法：尿尿不捏毬就是“大拿”；“势大”，就是生殖器大，“势”的原始含义就是生殖器，“势大”就是巨大的生殖器，阉割公畜就叫“去势”。小人物把你“拿”住，小人物就“势大”了。哪怕是暂时的，过不了这一关，问题就很严重，只好私了，而且要主动，不说破，彼此给对方面子，不伤情面地打劫罢了。在我们老家，有背景的人以及他们的子弟为人处事都很谨慎，就怕被人“拿一下”。

渭北大学连续六七年都出现这种状况，各方面都有意见。

半年前有人栽了，就是苏干事的前任，想解决老婆的调动问题，刚好一名大三男生跟外系一位女生谈恋爱，被盯上了。那个年代只要不太招摇，学校也睁只眼闭只眼。这个小干事显然动了心思，自己不出面，暗中盯梢，校保卫处突袭学生宿舍，一对男女也就在宿舍热烈拥抱亲吻，这种事可大可小。小干事及时赶到，有保卫科的人作证，一对男女当场写了检查，然后众人撤走。有白纸黑字的检查，就可以按有关规定给个警告处分。小干事自己的麻烦来了，关于某某某某某同学的处分报告交上去之后没有动静。小干事显然没弄清这个男生更隐秘的家庭背景，只知道其父是市人事局副局长。儿子出事，父亲会出面调解，按潜规则，家人会主动找他这个小干事，大家彼此就开始暗语谈判，旁观者是听不懂的，一头雾水呀！说的全都是放之四海而皆准的绝妙好词，话语背后暗流涌动。小干事把这一切都预演好了。一周后，校办公室正式通知小干事，调离行政岗位，到图书馆去当搬运工扛书箱书包去。渭北市管不了渭北大学，可省教育厅管着渭北大学，市人事局副局长的战友在省教育厅当副厅长，一个电话就把问题解决了。系主任拍了一下小干事的肩膀：“你胆子够大的，高压线也敢碰呀。”小干事就成全校的笑话。“拿人”拿不好就把手腕折了。

一周后苏干事接任。大家都盯着苏干事。大家发现苏干事留校工作四年来还没有“拿过”任何人。江湖规矩，任何人想在社会上立足在单位扎根，五年之内不管大事小事必须“拿人”一下，上山为寇都要“投名状”，算是“潜规则”吧。苏干事的时间不多了，参加工作第四个年头了嘛。政法系老生们先紧张起来了，稍有点社会阅历和生活经验的人第一次见到苏干事就暗暗吃惊。这是一个相貌平平的普通人，蓝涤卡裤子，三节头黑皮鞋，白衬衫，方框眼镜，斯斯文文，天稍凉就加一件蓝涤卡中山装，稍精神一点，还是那么普普通通毫不起眼。让人不可思议的是他的慢，他的一举一动，包括看人的眼神那么迟缓从容，这种慢一下子让他老成持重显出一种老态，跟他的年龄极端不符。说话慢条斯理让人着急，听着听着就想打断他说话，他会让你越来越急，他一点也不着急，只要跟他接触一次你就永远难以忘记，这种磐石一样的慢。记不住他的形象，绝对忘不了他的举止言谈。那些不谙世事的应届考入大学的小年轻根本不把老成持重的苏干事放在眼里，老三届学兄学姐就会反复提醒他们：“慢人难缠，慢人都是厉害角色，轻视慢人等于轻视你自己、对自己不负责任。”这些涉世未深的年轻娃把这些忠告不当回事。77 级 78 级 79 级老三届居多，小屁孩就那么几个。到了 80 级 81 级，应届生居多，老复习生也不少，老三届就那么两三个。具体到政法系 81 级二班，最具社会经验和生活经验的就侯班长和团支书他们两个。他俩的见识也不比 77 级 78 级 79 级老三届他们差。他俩忽略苏干事是因为苏干事没来过他们班，班干部就没有机会见苏干事，苏干事只在新生入学大会上闪了那么几下，所有的新生都对他没有印象。他俩第一次在系办公室见到苏干事时不约而同地心里一惊，那种感觉跟老三届学兄学姐们是一样的，那种慢条斯理足以摧毁所有人的自信和自尊，让人憋屈、慌乱。

后来这些老三届学兄学姐们告诉侯班长，苏干事更可怕的不是他的慢条斯理，不是他便秘式的语调，而是他要开始"拿人"，但他竟然不查学生档案，也不到学生中间问寒问暖，不进教室更不去学生宿舍。他到底要干什么？所有的人都感觉到背后有一双眼睛在死死地盯着自己，每个人都如芒在背。半年后大家松口气，你们这群愣头楞脑的新生入校了，苏干事转移目光了。81 级新生大多都是中学生，有工作经历有生活阅历的寥寥无几，就是这么几个稀有动物，因为刚刚入校也没有觉察到苏干事方框眼镜后面锐利的目光。也就几周时间吧，苏干事准确无误地捕捉到了王怀礼这只"猎物"。

老三届学兄学姐们要告诉他们的是苏干事这一举动彻底改变了"拿人"规则中的"文革"遗风，从"拿"捏有权有势有背景的人转向了弱势群体普通老百姓。单位的老领导老教师老职工都没注意，谁能想到一个小小的干事在不声不响地转变时代潮流，大时代小人物很容易成为弄潮儿。

1981 年 10 月 8 日晚上八点半，渭北大学校园东北角树荫下灯光照不到的阴暗处，政法系 81 级二班两个具有丰富的社会经验和生活阅历的"稀有动物"一边大口大口地吸着九分钱一包的羊群牌香烟，一边自相埋怨，懊悔得差不多了，侯班长以侦察兵的果断与直觉很快做出结论：什么事都"拿人"一下的传统方式就两种，都要"拿人"一下和都爱"拿人"一下，"要"和"爱"是不一样的，是有区别的，它们的共同点都是为了拿到好处。"要拿人"一下得到的好处在明处在近处刀下见菜，太直白赤裸裸，只要眼前好处，算是急性病，反而好治；麻烦就麻烦在那种看不见的隐性的着眼于长远利益的"都爱""拿人"一下，甚至是一种兴趣爱好一种习惯，到了不要钱不要脸不要命也要"拿人"一下。"我总觉得苏干事就是这么一个货。"团支书啧啧两声直拍大腿，一口气说了五个"就是"。

团支书搜集的情报等于雪上加霜。

苏干事 1974 年作为工农兵学员入渭北大学。上大学前，苏干事是一个普通的农家子弟，他家就在县城旁边。小学在农村上，初中高中在县城上，一下子感觉到了城乡巨大的差异。

那个年代，农村小学都是破旧的土房子，土坯桌子，凳子自带，黑板就是一块木板墨汁一刷，老师写板书必须把粉笔当毛笔用，轻轻地划，稍用力，粗糙的木板就会磕断粉笔，得挨校长的骂。苏干事上的那个小学没有黑板，教室门板的背面用墨汁刷黑，上课闭上门就是黑板，活页黑板。学生不敢迟到也不能迟到，真的迟到了只好站在外边等下课，老师不会让迟到的学生进教室的。有什么急事，都在窗户外喊叫。学生打闹很容易弄坏土坯课桌，家长来替孩子顶罪修补，孩子回家少不了挨一顿暴打。大多农村孩子小学毕业十来岁就不再上学，成为小农民，上中学的很少，包括县城周围的农家子弟。

苏同学十二岁那年到县城上中学，县城离他们村也就三百多米，还不足一里地，出门都能看见县城的大街小巷。这些大街小巷不知逛过多少回了，从懂事那天起就在城里晃荡，俗称街狗。还是不如一条狗，狗可以自由出入县城大大小小的单位大院和城镇居民宅子。苏同学他们这些县城郊区的农家子弟只能在县城大街小巷乱串却不能进门。也就是说上中学前的苏同学他们这些农村娃对县城并不了解或仅一知半解。十二岁这年苏同学很荣幸地走进周原县东街中学初中一年级三班。报到那天，老师跟前那张亮晃晃的办公桌就把他震住了，橘黄色的油漆木桌，连椅子也是橘黄色的，油漆外边刷了一层清漆，阳光从窗外照过来，立马金光闪闪，金碧辉煌如同宫殿。负责报到的青年教师就在如此漂亮美观的桌凳上办公，学生排长队鱼贯而入。老师问什么学生就回答什么，也就是父母叫什么，家庭什么成分，哪个地方的。苏同学一直盯着金光闪闪的桌椅，苏同学就想起大队小学老师们都用石板桌子，石板下边垒着土坯，小学校长用木桌木椅,旧得发黑,据说是村里地主家的浮财,分给了学校。脏兮兮的地主家老桌椅跟县城中学普通老师用的办公桌相比真是土得掉渣,地主以及大队小学校长在苏同学眼里黯然失色。终于轮到苏同学,小屁孩不慌不忙,吐字清楚,从容不迫,算起来他已经在县城的大街小巷串了好多年了,他一点也不紧张。进教室时,他只是心里一惊,教室里的桌凳跟刚才那个负责报名的老师用的桌凳一摸一样,全是橘黄色油漆再刷一层清漆。教室更宽敞,窗户更多更大,阳光跟瀑布一样直泻而入,教室比办公室亮堂多了,教室才是真正的金碧辉煌。一种巨大的自豪感在十二岁小男孩心中油然而生。然后是钢铁般的尊严感。从那天起,这个十二岁的小男生腰板就直起来了,目不斜视,步伐从容坚定,就像捶击大地的鼓槌,每一下都铿锵有力。三百米以外的那个村庄,他真正生存的地方一下子就虚化了,金碧辉煌的东街中学才是他向往的地方。

农村吃晚饭叫喝汤,胡乱弄的汤水剩饭穷对付,关键是热气腾腾让人舒服。喝完汤,他就去当民兵连长的堂兄家,一本正经地对堂兄说:“我有话对你说。”完全一副大领导发指示的神态和口气,大伯大婶堂兄嫂子们全都愣住了,民兵连长堂兄嘀嘀一笑:“中学生,说吧,有啥情况向本连长汇报。”中学生一身正气,很严肃很认真地告诉民兵连长:“我不是来给你汇报工作的,我不是红光大队的社员也不是红光大队民兵连的基干民兵,我是周原县东街中学初一三班学生。”连长堂兄就收起满脸怪笑,严肃认真地说:“初中生,说吧!”“我提醒你一下,不要再斗那些地主啦。”初中生等着民兵连长追问,初中生做了充分的准备。民兵连长没有追问,民兵连长告诉初中生:“中学生观察很仔细啊,入学第一天就发现了城乡差别。”初中生就一板一眼地告诉民兵连长:“所以,你们干部的工作重点不是斗地主,是消灭三大差别。”初中生趁着民兵连长发愣,转身走了,走得不紧不慢,一步一个脚印,踏踏实实走出堂兄家大门。嫂子们都笑起来。民兵连长的小媳妇奔到丈夫跟前:“哈哈,你要脸不要脸,叫个碎娃日撅一顿,活该!活该!叫你一天胡骚情!”大伯大嫂呵呵一笑,告诉大家:“咱赵家往后就靠这碎怂啦,这碎怂出息大着哩。老三,你不行啦,你媳妇说得对,你好好当你的农民种你的庄稼戳你的牛尻子,斗地主拼刺刀打靶都是胡骚情,眯眯毛(狗尾巴草)骚轻不打粮食咯。”

烦心的事也不少。比如下雨天,城里娃都有雨伞,有漂亮的胶鞋;农村娃都戴草帽,抗不住大雨,半路草帽就塌软下来,全身湿透。更狼狈的是乡村全是土路,虽然距县城不足三百米,这三百米的泥浆路如同壕堑把城乡彻底隔开了。农村娃的绝招就是拎着布鞋,踏着古老的泥蹄子,其实就是和脚大小木凳,扎上绳子,踏高跷一样走到县城大街上,在僻静处换上布鞋,把一对小木凳存放在店铺里,放学后再换上。又比如课外活动尤其是进山挖药进工厂劳动,必须自带干粮。城里娃都有漂亮的水壶,都带面包饼干鸡蛋糕;农村娃的水壶就是葫芦,讲究一点的就是打吊针用完的瓶子,吃的就更差了,大都是麦面高粱面玉米面混杂的饼子或馒头,加几块煮红薯煮洋芋,还有煮胡萝卜,讲究一点的饼子馒头里夹了辣椒粉。不用说,城市娃水壶里都是加了糖的水,条件好的带汽水。吃饭时,城里娃农村娃会自觉地分开,大家欢笑着互换食品,农村娃互换的都是红薯洋芋胡萝卜。农村女娃带了生胡萝卜,清脆可口跟水果一样,此时此刻,城里娃正为汽水和真正的苹果梨子欢呼,农村娃只有胡萝卜。有人发现城里娃开始分享煮鸡蛋和茶叶蛋。那个年代,鸡蛋十分珍贵。鸡蛋一出现,大家都静下来了。那个年代,广大农村富裕地区,农民一年吃一次肉,那是过年的时候;一年吃一次鸡蛋,那是端午节的时候,只给老人和碎娃吃,十六七岁的半大小子就没资格吃鸡蛋了。当鸡蛋出现的时候,大家都静下来了。茶叶蛋小心翼翼地递来递去,茶叶蛋他妈太耀眼了,跟玛瑙钻石一样在阳光下一闪一闪,农村同学压根就没见过茶叶蛋。也有人小声嘀咕拿饼干蛋糕茶叶蛋汽水去换农村同学的红薯洋芋胡萝卜，女生使劲摇头，女生比男生成熟得快，更比男生心细。女生用手指在自己胸口戳三下，男生立马明白了一个人最重要的自尊心。那一刻，城里娃吃饭吃得很不舒服。好多年以后，有个人大代表提议，农村娃不用上大学，上职业学校就可以了，大学，尤其是重点大学的招生范围设定在城市。苏同学上中学那个年代，广大农村，不要说肉和鸡蛋这些高端奢侈品，就是食用油，每家全年也就三四斤，装在一尺多高的瓷壶里，过年待客给老人做寿用那么几滴。平常炒菜都是干炒，加水加盐，一点油水都没有，真正的粗茶淡饭。苏干事上中学那个年代，城里娃跟农村娃只在学校玩，放学离校，不会在一起玩的。生活习惯差异太大了。有个工厂子弟跟他关系太好，他俩一起把县领导的子弟打得落花流水，这种战斗友谊让他们成了哥们。有一天周末放学，他去工人子弟家玩，同学要留他吃饭。同学的妈妈很喜欢这个农村同学，专门多炒了一个菜。同学妈妈炒菜的时候，他才闻到扑鼻的菜香，最刺激他的是油香，十分罕见的过年时才能闻到的油香让他迷醉也让他醒悟。他慌里慌张地跟同学告别，人家怎么都劝不住。他都不知道怎么走出县城的。走在乡间土路上他才意识到城里人天天在过节过大年。我们可以想到1966年“文化大革命”爆发时，他刚刚高中毕业，十六岁的高中生，相当成熟了，他踊跃参加大串联，扒火车、搭汽车到西安，到北京，百万红卫兵接受伟大领袖接见。重返农村，他已经感觉到自己不是一个普通的农民了，当时叫回乡知青。有知识有文化有觉悟的新中国新青年。再大的苦他都能吃。他精神得要命，精力旺盛得可怕。

1970年开始招收工农兵学员，他拼命争取毫不气馁，1974年终于梦想成真，进人渭北大学政法系。入学不到一月他就做出一个轰动整个渭北市的重大事件。其实也不是什么事件，完全是个人私事。因为牵涉市委主要领导，就很快成为全市上下议论的话题。入学一个月里，他只做一件事，通过老乡套老乡，打听市委主要领导子女们的婚姻状况，当然是市领导们的女儿们喽，当然是那些未婚的女儿们喽。渭北市一把手市委书记的三女儿处于未婚状态，在市教育局工作。苏同学接到入学通知书那一天就把自己当成吃皇粮的公家人了，就农转非了，就草鞋变皮鞋了。办完手续去学校报到前，他给自己买了一双三节头皮鞋，擦得铮亮，蓝涤卡中山装，白衬衫，一副干部模样。堂兄戏称他为牛皮县长，他就告诉堂兄：还真让你说对了，政法专业就是给国家培养干部的，行政 21 级，就是副县级。中专是行政 23 级，大专是行政 22 级，本科是 21 级，我上的是本科。入学那天他就没正眼看班上的女同学，包括城市女同学。大家误以为他专心学习，心无旁骛，对他肃然起敬。没人知道他的秘密行动。他查清市委书记三小姐的情况后，就开始坚持不懈地在市教育局门口等候人家。

具体细节如下。《渭北日报》文教专栏发表几篇有关评法批儒的文章，其中就有市委书记三女儿的杰作。跟那些火药味很浓的大批判文章不同，书记三女儿讲的全是故事。专栏开了四期，每一期一个孔老二的故事，当时就是这么叫孔圣人的。第一个故事讲孔子与学生子路。子路动不动就问如何劳动，孔子就很看不起这个没脑子的学生。第二个故事讲孔子待人有区别。一般人，就上前问个好，而且四平八稳端着架子；大人物长官来见，就高举双臂大鸟一样飞奔过去热烈欢迎，这不是势利小人嘛？这不是伪善嘛？故事里并没有直接说孔子势利伪善，广大人民群众雪亮的眼睛一下子就看出来了，读者来信就挑明了。第三个故事，子见子南。子南当时是淫荡艳妇名满天下，孔子给学生上课大讲唯小人与女子难养也，子南一招呼，孔子马上屁颠屁颠跑过去。学生子路就责问孔子，孔子百般辩解。第四个就是有名的诛杀少正卯。孔子当上鲁国大司寇七日就杀革新派少正卯，当时鲁国作奸犯科的权贵季氏阳货孔子连碰都不敢碰。这些生动传神的故事大受读者和广大人民群众欢迎，省级以及各地报纸纷纷转载,甚至加有编者按。大家就乱猜市委书记的女儿书香门第呀,家学渊源流长呀。其实市委书记工科出身,妻子也是学工科,在文科人人自危的年代,工科知识分子大受欢迎,“文革”后期就有“学好数理化,走遍天下都不怕”的说法。市委书记的三女儿其实也是学工科的,西安公路学院汽车制造专业毕业,身体不太好,没有去大企业,分配到教育局坐办公室。业余爱好就是看书,尤其是历史书,在女性中也少见。女性都爱文艺书,古今中外爱历史的女性很少。这种爱好加上严谨的汽车专业,写起文章来就很客观,拿事实说话,已经接近多少年后文学界大炒大热的零度写作。应该说苏同学是很有眼光的,他的眼光雪亮而热烈。他每天都带着报纸在市教育局门口等候。刚开始肯定是以热心读者的身份往前凑,书记三女儿就微微一笑在报纸上签上大名。不要以为新时期的歌星影星舞星们被粉丝热拥签名,“文革”时的广大群众也很狂热。市委书记三女儿不但文章好字更好,秀丽优雅,本人又秀外慧中,接近她绝对是一种美好的享受。革命年代很难得啊,热心的读者大多都在街上围堵作者,在单位门口守候的人很少,三三两两,也就一礼拜。一礼拜后单位门口就剩下苏同学一个人了,也没有报纸可签了,但他还是手持签过名的报纸含情脉脉地在教育局门口等待。姑娘下班出来,也就对他点头微笑,然后骑上那个年代最时尚的飞鸽牌自行车,忽悠一闪就消失了。

整整一个礼拜,天天如此。

第三个礼拜,姑娘察觉到什么,不急着骑车,推着自行车到苏同学跟前,问他:“你有事吗?”他憨憨一笑,点点头。“什么事?说吧,看我能不能给你帮上忙。”“我喜欢你。”“喜欢我?你喜欢我?”市委书记女儿那种惊讶就像遇到了外星人。苏同学可一点开玩笑的意思都没有,苏同学严肃认真地反问市委书记的女儿:“我不能喜欢你吗?我没权利没有资格喜欢你吗?”书记的女儿朝天上望了一会儿,目光移向大地的时候一切全都明白了，她笑眯眯地告诉苏同学："你有权利也有资格喜欢这个世界上每一个人，我要提醒你的是，不要耽误你的工作不要耽误你的学习更不要耽误你的身体。"说完就飞身上车眨眼消失。

苏同学就这么眼巴巴守候着。机关单位可不是乡村，机关单位城里人都很冷漠，革命年代也一样，城乡差别永远不变。城里人机关单位人各顾各，要是在乡村，苏同学这种举动很快就会引人围观，给他所期待的姑娘以巨大的压力。苏同学可不想这么死站着，人家不搭理他他就搭理人家，先跟门房老大爷谈论市委领导女儿。门房大爷警惕性高着呢。"你打听人家姑娘干什么？你是她什么人？""朋友啊。""人家都不理你，你朋友个屁。""姑娘不都这样嘛，女人怕缠，我就一直这么缠下去。"苏同学打开报纸让门房大爷看姑娘的签名。大爷哈哈一笑："签名的多啦，你只是几百号人中的其中之一。""坚持不懈守候在这里的只有我一个呀。"大爷吸口冷气，上下打量这个愣小子。有人开始正眼看他，这正是他所需要的。门房大爷告诉他："人家姑娘有男朋友，都订婚了，也就是未婚夫，你死了这条心吧。""哈哈，她未婚，她未婚。"苏同学兴奋得又叫又跳，"只要未婚我就有机会，没有法律作用嘛。"苏同学攥紧拳头嘿嘿嘿砸空气，像只下蛋的鸡。门房大爷马上就后悔了，这张臭嘴一不留神就泄露市委书记三女儿未婚的消息，你看这狗日的得意成啥了。

这狗日的见好就收，再也不理门房大爷了，站在大门外二十多米的路边树荫下，过来一个教育局的人就上去跟人家谈市委书记的三女儿。单位同事就问苏同学："你想干吗？""我是她朋友，托你向她问个好！""你自己去问吧。"人家就走了。苏同学锲而不舍。终于有人挖苦他："你这不是癞蛤蟆想吃天鹅肉嘛！""癞蛤蟆怎么啦？想吃天鹅肉的癞蛤蟆有远大的革命理想，有豪气冲天的革命干劲，你整天在天鹅跟前待着连点想法都没有，就你这样的人，能努力工作嘛。"对方一下子就傻了,哭笑不得,赶紧走人。好多年以后当他们老了,看着孙子在手机上互相调侃癞蛤蟆与青蛙的故事,他们就想到 1974 年秋天渭北市教育局大门口那个苏同学,这些手机段子几十年前已经让苏同学实践了。没错,绝对是苏同学扩散出去的。当时这个段子可一点也不俗气,让人耳目一新眼界大开。传到办公室时,市委书记的三女儿就愣住了,大家跟演小品一样上演青蛙与癞蛤蟆的故事;老师问学生青蛙与癞蛤蟆的区别,学生回答:青蛙没有革命理想思想守旧不思进取坐井观天固步自封,最后上了餐桌成了一盘菜;癞蛤蟆志向远大,想吃天鹅肉有远大的革命理想,可上九天揽月,成为月宫里的金蟾,万人敬仰。教育局那些未婚男青年全成了大家嘲笑的对象,坐井观天没有革命理想的青蛙。

周末,市委书记三女儿的未婚夫来接未婚妻,大家都叫他有远大理想的癞蛤蟆。未婚夫一头雾水,知道原委后也大笑起来,很乐意大家叫他有理想有抱负的癞蛤蟆。他们很快就看见另一只癞蛤蟆在大门外二十米远的路边树荫下守候着。这只癞蛤蟆不但有理想有抱负还有胆量。苏同学亲眼目睹人家一对小情侣推着飞鸽自行车,手挽手相依而行,苏同学毫不气馁,迎上前去,严肃认真地告诉人家:"就是有一千个人追求你,我也愿意成为一千零一个。"姑娘的未婚夫就告诉苏同学:"锦上添花呀,我要加大力度好好地爱我心爱的姑娘。"未婚夫骑上车子,姑娘小鹿一样往后座上一蹦,双手搂住未婚夫的腰,银光闪闪的飞鸽自行车还真像一只大鸟驮着一对情侣在大街上缓缓而行。让人吃惊的是苏同学毫不气馁,也是满脸幸福的样子。

门房大爷得提醒提醒姑娘:"他这么死皮赖脸赖在这里不是个办法。"办公室的大姐们也提醒姑娘:"他一口一个你的朋友,天长日久,众口铄金,你未婚夫对你再好,也会惹出麻烦来。"姑娘开始重视起这件恼人的事情。

渭北大学政法系办公室一个小干事找苏同学谈话。苏同学照例滔滔不绝大半天权利呀资格呀革命理想呀远大抱负呀。“打住打住。”小干事让他闭嘴，小干事毫不客气地告诉苏同学，“你以为你农转非，你就是城里人啦？你以为你穿上皮鞋你就随随便便追城里姑娘啦？而且是市委领导的姑娘。气质，修养，你懂不懂？咱就一农家子弟，泥土味几辈子都散不掉，别给我说什么消灭三大差别，你搞清楚，因为差别存在，要存在几十年几百年，伟大领袖毛主席才提出要消灭这个差别。你给我老实点，我现在通知你，再到教育局门口去一次就立马滚蛋，滚回农村去，当老农民去。那时候，你拉着架子车赶着毛驴戴着破草帽捧着烤红薯在教育局门口给市委书记女儿当第一千零一个追求者吧。”小干事说着说着就按捺不住了，就冲到苏同学跟前恶狠狠地说：“你丢的不是你苏家祖宗的人，你把我们渭北大学全体师生的人给丢光了，你这二毬二百五。”苏同学只回应小干事一句话：“你在宣扬资产阶级法权，你在拉大三大差别。我等着你开除我，你不开除我你就不是人日哈的。”小干事就懵了，苏同学理直气壮地走出办公室，下楼时还撇下这么一句话：“人日哈（下）的不会给人这么说话。”

当天下午苏同学就去市教育局门口，拦住市委书记的女儿，一顿斥责，给人家辩解的机会都不留，说完掉头就走。姑娘回家问父亲，父亲也不知道咋回事，就问秘书，秘书如实相告。这种鸡毛蒜皮的小事，没必要麻烦领导，秘书懒得上报，给渭北大学校办打个电话。校办主任连说对不起对不起，你不说，我还真不敢相信我们的渭北大学出这么个二毬二百五，别说市委书记的女儿，工农大众的女儿也不能随便骚扰嘛。校办主任立马给政法系办公室打电话，大家首先是万分惊讶，太出人意料了，太出乎正常人的想象了。革命年代大讲新生事物，好像也不奇怪。没人这么想，癞蛤蟆吃天鹅肉，毕竟是个故事，故事离现实太他妈遥远了。

市委书记毕竟是一方大员，这种不着调的事情最好不了了之。

市委书记当机立断,让三女儿马上结婚,革命式婚礼,不大操大办,小型聚会,就摆几桌饭,双方家长几个贴心朋友。所谓蜜月也就一个礼拜。简单的婚房红帖子对联都是革命口号。新郎从企业调市工业局坐办公室。市委书记从来不给家人办事不占公家便宜。小夫妻这么快生活在一起因祸得福,全倚仗苏同学的胡搅蛮缠。单位每人都得到了喜糖。工业局专门来人到渭北大学给苏同学送一包喜糖。苏同学转手送给全班同学,恰好四十二粒大白兔奶糖,人人有份,大家吃得有滋有味。苏同学边吃边告诉大家:"市委书记的女儿就是有涵养。"全然不理会大家的怪笑。狗日的心理素质这么好。

1974 年,全国大搞"批林批孔"运动,接着就是"评法批儒"。一部中国历史就是儒家的复辟与法家反复辟的历史,就是儒家厚古薄今和法家厚今薄古的历史。1974 年中国的政治形势相当严峻,右派势力企图东山再起,否定"文革"成果,打压新生事物,革命青年绝不能坐以待毙。苏同学日记中记下了这庄严的一幕,还很悲壮地写下这么一句:个人情感包括婚姻就是政治的反映,就是天下大势的投影。苏同学郑重其事地告诉全班同学:你们不要看我的笑话,市委书记的女儿涵养是有限的,最正确的做法应该给我发请柬。去不去是我的事,发不发请柬可是她的事。相当重要的事。大家就逗他:"你又不是人家亲戚,据说婚礼很简单,革命化婚礼,双方家长小型聚会,你闯进去也没位子坐呀!"更可气的是有人揭他的伤疤:"你可以跟乡村小学生一样自带小板凳去呀,碗筷不用带,酒水饭菜也不用带。"当天晚上苏同学日记只写一句话:"坚决反对资产阶级法权。"

苏同学是个有心人,专门找出 1958 年夏天的《人民日报》,在资料室翻了整整一个礼拜。老师课堂上淡淡地提了几句要破除资产阶级法权思想,课间休息时苏同学就向老师请教哪里可以找到这篇文章,老师就告诉他 1958 年夏天的《人民日报》,毛主席还专门写了编者按,很重要的一篇文献。老师开始上课,重点讲中国的法律源自春秋战国的法家,法家的刑名之学。苏同学一下子茅塞顿开。

1974 年到处都是法家的著作,杨荣国的冯天瑜的冯友兰的著作也很多。苏同学如饥似渴地搜罗彻夜狂读,接着就乘胜追击苦熬一周搜寻到了 1958 年夏天《人民日报》头版头条的那篇有名的文章《破除资产阶级的法权思想》。那个年代没有复印机,苏同学抄了下来,包括伟大领袖的编者按。

功夫不负有心人。一周后,全市召开“评法批儒”座谈会。系上专门点名苏同学发言,新任的办公室干事悄悄地告诉他:“市委书记专门给学校打招呼,说你是个有抱负有理想的好青年。”新干事拍拍他的肩膀,竖一下大拇指。他发现要按捺住内心深处的激情相当困难,他还是以坚强的革命意志控制住了情绪,面对墙壁哽咽半天,肩膀不再耸动。我们可以想象座谈会上他的发言有多么精彩,从井冈山最早开始的军民平等,官兵平等,上下平等到供给制;建国后虽然实行了薪金制,但广大干部群众还是喜欢这种平等的生活制度。儒家的礼实际就是把人分等,资产阶级法权的核心也是等级制度。中国历史上只有法家反对等级讲平等讲革新具有革命思想。苏同学的发言让人耳目一新令人刮目相看。发言稿被《渭北日报》记者当场拿走,第二天全文发表,渭北市人民广播电台连续一周全文播放。

私下苏同学就告诉大家:“商鞅变法就是从咱们这里开始的,也是历史上唯一成功的变法,有群众基础有土壤。”大家还在愣着,苏同学就告诉大家:“变法成功的土壤就是不管什么事情都爱‘拿人’一下,都要‘拿人’一下,下手要快准狠。”苏同学右手在空中一劈,跟一柄利剑一样,空气立马散成两瓣,筛抖不停。大家全都噢——眨巴眨巴眼睛诱导苏同学继续继续。苏同学就讲他伟大的父亲,在他七岁那年在县城公共厕所里上演的“拿人”的一幕。父子两个各占一个茅坑,大泄之后正要起身,进来一个公家人,父亲又蹲下去了。公家人看见有人起身才奔过来的,人家又蹲下去了,没有排泄呀,彼此瞪眼睛。父亲的眼神扫儿子一眼，儿子马上明白父亲的意思积极配合。水火之事，成功于顷刻之间，其他人都是跟这个公家人一起鱼贯而入，一字排开，父子俩已经蹲好半天了呀。唯一没有抢到空位的公家人只好屈尊给农民父亲一叠公家人才用的干净柔软的卫生纸。农民父亲手里攥着破报纸，农民解手在野地就用土坷垃，农民嘲笑城里人用纸擦屁股擦出了痔疮，土坷垃简直就是天然中药。棉花一样柔软的卫生纸都是有身份的干部们用的。农民进城都带着破报纸以备急用。公家人火急火燎只好降低身段塞给农民一叠卫生纸，农民父亲马上给儿子一半，父子俩很享受地擦了屁股，腾出位置。公家人快要崩溃了，汗都下来了，没蹲稳就一阵山呼海啸。农民父亲跟儿子牛皮哄哄走出厕所。儿子问父亲公家人用这么好的纸擦尻子，太浪费啦。父亲告诉儿子你就想想他们吃得有多么好。儿子就问他们吃的啥？父亲就看儿子看好半天："娃，你慢慢想。"儿子问了三遍父亲都是这话。儿子一下子就明白了父亲在"拿他"。儿子就不吭声了。儿子的目光开始拉长了，开始拐弯了。七岁那年，儿子刚上小学，上的是乡村小学。儿子再次踏进大队小学时，儿子第一次发现待了一个多月的学校这么破败。儿子就开始遥望县城里的学校。儿子再次进城时专门到县城学校去看，不用门卫拦他，他自己把自己拦在大门外，他的目光只看见大门漂亮的牌子，漂亮的宋体毛笔字写下的"城关小学"，他就转身离开了。用他自己的话说他自己把自己给"拿住了"。十二岁那年他考入县城上初中，在商店亲眼目睹女售货员怎么"拿捏"外地顾客。外地顾客口音有点杂，女售货员不停摇头，连说听不懂。顾客一字一顿说了七八遍，女售货员还是说听不懂，顾客急中生智来了一句："我日你妈，我日你妈，我日你妈。"女售货员大叫："你怎么骂人？"顾客哈哈大笑："你不是听不懂吗？买东西听不懂，日你妈你一下子就懂了。老子不买了，你妈老子也不想日了。"顾客扬长而去，老售货员就责备这个刚入行的女售货员："你拿人拿过了，得掌握分寸。”大街上就更有趣了，十字路口，交通要道，急着赶路的人总让闲人堵住，大老远人家会看见你急吼吼的样子，近到眼前时只需侧一下身子，斜一下腿脚，伸一下胳膊，撅一下屁股，太极拳几番就能耗去你几秒钟甚至几分钟时间。十二岁那年，他甚至发现父亲如何“拿捏”母亲“拿捏”大伯大婶二爸三爸四爸舅舅姨夫姑父，反过来大伯二爸们姑父们舅舅们又如何巧妙地“拿”父亲一下，父亲要难受十天半个月。至于街坊邻里整个村庄人们之间的“拿捏”更是惊心动魄。苏家父子无疑是“拿人”高手。大家再也不用嘲讽和讥笑的眼光看苏同学了，理论联系实际从来都不是一句空话。什么事都爱“拿人”一下，这种风气和习惯由来已久，谁也不会把它跟商鞅变法跟法家联系起来，苏同学真让人大开眼界。

1974 年冬天，工农兵学员苏同学已经把反资产阶级法权理论与传统的法家思想与日常生活中的“拿人”潜规则高度结合，融会贯通，不但医治了失恋给他带来的心灵创伤，而且化悲痛为力量，再接再厉写出了《限资产阶级法权是无产阶级专政的首要任务——学习哥达纲领批判的一点体会》发表在西安一家大学学报社科版上。

1981 年 10 月 7 日下午五点到九点，渭北大学政法系 81 级二班的侯班长和团支部书记脑子里不断回放苏干事的人生经历，尤其是 1974 年秋天到冬天的精彩表演，可以肯定的是王怀礼这次是在劫难逃。他们低头抽烟，再使劲摁烟头，他们真正明白了什么叫措手不及手足无措毫无还手之力。他们明白他们现在唯一能做的就是安抚王怀礼，千万不要让王怀礼出事。他们就这样默默地穿行在黑暗中。他们终于走到路灯下，他们又提到了苏干事。

临毕业那年，苏同学旧病复发，盯上了校长的女儿。校长女儿可没有市委书记三姑娘的涵养，也许早就知道苏同学跟市委书记女儿之间的纠葛,校长女儿有充分的思想准备,第一次较量就把苏同学当场打晕。实话实说,苏同学标准的西北大汉,高大挺拔,就像高原上的松柏,校长女儿竟然以"三寸丁榖树皮武大郎"来形容苏同学:"你这三寸丁榖树皮武大郎,心这么黑,陷害我当潘金莲呀。你别瞪眼睛,高高大大的臭皮囊也捂不住你武大郎的下三滥心理,你的内心十二万分地矮小猥琐,说你武大郎真是抬举你了。"

时间肯定是1975年秋天,全国人民在批《水浒》批宋江的投降主义、修正主义。"文革"后期,社会相当稳定了,批林批孔评法批儒等于变相给全国人民普及了一次传统文化,反面的儒家正面的法家,其著作一版再版,加上1975年秋天的批《水浒》,传统文化古典文学经史子集全都齐了,给两年以后邓小平出山、恢复高考奠定了基础。说实话,当年熬夜读儒法经典读《水浒》的有志青年,两年后都考上了大中专院校。校长的女儿当时就读了脂砚斋评《红楼梦》,就读了金圣叹点评的《水浒》,乘胜追击连读毛宗岗注《三国演义》《西游记》《聊斋志异》《儒林外史》,差一点要读当时高干们才有的大字本《金瓶梅》了。苏同学往她跟前一蹭,也就二十来米的距离,她慢悠悠走过去,十几秒的时间就把这个再世商鞅看透了,立马就扯上了热火朝天的《水浒传》,一百零八将连门都没有,就拿中国男人的软肋武大郎来应对。苏同学刚说出校长女儿的名字,就劈头盖脸迎来一阵杀伤力极大的炮火轰击,苏同学一下子都懵了。校长女儿已经走远了。

校长女儿就在渭北大学斜对面的渭北师范学院中文系读书,不用骑自行车,步行一百多米。校长女儿没想到苏同学心理素质这么好,第二天老时间老地方又出现了,校长女儿又是一阵"三寸丁榖树皮武大郎"。苏同学这回没懵,脑子十分冷静:"我有权利追求我喜欢的姑娘,你不能这么侮辱我。""法学专业你白学了嘛,《商君书》里辱民这一条就是为你准备的,要恨你恨你的老祖先商鞅去。"第三天,校长女儿骑自行车从家门口飞驰而出,根本不给苏同学机会。苏同学就每天在路边等待这个冷美人从他身边一闪而过。苏同学坚持不懈。一个月两个月半年一年,天天如此,风雨无阻,那种痴呆的样子再次成为全校的笑料。大家就劝他放弃吧,何必呢?老乡私下都骂他大傻瓜你傻到什么时候是个够。苏同学就一句话:“你们就没发现她没男朋友?”苏同学就这么安慰自己,绝不放弃。

1976 年冬天粉碎“四人帮”,1977 年冬天恢复高考。这一年 74 级工农兵学员毕业,苏同学留校从事行政工作,据说校长专门给政法系打个招呼。苏同学苦恋女儿这么久,渭北市人人皆知,校长这一壮举赢得了为人厚道的美名。全班只有三个学员留校工作,其他同学哪里来回哪里,大家这才意识到苏同学一点也不傻,说他傻的人暗中抽自己嘴巴。

校长女儿 1978 年考上中科院研究生。

1978 年留校一年的苏同学终于找到了媳妇。女的是刚分到渭北大学附中的老师,女老师感情受挫,相恋五年的男朋友考上研究生去了上海,跟导师的女儿走在一起,抛弃了相恋五年的女朋友。女朋友伤心欲绝,离开亲人离开省城西安,自愿到渭北市工作,已经算是大龄青年了,二十七八岁了,经人介绍与苏同学相识。介绍人在介绍苏同学可笑的求婚经历时女教师顿生敬意。第一次见面,苏同学就痛说革命家史,两次一厢情愿的单相思被苏同学演绎成两次失恋。更重要的是苏同学一丝不苟的举止,不苟言笑,目不斜视,目光坚定,稳重可靠可信。见面三次后,女教师就带苏同学去西安见父母,父母也觉得这个小伙子靠谱。小姨子小舅子吃饭时开未来姐夫的玩笑,预备期姐夫全都上当,他就不会开玩笑。全家人为之一愣,一个没有幽默感没有一点点情趣的人跟女儿过一辈子,太可怕了,气氛就紧张起来。只有受过伤害的女教师两眼放光,兴奋异常,那神情在告诉家人这正是我需要的。回渭北市的车上,一对男女相视而笑,紧紧相依,手握在一起,全身的血液潮起潮落,波涛滚滚,涛声就一个节奏:

刚好！

.3.

整个夏天，母羊身上戴着布兜，公羊一点办法也没有。他们也很少挤奶，母羊保持着锐气。牧草越拧越紧，大地显出金属般的坚硬和光泽。羊群在大地上游荡，它们在夏牧场长的是水膘，在金秋季节要长一层厚厚的油膘。发情期一次次推迟。丈夫还要磨练一下他的牲畜。丈夫给她讲山里那片草地，丈夫已经去那里割过草了，过冬的牧草全是从那黄金谷地割来的。

“我生孩子你都没有这么照顾过我。”

话是这么说，她心里还是很高兴的。她给丈夫准备进山的东西，忙了好几天。

那天清晨，她睡得正香，丈夫赶着羊群走了。走了很久，她突然从梦中跳起来，扑到窗户上，窗户嘭一声炸开，她半个身子伸到窗外，跟太阳打个照面。太阳刚出来，还嫩着呢，能感觉到太阳脸上的湿气。那条灰白的大路被原野吞下去了。在原野消失的地方，是那座跟苍穹连在一起的山，天山。丈夫要找的好草就在天山里边。

她从窗户上下来，给孩子们做饭。两个孩子吃过饭去上学。她叮咛他们放学后早早回家，不许玩。牧场的孩子一路回家一路玩，常常跑到野地里找也找不到，大人急得发疯，他们跟蛐蛐一样突然从石头缝里蹦出来。她受到这种惊吓可不是一两回了。两个巴郎子比看一群马还费劲。哥哥和弟弟答应着，他们撇开蹄子跑，爸爸不在家的日子对他们来说简直是过节。

中午饭是邻居的女孩捎到学校去的，哥俩压根就没回来。下午快放学时她赶到学校，教室已经空了，几个学生在打扫卫生。天快黑了，她在十几里外的沙枣树上找到哥俩。那里有一大群孩子，跟鸟儿一样悬在树顶，沙枣林前面是大沙漠，孩子们在看野骆驼。她撕着哥俩的耳朵往回走。小家伙吭哧吭哧就是不讨饶，走到半道她自己心疼了，她不能把儿子的耳朵跟揪树叶一样揪下来啊。

“野骆驼吃小孩你们知道不知道？”

“野骆驼吃草吃树叶子。”

孩子已经不好蒙了，她就改变口气：“野骆驼吃小孩鸡鸡，小孩的鸡鸡像树叶子一样嫩呀。”

孩子站在路边，不要她看。她转过身去，孩子们仔细检查他们的鸡鸡，肥嘟嘟的，嫩嫩的。

“比沙枣叶子还嫩呢。”

“骆驼刺有刺，咱们没刺。”

两个小家伙慌里慌张系好裤子，妈妈摸他们的脑袋，一手摸一个像摸大西瓜。

“不用怕，有妈妈在。”

两个孩子使劲挤她，她的头就高高扬起来，脖子显得很长，跟天鹅一样。晚霞像红纱丽裹在高高的白杨树上，快要裹在她的头上了。两个小家伙叫起来：“妈妈！妈妈！”她的头比白杨树还高，还要傲慢，她的脸庞擦着燃烧的晚霞轻轻走过去。“妈妈你真牛啊！”她紧紧搂着孩子，穿过林带走回家。

牲畜饿坏了，用脑袋撞门。它们叫唤够了，绝望了，就这样了。她到房顶上去扔干草，草捆咚咚落到院子里，牲畜就不闹了，牲畜的眼睛亮起来。孩子们也饿坏了，可他们感觉不到饿，兄弟俩嘻嘻哈哈给牲畜撒干草。干草跟小旗子一样哗啦啦响。她忙着做饭，她再忙也要看一下孩子。孩子在牲畜明亮的眼睛里跟小神仙一样。孩子逗它们玩呢。干草芳香的旗子在牲畜眼前晃来晃去，惹得它们发急，嗷——一声长嚎，才能得到一面香喷喷的旗子，唰啦唰啦咽下去，大鼻孔喷出一股粗壮的热气，小家伙的脸被烘得又红又热，老远能听见牲畜的长嚎和撞门声。

有人在外面看。大家以为他们家给牲畜配种,阴阳交火才这么闹。看热闹的有男人有女人,女人看了热闹还要说闲话:“男人没在家,小孩才这样。”土墙很矮,能看见大人半拉身子。她不想打扰孩子们的乐趣。饭在锅里温着。她靠着门框看孩子们闹,她也想闹一闹。她可不能这么干,村里人会骂死她的。她可以放纵一下孩子,这么闹腾的结果,牲畜吃得特别多,吃不下去了,还瞪着眼睛。“妈妈,它们还瞪眼睛。你们没吃饭,它们不放心呀。”孩子的肚皮跟鼓一样响起来,孩子们吓坏了,妈妈告诉他们:

“那是青蛙。”

“是牛,是一头牛。”

“是青蛙,咯——咯——咯。”

孩子们笑了,他们相信是青蛙,妈妈嘴里有这么一只青蛙,他们肚子里更多。他们嘻嘻哈哈洗手洗脸,奔到饭桌前。妈妈说:“喝汤,先喝汤。”

他们埋头喝汤,碗在手里咕噜噜响。

外边人很吃惊:“他们家孩子不吃饭先喝汤。”

孩子们就嚷嚷:“我们有汤,进来喝呀,我妈妈给你舀一碗。”

外面的人走开了。

孩子们开始吃饼子。油炸肉饼,黄黄的,刚升上来的月亮就这么黄。孩子们咬一口,摇一下头:“咱们咬月亮。”手里的黄月亮缺口越来越大,天上的月亮升到树梢上。

“妈妈,饼里面有肉吗?”

“里面是羊肉。”

“它给谁吃呀?”

“给天底下的好孩子。”

“我们是好孩子吗?”

“好孩子吃好喝好该干什么?”

两个小家伙奔到房间里,电灯哗亮了,书包文具盒响几下就安静了。他们就像草地上的两只兔子,在嚓嚓吃草。她坐电视机底下看她心爱的兔子在草地上蹦跳。

他们家的电视机礼拜天才打开。金丝绒机罩就像拴在母羊身上的布兜一样,电视机保持着锐气,直到礼拜天,孩子们一下子进入《动物世界》。村里人的电视机每天都开,她告诉孩子们:“等到礼拜天,他们的电视机就没劲了,跑不动了。”

“他们的《动物世界》不好看,斑马跑不快,狮子也不威风。”

孩子去同学家看电视,发现了这个秘密。不能老让斑马跑啊跑啊,不能老让狮子抖啊抖,应该让他们休息休息。

“它们跑累了,眼睛里没神。”

那家的大人叫起来,那是村里牌子最亮的电视机。孩子完全是大人口气:“不神气不威风,牌子亮没用。”孩子知道大人要干什么,拉上弟弟掉头就走。大人攒足了劲要教训小孩几句,嘴巴刚咧一道缝就失去了进攻目标,嘴张啊张啊就张成一声哈欠,泪都打出来了。调几个台,不管是人还是动物,都没精神,连体育频道的球赛也是臭球不断。大人不看了,把遥控器交给孩子。看那臭节目,还不如骑上马在野外兜一圈。

大人到马棚子里去了。他牵出来的不是斑马是高大的巴里坤马,一身雪白,跟一朵云一样。

“什么鸡巴《动物世界》!”

他跃上山冈,忽然又冲下去。他既不是老虎也不是狮子,他是天山脚下的牧工,他自豪得不得了,就嗷嗷叫起来,叫着叫着就有了调子,他根本不知道这是什么调,反反复复就这么几句:

沙山子好地方呀,

天底下多么好的地方！
快马跑上三天三夜啊，
跑不到高高的沙梁……

在绿洲的尽头，一道道闪射金光。看一眼沙梁上的金光，人就没脾气了，肚子就不胀了。

那个惹他生气的小孩还到家里来找他儿子玩，他呵呵笑着摁小家伙的脑袋，小家伙跟儿马一样跳开了。他嘴上的两撇黑胡子越翘越高，跟大鸟的翅膀一样。

他给电视机做一个柜子。电视机是头牲口，必须给这头牲口做一个结结实实的柜子，安上锁，跟关囚犯一样把它锁起来。不锁起来不行啊，孩子可以吼老婆不能吼，老婆就像机芯里的虫子。孩子上学的时候他才让老婆过过瘾，钥匙不能给老婆，再闹也不给。电视越来越神秘，越来越有吸引力，老婆不串门了，不打麻将了，眼睛里跳着一团火焰，围着电视机柜转。老婆就这么被拴在电视机柜上了。丈夫省心多了。

孩子把这个消息告诉妈妈，妈妈笑笑不吭声，各人有各人的生活，妈妈不愿意给别人下结论。孩子不依不饶："咱们的电视机为啥不关起来？"

"咱们的电视机是训练好的，他们的电视机还没训练好，等训练好就会放出来。"

礼拜天，孩子们就跟唤牲口一样打着秃噜喷着鼻子，扒下金丝绒罩子，电视机就像辽阔夜空下的一匹马，精神抖擞奔到孩子身边。根本感觉不到电视机和遥控器，在孩子的世界里，这些小玩意是不存在的。随着周末的结束，那匹马消失在辽阔而神秘的世界里。孩子们给它盖上罩子，爬上床，钻进被窝。孩子保持着锐气，开始礼拜一的生活。

算算日子，丈夫该回来了。她在房顶取干草时，定神看一会儿遥远的天山，雪峰猛烈地闪一下，眼睛就湿了。手里的干草捆就像着了火，呼啦啦飞出去，跟炮弹一样落在院子里，牲畜们吃惊地看着女主人，它们看女主人时眼睛显得特别亮。

女主人咚咚咚从木梯上下来。

三匹马还有好几头牛跟着女主人来到野地里。大片的牧草被收割光了，还有一坨子一坨子没法收割的牧草，跟一簇簇耀眼的篝火一样。马很喜欢这些零散的草，空隙大，可以潇洒地奔跑，跟玩似的。两匹枣红马是给儿子的，它们是两岁的小马，儿子上中学时骑儿马。

那匹白马十二岁，她从县城嫁到偏远的沙山子就是骑着这匹白马来的。娘家没人送她，一个县城的丫头跟牧场的人结婚，娘家很没面子。新郎带一帮朋友，个个高头大马，叮咣叮咣，马蹄铁快要把县城大街踩裂了。新郎把新娘抱上马背，白马轻轻跑起来，新郎的朋友黑压压跟在后。她没想到那帮骑手里有蒙古人有哈萨克人，马头琴和冬不拉骤然间响起来，仿佛一股沙暴，席卷了小小的县城。骑在马背上才感到县城有多么小。暴雨般的琴弦之后是沙哑高亢的歌声，几十个大嗓门几十门礼炮一样在热血汉子的胸腔里轰鸣：

沙山子，沙山子多么好的地方，
天底下多么好的地方！
沙山子，沙山子多么好的地方啊，
玫瑰插上了鹰的翅膀，
玫瑰插上了鹰的翅膀。
沙山子就是这么好的地方。

她成了沙山子的新娘，生下两个孩子，一个长到九岁，一个长到八岁。白马长到十二岁。

十二岁的白马刚开始还是一副老成持重的样子,很快就玩起来。它正当壮年,毛色已经变成青灰色,是一匹漂亮的青骢马,在她的意识里它一直是白马。那种纯白是永恒的,丈夫也乐意叫它白马。

她的身边是几头花牛,牛守着一坨子草,不像吃草像在编席子。她就坐在席子上面,牛奶头蹭她的背,热烘烘的像一团火在烤她。她的肩和背有点圆,她要站起来是很挺拔的,挺拔中透着丰满。牧工的妻子就该这样,结实的乳房奶大孩子,孩子开始喝牛奶,乳房还那么结实,直直地挺在丰满的胸口跟一对刺刀似的光焰逼人。不要说丈夫,整个沙山子的土地包括吓人的一道道沙梁都笼罩在这巨大的光焰里。她轻轻笑起来,这一坨子草算什么篝火,一个结实丰满的女人才是真正的大火。她坐在大地上,坐在太阳底下。沙山子就是这么好的地方。沙山子就是这么好的一个地方啊。

她赶牲畜回家。

她挤牛奶,把奶煮开,在木桶里搅啊搅,搅出一身汗。出汗舒服啊。天凉了,她不怕天凉。她用温水擦洗一下,换上干衬衣。衬衣有干草的香味。衬衣是干草上晾干的,把洗衣粉的气味都遮住了。干爽芳香,跟草一样在她的皮肤上窸窸窣窣。

她进厨房,她有一种异样的感觉:厨房门开的时候她的乳房猛地一颤,她的胸膛好像开了。她没喊出声,她的眼睛和嘴张得很大。这种感觉太奇妙了。乳房厨房,太奇妙了。火烧起来,锅吱喽吱喽响,乳房一跳一跳,跟一对鼓槌一样,不是菜刀不是铲子勺子,是她的乳房在乒乓敲打厨房。她看见高高的干草垛,跟山一样顶着弯弯的苍穹,她的胸口快要贴上蓝天了,她的身体在想念丈夫。丈夫把他那副好身坯带到山里去了。

孩子们吃过饭呼啦冲出大门,像一群麻雀。她低着头干活儿,手上活儿很多。羊粪是晒好的,晒了整整一年,都干透了,干成青绿色跟猫眼宝石一样。她把青绿色的干羊粪又晒一遍,让它吸足阳光。

母羊下羔就靠这个羊粪，铺厚厚一层，就是大地上最温暖最结实的床了。她都想在上面躺一躺。生养对人对畜都是一样的神圣。她抓一把干羊粪，结实饱满。她把它们撇出去，她手里还是那种结实饱满的感觉。

整个房子整个沙山子都是这么饱满结实。

沙暴从北边的沙梁上过来了，跟一道黑墙一样把天和地砌在一起。太阳就像供电不足的灯，发红发暗。大人们心里紧张脸上没动静，他们知道沙暴的厉害，他们从容不迫把牲畜赶回家，把孩子拨拉到老人身边。孩子跟小兽一样在老人怀里发抖。远方传来可怕的嗥叫，那是大地在叫。

她在地上蹲一会儿，才敢走出家门，她往学校赶，半路碰到孩子，两个孩子跟鸟儿归巢一样撞进她的怀里，母子抱成一团。有个男人喊她名字，她才想起回家。她拥着孩子走得很慢，回到家，孩子才敢睁眼睛。

牛在圈里哞哞叫。

孩子也叫："听不见马叫，马死了。"

她跳起来，马在野地吃草呢。这几天马都在野地里，晚上她才去招呼它们回家。

她一下子镇定下来，打开柜子，穿上马靴和大衣，风镜是丈夫的，宽皮带也是丈夫的。孩子们叫起来："妈妈你是外星人。"

"妈妈你去哪里?"

"去火星。"

"火星，哈，去火星。"

孩子们反而不害怕了，她拍大儿子的肩膀："你爸不在家，你就是家里的男子汉，你要照顾好弟弟。"

那是中午十二点，外边一片漆黑，太阳断电了。房子很快也要断电了，她点上蜡烛，所有的房子都点上蜡烛。她提着灯走进一片黑暗，大儿子奔出来，塞给她一个手电筒，儿子大喊："妈妈小心！"就奔向院子关上大门。

天越来越黑，沙暴带来的黑暗密不透风，她像在地底下行走，灯光只能照出她的脚面。折腾半天根本没出村子，她老是撞到墙上。她听到暴雨般的刷刷声，沙暴在穿越林带，林带跟筛子一样滤掉那些大石头。碎石和沙土谁也挡不住。她要在飞沙走石到来前找到马。她在这里生活了十年，她的脚走熟了这里的大地，她就把自己交给脚，脚走哪儿就是哪儿。她就这样走出村子，走到野地里。

她耳朵贴地上，马蹄声跟沙尘暴声是不一样的，马蹄有很长很丰沛的嗡声。她朝那嗡声奔过去，差点跟马撞在一起，要是一匹陌生的马她可就没命了。马熟悉她的气味，马鬃在她脸上扫一下，就停在她身边，她抓着马鬃爬上去，她贴着马背，她的嘴巴跟马耳朵接在一起，跟话筒一样，她的声音很大，她大喊马马马。马听懂了她的意思，马在疾风里扬起前蹄又没落下来，马灯哗啦一声碎在地上，她赶紧摸出手电筒，手电筒可以照出四五米远。马在原野和黑暗中奔窜，沙子跟子弹一样射在身上，越来越紧。

在一面斜坡上，碰到另一匹枣红马，两匹马一起奔跑。

在野地里，她就被风卷下马背，马随即也倒了。她抓紧马缰，马脖子贴着她的脸，马脖子跟她的脸一样滚烫。太阳血红的光芒突然从黑暗的缝隙里闪射出来，她和马一跃而起。马脖子一片红，马被飞石击破了，更狂暴的沙石马上就到，她翻身上马，天刷又黑了，太阳彻底灭了。灭死了。

她和两岁的小马奔上斜坡，这回手电筒也碎了，马眼睛闪射奇异的光芒，直射村庄，直扑她的家。飞沙走石轰隆隆紧追不放，儿子拉开大门，枣红马嗖地窜进去。儿子关门时沙暴赶到了，轰的一声巨响儿子被弹在墙上，一股砂石冲进院子。幸亏儿子机灵，打个滚躲开了。她奔到门后，用肩膀顶住门板只能顶到一半，两个儿子跑过来帮她，母子三人顶不过沙暴，砂石快要堆满院子了，有一团砂石破窗而入，到了床上。两匹儿马奔过来，扬起铁蹄踏在门板上，门板哐一声跟门框合在一起。他们插上门栓，顶上杠子。门板有一拃厚，外边包着铁皮，沙子嘣嘣响跟子弹一样，咚咚声是石块。

孩子们问白马的下落，其实她心里更着急，她不能让孩子们看出来，她说："白马不会有事。"

"沙暴跟大炮一样怎么可能呢？"

"白马在林带里呆着。"

她给孩子撒谎她脸上烧呼呼的。老天爷保佑大白马不要出事。

大白马死在林带边上，离林带几十米的地方，一个旱獭窝打断了它的前蹄。紧接着是石块，击开脑门，血浆染红的地方开始发黑。

孩子们哭："大白马你在林带里呆着跑出来干什么呀，你应该听妈妈的话。"

她告诉孩子们："大白马救了你们的爸爸，救了咱们的羊。"孩子们瞪大眼睛不明白她的话，连她也奇怪自己说这样的话。

她越来越相信这突如其来的莫名其妙的话，这场沙暴是冲她家来的，要夺走她一样东西。简直没一点道理，生活有道理吗？生活也一样。丈夫和白马总得失掉一个。她这样对孩子们说："妈妈做姑娘的时候骑着大白马来找你们的爸爸。""你就做了我们的妈妈。""对呀，大白马把妈妈丢在沙山子了。"

孩子们叫起来："大白马上天喽，把妈妈留给我们喽。"

沙暴带来的尘土打扫了两天才打扫完。

第三天早晨，丈夫和他的羊群出现在村巷里。宁静的村庄一片流水般的咩咩声。丈夫醉酒似的在马背上摇晃，快要栽下来了。他和他的羊群闪烁着黄金草原最后的辉煌。金光射进院子，母子三个人从梦里跳起来。

"爸爸，我们的爸爸。"

“羊，我们的羊。”

两个孩子衣服没穿奔到院子里。

她拉被子盖住半裸的身子，羊群已经涌进来了，她竟然这么傻坐着。丈夫牵着马出现在门口，丈夫和马望着她笑，咧着大嘴笑，马兴奋得喷鼻子，马用鼻子笑，他们从窗户里看床上的傻女人。

她猛地一抖跳下床就不傻了。她手脚麻利，扒拉一下把自己收拾利索，她只在镜子里瞥一眼就信心陡增。满院子都是羊，羊还带着山里的野气不肯进圈，在院子里挤来挤去，她走不到丈夫跟前，丈夫说“快把公羊母羊分开”。

她就不好意思到丈夫跟前去了。

孩子们拉开羊圈的门，丈夫扳着公羊的脑袋，一个一个把它们扳到圈里。她扳母羊，母羊没有公羊这么倔，可母羊静得可怕，原地不动，焊在地上似的，丈夫过来帮她，才把母羊扳到圈里。羊在圈里大合唱，孩子们跟着叫，根本听不见孩子的声音，他们扬着小脑袋龇牙咧嘴尖叫也不顶用，小脸涨得通红，他们拉上爸爸到房子里，关上门，才能勉勉强强让声音传到爸爸耳朵里：“不要让它们叫了。”

“你要干什么？”

“我们也要叫。”

“到学校叫去。”

孩子吃完饭去上学，他们在门外大叫，路边的人都在看他们。

丈夫半躺在床上抽烟，她在牲口棚里忙活半天，过来问丈夫，它们在山里闹吗？

“闹，咋能不闹。”

“那你辛苦了。”

“要打羔了，它们个个像地雷一样。”

她在柜子里取丈夫的换洗衣服，屁股就高高地撅起了，她感到一只手伸到圆浑浑烫乎乎的屁股上，她愣在里，摸着丈夫的衣裤。她紧张兴奋,她转过身,丈夫拿一棵烟,没拿她的屁股,幻觉比实物强烈迅猛,她一下子走到丈夫身边,那股浓烈的汗腥和烟草味一下子把她击晕了,她使劲地闻丈夫身上的气味。丈夫刚才就这样闻孩子,等那甜丝丝气息渗到骨头缝里,再仔细地看孩子,捧着孩子的脑袋长长地看啊。丈夫也这样看她,那种意思很强烈。她强忍着,再强烈也不能让空着肚子啊。她猛地从丈夫身上跳开,丈夫吓一跳。

“我去做饭。”

丈夫啃了好多天干馕,皮袋子里还剩下两个,还有杏干和梨。丈夫有一副好肠胃,可她还是心疼丈夫的肠胃,那些肠胃是她的,丈夫身上所有的东西都是她的。她手脚麻利,做满一锅揪片子,羊肉辣子皮芽子还有洋柿子,它们混合一起,整个沙山子都是这个味儿。丈夫吃得满头大汗,吃下去两大盆,湿漉漉,不停地擦汗,嘴里痛快地啊啊着,吼隆隆喝着,汤汤水水的太有吸引力了。丈夫站起来,松一下裤带,点一根烟。

“再来一盆。”

一根红雪莲盛开之后,引起更大的食欲。

她赶快烧水,她往洗澡盆倒两大桶开水,加一小桶凉水。丈夫就进来了,脏衣服一件一件落到凳子上,丈夫的皮肤是松木一样的暗红色,刚出一身汗,红松木一样的皮肤就成了一团火,像渗着血的马肉。死在沙暴里的大白马就渗着这样的热血。村里人分马肉时,马还是滚烫的,简直就是一匹活马。丈夫果然问到那匹马。

“怎么没见白马?”

“沙暴把它带走了。”

“沙尘暴带走白马,这是怎么回事?”

“他已经十二岁了,该走了。”

“你是它驮来的呀。”

“它吃了秋天最好的草,它没有一点遗憾。”

“你太了不起了，我都不敢认识你了！”

“水要凉了，快洗吧，。”

我要给你一匹更好的马，一匹两岁的儿马。那是孩子骑的，好马都是从两岁开始的，两岁的马多美好呀。她已经出来了，丈夫还在里边说梦话。她喜欢听丈夫说这种颠三倒四的话。她在门外站一会儿，端着一盆脏衣服，再这么站下去她会晕倒的。丈夫一边擦身子一边唠叨，嗞啦嗞啦像用铁片在刮。“十二岁的大白马，十二岁啦；十二岁的大白马，十二岁啦。”丈夫反复念叨这句话，接着是哗哗哗的冲水声。

水不知什么时候冲到她手上，她坐在院子哗啦哗啦搓洗衣服。阳光在手上跳跃，凉飕飕的；阳光从凉水里渗出来，丈夫的气味飘满院子。丈夫的衣服一件一件晾在铁丝上，在风中啪啪响，扇她的脸扇她的光胳膊，扇到太阳脸上，太阳很兴奋，满脸通红，火烧火燎的红，就像铁砧上被锤击的红铁块，她听到铿锵嘹亮的叮咣声。她到房子里收拾澡堂和地板，耳畔还是亮的叮咣声。她把黑乎乎的脏水倒在林带里，黑水跟铁器一样叮咣叮咣敲打土地敲打树根，整棵树很悲壮地响起来。连水桶也在响，小板凳也在响，芨芨草扎的小扫把也是这种嘹亮的声音。会不会是幻觉？她反复问自己。她轻手轻脚，高度警觉，许多汹涌而激烈的感觉狂风般掠过辽阔的大脑，她轻轻飘飘地走着，走到丈夫身边。丈夫很雄壮地呼噜着，从喉咙胸腔有数不尽的大石头在滚动，所有的声音都是从这儿发出来的。他大展肢体仰躺在床上，拉舍尔毛毯像飞毯，四个角在突突跳，那双大脚板伸到床外，她把脚扳回去。这么大一个丈夫一条毛毯是不够的。她又加一条毛毯，她的手无意中碰到丈夫的生命，那是丈夫的开关，再碰一下会爆炸，丈夫的胸高高地挺起了，呼噜声惊天动地。她提心吊胆，慢慢退出房子，到羊圈去看那些羊。

她蹲在羊圈里，羊就到了她怀里。每一只公羊身上都积蓄着可怕的力量,从夏天到秋末,又到天堂般的高山牧场去吃最后的鲜草,多了不起呀,山上下来的好汉!她悄悄告诉公羊:你是了不起的男子汉,天山顶上下来的男子汉啊!她的鼻子碰着羊的鼻子,羊就安静下来,沉沉的身体在她手里安静下来,腹腔一股气喷到她脸上,温馨而甜蜜,只有羊才有这么好的呼吸。那是头羊,头羊在她怀里是大海汹涌的波浪,浪头从她胸口滚过了。她拥抱了每只公羊,她贴着每一只羊的耳根如同轻风般絮语:"了不起的好汉,天山上下来的好汉啊!"风在牧草里就是这种轻柔的声音,一只公羊衔住她的头发,她的头发很结实,她血气很旺就长这么一头好头发,比牧草的根还结实。她顺着羊的性子她不反抗,她的脖子伸得很长跟天鹅的一样,羊只拔下几根头发,羊吃惊地看着她,羊忘了吃这些好头发。头发跟胡子一样长在羊嘴巴上。羊就像看一片草原一样看她的女主人,蹲在眼前的芳香无比的女主人就是一片花的草原,这么好的草原,吃上一棵草就行了,那草成了羊永恒的回忆,留在嘴巴上。女主人出去了,它们以为自己走出草原,它们彼此打量,发现对方都长着几根漂亮的胡子,草原上最好的草都从它们身上长出了。它们是公羊,它们身上很容易涌起一股温暖而强大的力量。这种力量催着它们长啊长啊,积蓄在生命深处的辽阔草原一下子就复活了,它们不再朝门口拥挤,它们沉浸在雄壮的宁静里,这种宁静使它们的眼睛变得深不可测。

她去看那些母羊,母羊身上都戴着布兜。她摸着布兜她就说不出话了,用什么话来赞美一只母羊呢?在布兜后边,是漫长的夏天和辉煌的秋天,沙山子任何一个地方都是寂静而辽阔的大海。

那是沙山子留给她最早的记忆。

那个瘦高的沙山子牧工赶着马群到县城后,就成了空身一人,马群是公家的,离开马他就难受。他在馆子里喝了很多酒,醉倒街头,整整一个礼拜,走到街口他就发抖。沙山子是块辽阔的土地啊,牧草跟金子一样,枸杞子跟红宝石一样。一个灰暗的人是回不到故乡的。

他把自己武装起来，他要干一件大事，他也不知道他要干什么事，反正他得干一件大事。他看见一辆铃木五十，摩托手把自己捂在头盔里模糊不清，铃木五十后座上的丫头却有很好的颜色。好颜色的丫头在醉汉眼里就跟一幅油画一样。沙山子就是一幅壮美的油画，沙梁、牧场、田野上的红枸杞和遥遥相望的天山雪峰，在同一地方反复出现。他有足够的勇气走过去告诉那个丫头，跟我到沙山子去吧，那地方啊就是你脸上的颜色。丫头万分惊讶喊不出声，自己的手把自己的嘴堵上，自己的心灵被自己眼睛里的梦幻吓傻了。应该有这么一个男人，肤色黝红，灼热烫人，猛然出现在你面前让你发晕。这次注定要晕倒。丫头咬着自己的手，快要倒下去时，陌生人托住她，她的耳畔反复出现沙山子、沙山子，多么奇怪的地方啊。未婚夫带她来领结婚证，小伙子半途要找一个熟人，谁也不知道他会有这种怪想法，他在县城有很好的工作，有好工作的年轻人就一定有好人缘，就会有好颜色的丫头做老婆，就会骑上铃木五十驮着这个丫头领红本本，也理所当然要在路上停那么一会儿。就那么一会儿，丫头晕晕乎乎跟一个陌生人走了。

他们走到街口，陌生人不知道下一步该怎么办，他可以告诉人家一千遍一万遍沙山子，他不能领着丫头一步一步走到沙山子。一百多公里路呢，她几乎在说梦话，他告诉丫头："很快会出现奇迹的。"他一连说两遍，第三遍只是个念头，快要从脑子里消失的时候，牧场的大卡车停在他们面前，司机大骂："你死了吗，啊？一个礼拜不见人影，还以为沙暴把你卷走了，牧场的人全都到沙梁上找你去了，老鼠都在找你呢。"他给司机嘴里塞一根烟，点上。司机就不吭气了。

"我又没有闲着。"

他钻进驾驶楼，把丫头也拉上来。

车子刚走，摩托手嘟——就转到这里。摩托手拎着头盔，两眼冒火。铃木五十跑遍县城的大街小巷，跑在郊外的公路上，绕着小城兜圈子，它好像有点怕那辽阔的野地，野地里有一条细长的公路，越远越细，细到远方就断了。摩托车是不会到那里的，尽管摩托手把铃木五十开得像愤怒的坦克。

故事越来越简单，沙山子牧场两个最好的骑手在沙暴到来之前，骑上大马去找他们的朋友，被沙暴卷到沙梁那边去了。此刻，他们的朋友醉倒在县城的街道上，眼睛充满梦幻，他们朋友一场，他们同时看到蓝色的梦幻。人们找到他们的尸体，吹尽沙子后就看到了眼瞳里的蓝色梦幻。

丫头也看到了。丫头从那蓝色梦幻般的眼瞳里看到一个火红的影子，跟死者告别的人都没有留住那蓝色的梦幻。就她留下了。她的影子在死者的眼瞳里晃动，就像一个活人在看她。

死亡的沙山子是不存在的。

丈夫每次去山里放牧都要用这句话安慰她。她相信这是一种真理，风暴和土地的真理。它们要你就得给，每年一场沙尘暴，总要带走一些牲畜和人，他们的眼瞳里有这种蓝色的梦幻。眼瞳里为什么有这么蓝的梦幻？丈夫告诉她：那是苍穹，苍穹落在牧人眼里苍穹就活了。沙山子没有死亡。丈夫说这话时，她就眼睁睁地看着丈夫，她的眼睫毛又长又密，一股汹涌的波涛奔腾着，她不让它们发出声音，它们静悄悄地奔腾着，那一刻她跟冰一样凉飕飕的。这种冰凉总是激起男人的雄心，丈夫热辣辣地走了。沙山子没有死亡，丈夫总能把牲畜赶到安全的地方，真有一天沙暴把他带走，她也不会相信这种死亡。

死亡是短暂的幻觉。

她把她人生最大的决定告诉父母时，她也告诉他们，这是她梦寐以求的，这不是幻觉，一个二十三岁果断干练的女子可以有许多不切实际的想法，但对自己的婚姻绝不含糊。那个摩托手，与她相恋五年的小伙子，听她把话说到这份儿上，就不再大吵大闹，骑上摩托扣上头盔,嘟——吹哨子似地走了,在她的记忆里,摩托手永远是那个大头盔,多么优秀的男人在大头盔里也会模糊不清的。

大卡车开进沙山子,他跳下车,丫头也跳下去,他们徒步走向牧场。那是沙山子给她最初的印象,也是永恒不变的印象:深秋季节的沙山子辉煌而汹涌,土地跟波浪一样一起一伏,把他们涌向很远的地方。梦幻接近尾声的时候,她应该问一问这个胆大妄为的家伙:“你究竟想干什么?”“你随便,你想干什么就干什么。”

“我放了五年马,我的马一匹不剩全没了,我连家都不想回了,我不知道我该干什么。”

“牧场的人不是放马就是放羊,你想上天呀。”

“你要放过一大群马就知道马是怎么回事。”“你就这么回事么,你还能有什么事。”“你放过一大群马,马没了你也没了。”“你就抓住我不放。”

“我没抓你,我要感谢你,你把我领回来了,沙山子啊我回来了。”“这人是个疯子。”

她决定把他送到家就回去

那是什么家?那是个牲口圈,他住其中一间,那么破烂的地方,究竟是什么力量把她吸引住了?她跟着他忙活了好几天,把这里清理得干干净净。他买来十只羊,五只公羊五只母羊,是从朋友那里买的。朋友要用这些羊产羔呢,它们从夏天就受到特别保护,没挤过一次奶,只有贴心的朋友才肯卖给他这么好的羊。这些羊意味着家业的兴旺。公羊个个像新郎,母羊呢,就是新娘子。他教她解母羊身上的布兜,她很好奇地蹲在母羊跟前,他给她做示范,她是第一次见识受孕的母羊,她受不了那种腥骚味,她不停地咳嗽。

“该你啦。”

“我不干!”

“你总不能歧视你的同胞吧。”

她惊讶得要爆炸，扬手就给他一个嘴巴，他嘴巴就红了，他擦一下，下巴也红了。他自己解，一口气解开四只羊，他把最后一只母羊牵过来。

“你总不能见死不救吧。”

她没想到她的手那么狠，她怀着一丁点歉意勉勉强强解开母羊身上的布兜，她竟然那么熟练那么利索，几乎是无师自通。他嘟嘟囔囔：“这活是女人干的。”他受了委屈似的赶公羊进来。她很快就明白见死不救是什么意思。母羊和公羊挤在一起，母羊嘴里发出濒临死亡时的呻吟，她吓死了，她抓住他的手：“快去救救它们，它们要死了。”这个臭男人，安心地抽着一支红雪莲，她一把打掉红雪莲。“快去救它们，去叫兽医。”“兽医救不了它们。”“谁能救快告诉我。”“它们的丈夫，快去瞧呀，它们的既温柔又能干的丈夫。”母羊大声地叫唤着喷出喜悦的泪水，把地都打湿了。“它们没事了?”“本来没事嘛，你自己吓自己。”“这是怎么回事?”“草原上最好的是，羊妈妈要生羊娃娃。”

县城的丫头跟傻瓜一样听到打羔还糊里糊涂，他很有耐心地告诉她：呆久了你就知道啦，打羔，嘿嘿，真他娘的有意思。人的爱情再伟大也比不上他娘的打羔，打架打仗就羊他娘的打着打着就生娃娃。那个红本本，摩托手苦熬五年的本本在她脑子里猛一闪就不见了，神使鬼差一般到遥远的沙山子来目睹公羊母羊打羔。

他又开始讲神奇的故事，故事已经简单得不能再简单。他告诉她：草原上的羊都是这么打出来的。那时，她初到草原，尽问些傻问题：“这么打下去母羊受得了吗?”“那是源源不断如同长江大河。”“就那么一只羊啊。”“只要开个头，大群大群的羊羔就出来了。”不管这话是真是假，草原上的羊就跟天上星星一样又亮又多。她生第一个孩子时吓得要死，丈夫说：“想想你那些同胞吧，它们多能生。”她一下子就安静了。她挺着大肚子到羊圈去，羊呼啦围上来，羊闻到她身上的生命气息，羊咩咩欢呼她的新生命，她就像一艘航空母舰飘浮在浩瀚的大洋上。她问丈夫："你看我像什么？""像只母骆驼。""母骆驼比不上我，我告诉你呀我是一艘航空母舰。"

丈夫哟嗬坐起来，仔细看啊仔细地看。

"不错不错，确实是一艘航空母舰。"

她很骄傲，可很有分寸。对丈夫她可以无限制地骄傲，面对那些羊她就很谦虚："女人能跟羊比吗？女人生那么几次就垮了，羊年年生，一生一大群，把草原都生满了，它们是几艘航空母舰呢？"她已经想象不出来了。

那遥远的生命海洋让她一天天向往着。

她跟母羊呆在一起就感动得不得了。

她很喜欢在秋天最后的日子里跟母羊呆在一起。

丈夫念念不忘那匹被沙暴夺走的大白马。十二岁的大白马，两岁时从县城驮着新娘来到沙山子，它的搭档母马被男主人牵出来，疾驰几十公里。男主人很挑剔，他要最好的公马。他的好朋友哈萨克人的马群刚从山上下来，朋友说："让它歇一宿，明天吧。"他骑上母马回来了。

他只给母马喝一点水，后半夜加一点草料和豌豆。不能让母马吃太饱。朋友也会这样喂那匹公马。吃半饱马能使出劲。

第二天中午，太阳升上树尖的时候，朋友骑着公马回来了。喝了茶抽了烟，女主人忙着做饭。马不能吃饱，客人一定要吃饱。

客人的大公马拴在院子里，不仔细看会以为大白马回来了。女主人在种马跟前站好半天，种马后腿一跨，硕大的生命跟太阳一样呼一下蹿出来，太阳愣在天上，一个比太阳更雄壮的生命让太阳无比尴尬。女主人已经是个成熟的少妇了，她看到如此雄壮的生命很兴奋，她心爱的白马必将复活。她摸一下公马的长脸，小声说："你多么雄壮，你就像一颗太阳。"马受到鼓励，浑身的筋骨铮铮铮响着，腹下的生命猛地蹿出一大截。她小声说:“你是草原上的巴图鲁,没有哪个巴图鲁能跟你相比。”马的生命仿佛注入高压电流闪出一道道强光,太阳变成了纸鸢,万道金光从马腹底下直贯云天,苍穹更加辽阔更加深邃。她娴熟这些雄壮的生命,她不再说话。她一遍一遍摸着马的脸,摸到马耳朵摸到马细长的脖颈和脊背,摸到圆圆的后臀时,马的龙骨一下子翘起来,马跟游龙一样往前蹿动。她拉紧马缰,跟马一起走进马圈。

母马漂亮的脑袋扬一下,很羞涩地垂下去,马鬃亮闪闪垂到地上。公马挺着雄壮的生命跟一个勇士一样猛地一扑,母马哆嗦着发出深长的呻吟。公马的生命一下伸到大地深处,大地发出呻吟,呢喃着潮润着,沙山子陷入一片沼泽。她紧紧牵着马缰,她浑身是汗。她泪流满面,她摸着母马摸着公马。她的喉咙发出喜悦的哭声,她快要把嘴唇咬破了。惊天动地的呻吟之后,公马发出嘹亮的嘶鸣。她听见汹涌的大河注入大海,天地一下子寂静了。是一种无与伦比的辽阔。

她湿漉漉走出来,站在院子里长出一口气,就像美的沐浴。

她用最精美的豌豆和最清洁的水喂这两匹好马。公马母马都是好马,很快就会有一匹更好的小马。她在水瓢里看见自己的面影,她被自己惊人的美吓一跳。她被一种神奇的生命美照耀着。

更辽阔的生命之河在今夜,在后半夜。羊群全都睡了,她提着马灯到羊圈里去解母羊身上的布兜。羊睡得很香,在一片芬芳的梦幻中,她一个挨一个打开羊的生命之门。公羊在惊喜中被她一个一个唤醒,它们机灵地拥到母羊身边,它们温柔而雄壮。

她把一大抱布兜泡在盆子里。

她回到丈夫身边,一件一件脱掉衣服。无论是丈夫还是她,一直保持着锐气。大河把一切都卷进去了,月亮跟白鱼一样在波涛里翻滚。

1981年10月7日晚上,已经快十点了,侯班长和团支书做出决定,一个唱白脸一个唱红脸。团支书阳奉阴违应付苏干事,侯班长动员全班同学联名上书给学校,请求放王怀礼一马,保留学籍休学治病。

王怀礼帮学校园林工人干活,清除垃圾,剪树枝,清理杂草,浇水施肥。工人们知道他的情况。经常有学生来义务劳动,王怀礼甚至想当一名园林工人,只要不离开校园让他干什么都行。他干得很卖力,跟干农活差不多,又跟干农活不是一码事。这些园林工人是公家人。苏干事那句"你又成了一个农民"太伤人了,等于一枪毙命啊。王怀礼咬咬牙又一阵猛干,汗都出来了。工人给他水喝,喝了水,又是一身汗。他感到前所未有的轻松。整整一个礼拜他天天去做义工。晚上回宿舍,大家以为苏干事收回成命,放了王怀礼一马,王怀礼气色好多了,能吃能睡了。侯班长闻讯赶来,连说好好好,给舍长递眼色。舍长不敢松懈,几个同学轮流盯着沉睡中的王怀礼。后来侯班长告诉大家,这是王怀礼同学的回光返照垂死挣扎,也是最危险的时候。

有一双眼睛盯着劳动中的王怀礼。王怀礼干得很卖力,一只麻雀落到王怀礼的铁锹把上,王怀礼就愣住了,麻雀的小眼睛那么亮,灰扑扑的羽毛和毛茸茸的小脑袋就像从泥土中脱胎而出的卵虫,开始孵化,长出羽毛,完全是由泥土羽化成生命的过程。王怀礼的双手颤颤巍巍伸过去时麻雀没有躲,麻雀凝视着王怀礼,盯着王怀礼,王怀礼的手指离麻雀非常近了,触手可及了。王怀礼的手指就是触及不到,麻雀小眼睛里的光跟水花一样都飞溅开了,那手指就是到不了……远处那个盯梢的同学都忍不住靠过来了,也就七八米的距离。王怀礼与麻雀的场景再也清楚不过了。这个喜欢画画的同学后来告诉大家:当时的场景就像米开朗琪罗为罗马西斯廷教堂创作的天顶画《创世纪》,上帝与亚当手指相接,就是那么一点点距离,相接而接不上。麻雀如同神灵,麻雀微弱的光芒越过王怀礼颤抖的手绸缎一样盖在王怀礼的脸上,王怀礼的眼泪就下来了,没有声音的泪水从脸上流到下巴,吧嗒吧嗒滴落在草地上。麻雀轻轻飞起,绕着他的头顶飞了十来圈,在他泪水止住的时候悄然离开。

当天晚上王怀礼开始做噩梦,梦中大叫:

"给你压(nia 娘)——打羔哩!打羔哩!打羔哩!"

有点击节而歌的味道。全宿舍的人狗蹲在床,这种带哭腔的梦中咒语让人毛骨悚然。更恐怖的是早晨起床,王怀礼没事人一样。大家也不敢问他。这种噩梦咒歌把周围宿舍的人都惊动了。终于有人问王怀礼,王怀礼矢口否认:"我巴结苏老师都来不及哩,借我一百个胆子我也不敢骂老师,我从小就没骂过人。"还是传到了苏干事那里,侯班长给苏干事一个合理的解释:怀礼骂自己哩,渭北市六所大学就咱渭北大学按规定办,其它五个学校都灵活处理,体检复查不合格的学生人家都保留学籍休学一年治好病再返校,国家这个规定是为了防止有人走后门往学校里硬塞不合格的人上大学,你死板硬套不给王怀礼活路,王怀礼就想转世投胎到其它大学,打羔也有转世投胎的意思。怀礼是个老实娃,怀礼从小就没骂过人。苏干事盯着侯班长:"你油嘴滑舌不像个当兵的,倒像个说书卖艺的。""我没那本事,五百年才出一个戏子,当兵吃粮一年一大茬,苏老师抬举我哩。"苏干事一拍桌子:"其他学校犯法也让我们渭北大学犯法不成?""苏老师甭生气,你想犯法你就犯你不想犯就甭犯,我能告诉你的就是王怀礼没骂人。王怀礼骂自己没投好胎,想转世投胎哩。"侯班长转身就走。

侯班长告诉309的人,怀礼有血性是个汉子,让他喊叫,一定喊到第七天,上帝造人就是第七天。王怀礼喊叫到第七天确实累了,不喊叫了。当天下午王怀礼悄悄离开了渭北大学。王怀礼给宿舍留下一张条子，条子上就一句话：保管好我的行李，行李在魂就在，我还会回来的。谢谢大家！怀礼。1981 年 11 月 16 日。

王怀礼没走远，王怀礼就在渭北市大街小巷串来串去。从入学到现在他就没逛过街，校园把他迷住了。跟大多农村同学一样，校园就是天堂，城市同学告诉他渭北市的几大公园，人民公园、河滨公园、金渭公园时，他没有任何反应，他反而告诉人家世界上有什么公园能跟大学校园相比？大学校园竟然有园林工人！就是泰戈尔那本有名的诗集《园丁集》嘛。他跟大多农村同学一样，只在校门口附近商店买生活用品，街对面都没去过。国庆节就坐车回家，公共车穿城而过，来回几次，他只记下了三路公交车，从渭北大学到车站。母亲曾告诉他一个远房表姐在北郊农村。好多年前表姐寄给母亲的信，母亲把信皮给他，上边有地址。此时此刻，他怀里揣着的这张破旧的牛皮纸信皮就成了联络图，也成了他跟这座城市唯一的联系。他看了好几个站牌，打问了好几个人，弄清了去表姐家的路线。他不想这么早去表姐家，郊区不就是农村嘛。苏干事一句“你又成了一个农民”深深刺痛了他。他的心还在滴血呢。农民、农村，凡是与“农”有关的字眼都能让他毙命。他越这么想就越留恋这座城市。西北高原的城市，满地灰尘，僻静处垃圾成堆，在他眼里都成了一道亮丽的风景。连他最厌恶的地痞流氓他都感到那么亲切。一个地痞故意撞他一下，他一个趔趄差点栽倒，他都没发火，因为他听见几个地痞在议论：“大学生怎么啦？老子照样撞你！”刚从趔趄中站起来的王怀礼一脸不屑地盯着他们，他们就转身走开了。1981 年，大学生还是全国人民眼里的大熊猫，连流氓都以冲撞大学生为荣，当大学生正眼看他们时他们就绷不住了，就匆匆离开。他们根本不知道他们把“大学生”这个词贴在王怀礼脸上时王怀礼的心情有多么复杂。“我是大学生！我是大学生！我是大学生吗？”王怀礼就蹲在小巷子里，一滴一滴掉眼泪。来来往往过去好多人，还有自行车和三轮车。终于有放学回来的小学生拍他的肩膀:“大哥哥,老师批评你啦? 难受成这样子。”他拔腿就跑。这就是城市的好处,拐几条巷子,又是一个陌生世界,谁也不认识,谁也不知道几分钟前发生的事情。他完全换了一副表情。他过一座水泥桥,桥下不是河流是“文革”后期建的水利工程,一条水泥大渠把西部山区水库的水引到关中平原。水渠从城市北边流过,挟带着垃圾,臭哄哄的。水渠边树木成荫,是人们游玩的好地方,人来人往。喇叭声各种杂音在树荫以外。他就在树荫下像听音乐一样听各种杂音和汽车喇叭声,时髦青年戴蛤蟆镜一头长毛高领风衣,个个都酷似日本影星高仓健。“我还能在城市待多久?”他在反复问自己。他在摸着一棵又一棵树,人家误以为他是个盲人,瞅他一眼他没感觉,也没有反应。他把水渠边的柳树杨树槐树挨个摸一遍,就到了另一座桥边,没有树可摸了,他就坐在石凳上。天就黑了,黑了很久,灯亮了,城市的夜景辉煌灿烂,灯光投射到水面,水渠通了电一样奔流而来又奔流而去的一片光芒。突然大街上出现了打着条幅举着火把的学生,跟疯了一样大喊大叫吼着歌曲,渭北市大中专院校的数万学生全都出动了。1981 年 11 月 16 日晚上中国女排在日本大阪第三届国际排球比赛中七战七胜夺得冠军,全国的大学生们都奔出校园涌上街头,把整座城市变成了篝火晚会。到了十字街头,大学生们就举着火把跳起舞,边跳边唱,各种混杂的歌曲最后被这三首歌曲所淹没,大家就反复共唱这二首歌:《义勇军进行曲》《我们的生活充满阳光》《年轻的朋友来相会》。水渠边树荫下黑暗中的王怀礼也情不自禁地唱起来了,唱着唱着就站起来了,不一会儿就手舞足蹈跳起舞来。在他的记忆里他从来没有跳过舞,这三首激动人心的歌曲也是入学后跟大家一起唱的,幸好他唱得不错,旋律和歌词都记下来了。很快他就不满足于一个人独唱独舞,他记得清清楚楚他没有留在水渠边树荫下,他奋不顾身地奔向了广场,奔向了人山人海的洪流,用当时的话说他融入了时代的大潮,不顾一切呀,野马脱缰一样,灵魂出窍一样奔过去了，躯体都赶不上狂跳的心了，他的心眨眼间就到了广场，他的躯体还在路上。在路上的他远远看着已经混入人群的他，人群中的他彻底摆脱了恐惧和压抑，竟然把大姐给他的围脖当火把给点燃了，引起大家一片欢呼，男生们纷纷燃起他们的围脖，有的男生把毛衣外套都点燃了，女生们不停地加油加油好样的好样的，更多的女生以歌声鼓励男生。当王怀礼脱下崭新的外套燃烧起来的时候，一位女生拉起他的手跳起舞来。王怀礼笨手笨脚，不停地踩人家女生的脚，女生跟教练一样引导这个笨蛋转身移步，他们跳的是那种单手相牵转身绕圈的循环舞。这个农村男生很快就被这个城市的女生训练成熟了。大家一直狂欢到半夜，开始返回本校。那个跟王怀礼狂欢的女生显然不是渭北大学的。大家返回时，女生不忍松开王怀礼，就说跟我走吧。王怀礼就乖乖地跟她走。女生很惬意，牵小狗一样牵着这个憨厚朴实的男生。那天晚上，成就了许多男男女女。他们一辈子都感谢中国女排首次夺冠给他们带来的美好青春回忆。那个训练王怀礼的女生把王怀礼带到了音乐学院，大学生们开始在操场上狂欢，真正的篝火晚会开始了。十字街口城市广场上篝火也就是火把，警察们微笑着站在街边观看，同时也提醒大学生们不要闹得太过。街头狂欢显然是热身是预演，返回本校操场就成了露天舞场，园林工人砍伐的干树枝就堆在学校食堂外边的墙角，全被男生们一扫而空，成了操场上篝火的好材料。被舞蹈系女生训练成熟的外校男生王怀礼成为众女生们的抢手货，本校本专业的男生太轻浮太油滑。外校男生王怀礼如同旷野上刮来的一股清风，一次次把舞会推向高潮。青春、生命，篝火、歌声和舞蹈，一直到天亮，一直到太阳升起。王怀礼的大名传遍校园，很快传到渭北大学。

苏干事敏感的神经大受刺激，亲自到音乐学院去核实。苏干事都不知道自己是怎么回到单位的。昨天下午政法系 81 级二班班长就报告说王怀礼离开学校了，苏干事当时就拍桌子："他应该到我这里来办退学手续,没办手续算什么离校?你这班长是干什么吃的?”侯班长就告诉苏干事:“我只负责给你汇报一下王怀礼的情况,他退不退学跟我没关系。”走到门口,侯班长又来一句:“王怀礼退学好像跟你关系很大,非常大。”侯班长轻轻拉上门,走了。苏干事只好找81级二班的团支部书记,团支部书记一口咬定音乐学院的人看到的不是王怀礼,团支部书记把脑袋凑到苏干事耳朵上,小声告诉苏干事:“昨天晚上游行狂欢的时候,我们班同学都看见王怀礼啦。”苏干事吃一惊:“他不是跟音乐学院的人在一起吗?”“不是不是,他们肯定弄错,长相一样的人很多,我们班的人绝对没看错。我就在现场呀,我也看见了呀。昨晚上举国欢庆,比过大年还热闹,闹到十二点才散伙回本校,就在我们返回的时候,有人叫了一声:王怀礼!我们都看见了王怀礼上了三路公交车。车上没几个人,王怀礼不看我们,王怀礼坐着一动不动。309宿舍的人都跑过去了,追好半天,追不上公交车,309的人最先发现王怀礼从巷子里跑出来赶公交车,整个晚上他就躲在站牌后边的巷子里,看着渭北市十几所大中专院校数万名学生狂欢。那种滋味,我们同学都流泪了,女生都哭了,回到操场我们都含泪狂欢,都想把这事忘了,彻底忘了。”团支书含着泪,抖着肩膀:“苏老师,你干吗跑音乐学院去呀?你能相信音乐学院操场上又跳又唱的那个外校男生是王怀礼吗?这消息要是传到我们班大家会崩溃的。”苏干事哈哈一笑:“把我当三岁小孩呀!他完全可以坐两站路就下车到音乐学院去,也许你们看到的是另一个人,跟王怀礼很像的一个人。”团支书望着苏干事半天:“苏老师,我能告诉你的就是:你最好不要把音乐学院的那件事传出去,后果你负责。”苏干事连理都没理:“哼,你以为我是吓大的?”

苏干事当天下午四点半就到309宿舍追问王怀礼到音乐学院狂欢一夜的事情。309的人全都崩溃了。即使到这种地步,他们还是没有把王怀礼留下的条子交出去,也不会说出去,更不会告诉苏干事王怀礼的行李铺盖就在铁架子床上铺靠着墙角的地方放着,离苏干事就两尺的距离。如果苏干事有一张狗的鼻子,他就会马上闻到他脑袋右侧上铺木箱后边装在大纸箱里的行李铺盖,上边的小纸箱里装着王怀礼的脸盆碗筷牙刷牙膏缸子等。苏干事对放行李的地方不感兴趣,只扫了一眼,就把注意力放到王怀礼的床铺上,床铺空荡荡只剩一个光板床。苏干事就告诉大家:发现王怀礼的行踪马上向我汇报,他必须办理退学手续,退了学他爱上哪就上哪。苏干事发布完命令,咳嗽两下,就告诉大家昨晚发生在音乐学院的事情。苏干事刚说一半,309的人就叫起来了:"啊呀呀,王怀礼疯啦,王怀礼魂飞魄散了,我们看见上三路公交车的一定是王怀礼的魂魄。"大家都不理苏干事了,挤成一团,如同炮火下吓破胆的士兵,他们在恐惧中大声嚷嚷,很快就发生分歧,争论半天最后大家一致认定:"跟音乐学院女生跳舞唱歌的是王怀礼的魂魄是王怀礼梦想中的自己,躲在小巷子里忍受痛苦的肯定是现实中的真正的王怀礼,狂欢游行结束,他就上公交车离开我们。"得出这样的结论大家就更难受了:分裂开来的王怀礼什么时候能合在一起完整起来?苏干事及时地制止了大家的瞎嚷嚷:"什么年代啦?还相信封建迷信呀?书念到肚子里去啦?"有个男生怯生生地问苏干事:"人有肉体,人有灵魂呀。"苏干事火了,敲那个男生的脑袋:"告诉我你的灵魂在哪里?没有这颗有骨头有肉的脑壳你有什么狗屁灵魂。"苏干事连暴打学生的念头都有了,他还是克制住了,他刚上309宿舍的门就听见那个被他敲过脑袋的男生对大家说:"苏老师没有灵魂,哈,苏老师没有灵魂。"苏干事攥一下拳头,再次控制住自己。

回到家,他还是忍不住向妻子倾吐这些烦心的事。妻子大力支持他:"你没错,你做得对,你知道这叫什么吗?"妻子告诉他:"这叫行动力,也叫执行力,这几天大家都在议论你,说好说坏的都有,作为你的爱人你的妻子，我当然相信你喽。好的一面就说你是商鞅再世，杀伐决断有行政才能是当官的料。”“坏的一面呢？”“我告诉你，你也别问，把任何负面消息堵在门外，明白嘛？”苏干事抱妻子一下：“这个世界上我只相信你。”苏干事跟那些农村出身的公家人不一样，从结婚那天起他就把家里一切交给城市出身的妻子，一分钱都不给自己留。每当妻子与婆家发生矛盾，苏干事坚决站在妻子这一边。农村老家的亲戚朋友骂他白眼狼也就骂那么两三年，很快就习惯了，他只告诉农村的父母和亲人，我进城要城里老婆可不想过农村生活，道理就这么简单。当妻子把丈夫这句名言告诉自己娘家人时，娘家人彻底放心了。苏干事就这么干净利落地处理好自己的后院，妻子戏称为后花园。工作上妻子都这么支持他，还有什么可说的。

苏干事给系领导汇报了他下一步的打算，亲自去王怀礼老家，把学校的决定告诉王怀礼的父母和村干部，系领导笑了一下：“小苏啊，你这一手很绝，王怀礼这次是插翅难逃哇。”苏干事很讨厌系领导这种口气，他不管系领导的阴阳怪气，他只要系领导的意见。系领导转悠半天，苏干事意志坚定态度坚决，又是王怀礼事件第一负责人，系领导朝办公室秘书扬扬下巴，秘书就开了介绍信。

苏干事当天就赶到周原县，逐级交涉，一切按程序办，严丝合缝，从县上到公社再到大队，大队专门派人陪苏干事到生产队。1981 年陕西还没有包产到户，大队生产队还在。乡村干部常常把苏干事误认为公安干警，苏干事咋看都不像个大学老师。政法专业跟公检法太近。大家就这么看这个严肃认真的真苏干事。到大队时，大队干部以为王怀礼在学校犯啥事了，听半天才明白是体检复查出了问题，大队长和书记当场就急了，治好病不就行了吗？农村娃考大学多不容易？我们这里还没出过大学生哩。苏干事就拿出系办公室开的介绍信，盖着大印。苏干事可是秉公办事，马虎不得。苏干事等大队干部安静下来，就问他们王怀礼的家庭以及社会关系。大队干部只好派一名干事带苏干事到王怀礼他们村(生产队)去。一个大学系办公室干事,一个乡村大队办公室干事,骑着自行车二十多分钟就到了王怀礼家。王怀礼的父母听到这个消息失声痛哭。生产队长、大队办公室干事劝王怀礼年老的父母,王怀礼的哥哥嫂子们也来了,家族的人都来了。苏干事是有准备的,他一言不发,拒绝喝水拒绝抽烟,他的目的只有一个,就是代表学校宣布王怀礼因身体原因不再是渭北大学的学生,王怀礼已离校不知去向,他本人或家人必须在规定时间办理退学手续包括户粮关系。这个消息如同晴天霹雳,在村子里炸开了锅。全村人都拥过来了。苏干事已经完成他的使命,迅速离开。苏干事在县政府招待所住了一晚上,没人知道他怎么过夜的。

第二天上午苏干事就返回渭北大学。苏干事的工作重点放在政法系 81 级二班 309 宿舍。309 宿舍确实是个重点。就在苏干事告诉大家王怀礼 11 月 16 日晚上在音乐学院唱歌跳舞的消息后,309 的人首先想到王怀礼失魂落魄了,很快大家就陷入恐惧中。当天晚上,后半夜,有人梦中大叫:“给你压(nia 娘)——打羔哩!打羔哩!打羔哩!”很快连成一片,全都是地道方言,城市同学都喊出了土得掉渣的方言,一声连一声,一声长一声短,那么压抑那么哀伤,整整喊叫了一个礼拜。

第三章　失　魂

.1.

手指竖在鼻尖，慢慢转过头看草地的花朵，许多花都开了，更多的花含苞待放，就在她从姑娘变成女人的一瞬间那些花蕾全都裂开了，花开声一浪接一浪，都传到九天之上了，都传到大地尽头了，都反射回来了，她听到的是花开的回声，嘭！嘭！叭！叭！烟花爆竹一样，五彩缤纷，光焰照人……女人跪在地上，高举双臂满脸喜悦的泪水，女人望着男人颤抖着发出花蕾一样的声音："亲爱的你把羔给我打上了，你让我成了草原上的红花。"

他们骑马穿过草原，草原上的人们都纷纷给女老师献上鲜花，一个刚刚给心上人献身的姑娘怎么能逃出草原人的眼睛呢？姑娘变成女人那是多么幸福多么美好的人生盛宴，从此她的那张脸就四季如春。老妈妈老大娘们一边给女教师献花一边拧一下她娇美的腮帮子，好样的，打了羔的姑娘。副连长愣了那么一下，陕西老家"打羔"是骂人的话，在草原上竟然如此美好。大娘大妈们给副连长竖大拇指，好样的，这才是草原的巴特尔巴图鲁，真正的男人。

更有意思的是学校里的孩子们,都欢天喜地地叫女教师"妈妈","阿娜阿娜"地叫,把女教师团团围住,女老师一一拥抱他们。被喊叫成妈妈的女教师很得意地看着副连长,副连长很快就淹没在"阿塔爸爸"的喊叫声里。

女教师告诉副连长,哈萨克人古老的传统,长子结婚后与父母分家另过,生下的第一个孩子都要送给父母,成为父母的孩子,也等于是自己的弟弟妹妹,一来自己新婚还年轻,二来父母有了幼子也不显老,青春常在。从生活实际考察,父母年老时长子送来的幼子也长大了,父母不再寂寞,也有人养老送终。哈萨克人专门有一个生命永生不老的神话故事《长命泉》。副连长第一次来草原小学时就听见女老师在教室里给孩子们讲《长命泉》的故事。好多年以后副连长复员转业回到老家陕西周原当中学教师,给家乡的孩子们讲草原神话《长命泉》和打羔的故事。他的一个学生杨宏科梦想当诗人,就把名字改成红柯。好多年以后这个叫红柯的家伙考上大学,还真发表了几首破诗,野心勃勃去了老师当年奋斗过的新疆,以《长命泉》神话为素材写了短篇小说《骑着毛驴上天堂》,发表在2000年6期《岁月》杂志上。当年《小说月报》9期转载,又写了短篇小说《打羔》发表在2000年5期《人民文学》上。那时的红柯还写不了长篇小说,《打羔》成为长篇小说要在十年以后。1976年5月,草原鲜花盛开的时候,副连长给小学女老师把羔打上了,成了大地上最幸福的男人,女老师答应嫁给他,他们商量好:10月1日国庆节结婚。女老师带着副连长走亲访友,忙了整整一个月。副连长给老家去了信,寄上他和女老师的合影,这么漂亮的媳妇,在陕西老家再次引起轰动,老家人误以为是电影明星,谁也不相信这是个小学教师。

幸福从来都是这么短暂,七月份放假,女教师送最后一批孩子回家,返回途中遇大风遇难。葬礼结束后,人们看见副连长骑着马去了草原。马儿一直把他带到他们打羔的地方,七月中旬的草原,花已经很少了,零零星星散得很开,牧草都有半人高,草浪滚滚,他们打羔的地方草势旺盛,比周围的草高出大半截,绿中发黑。一片墨绿,副连长从马背上滚下来,一直滚到他们一起打滚的地方。他们那么能折腾,跑马圈地一样滚出那么辽阔的地盘,每一朵花都有他们的气息,每一棵草都有他们的痕迹。风掠过大地,剥开他们的衣服,拽擹他们的头发,头发就跟草一样翻滚;风舔他们的皮肤,他们的皮肤就紧贴大地向四面八方延伸扩张到天地的尽头。风为什么吹走了你?我骑着马追上了你!我们又在一起了。副连长开始亲吻草根,他的嘴贴着地面,从草根开始。他清楚地记得他的手雄鹰一样落在她胸口时,她的手也飞翔起来了,他就忍不住吻她,他抱住她的头,她的脖子那么白嫩细腻,闪射出一团幽光,还散发出浓烈的幽香,正是这种幽微细腻的女人气息让他陷入更激烈的疯狂。他就开始亲她的脖子,然后从脖子到耳根,到黑发与白脖子相交的地方,那么美好,那么微妙,他都不知道他的嘴巴连啃带咬在她的发际与脖子间缠绵了多久……我不会停下来的……他也不可能停下来……此时此刻他跟羊啃草一样认真仔细地啃大地上每一棵草……又跟羊不一样,他只啃不吃,每一棵草都被他咬破了渗出了草汁,草汁被他吸奶一样吸肚子里了,草没有断,被咬破而已。可以肯定的是每一棵草都有她的气息,他全都闻到了。他很快就听见了她的声音……我没有死,我不会死,我只是变个样子,你会找到我的……你一定要找到我……风吹得呼呼的,每棵草都把她的声音传给他,他就不难受了。他坐起来,静静地听她说话……我们又在一起了。被风吹动的草在他脸上额头上扫来扫去。花已开过了,都是带穗的草,都是打上羔的草。他刚这么想,他就听见她的笑声:"我也打上羔了呀,我跟花草没有什么不同。"

副连长每个礼拜都去草原。草越长越高,秋天的时候草全黄了,结实得跟牛皮绳一样,啃咬起来更筋道了,就像壮健的少妇,好几次副连长的嘴巴都让牛筋一样的牧草勒出了血。一点也不疼,还有一种欣慰和惆怅。当初他们在鲜花盛开的草原上狂欢时,女教师的下体流血了,姑娘变成女人了,姑娘成熟了,少女时代结束了。女教师满脸喜悦的泪水,哽咽着颤抖着依偎在副连长的怀里,“我太幸运了,在春天在鲜花盛开的草原上和雄鹰一起翱翔。你知道女人最大的不幸是什么吗?就是青春的花朵让猪拱了让狗啃了。来吧!我的雄鹰!”牧草很快就被割完了,拉回去垛起来,让牲畜过冬。草原一下子空旷起来,再也没有什么可以阻挡风了,戈壁沙漠与草原连在一起,任由大风狂啸,风一下子就势大了。副连长依然去草原去旷野去大戈壁。他能从风中听女教师的声音,就是草原上流传千年的蒙古古歌《天上的风》。当初,女教师唱这首歌的时候他就有一种不祥之感。

天上的风啊!
无常,
娘生的肉躯哟!
不长!
人世间没有长命水啊!
让我们珍惜相聚!
珍惜时光!

据说当年成吉思汗征服了世界,请长春真人丘处机不远万里到中亚黄金草原以求长生不老之术,丘处机最后到大雪山兴都库什山进谒了成吉思汗,他以“内固精神,外修阴德”“恤民保众,使天下安”劝告成吉思汗,连丘处机自己都没想到他的这番话暗合了草原古歌《天上的风》。成吉思汗恍然大悟封他为“神仙”,不再相信人间有什么长生之药。大汗情不自禁唱起了《天上的风》,用的是地道的长调。草原上,风被称为萨力哈。“天上的风”全称就是“腾格里……萨力哈”。长调如长风,旋律低沉哀婉,真挚苍凉,令人伤感而泪下。面对天上的风,人何等渺小弱势无助,无奈,渺小的人只求有生之年尽可能地相聚相慰相助。万物纷然如牛毛,天地之生人为贵,人生难得如麟之角。人死后入长生地,长出青草回归大地母亲的怀抱,春天不打猎,不掐树枝草尖,不登山,不指天,不指彩虹,不宜生存之地不强居,与之相伴的牛羊马驼当亲朋好友当兄弟相待。

副连长再也没有恐惧之感了,他已经习惯了《天上的风》。从秋天到冬天,他每到周末都去城外。出城不到十公里就进入荒漠,起风的那一刻,女老师就出现了,就是那天籁般的歌声。副连长和他的马被大风推着走。马也习惯了大风中的疾驰,最好是顺而行。风吹多远他和他的马就走多远,有时好几天不见踪影。部队派人寻找,难度极大。有时他和他的马回城了,寻找他的战士还不知去向。领导同事反复开导,做工作。作用不大。逼急了,他会说出莫名其妙的话,比如:“让风吹吹好啊,风就是人的灵魂,上帝造人,女娲造人,都是吹那么一口气,那么一吹人就活了,就有生命了。”大家都愣住了,这种唯心主义的话出自一位军队干部之口太让人吃惊了,副连长反而劝人家“草原小学地方好啊,草原深处的洼地,洼地聚风,风势就起来了,大风一刮人和牲畜就能茁壮成长。”人家提醒他:“女教师已经死了,你要勇敢地面对现实。”“她没有死,她活在大风里,风让人永生,风让所有的生命永生。”他开始唱《天上的风》。

领导和同事们一致认为,副连长太爱女教师了,都痴呆了,都癔症了。据草原上的人说,他们经常在开满红花的地方幽会,红花就是野罂粟,会让人迷狂。也不能迷狂这么久嘛,持久的迷狂就是癔症了。最好让副连长转业回陕西老家,离开这个伤心之地。大漠风吹到内地不就成口哨了嘛。同机关的老乡暗中跟副连长家人联系。副连长很快接到大哥的来信,母亲病重,而且是慢性病,一时半会治不好。副连长跟战友和老乡去商量,大家一致认为最佳选择就是转业回老家:我们想转业到地方去工作还转不了呢,你有这么好的理由,可以打报告试试。1976 年转业军官都能在地方得到很好的安置,都在实权岗位上,转业是一个很好的待遇,军官打报告获准的机会很少。副连长打报告的第二周就获批了,而且以正连级转业。首长和战友们给了他最大的关照。

回到老家周原县,他没有去政府机关,而选择当了一名中学教师,教地理,不在县城中学,在偏远的范家营中学。据说刚到教育局报到不久,从县广播站听到范家营小学有一位把学生当亲生孩子的女教师,被称为菩萨老师,他就骑自行车专门拜访这位菩萨老师。出城不远就要过有名的三沟六坡,机动车气喘如牛,骑自行车的人都在匍匐前进,拐来拐去走几字上坡。下坡很猛,更危险。每条大沟都有一条河,村庄都在半坡,沟底全是树,水在树叶间闪动,牛羊还有高大的关中驴在河边林间吃草。他听见树叶的哗哗声,女老师的声音就出现了:"你要找到我,我就在风中。"风吹响了树也吹响了草。他的车子慢下来,他在犹豫该不该去见菩萨老师。风一下子就大起来,树叶和草丛同时告诉他:"我就是她,她就是我,你见到她你就会明白我没有死。"车子就快起来了,比马还快。大漠风终于吹到了内地。老远就看见墨绿的柏树林。他先去了范家营中学,几百棵大大小小的柏树挨个摸了一遍,每棵树都有女老师的声音。树大招风,这么多的树聚起很壮观的风势,这回不用女老师告诉他什么了,他心里有个念想,立马就能传到风里。风不用掠过大地,柏树兀自散发浓烈的芳香。中亚草原对一个女子的赞美常常会用柏树来形容。范家营小学紧挨着范家营中学。不用人介绍,他一眼就看出来那个在教室门口给学生系鞋带的女老师就是人们传说的菩萨老师。他走过去,如见故人,首先做自我介绍,竟然先入为主地告诉人家,他是隔壁中学新调来的地理老师。菩萨老师微笑着看着他:“怎么看你都像个军人,腰板这么直,步伐这么坚定,哪像个文弱书生?找我有事吗?”“没有没有,我是随便逛逛,发现你看孩子的眼神很特别。”“我就是个普通人你看走眼啦。”“你让我想起我过去一个朋友。”孩子们小鸡拥老母鸡一样簇拥着菩萨老师往操场走,菩萨老师朝他挥挥手说声再见,但菩萨老师没抬头也没看他,菩萨老师一直关注她的学生们,目光紧盯着孩子,跟迎面而来的同事也是应付性地挥挥手“你好!你好!”同事们都习惯了,甚至有同事提醒她:“隔壁中学这个新来的地理老师一看就不是什么好鸟,男人跟女人套近乎的第一招就是你很像我以前的朋友;第二招就是啊呀简直就是故人相见嘛;第三招就是好多年前我就梦见你啦。”菩萨老师还是没抬头:“第四招呢?”大家说不出第四招了,菩萨老师就随口来了一句:“我就等第四招。”

他真的相信天地间有神灵,就像西方人相信有上帝。阿尔泰草原遇难的小学教师不用在风中传送她不死的灵魂了,不用再借草木飞禽发出自己的声音,转业回乡的地理老师从菩萨老师的眼神里看到了遥远的阿尔泰的一切。他蹲在树下哽咽半天,他听见她在说:“你终于出现了,我找你了。”他抹了几下脸上的泪,甩在草丛里,灰白的艾蒿接住了他的泪水,落下的阳光一下子燃烧起来,艾叶上的泪水就成了耀眼的露珠。

他在教育局办好手续,立马到范家营中学报到,忙了一个礼拜,吃住备教案,熟悉环境与同事交流。上课到下学期了,学校给他安排了一些闲杂工作,大半时间就是备教案,听课。一个对五十万分之一地图了若指掌的边防军官,中学那点地理课跟玩似的。他认真地听同事们的课,搞清楚讲课的程序与方式。跟阿尔泰草原小学女教师交往的两年时间里,也是他耳濡目染教育事业的过程,同事们点拨几下就明白了。大家很钦佩这个放弃当官甘愿当穷教师的转业军官。上世纪七八十年代教师可真不是个好职业,乡村教师找媳妇都困难。大家问他为啥不进政府机关？他就说我喜欢当孩子王。再问，他只笑不吭声，就没人再问了。大家也看到这个新同事爱跟学生接触，暂时上不了课，就在操场跟学生打篮球打乒乓球。乡村中学简陋的操场也就几个木制篮球板，球网都烂没了，只剩下铁框。乒乓球案是石板上放一溜砖头，学生用的。老师们打乒乓球的案子是标准的木制球案，有网子，在一个大房子里。乒乓球适合在室内打。塬上风大，露天打乒乓球遇上起风，乒乓球就成了飞鸟。他还是喜欢把乒乓球打成飞鸟。那是学生的活动场地。有一天隔壁小学的菩萨老师来中学办事，路过操场，看见这个转业军人跟学生打乒乓球，就走过去看了一会儿。转业军人不像个老师或教练，而是一个大哥在教小弟，那么有耐心，手把手地校正学生握乒乓球拍姿势，发球，手轻轻一抖，白色乒乓球跟鸽子起飞一样脱离手心，刚升上案子一尺多高，球拍呼啦一下迅如苍鹰快如高原狡兔，一下子把白色乒乓球从鸽子变化成了苍鹰和狡兔。结果可想而知，学生发的球如苍鹰和狡兔，直撞老师的球拍，没有给老师留下一丝反击的机会。乒乓球跟真正的苍鹰和狡兔一样，再次绝地而起脱离老师的球拍冲上天空，围观的学生一片欢呼。老师走过去搂学生的肩膀，把大拇指竖在学生的鼻尖上晃了三四下，学生兴奋自豪满脸热气满眼神光，学生真的像一个小弟一样也搂住大哥的肩膀向大家挥手。学生们又一阵欢呼。学生们都看到了他们的同学反击过去的球从老师球拍上如苍鹰如狡兔凌空而起划一道弧线，他们的同学纵身一跃擒住苍鹰与狡兔的精彩一幕。人群后边的菩萨老师平生第一次亲眼目睹了一位男老师把学生当亲兄弟，一下子有了知音之感，一下子回到少女时代，举起胳膊旗子般晃动，转业军人眼睛一亮也举起胳膊遥相呼应。学生们以为老师在回应，他们就更热烈了。学生们都没发现他们后边的女老师，女教师的手臂慢慢放下来，眼睛更亮了，目光拉长了。连女老师自己都没意识到她转身离开时一蹦一跳活泼如小鹿。

他们到底不是少男少女了，他们再次见面时就很坦率地向对方讲述他们的过去。女教师的婚姻并非人们传说的那么糟，丈夫与她从中学同学到师范，相亲相爱，可她不能生育，访遍名医都没有用。丈夫是个孝子，抗不住父母的压力，被迫离婚。她离开那个伤心之地，调到周原县，也不想待县城，就来到县城以西最大的小学范家营小学。同事朋友给她介绍过不少对象，每次见面都匆匆结束，她无法接受任何男人了，多次相亲的结果越发显示她的过去多么美好。她不再恨已经再婚的丈夫了，她甚至相信世界上不会再有像前夫那样的好男人了；她也原谅了原来的公公婆婆，继香火不是思想封建，当她看到身边这些可爱的小学生时她就明白老人们的这种古老而朴素的愿望有多美好。她就把学生当成了自己的孩子，大家也不再给她介绍对象了。自从她有了菩萨老师的美誉，大家自觉地跟她保持了距离，太受学生和家长欢迎的老师，其他老师没法向她看齐嘛，也没必要都成活雷锋嘛。她多次成为单位先进，当她成为全县先进时，有心人就巧妙地把活雷锋转换为活菩萨，大家立即响应。雷锋可学菩萨不可学，菩萨是神仙嘛，不食人间烟火嘛。领导原本想树立典型树立榜样，也是政绩嘛，高人轻轻一点，领导大悟，不是给自己挖坑嘛，领导马上与广大群众站在一起，把女教师抬到供桌上供起来，菩萨老师的美名也严格地限制在周原境内。雪花般的奖状纷至沓来，菩萨老师全收到箱子里。大家也就知道菩萨老师是明白人，不计名利。这样最好，大家彼此相安无事。转业军人的到来打破了这个格局，女教师听完转业军人在新疆的经历，第一个反应就是人间真的有灵魂转世投胎的奇迹，她自己都喃喃自语起来了：我就是她的化身，她没有死，她怎么能死呢？她有这么多孩子，孩子怎么能没有妈妈呢？女老师就哽哽咽咽哭起来了，先是一抖一抖地呜咽，接着放声地哭，就推开转业军人递过来的手绢奔到一棵刺槐树边,抱住刺槐树号啕大哭。那是离学校离村庄好几百米远的坡上,坡下是大水库,满坡的刺槐大叶杨,还有野兔麻雀数不尽的虫子,她的哭声跟鸟虫的鸣叫混杂在一起此起彼伏。当她奔到大叶树跟前时,大叶树的喧哗声就把她的哭声给淹没了,她还是一如既往地抱住大叶杨,她已经没有哭声了,杨树叶子越拍越响都成暴雨了,都替她哭了。她马上明白世界并没有抛弃她,她早已原谅丈夫了,确切地说是前夫,一切早就结束了,她成为菩萨老师的那一天就有了自己的生活。她就接过转业军人的手绢,象征性地擦擦。泪早就干了。风比手绢快得多,还有阳光,跟金色蝴蝶一样一浪接一浪,她还是喜欢转业军人的白手绢。下坡的时候白手绢已经不知不觉地被她编成了一只白蝴蝶。进校园时白蝴蝶已经扎在她的头发上了。同事们都惊奇地看着他们俩,菩萨女老师的头发柔亮而飘逸,眼睛喜孜孜的神采飞扬。转业军人跟着菩萨女教师穿过校园到单身宿舍去了。

两个月后他们结婚了。这里有了两个菩萨老师。男菩萨老师来自军队,最应该被称为"活雷锋",已经有了前车之鉴,中学领导与广大老师防患于未然,把先进的称号限制在本单位。夫妻俩统统被称为菩萨老师。没有亲生子女,学生就是他们的亲生子女,就是他们的孩子。

几年后,王怀礼同学来到范家营中学,王怀礼同学遇到了贵人菩萨地理老师,地理课成绩一路飙升,其它课程成绩忽上忽下。菩萨老师一再提醒,不要期待其他老师都跟我一样,不能偏科,高考很现实。1982 年高考王怀礼同学落榜,菩萨老师没有批评他,反而鼓励他再接再厉,来年再战。菩萨老师又给他讲了一遍长命泉和打羔的故事。"就是不为你自己,也要为你的父母好好去努力。对父母最好的孝不是让父母吃好喝好心情好,是你要活好,活出尊严活得体面;就是命要好,命孝远远高于身孝心孝。"菩萨老师情不自禁唱起了秦腔《劈山救母》里最精彩的《刘彦昌哭得呀两泪汪》。西北高原深沟大壑最适合慷慨悲壮激扬苍凉的秦腔，师生俩站在长满豆子与谷子的长坡上，自行车停在白杨树下。菩萨老师面朝长天大野，睁眉火眼，脖颈青筋暴起，青湛湛蚯蚓一样；白衬衫，蓝涤卡裤子，半绾袖子，左手下沉右手扬起，打太极拳一样，一段一段秦腔从肺腑间一字一顿喷薄而出：

刘彦昌哭得呀两泪汪，
怀抱上娇儿小沉香。
官宅内不是你亲生母，
你母本是华岳三娘娘。
自从那年王开选，
为父我投考奔帝邦，
闻听你母多灵验，
华岳庙抽签问吉祥。
连抽三签无上下，
将诗留在粉壁墙。
出了岳庙遇大雨，
因避雨招亲戴贤庄。
你母赠银三百两，
在长安科场把名扬，
奉旨洛阳把任上。
路遇妖怪把父伤，
你母亲紫云从天降，
宝莲灯救父出了祸殃。
你舅舅杨戬火气旺，
恨你母私配了凡夫刘彦昌，

将你母压在华山下。

华山之下产儿郎，

多蒙灵芝把你救，

父子才得聚一堂。

父把这来历对儿讲，

还要你……你自己做主张。

《劈山救母》就成了王怀礼的励志歌，包括长命泉和打羔这样的励志故事，在王怀礼的脑子里萦绕不散。菩萨老师亲自登门拜访王怀礼父母，告诉他们怀礼是有希望的，基础好刻苦努力，离录取线只差8.5分，这样的成绩任何一个中学补习班都要抢的。菩萨老师握住王怀礼的手，眼睛看着怀礼的父母："怀礼啊，希望你还当我的学生。"老母亲一下释怀了，老父亲也笑眯眯地看儿子。老母亲一定要留菩萨老师吃饭，菩萨老师也确实饿了。菩萨老师紧跟怀礼母亲进了厨房，怀礼母亲从案板下黑陶罐里掏出来的两颗鸡蛋被菩萨老师坚决地退了回去，菩萨老师说他胆固醇高不能吃鸡蛋。农村老大娘不明白胆固醇是什么鸟，但能听清这是城里人的一种病。菩萨老师就爱吃面，关中农民常吃的裤带面。菩萨老师咥了满满一老碗，喝了半碗面汤，点上一根大雁塔，给怀礼父亲递上一根，打火机蹿出火苗，点上美美地抽几口，剩下的半包烟硬塞给怀礼父母，理由很充分没法拒绝：给镇长儿子补课，镇长给的烟不抽白不抽，镇长儿子歪水平给咱怀礼提鞋都不够。一家人把菩萨送到村口。村里人都看着菩萨老师来又看着菩萨老师去，怀礼娃有希望学校才重视嘛，老师都亲自来了嘛。街坊邻里都这么说，怀礼家父母哥嫂就松了口气。怀礼放松不了。开学前那些日子怀礼天天下地干活，家里不让他干重活。1982年生产队还没解散，家里人都要出工。他就去自留地除草、浇水，再到沟里坡上拔猪草。1983年的农村自然生态还相当好，还有野兔黄鼠狐狸松鼠斑鸠蝴蝶野蜂瓢虫蚂蚁知了蜘蛛，还有艾蒿星星草野菊花刺藜圪垯车前草马齿苋，沟壑间长满了枸杞桃鱼腥草苦苦菜灰条耐汗菜迎春花。猪喜欢吃的鱼腥草马齿苋苦苦菜灰条耐汗菜塞满了背篓。爬到半坡时起风了，风越来越猛，黄土高原沟深聚风，长天大野的风瓜熟蒂落般纷纷落入沟里，风一下子就有了气势，整条沟跟一只巨鸟一样飞起来了，左右两侧布满了无数耕地树林草坡和村庄的大坡一下子成了一双巨翅给鼓动起来，巨翅里不动的只有呜呜的长啸，黄土大沟被风给吹响了。也吹响了王怀礼的胸膛，王怀礼连背篓都没卸下就唱起来了，他还以为是别人在大沟里唱，他伸长脖子竖起耳朵听那壮怀激烈悲壮苍凉的秦腔大戏，他都情不自禁地击掌拍腿遥相呼应，很快他就发现是他自己在唱，唱得睁眉火眼，青筋爆裂。地里干活的人都听到这个学生娃声泪俱下吼秦腔，而且是最经典的《劈山救母》中最经典的《刘彦昌哭得呀两眼汪》。谁都能听出来怀礼娃考大学不是给自己争功名争前途是给父母争脸面。咱要有这么个娃，考不上咱都高兴，把父母的脸撑大了嘛。

王怀礼回家一直到后院，把背篓放在猪圈外边，三头猪闻到了野菜青草的气息噢噢叫着挤到门框上顶啊顶。老母亲递给怀礼一缸子水，一条毛巾，怀礼擦擦喝水。老母亲把背篓里的野菜杂草倒出来，再分类，灰灰菜耐汗菜装在拌笼里，再清理一遍，嫩的留下，老的跟野草一起剁碎，倒进石槽，猪们一哄而上，大嚼大咽。挑出来的鲜嫩的野菜母亲会做出一道道美味佳肴。从小到大，日子都是这么过的。农村家家都这样子，可是今天王怀礼兀自产生一种莫名其妙的伤感。野菜并没有什么不好，有什么好难受的呢？猪和人吃同样的野菜这个场景深深地刺疼了他。多少年了，今天才猛然醒悟。他还记得去年 9 月 7 日母亲送他去渭北大学报到，母子俩在学生食堂第一次吃公家饭，吃城里人的饭。买了两份米饭，一份炒土豆丝，一份蒜薹炒肉，母子两个吃得那么香，食堂里的扯面臊子面母子俩看都不看，任何面食都对农民没有吸引力。北方农民尤其是西北农民眼里,米饭都是达官贵人吃的美味佳肴。母子俩美美地享受了白花花香喷喷的米饭,即使没有菜,他们依然会吃得很香。第二天送母亲上公共汽车时,他发誓大学毕业挣工资后一定要让母亲过上城里人的生活。此时此刻母亲分拣野菜的场景让他心里再次回响起秦腔《劈山救母》,不再是《刘彦昌哭得呀两泪汪》,而是全本秦腔。他出了后门,坐在长满玉米高粱的土塄坎上。黄昏时分,火烧云布满天空,乌鸦掠过村庄,鸟雀们唧唧喳喳卧满枝头,塄坎一半在树荫下一边挨着青纱帐。不知有多少人从他身边走过,顽童们还抓他的头发,大人拍他肩膀,都无法中断他心里翻江倒海的秦腔大戏《劈山救母》。大家误以为他在默念书本,真是个读书种子,大人们制止了顽童,还要提醒顽童好好向你怀礼哥学习,跳龙门草鞋换皮鞋。老母亲老远就看见儿子怀礼了,老母亲还听见了儿子怀礼内心的秦腔《劈山救母》。老母亲一直等待着,天完全黑下来了,大片大片的夜幕灰飞烟灭般落下来,散发出浓烈的烟火味。儿子怀礼心底的秦腔大戏《劈山救母》唱完最后一句,他就听见老母亲的声音:"我娃回家。"他就看见了夜雾里白发苍苍的老母亲。老母亲一团模糊,白发跟灰烬一样在夜幕里一闪一闪,秋天的夜晚,夜幕全落在地上,天空一片湛蓝,老母亲的白发就漂浮在起伏不定的夜雾里。

第四章　朝　圣

.1.

王怀礼第二次进补习班复读的第三天，老母亲踏上了漫长的朝圣之路。坐汽车到华山脚下，徒步登山。1982年秋天，华山还没有缆车，登华山的都是青壮年，六十多岁的老母亲在人群中很罕见。万恶的旧社会，水旱蝗雹匪灾一起袭来的1929年，十一岁的母亲从西安逃往西府周原，死人堆里逃生，以树皮草根观音土为食，如此大难她都撑过来了，太平盛世朗朗乾坤，老母亲登华山健步如飞。老母亲第一次登华山，地形不熟悉，边走边问，就一个地方：小沉香在哪里？人家以为她是秦腔迷，迷上了《劈山救母》，人家就告诉她：华山东西南北中五座主峰，劈山救母的地方在西峰，也是华山最高最险的峰。她扬头四顾，眼前就是华山最高的西峰，太阳从东峰顶上直射西峰，西峰峭拔如剑，就浸泡在太阳的火海里被反复锤炼。人家就告诉她：跟我们走，这就是通西峰的山道。这些年轻的小伙子小姑娘包括青壮年很快就落在后边，大家都抬头看这个上了年纪的老太太。黝黯粗糙的老母亲，头发再长一些，再匍匐而行就会被大家误认为朝圣的藏族老人,关中地区六十多岁的老人干体力活尚可,爬山超过年轻人的很罕见。老母亲在人群里挤来挤去,一个多小时后,山路上的人群就稀稀拉拉,老母亲不用挤来挤去了,空间越来越大。老母亲身上披着很土气的褡裢,一前一后,跟古代武士的铠甲一样,很实用,里边装着干粮,就是周原地区有名的岐山锅盔,前褡裢塞满了锅盔,后褡裢里全是黄瓜洋柿子。水瓶子拎在手里,就是打吊针的 500 毫升玻璃瓶,农民把它当水壶用。老母亲从小一直喝凉水,天知道她有这么好的肠胃,喝生水不拉肚子。山道上的游客看见老母亲喝完水瓶子里的水,又去接石缝里渗出的冰凉的泉水,大家就知道老母亲一直在喝生水,大家就知道老母亲舍不得吃褡裢里的干粮和蔬菜。背那么多食物够一个人吃十天半个月的。一个大学生问她:"大娘你这么坚强,爬完华山所有的山峰也就一个礼拜,你这些干粮够吃半个月,你放开吃吧。"大娘就说:"洋学生,日子可不是这样过的,能省就省。"老母亲迈开大步就把洋学生甩后边了。翻过一个一个山头,越过一个一个沟壑,沿途的苍松翠柏丝毫引不起老母亲的注意,老母亲只盯着远处更高的山岭,好多次老母亲跟山崖上的苍松一起被人家拍进镜头自己丝毫无察觉。行程过半时出现了房屋和山洞,老母亲到屋檐下歇一会儿,也到吃饭时间了,老母亲背过手从后边褡裢里抽出一根黄瓜捋掉嫩刺和小黄花,咔嚓咔嚓大嚼起来。这应该是老母亲的美味佳肴了,黄瓜之后,老母亲反转右手掏出一个洋柿子,城市人叫做番茄或西红柿的美味,此时此刻被老母亲捧在手里,老母亲喜孜孜地端详着红艳艳的洋柿子,洋柿子在阳光下很快就成了一团火,老母亲就埋头吞食火焰。老母亲吃东西的样子,鸡啄米似的一磕一磕,周围的年轻人看到的完全是一个把食物当神灵一样的圣徒在不断地磕头跪拜。年轻人手里的面包饼干油条烧饼不再往地上掉渣,年轻人吃完之后连手上的食物渣渣都舔干净了。他们的女朋友们也学他们的样子,他们的女朋友脸都红了。他们的女朋友差不多都是因为他们的放浪不羁爱上他们的，最扎眼的莫过于在食堂吃饭时，他们剥馒头皮的举动，不管是面条米饭还是稀饭，都是吃一半倒一半，那么潇洒，那么气度不凡，那么招引女生们的青睐。此时此刻在西岳华山的深沟大壑间，这位白发苍苍的老母亲吞食西红柿的样子把所有的人都打动了。多少年以后，老母亲的儿子王怀礼的中学同学红柯西上天山十年，回到宝鸡不久，就接到文坛有名的“广西三剑客”东西的电话，东西来西安改编电影剧本，一个多月了，不敢出门逛古城西安。当时正热播以魏振海凶杀案为题材的电视剧，文学剑客东西吓坏了，打电话要红柯陪他逛西安，逛了西安又上华山，途经老母亲吞吃西红柿的中转站，红柯一下子听到了老母亲大嚼黄瓜的咔嚓声和吞吃西红柿的呜咽声。红柯甚至闻到了老母亲褡裢里岐山锅盔的香味：麦子被磨成粉揉成面团在案板上用木杠子反复碾压，榨油一样把麦子的营养全挤压出来了，再抹上菜籽油、盐和茴香，放铁锅里用麦秸火慢慢烘烤，麦子就散发出金光灿烂的芳香。对古老周原的农民来说，太阳的光和热来自土地。东西拍红柯好几下，红柯完全呆傻了。2000 年夏天红柯与东西爬华山时，王怀礼的老母亲已经去世好几年了，从西域大漠归来的红柯有从风中寻找亲人的特异功能，从西域归来的红柯已经听说老同学王怀礼的遭遇和王怀礼老母亲华山朝圣的经历，老母亲就死在朝圣归来的路上。东西很吃惊地问红柯：“死人都是埋在土里的。入土为安！入土为安！怎么可能在风里？”西域十年，红柯就是一个技工学校的教师，带着学生穿越大漠戈壁，翻越天山昆仑山阿尔泰山达坂，见惯了死亡，不止一次从风中看见亡人的面孔听见亡人的声音，天长日久，风就成为灵魂本身，死亡不再恐惧，死亡与我们相伴，随风而去又随风而来。那一刻红柯就明白了古老的土葬火葬，甚至明白了西藏高原的天葬和水葬。有一年春天，红柯带驾驶班学生途经阿尔泰草原，草原红花扑天盖地波涛滚滚，浪花飞溅起的花瓣里出现了菩萨老师的面容，也就是他中学地理老师妻子的面容，红柯都僵硬了,血液都凝固了,呼吸都停住了。他早已听说过地理老师在新疆的经历,那个不幸遇难的阿尔泰草原小学女教师跟陕西关中周原范家营小学女菩萨气质个性长相一模一样,难道女菩萨老师出来了?红柯勒令学生加大速度往小镇上赶,往有电话的地方赶。草原小镇的长途电话打到万里以外的范家营小学办公室,接电话的是一个男教师,喊菩萨老师过来。菩萨老师一听新疆阿尔泰草原,就脱口而出:"我太幸运了,出现在草原红花上了。"红柯再次大惊,抱着话筒,听菩萨老师说话:"不要动那些红花,拍一张照片寄给我吧。"红柯用120海鸥相机拍了一张草原红花的全景照,又拍一张特写,寄给菩萨老师。三天后,车队离开草原进入戈壁,大漠风传出女教师的声音时红柯不再吃惊了,她们是一个人,她们已经生死一体了,埋在沙土里的死人又会在风中复活再生,随风而逝的灵魂又会在草木花卉中呈现她们美丽的面容。2000年夏天在去华山西峰的半道上,红柯的声音比大漠风还迅猛还絮叨,东西听得稀里糊涂,东西就打断红柯的絮叨:"快饿死了,吃饭吃饭。"他们开始啃面包喝矿泉水。他们随大流在铁链上扎了红绸带,掏钱让工匠在铁锁上刻了亲人的名字和他们自己的名字,锁在铁链上,再把钥匙抛向万丈深谷,以求自己和亲人幸福健康长生不老万寿无疆。这时他们才发现爬华山的大都是吃公家饭的人,2000年底层草根没有出外旅游的,上华山的老百姓都是苦力,背着食物上山以图卖个好价钱。红柯和东西开始想象1982年秋天王怀礼老母亲爬华山的情景,他们一致认定:这个农村老太太跑到这种神仙之地肯定是摊上大事啦。2000年夏天,红柯和东西还想不到朝圣。老母亲自己也没意识到这是一次朝圣之旅。老母亲吞咽西红柿的样子让周围的人都开始珍惜粮食,都无地自容,老母亲唯一的主食就是从褡裢里砖头一样厚的锅盔上掰下一小块,也就烟盒那么大一小块,老母亲咬一小口要慢慢享受好半天,眉眼里全是灿烂的笑容,粗糙黝黑的皮肤也开始灿烂起来。千丈高峰顶站立的太阳慢慢弯下腰，华山五座主峰全都是绝崖千丈，似刀削锯截，陡峭巍峨，傲立于天地间，阳刚挺拔。此时此刻，全都是随着太阳面对着慈眉善眼满脸灿烂笑容的老母亲弯下腰。姑娘们都忍不住了，都哽哽咽咽地对男朋友说："我想我妈我要回家。"老母亲褡裢往肩上一抡，一马当先："娃娃，你妈在山上，往山上走。"

西峰顶上有翠云宫，大家都拥进宫里。老母亲直接去了上边的斧劈石，西峰顶有一块十余丈的巨石，齐茬茬被小沉香用利斧劈为三节，状如莲花盛开。"都是我娃受的罪。"老母亲被她自己心里的呐喊吓一跳，"刘沉香劈了三斧头把华山西峰劈成莲花，才救出了亲娘三圣母，难道我娃怀礼也要抡上三斧头？"老母亲心里翻江倒海，脸上很沉稳。老母亲看了莲花洞，巨灵石，舍身崖，老母亲爬上斧劈石，看见岩石间隙的地面隐约有人形，好像一个女子侧躺着，那就是三圣母被亲哥哥二郎神杨戬压在此地留下的痕迹。小沉香听到父亲刘彦昌诉说了真相，奔到华山西峰，母亲三圣母劝小沉香去求舅舅杨戬，杨戬不为所动，众神仙看不惯杨戬欺负小外甥暗中相助，盗出宝莲灯，舅甥两个上天入地打得不可开交，最终小沉香打败了二郎神杨戬。舅甥大战是《劈山救母》里最精彩的场面，天界的众神纷纷暗助小沉香，曾经打败过孙悟空的二郎神杨戬天怒人怨，狼狈不堪，落荒而逃。此时此刻老母亲心里不再哼唱《刘彦昌哭得呀两眼汪》，而是最精彩的《斗勇》。

[沉香白]斧是仙练斧。连把七出尺五。今落沉香手，劈山要救母。[母亲唱]变化无穷法力高，恨杨戬不念亲同胞。驾起祥云心烦恼，俺沉香要闹个地动山摇。（小沉香来到二郎庙，二郎神不在，沉香痛打宁庙二神将，在粉墙上留诗一首："我父状元刘彦昌，母为华岳三娘娘。移山倒海来救母，沉香要会杨二郎。"杨二郎朝拜玉帝归来，被沉香打败，哮天犬冲上又被沉香打败。

沉香手持宝斧放光明,照定西峰劈三斧,救母出山,三圣母大喜。)[母亲唱]一见我儿悲哀痛,十五载别离才相逢。儿小时模样长得俊,长大变样认不清。(沉香大喊:“母亲!”)[接唱]:举起了两只手分清左右,左是沉右是香是亲娘留。[母亲唱]见我儿太勇猛娘心高兴,也不枉为娘我受尽苦心。

老母亲反反复复哼哼最后两句唱词,走到了巨石旁边插着的那把七尺多高三百多斤重的月牙铁斧跟前,抱儿子一样抱住铁斧喊了两声“儿啊儿啊我的儿啊有这开山斧我儿一定能把事办成”。老母亲一步一回头走到十几米外,又细细地端详这柄开山大斧。母亲相信儿子一定能成功。

1984 年 9 月 7 日儿子王怀礼考上了渭北师范大学,母亲已经去世两年多了。1982 年 9 月 18 日母亲死在回家的路上。母亲临死前还在哼哼唧唧地唱三圣母见到儿子时的那两句唱词:“见我儿太勇猛娘心高兴,也不枉为娘我受尽苦心。”医生让护士把这两句词记下来,护士傻乎乎地说:“一点也不像农村老大娘,跟老教授似的说出这么文绉绉的遗言。”医生望小护士半天:“你们这些小年轻就知道流行歌曲,传统戏曲不入你们的法眼,老太太唱的是秦腔《劈山救母》。”小护士们还真不知道这些老古董,可她们望文生义的本能还是有的,都知道是一出救母亲的戏。后半夜王怀礼和哥哥带一帮亲戚赶来了,开着手扶拖拉机。王怀礼比大家早来两个小时,没有常见的那种嚎啕大哭,王怀礼跟着护士进太平间,就没出来。护士看见王怀礼揭开白布呆呆地看着老母亲,然后坐在母亲身边,紧紧攥住母亲僵硬的手,脑袋慢慢垂下去,垂下去,捣蒜一样反复捣自己的胸口,护士就出去了。护士刚走到门口,就听见王怀礼湿漉漉的声音:“请你把灯关了。”护士愣一下,伸手拉门框左侧墙上的绳子,线那么细的白塑料绳子,下端一个甲虫一样的黑塑料坠子,护士手一抖一抖捋到白塑料细绳的黑坠子才拉灭了灯，里边全黑了，外面有黄色的灯光一闪一闪。护士走到院子时就听见了秦腔大戏《劈山救母》，护士以为王怀礼在太平间里吼秦腔，护士朝太平间看半天，太平间挨着围墙，墙外边路灯下一帮中老年下棋放收音机，收音机里放秦腔《劈山救母》，正在唱《刘彦昌哭得呀两眼汪》。护士就站在院子里静静地听，还真的听进去了，三三两两过来几个小护士，起先都以为是王怀礼在太平间里唱，后来才听出是收音机里放的秦腔大师雷开元的唱腔，她们全听进去了。

> 刘彦昌哭得呀两眼汪，
> 怀抱上娇儿小沉香。
> 官宅内不是你亲生母，
> 你母是华岳三娘娘……

奇怪的是收音机里反反复复播放这一段。两小时后王怀礼的哥哥带着亲戚赶来了，进太平间，太平间里呜呜咽咽传出来的还是带哭腔的《劈山救母》。坦克一样的手扶拖拉机把亡人与亡人的家人都带走了，太平间里还保留着极其压抑的带着哭腔的《刘彦昌哭得呀两眼汪》。医生五十多岁了，就以长辈的口气告诉小护士们："好好过日子吧，日子过不好，你娘就压在华山下永世不得翻身；日子过好了，老天爷就会给你一把开山斧。"

1982 年 9 月 7 日王怀礼老母亲徒步攀上华山西峰的那一天，渭北大学政法系办公室苏主任（正科级）正给母亲举办六十四岁寿宴。这是苏主任第一次在城市大酒店给老人举办寿筵，具体地说是给自己的亲娘办寿宴。给岳父岳母年年办，也该给自己的亲娘办一次像样的寿宴了。亲爹就没有这么幸运了，亲爹见识了儿子大学毕业留校的喜庆场面，也见识了儿子娶城里媳妇的喜庆场面，儿子在农村老家给亲爹办过简单的寿宴,亲爹很满足了。亲爹没看到儿子荣升正科级主任喜庆场面,亲爹最大的遗憾肯定是没有见到亲孙子已经在儿媳的肚子里开始踹动了。这才是真正的喜庆。亲娘六十四岁大寿的日子,儿媳肚子蓬蓬勃勃地起来了。小舅子在国企给领导当秘书,公车私用很方便,给姐夫一个很大的面子,一辆可以坐四十人的大轿车从乡下拉来了苏主任的亲朋好友,我们可以想象大轿车进村庄时村人们的惊叹惊讶惊喜。最喜庆的场面当然是孙子们给奶奶磕头,奶奶给孙子发红包。哥哥的两个孩子先上场,姐姐妹妹的孩子也就是外孙子们随后,奶奶还不满足,奶奶一定要小儿媳妇过来,奶奶期待小儿媳肚子里的小孙子,奶奶提前把红包塞给大肚子小儿媳了。寿宴进入高潮,按老规矩,先上寿面,再按洋规矩上生日蛋糕,孙子们给奶奶戴生日皇冠帽。小儿媳挺着大肚子给生日蛋糕插蜡烛、点火、带头唱洋歌:祝你生日快乐!祝你生日快乐!……城里小孩唱得清晰流利,还用英文唱了一遍,奶奶的亲孙子们和外孙子们连响应的声音都发不出来。小儿媳代替婆婆切蛋糕,分享蛋糕后,小儿媳请来的小提琴手拉了卡契尼、舒伯特和古诺的《圣母颂》。《圣母颂》是天主教徒向圣母玛利亚致赞美,古诺的《圣母颂》高雅圣洁古朴肃穆。1982 年大多数中国人包括教师能听懂《圣母颂》的人不多。小学教师洋媳妇完全是赶时尚,拜托在音乐学院工作的闺蜜帮忙给婆婆祝寿,越洋越好,闺蜜就找来一个专业提琴手来捧场,核心主题就是赞美伟大的母亲嘛。小提琴手就选了三首最有代表性的《圣母颂》来捧场。没有人知道古诺的《圣母颂》的祈祷文,但大多数人能听懂曲子,甚至能从曲子里感受到耀眼的光辉。卡契尼的《圣母颂》曲调缓缓升起,向心灵的最深处迸发,向记忆的远方伸展,那清新的旋律滋润万物,仿佛来自苍穹的柔和之光,洗涤尘世众生的心灵,让人感到灵魂的存在,让人心怀虔诚,曲调深沉婉转,引导听众在感情的激流旋涡中跌宕起伏,心灵开始颤抖,呈现出一种罕见的空灵。大家只感受到曲调和旋律的魅力，没人知道祈祷文的歌词内容。最后是舒伯特的《圣母颂》。1825 年舒伯特二十八岁写下这首有名的《圣母颂》。原诗是苏格兰作家司各特长诗《湖上美人》中的一个片段，一个战火弥漫的黄昏，士官罗德利在荒野漫步，听到了动人的歌声，原来是格拉斯的主人公爱莲的歌声和老臣贝恩的竖琴，在向圣母祷告。这是一首纯洁少女代父赎罪，向圣母玛利亚祈祷的乐曲。乐调由最弱奏的和缓的前奏开始，犹如河水潺潺而流，表现少女从心底发出的虔诚祷告，充满了对慈悲圣母的信仰与皈依。

老太太竟然听懂了这些乐曲，老太太满脸圣母的样子。每当乐曲进入高潮时，老太太的目光轻轻地在城里人的脸上扫过，尽管这些洋气高雅的城里人深情地沉浸在小提琴曲子里，甚至情不自禁地打着拍子，几乎要加入合唱了。老太太的目光并没有在城里人脸上久留，老太太打一开始就跟乡亲们进行目光对接。这些来自乡村的亲朋好友中有邻县凤翔人，清朝末年凤翔就有欧美国家传教士来传教，信徒很多。改革开放后教堂又热闹起来了，教徒们都能听懂《圣母颂》，打一开始就以祈祷的目光看着老太太，老太太是在这些老亲戚们的引导下慢慢进入《圣母颂》的。当最后一首《圣母颂》结束后，这些信教的老亲戚纷纷上前给小提琴手致礼，划十字，还拥抱小提琴手，小提琴手都叫起来了："噢哟，我的妈呀，我们音乐学院的外籍教授才有这样的仪式，太感动人了。"这些信教的乡村老农民开始向大肚子媳妇致敬，拥抱划十字，然后很中国地喊她大孝子，给婆婆办这么庄严的寿宴，上帝会保佑你的，圣母玛利亚会保佑你的。最后他们拥抱祝福老太太，他们一遍一遍地喊；万福！玛利亚！万福！玛利亚。城里人这会切切实实地让这些土农民教育了一番，收获最大的当然是老寿星和她的大肚子儿媳妇。儿媳妇只想显摆，没想到会有这么意外这么巨大的收获。她的丈夫，牛皮哄哄的苏主任都快懵了。

又一个高潮开始了。儿子苏主任请来秦腔名角给母亲祝寿，这完全是几千年来的老规矩，过去都是达官显贵地主老财干的事情，改革开放了，成为成功人士给父母尽孝的好机会。戏班子上台，老太太点了三折秦腔戏。先点《万寿图》中的《刘海戏金蟾》。《万寿图》又名《八仙图》，讲的是玉皇大帝寿诞，众仙于灵霄殿上饮酒庆贺，有几位神仙尚未引渡成道，为玉皇大帝祝寿的“寿”字无法凑全，据功曹查来的民间善恶，玉帝命慈航引渡刘海，纯阳子引渡白云仙姬等八仙为王母祝寿，刘海东方朔位列仙班后，方补齐寿字。老太太就选其中最精彩的《刘海戏金蟾》，这折子戏刚过半，大肚子儿媳就明白过来了，嘴巴贴着丈夫苏主任的耳朵嘀嘀咕咕，苏主任都大吃一惊，有道是知子莫如母，子就不一定知母了。伟大的母亲啊！苏主任心里大喊一声，看着老母亲好半天。妻子提醒得对，母亲对儿子了若指掌，儿子苏主任一年前还是苏干事的时候，做了一次活商鞅，勒令一位新生退学，引起很大争议，虽然提升为正科级办公室主任，争议还未消除。老母亲以玉皇大帝的名义暗示儿子：不是我娃无情，是那个学生还没有修炼成道，神仙尚且如此，何况凡人？我娃做得对！理直气壮嘛！苏主任腰杆一下子就直了。妻子抓住他的手贴在自己圆鼓鼓的大肚子上，胎儿尚未成形，但他能感觉到生命的跃动，更大的喜悦是做父亲的感觉。第二场戏就开始了，《四郎探母》中的辽国公主放丈夫杨四郎私自探母。北宋杨家将与辽国在金沙滩大战，四郎杨延辉失落番邦，改名木易，被辽国招为驸马。十五年后，佘太君与六郎杨延景率宋军伐辽，四郎杨延辉思母心切，与公主道破实情，公主计盗令箭，使之过关探母，返回时被辽将韩昌抓获，辽王大怒要斩杨四郎，公主苦苦哀求得免。这出戏谁都能看出来是婆婆夸媳妇的。大肚子儿媳跟航空母舰一样驶向婆婆，很夸张地拥抱一下。最后就是有名的《劈山救母》。本来就是苦戏，老寿星鸡蛋里挑骨头，专挑里边戴家庄招亲和灵芝救小沉香，也是全本戏中仅有的热闹戏。《劈山救母》又名《宝莲灯》，汉朝扬州秀才刘彦昌赴京应试，途经华岳庙求签，华岳三圣母一见倾心，遂与刘彦昌成亲。百日期满，刘彦昌赴京，三圣母赠三百两送别。刘彦昌高中状元，任洛(雒)州知府。上任途中遇妖，三圣母以宝莲灯相救，并约在华岳庙相会。三圣母下嫁凡人刘彦昌，触怒兄长二郎神杨戬，将妹妹三圣母压在华山下。三圣母山下生子沉香，托侍女灵芝送子刘彦昌。刘彦昌续王桂英生子秋哥，秋哥与沉香上学途中失手打死秦太师之子。刘彦昌与续妻王桂英商定送秋哥秦府认罪，放沉香出逃。沉香被霹雳大仙收为弟子，练就一身好武艺，打败舅舅二郎神杨戬和哮天犬，劈山救母，阖家团圆。

母以子为贵，寿宴上《劈山救母》进入高潮时，王怀礼的母亲正在华山西峰顶上劈斧石旁抱那柄神奇的大斧，两个老母亲都认为自己生养了沉香一样了不起的儿子。寿宴上的老母亲更有成就感，老寿星不但成了天主教的圣母，也成了神话里的圣母，老寿星更乐意成为中国的神仙，圣母玛利亚就是赶个时髦，三圣母才是本乡本土的神仙。传说中的三圣母聪明美丽，心地善良。天旱，她呼风唤雨；遇涝，她施力排除；人们有难前来求她，她都有求必应。抽签问卦，无不灵验。在她的关照下，从华山骊山到终南山下，方圆数百里华县华阴蓝田一带风调雨顺五谷丰登。为了报答她的恩德，人们在华岳庙里为她修了一座圣母殿，殿内供华山三圣母及其子沉香和三圣母侍女灵芝。人们把三圣母当福神，她恩惠的这块土地也是传说中的华胥国之地。人祖华胥氏是中国上古华胥国女首领，姓风，她是伏羲和女娲的母亲，炎帝和黄帝的直系远祖。相传华胥踩雷神脚印，感应受孕，生伏羲和女娲，传嗣炎帝黄帝，完成了从华胥到华夏到中华的转变。从秦始皇开始，各朝帝王都十分重视华岳之神——白帝少皞，以求国泰民安，永保江山，西岳庙就为华岳之神白帝少皞而建。华山女神三圣母造福百姓，老百姓就在华岳庙第三道大门棂星门内大院东侧冥王殿后的东道院给三圣母修建了三圣母庙，也是刘彦昌哭庙的地方。刘彦昌求签不中，粉墙题诗，跟三圣母开始一段绝世姻缘，三圣母就成了爱情之神。老百姓不但来这里求福，也求美好的姻缘。圣母娘娘对老百姓对凡人总是那么仁慈，刘彦昌求签不中，怒气冲冲粉墙题诗嘲讽三圣母，却成就了美好的姻缘；殷纣王在女娲娘娘庙里粉墙题淫诗，亡了江山也亡了命。

华岳庙并不在华山上，在华山脚下十六里处岳镇。王怀礼的老母亲不但给众神上香，还献上了自己都舍不得吃的岐山锅盔，自己动手磨面和面揉搓碾压烘烤制作的黄灿灿的麦面锅盔，从三圣母到沉香到侍女灵芝，一个不落，虔敬诚恳。当在三圣母跟前为儿子祈福时，她再也听不到遥远寿宴上的嘈杂声了，神殿内庄严肃穆，她完全放松下来了。当她向沉香祈福时，她一下子从沉香的塑像上看到了儿子王怀礼的影子，目光炯炯，活人一般，一副舍身救母的样子。我娃不要操心你压（nia）娘，娘（nia 念压）从出生就不要人操心，我娃好好操心你自己。老母亲捂着心口给小沉香说话哩，老母亲贴着心口是三圣母给她的上上签，天机不可泄露，老母亲瞅一眼就兴奋得浑身打战，赶紧塞进衣服底下一直贴到心口才放下心，抬头看三圣母时三圣母满脸慈祥的微笑。老母亲就移步到沉香跟前，这么快就应验了，小沉香一下子焕发出儿子怀礼的神态，老母亲一惊，小沉香连败二郎神和哮天犬，我娃怀礼让苏干事这么欺负我娃能斗过苏干事？娃听压（nia 念娘）一句话，粪堆大咱捂鼻子走，石头大咱绕着走，咱不跟他斗！咱跟谁也不斗，咱就跟书本斗，考上学为止。老母亲就移步到侍女灵芝跟前，又是上香又是上锅盔，还要念叨叨几句，我娃可怜得很恓惶得很还操心大人，小沉香那么厉害都要你帮衬，你帮衬帮衬我娃怀礼吧！灵芝立马点头答应，灵芝就是灵。老母亲彻底放心了。

苏主任母亲的寿宴也结束了。老寿星似乎感觉到什么，拉住儿子的手说："我想去华山。"大肚子儿媳就说："你老人家喜欢《劈山救母》咱就看整本的《劈山救母》，李爱琴唱的，咋样？"老母亲叹口气："戏再好都不如去庙里上香上供，亲眼见见三圣母。"大肚子儿媳就拿她的大肚子夯老寿星:"我们愿意,可你孙子不愿意呀,妈,你摸摸,小宝宝闹起来啦。等你孙子生下来,过了满月,让你儿子,咱们的苏主任亲自送你上华山。"老寿星就这么被未出生的小孙子给拿下来了。扶老寿星进屋休息,两口子回客厅,苏主任感慨:"我娘以前不这样啊,成秦腔迷了。"妻子就笑;"老人家上瘾喽,迷的是《劈山救母》,她做三圣母,你做小沉香。"苏主任一拳砸手心:"不能让大家再叫我商鞅再世,商鞅被车裂,商鞅的母亲死得很惨。"

商鞅入秦心情很复杂。那时他还叫卫鞅,卫国国君后裔,姬姓,公孙氏,又称卫鞅,公孙鞅,豪门弃子。途经华山,他马上想起当年周武王率领的西周武士浩浩长歌从这里经过,两天后渡过黄河灭商大封天下。他的祖先就是从西岐周原从沣镐王城以征服者胜利者分封到卫国的。姬姓子孙撒遍大江南北,繁衍生息普天下都是姬周的子民。几年后他们的互斗分裂,不管败落到何等地步,踏上这块土地,尤其是巍峨苍茫的华山,对先祖周文王周武王以及更遥远的公刘古公亶父的崇敬之情油然而生。卫鞅公孙鞅脖子伸那么长,脑袋都上天了,车夫不由自主地拉紧缰绳,牛车本来就慢,这么一拉,车子都不动了。卫鞅就站起来看华山。离山很近,就在山脚下,看不到山峰,目光所及都是山谷,以及山谷深处的远山山峰,这种深沟大壑在黄河以东崤山以东是看不到的。卫鞅慢慢弯腰,轻轻地坐下,轻轻地拍车帮再拍拍膝盖,有一种回家的感觉。后来在咸阳拜见孝公,谈论治国理念时。他脱口而出大谈三皇五帝,从黄帝到尧舜禹这些远古的圣人,孝公听得昏昏欲睡,他还在喋喋不休。推荐他的景监就急了,给他递眼色打手势,他滔滔不绝非把三皇五帝讲完不可。出了大殿,景监问他咋回事嘛?跟个碎娃一样由着性子胡来。他出殿就后悔了,满头冒汗,他承认他失态,严重地失态。景监跟他可是多年的老朋友,知道他是个饱学之士,从小就好刑名。这么不理智,肯定中邪了。他就对老朋友实话实说:"没人能蛊惑我,我也不是能中邪的人,只要是个肉身凡胎，到了华山脚下，就会想起人祖圣母华胥，连黄帝都梦游华胥国，在华山会群仙。尧舜帝都巡游到这里了，我这个豪门弃子踏上华胥国之地，就不顾一切了，也开始梦游了，这么美好而神奇的国度：其国无帅长，自然而已。其民无嗜欲，自然而已。不知乐生，不知恶死，故无夭殇；不知亲己，不知疏物，故无爱憎。不知背逆，不知向顺，故无利害。都无所爱惜，都无所畏忌。入水不溺，入火不热，斫挞无伤痛，指摘无痛痒。乘空如履实，寝虚若处床。云雾不碍其视，雷霆不乱其听，美恶不滑其心，山谷不踬其步，神行而已；黄帝游华胥之国，而后天下大治，人人都知道啊。”景监就狠狠摇他：“醒醒吧，瓜怂！我再去求主君，再给你这瓜怂一次机会。”

我们可以想象卫鞅公孙鞅第二次拜见秦孝公的情景。镜头回放到他离开华山不久又看到了骊山，华山也好骊山也好，都是秦岭山的一个截面，华山跟东秦岭连为一体，骊山则从秦岭中脱缰而出奔向关中平原。骊山就是青黛色的骏马，骊山确实势如奔马，骊山顶上就是周幽王烽火戏诸侯博褒姒一笑的地方，也是申侯联合犬戎破镐京杀死周幽王和佰服的地方。骊山离王城沣镐很近，西周灭亡，周平王匆匆告别故土，沿秦岭东迁，沣河灞河间一道苍莽的黄土原上蹦出一只白鹿，文武百官拥送的随从以及周平王大喜，大周复兴有望，白鹿就是吉兆。白鹿引路，一行人马从几十里长的原下穿过，周平王就把这道秦岭伸出来的土原命名为白鹿原，一行逃难的王公贵族到了骊山下才不至于丧失勇气，周人的伤心之地啊。几百年后，周人之后卫鞅公孙鞅到了骊山下，没有直扑咸阳，而是让车夫沿秦岭往西、一直往西，他亲眼看到沣镐遗址，悲痛欲绝是肯定的。北上过渭河入咸阳，难以忘怀文王武王，难以忘怀伟大的周公。有道是，文王有大德而功未成，武王有大功而治未成，周公可是集大德大功大治于一身啊。第二次与秦孝公相见，卫鞅还是动了脑子的，他反复查阅了孝公的《求贤令》，孝公可是信誓旦旦，无限向往秦穆公时的强盛。秦穆公当年重用百里奚行王道,秦国强盛一时,成为春秋五霸。他就给秦孝公大谈周公“敬德保民”的仁政王道,孝公就开始打哈欠揉鼻子。他没有一意孤行,马上住嘴,也没有看老朋友景监的反应,自动离开大殿。他听到了秦孝公训斥景监的声音,话说得很难听,不好意思公开的。景监见到他,一脸微笑,他就知道他该离开了,他还是于心不甘:“再给我一次机会,时间长一点,十天以后咋样?”景监还是那么笑眯眯的:“我可以给你一百次机会,主君不给我呀。”他抓住景监的手抓得那么紧,景监没掰开他的手,而是把自己的另一只手压在他手上,轻轻地拍着:“五服之外就不是亲戚了,你老兄跟周文王周武王周公召公几十代了吧,你是卫鞅公孙鞅了,谁能好意思叫你姬鞅啊。”景监轻轻地抽出自己的手,走了。他本能地一跳,奔出去抓住景监的胳膊声音很小却很清晰:“十天,就十天,我能改变自己。”老朋友景监知道他是个极其高傲的人,他的行事风格始终如一,就是:论至德者不和于俗,成大功者不谋于众。景监算是最铁的哥们了,景监摇摇头:“我再试试,成不成我不知道,就看你的造化了。”“十天。”“十天。”

他备了一匹马,直扑华山。可以肯定地说他是三皇五帝以后第一个上华山的凡人。秦始皇首祭华山以后,历代君王都在山下西岳庙中举行大典,老百姓也是到山下华岳庙,到第三道门里东殿后边的圣母庙祭拜三圣母、小沉香和侍女灵芝抽签占卜,祈福求安康。秦昭王时命工匠施钩搭梯攀上华山。唐代道教大盛,道徒们开始居山建观,从北坡沿溪谷开凿一条险道,形成自古“华山一条道”。卫鞅要比他们勇敢得多,他只有一个信念,挫掉身上的书生气,必须脱胎换骨修炼出一副铁石心肠。所有值钱的东西都押给采药人,立下字据,生死由命,不牵扯别人。采药人也不追问他的动机,只是提醒他,每座山、每条峡谷都是一道鬼门关,随时都可能坠入万丈深渊,尸骨无存。人家很认真很负责地掐指头算,七十条大沟,等于七十二道鬼门关呐,你可以随时打退堂鼓,只要你吱一声,就会有人陪你原路返回。

他态度坚决。人家就笑:“不要给我这伙采药人下赌念咒,把宝押在石头上。”采药人还真小看这个书生,第一道石崖,他就跟壁虎一样贴那么紧,粘在石头上一样,悬在半空时,谁都看见他的腿软成了水,手抖成了筛子,可他的眼神盯着山顶。谁都知道,一个采药人没有三五年功夫适应不了坚硬的石头。整个华山全是白色岩石,阳面纯白,白如玉;阴面白中发灰,阴湿渗水。花岗岩坚硬冰凉如寒冰,夏天的烈日落到岩石上也冷得发颤。采药人师徒都这样,徒弟第一次上山,师傅最多带徒弟上两道崖,三道崖就是高徒了。眼下这个凭舌头吃饭的家伙已经到达第四道悬崖了,腿还在发软手还在发抖,就是眼神不抖。山越来越高,不管多高,都是万丈深渊;山风呜呜怪叫,大风如鹞鹰上下翻飞,会像撕一张草皮一样把人从岩石上吱啦一声撕下来随风而逝……亘古以来的大风从西吹到东从北吹到南,无穷无际,从不间断……卫鞅已经不知不觉地攀援到后来人们引以为豪的华山一绝“鹞子翻身”了。卫鞅已经羽成鹞鹰了,卫鞅相信人是可以成仙的,卫鞅相信《尚书》里记载的“轩辕黄帝会群仙于华山”是真的,卫鞅相信黄帝尧舜巡游华山是真的。不怕死的采药草民都能攀崖采药,饱学之士锤炼心态有何惧哉?从那些采药人的眼神里已经明白无误地看出,他战胜了死亡,连他自己都不敢相信他这么容易跳过了鬼门关。其实一点也不奇怪,当他过第一道悬崖时他全身就僵硬了,血液就凝固了,后背有一股神力已经把他拽入深渊,让他感受坠入深渊粉身碎骨的滋味,让他吃惊的是这种巨大的死亡的滋味一点也不生疏,它是那么熟悉,故人相见一般……他全身已经软了,软成岩缝里的冰凉刺骨的水,手发抖,抖成了筛子抖成了风……他只是卫国国君的庶传子孙,姬姓公孙氏,真正的豪门弃子,魏国崛起,卫国成为魏国的附庸小国。他师从鬼谷子尸子学纵横术,又师从李悝学刑名,李悝是孔子高徒子贡的门生。李悝把纸上谈兵的孔门儒学纳入现实,变成操作性很强的法家,法家是讲操作性的,尚实不尚玄虚,法家就是实干,就是行动。学成后，他成为魏国相公孙痤门客，任中庶子（秘书），公孙痤死前向魏王推荐：卫鞅有大才，或大用，或杀之。千万不能让卫鞅流窜他国，必成天下大患。魏王以为公孙痤临死之人，头脑发昏，神志不清，一派胡言，没杀卫鞅，但魏相遗言不胫而走，诛杀卫鞅传遍魏国上下，他是在死亡的恐惧中离开魏国入秦的。死亡的意识入骨血久矣。万丈深渊中，他一次次饱尝迎面而来的死亡，采药人全都惊呆了。谁见过这个视死如归的魔鬼？尤为恐怖的是攀崖登高只能抬头向上，万万不可朝下看，看一眼就会眩晕坠落粉身碎骨。这个魔鬼朝上看、朝前看、朝后看、朝左看、朝右看，还朝下看，不是看一眼，而是看了又看，看上瘾了。大家都闭上眼，也不敢劝这个魔鬼。紧闭双眼，从呼呼大风中依然能感觉到这个魔鬼反复观看万丈深渊的灿烂笑容。连那些身经百战的老采药人都小腿发抖了。所有的人都在心里呐喊："你是人还是鬼？"他们听到的回声如此恐怖：我有一个师傅就叫鬼谷子，我还有一个师傅叫尸子，你们这些采药草民可没有资格给我当师傅，你们只是向导。再也没人吭声了，心都死了。他们还是从呼啸的大风中听到一千多年后北宋大文豪苏轼的声音，苏轼对卫鞅的评价是：自汉以来，学者耻言商鞅……用商鞅之术，亡国，破家……其祸惨烈。苏轼初任凤翔府通判时与一帮同僚游览秦岭最高峰太白山，位于关中西部眉县境内，属凤翔府管辖。过一道峡谷时，万丈悬崖间只有一根横木，也就是粗糙的圆木，上有青苔，山民也难以穿越，猎人采药人只能勉强穿过，人们宁可下到沟底绕来绕去折腾大半天再绕到对面也不敢冒险，不敢拿自己的生命开玩笑。一群文官就不敢了，大家纷纷绕开时，有一位同僚鼻子一哼，很不屑地看大家一眼，撩起长袍往腰间一扎，迈大步踏悬木越万丈深渊如履平地。苏东坡当时就惊呼："拿自己命不当回事，你能杀人的。"此公后来热烈拥护王安石，成为一方大员，视百姓如草芥，对昔日同僚毫不手软，数次流放打压苏东坡，直到天涯海角海南岛。想不到的是二百多年后，大宋王朝皇帝崖山跳海而亡,苏东坡成了开路先锋。那时的海南岛蛮荒如地狱,我不下地狱谁下地狱！苏轼在天涯海角发出的声音反复回旋随风进入华山深谷……亘古以来,风本来没有中断过……深沟大壑聚风、起势,一千多年前的华山绝壁上卫鞅也在心里大喊:我不下地狱谁下地狱！卫鞅呼喊的这个地方就是华山第二险“长空栈道”,唐朝时工匠们费尽心血凿出的一千五百米的长空栈道,后人上华山胆大者才敢去“鹞子翻身”“长空栈道”体验万劫不复的死亡的滋味。所有的采药人都成了卫鞅的仆人,老老实实臣服于这个魔鬼。最让人不可思议的是如此之险境,上山的人都渴望着树,这才是华山之精华。悬崖陡壁上全是松柏,柏树长得慢也长不大,松树高大威武亭亭如盖,从溪谷到山脊到山尖山顶山巅全是翠松苍柏。最可贵的是半崖石缝横空而出的松柏,给采药人以巨大的希望,据说坠崖身亡的人,鬼哭狼嚎般落入深渊时,凌空抓摸一下半崖的松柏就不再喊叫就彻底摆脱死亡的恐怖——生命最大的恐怖不是粉身碎骨,是魂飞魄散——横长在半崖的松柏收住了他们的魂魄,然后随风而去,风在峡谷间如同河流,缓慢而深沉,风的辽阔浩瀚深沉远非水可比,有道是水深而风沉,树迎风而起势,树招风,风入林则波涛滚滚。三皇五帝反复巡游华山,都是因树而来,山势的险峻峭拔全都被苍松翠柏所融化,三皇五帝在这里都能感受到圣母华胥的仁德和慈爱。在山民百姓眼里,树就是三皇五帝,在这里能感受到圣母是大山的手脚,哪怕触摸一下小小的树枝树叶甚至树上滴下的露水,他们都能心安。采药人更是如此。采药人亲眼目睹这个饱学之士只盯着岩石,对树木一点兴趣都没有,偶尔与树相遇也是挥手一拨,擦身而过。这个魔鬼只认石头。出山时采药人背篓里除了药材还要插几根树枝以求吉祥,这个魔鬼怀揣一块石头,不是河道圆圆的卵石,是从山巅上掰下的有棱有角的岩石。望着这个渐渐远去的魔鬼的背影,一位长者说:“我们马上要变成牲口了。”

我们可以想象秦孝公第三次见卫鞅的情景，卫鞅刚走进大殿，孝公就愣住了，几日不见还真脱胎换骨了。孝公直起身子盯着卫鞅，今天肯定有戏，绝对有戏。卫鞅先不说话，打开布包，一块石头，一块黄土。先说黄土。周天子分封诸侯，诸侯们都要捧一包土回到封地，再分大夫逐级往下分，分完为止。说到这，卫鞅抓起土块狠狠一捏，土块顿成粉末。孝公大惊，趋步向前，如有所悟，但又悟不透。卫鞅自信满满，轻轻一点拨："大周就是这么四分五裂，西周变东周，还要一路衰落下去，直到粉身碎骨魂飞魄散。"孝公嗷嗷叫了两声，眼冒神光，忍不住抓起碎成粉末的黄土，再拿捏了一遍，再松开，"先生言之有理，治国就是拿就是捏，不管啥事都要拿一哈（下）捏一哈（下）。"卫鞅循循善诱："周朝立国之本就为它的衰亡埋下了伏笔，敬德保民，制礼做乐，大行封建，裂土封疆，土易碎不堪一击，一捏就碎。孔子把周公当神，儒家就是一堆土，温暖绵软，就是没有力气。大争之世，争的就是力量。"卫鞅就把石头掂手里了："石头就是力量，石头就是法家。尧舜禹过时了，周公过时了，法家霸道才能咥大活。"狗日的卫鞅，关中方言"咥"字都用上了。孝公连声称好，抓起卫鞅的手，往密室里走。进了密室，卫鞅推开窗户，孝公快步向前，卫鞅遥指关中大地，向北一指关中平原，再往北黄土高原，卫鞅告诉孝公："这是周人当年成事的路线图。"卫鞅又往南指，指着南山，也就是一片苍茫的秦岭："这才是咱弄事的路线图，要咥大活就不能步周人的后尘走土路，咱得走石头路。这么大的秦岭，普天之下哪有这么神奇的巨石如海的群山，关中有王气啊，周人把事弄成了，该咱老秦人弄事情了。"孝公激动得浑身发抖："咱就是要弄事，弄大事。"孝公和卫鞅合手抓起石头，君臣高度默契，不需要再说什么了。

红柯还记得 1986 年秋天离开关中西上天山的那个晚上，侯班长说好要给他送行，下午他们就一起吃饭，侯班长把宿舍钥匙交给他，让他好好睡一觉。侯班长出去办点事。红柯跟侯班长是补习班同学,侯班长部队转业,战斗英雄,可以分配很好的工作,侯班长不想吃现成饭,一心想考大学,考政法专业,有文凭有学历在地方单位好工作嘛。侯班长在复习班年龄偏大,他们同年考上不同的大学,红柯中学就立志于文学,就上了渭北师范学院中文系,毕业留校;侯班长渭北大学政法系毕业分配到渭北市委纪检科。那时地方党委还没有纪检委,只有纪检科,管干部的,很牛皮。红柯一觉醒来,侯班长刚进屋,扒下军帽当扇子边扇边说:“机床厂的办公室主任叫我狠狠地训了一顿,我也就几句话,腿都软了,手都发抖了。”“你一身军装,一脸杀气,人家以为抓他坐牢哩,能不害怕嘛。”“嗨,你还真说错了,纪检科七八个人呢,一大半是转业干部,当过团长营长的好几个人,跟训小兵一样还喊立正稍息哩。咱是谁?咱是纪检科第一个政法专业大学生,那几个大学生比我工作早,都是你们中文专业的,我一上去就拿法律跟他们说话,也就两三句,他就软了,就抖起来。连我们领导都说,小侯真是火眼金睛,科班出身,句句都说到点子上啦。”这是侯班长工作一年来第一次公开场合亮相。任何大学毕业生进入社会都有一年试用期,端茶倒水拖地板,做会议记录,至少得磨练一两年,有时两三年。第一次亮相意味你在单位扎下根啦,亮得漂亮不漂亮可是太重要了。侯班长一炮打响,领导马上给侯班长一个任务,连夜去机床厂找那个被厂办公室主任打击报复穿小鞋的同志说明情况,以安抚为主,一定要厂办主任当面道歉,再写出深刻的检查,由侯班长具体负责落实。“老同学对不起啦,抱歉我不能送你了。”侯班长往桌上放一兜水果,匆匆骑上自行车往机床厂赶。

事后证明,侯班长的灾难开始了。好多年以后红柯与侯班长相逢,侯班长第一句话就是,你小子太幸运了,那天晚上我幸亏没有去车站给你送行,你小子才能在新疆有这么大收获。红柯一头雾水,侯班长就告诉红柯:“我身上有晦气,碰谁谁倒霉。怀礼和309的人更倒霉,他们全都是被苏干事拿捏过的,鬼捏了一样。我和王利锋半途遭殃，遭殃比拿捏要轻得多，我要是被拿一下捏一下，不用去火车站，凭你小子在我宿舍待大半天，还睡了一觉，你就会染一身晦气到天山，你就想你会有多惨。”红柯吓出一身冷汗，听侯班长细细道来。

活该侯班长倒霉，那个被市委纪检科严肃处理的机床厂办公室主任也是第一次犯错，可大可小，可轻可重，就看本人态度。态度很重要。没有送交检察院，没有立案，更没有法院介入，多大个事嘛，认错道歉写检查，加上一番训斥。可就是这一番训斥严重刺激了机床厂办公室主任，他觉得受了奇耻大辱，尤其是刚出校门一年零一个月的侯干事，上纲上线，让人很不舒服，还没完没了地穷追猛打，连夜赶到机床厂，趁热打铁，一点喘息的机会都没有给他。唯一的好处就是近距离地看清了这个刚工作的侯干事。厂里的人都说市纪检科不重视这件事，只派个小干事，机关单位，干事最低嘛。大家这么一嘟囔，有心人还真看出了名堂，这个侯干事没有官相，反而衬托出他们机床厂犯了错误的办公室主任一脸官相。上年纪的老师傅更是一针见血，这个侯干事遭过殃。有人打听得清清楚楚，侯干事上过前线打过仗，死人堆里爬出来的。二十世纪八十年代老师傅们中还有抗战老兵，解放战争老兵，抗美援朝老兵呢，老师傅说：战场上倒霉的都死掉了，不死的都阳气足，不中邪，子弹绕着飞，就是中了弹，也要不了命，你说他命有多大，鬼都让他三分。老师傅们要告诉大家的是和平年代，太平盛世，日常生活中，遇到倒霉的事，还真是事。韩信牛皮吧？常胜将军战无不胜，栽吕后手里了，惨死在剪刀下了。这些议论全被女人收集起来，添油加醋，很文艺地讲给丈夫——那个厂办主任听，厂办主任就大受刺激，把侯班长牢记在心里，把侯班长当做雪耻的动力，也当做奋发向上东山再起的动力。厂办主任已经有点越王勾践的感觉了。厂办主任老江湖老油条了，脸皮相当厚，早都练就了唾面自干的本领，也太满足于这个正科级厂办主任的位置，围着领导转，好吃好喝。八十年代初，企业效益都不错，不思进取的小干部可是太多了。偏偏就这个市委纪检科侯干事唤醒了他这头狮子——就是侯干事身上说不清道不明的那股气，飘到你的鼻孔里，刺激你一下，你再也安静不下来了。厂办主任十年间一路飙升，成为渭北市新任市长，有道是好运来了谁也挡不住，有人甚至套用青蛙与癞蛤蟆的故事：有想法有野心的癞蛤蟆终于吃到了天鹅肉，满足于现状一点野心一点想法都没有王子一样的青蛙最终成为盘中餐。人们发现厂办主任十年间创造了比癞蛤蟆更神奇的神话，十年间厂办主任反复折腾，不停地换单位，不管到哪个单位，没有成绩，反而出错，出事故，却不处分不处理，反而官升一级。十年间从正科级厂办主任到副处副厂长，正处厂长，副厅副局长，正厅副市长，到计划单列市副省级市长，渭北市大大小小的事故包括火灾医疗事故金融犯罪案件连发不断，事事与他有关，他都能快速撇清关系，并大步前进，不断升迁。同僚们一次次惊讶惊呆惊奇，最终进入常态：生活太过枯燥，需要故事神话，就让他给我们制造神话吧。不管红柯有多么惊讶，现代版的天方夜谭一定要听下去、听下去、听下去。

叫人家厂办主任很不合适，转型成副处前他就脱胎换骨了，理所当然地调到另一个单位，当然是平级调动，还是厂办主任。新单位新面貌，大家看到的是一个笑眯眯的厂办主任，不是那种笑面虎式的笑，是孩童般天真无邪清纯至极的真诚的微笑。这种笑向阳花一样金光灿烂，谁看着都舒服，男女老少人见人爱。原单位的人都不相信，跑去看，全都大吃一惊，不吃惊的就是他的家人，老婆孩子父母弟弟妹妹，家人高兴啊，家庭和睦啊。别人就不再惊讶了。一个大男人，满脸童稚清纯可爱，确实不容易。他完全变了，以前只对老大笑，只对一把手笑，同僚、同事、下属、群众，他绝不给笑脸，二把手都很难看到他的笑脸。他只对一个人笑，一把手不停地换，或下来了，退休了，调离了，他的笑容立马消失，弄得人家很难适应，就像电灯突然灭了火光突然熄了阳光突然消失了，这就是他以前的风格。天怒人怨是肯定的，他稍一犯事，大家马上群起而攻之。现在，所有的人都能看到他的笑脸，太难得了，他不但对着熟人笑，对生人也笑，对狗呀猫呀都笑脸相迎，只是笑得不自然。

这种表演似的笑让人很不舒服，但也不会让你难受。一路升迁，一路修炼，成为某厂副厂长的时候，大家从电视上看到了他笑盈盈的脸，噢哟，还真是笑盈盈的，一点表演的样子都没有了，一点做戏的样子都没有了。从笑嘻嘻到笑眯眯再到笑盈盈，进步可是太大了。笑盈盈就是那种发自内心的由里到外的鲜花盛开似的开开心心的笑啊，这种笑，一个人一生能有几次？他每天都能这么笑，每时每刻都这么笑，只要他一出现，气氛马上就热烈起来，空气都是甜丝丝的。大家就开始叫他笑厂长，他的姓名消失了，也不需要了，这个世界只需要这么开心一笑。笑厂长很快就成笑局长，笑厅长，笑市长。我们一直叫他笑市长，他政绩如何我们不知道，我们只要那么开心地一笑，他出问题出状况出事故我们不感兴趣，我们只要那开心一笑。

东施效颦的人可是太多了，酸葡萄心理作怪，谣言四起，最有杀伤力的说法是笑市长好多年前就有一个怪癖——照镜子，到哪都带镜子，跟女人一样，一刻也离不开镜子。据说巴黎女人从孩童时代就对着镜子长大，媚态横生，风流成性。镜子里长大的男人会是什么样子？先从正能量考虑，有亲和力，亲民、爱民，让人放心，让鬼也放心。到目前为止，还没听到笑市长有什么绯闻，媚态横生可以与巴黎女人相媲美的中国男人没有绯闻，全都凝结成核反应堆式的亲和力，如此巨大的能量与力量根本无法复制，也无法再生，羡慕嫉妒恨也罢，酸葡萄心理也罢，面对笑市长的存在，我们只能感到绝望。后面的谣言就不是杀伤力的问题了，也不再是谣言，完全是从汉语本身的歧义性模糊性和游戏性出发，就很容易把笑市长成长的过程归纳概括为三笑，即爱的三部曲———从笑嘻嘻到笑眯眯到笑盈盈，名副其实的三笑市长嘛。三笑市长主政渭北市七八年来渭北市经济大幅下滑，置安全卫生环保各种问题于不顾,各级领导来渭北市考察调研,拍桌子下狠话,三笑市长没事人一样,吃嘛嘛香,该干嘛干嘛,所有的危机都化解在三笑市长的笑容里了。连小学生都能把我们可爱的三笑市长跟明代风流才子唐伯虎联系起来,香港电影《三笑》在大陆妇幼皆知,再加上古装戏《唐伯虎点秋香》,牵强附会也要把三笑市长与电影戏剧拉在一起。就是在这个时候,三笑市长还能把握住自己,政绩平平,能力一般,庸官多得是,亲和力如此巨大的庸官普天之下确实不多。

侯班长出现得可真不是时候。十年前发生的事情估计两人都忘了。三笑市长努力奋进步步高升的时候,侯班长也没闲着,不过侯班长没有三笑市长那么神奇那么让人不可思议罢了。相比而言,侯班长的所作所为扎实认真可靠,可以当做励志故事来教育孩子来开导刚出校门的愣小子们。侯班长的每一次提升有一大堆业绩和奖章,侯班长升到正科级的第三年,渭北市率先开始以考试的方式公开招聘处级干部,笔试面试侯班长都是第一名,成为渭北市最年轻的司法局局长,另一位通过笔试面试的同志被任命为某县县长。半年后,一次很重要的调研工作总结座谈会,三笑市长亲自出席做重要讲话,分管这块工作的副市长主持,这也是刚刚上任的副处正处级干部第一次与市长见面,他们平时都跟副市长直接打交道,越级是官场一大忌讳。大家很激动,使出洪荒之力显示自己的才华,机会难得呀。侯班长已经是侯局长啦,当然不能免俗,不能错失良机。书生加军人,文武双全,就很难有人与他匹敌了,他精彩的发言赢得一片欢呼,包括他的对手,包括所有的竞争者,大家由衷信服侯局长。三笑市长也是热烈鼓掌,而且起身鼓掌,侯局长也频频向大家致谢,侯局长没发现三笑市长的掌声开始减弱,大家都没有发现这种微妙的变化,有人看见也误以为领导应该如此,领导不可能跟大家一样鼓掌那么久嘛。可以肯定的是,三笑市长认出了当年那个市委纪检科的小干事,如今意气风发的司法局局长,三笑市长掌声渐顿,又不能立马停止,就轻轻地晃动双手,几乎在拍打空气,无声手枪似的,所有人都没有意识到将要发生的轩然大波。会议结束,大家纷纷离会,侯局长刚走到门口,就听见三笑市长在招呼他:“侯局长,等一下。”侯局长就快步向前,以为三笑市长要与他长谈或密谈,他今天出彩了嘛,领导特殊照顾一下很正常嘛。侯局长兴冲冲快步向前,离领导只有两三步距离的时候,他终于看清了三笑市长沉下来的那张脸,就是我们通常说的吊张驴脸而不是马脸,三笑市长发出的声音也似驴叫而非马叫,也就是通常说的驴叫似哭,马叫似笑。侯局长侯班长听到了极其真实的驴叫:“你——还——记——得——我——吗?”每一个字都拉很长的音,跟陕北人唱信天游一样,又没有信天游的高亢阳光和魅力。侯局长侯班长那双眼睛睁大睁圆又眯细眯长,嘴里不停吸冷气,脑子里的轴承不停旋转,就冒出火花了,都刺哩瓦啦尖叫起来了,就是想不起来眼前这个牛皮烘烘的三笑市长是谁。三笑市长也不想折腾他为难他了,市长嘛,该提醒的时候还是要给下属提个醒,三笑市长驴脸变成马脸,跟真正的骏马一样嗷嗷嗷一阵大笑:“我就是当年那个机床厂厂办主任嘛。”侯局长侯班长一下子就懵了。他都不知道自己怎么离开会场的,他只知道他走到门口时不由自主地回头一瞥,三笑市长已经恢复正常,就是那标志性的阳光撒落水面时水波涟漪的盈盈一笑。

侯班长后背发凉,没有打车也没有坐公交车,回家的路那么漫长。渭北市其实不大,就两条大街,渭河和宝成铁路陇海铁路从市中心交叉穿过,把市区切割得支离破碎,广场大街就很少,全是蛛网状的小巷,曲里拐弯,绕来绕去,类似于八卦。侯班长就在蛛网中挣扎,就在八卦里突围。好多年他跟老同学红柯交谈时才道出真相。当年市委纪检科之所以让他具体负责处理机床厂办主任事件,不是他水平有多么高,不是因为他科班出身,又是政法专业,当过兵打过仗立过功当过侦察班长又当过渭北大学政法系 81 级二班班长政治可靠原则性纪律性强，这些都不重要，重要的是他是唯一一个这个厂办主任关怀体贴的人。厂办主任老奸巨猾，老油条老江湖了，抗打击能力极强，往哪一站都是一副死猪不怕开水烫的样子，都是满身滚刀肉的架势，办公室主任这个角色也只能如此，企业办公室主任更是如此。大家全都把水烧得滚烫，把刀子磨得寒光闪闪，一盆接一盆往狗日的身上泼，一刀连一刀捅进去再搅半天，狗日的连吭都不吭全都扛下来了，侯班长出其不意地来这么一根鹅毛，轻轻一扫，狗日的就软了就抖起来。红柯坐不住了，都蹦起来了："高！高！高家庄，实在是高！你这是以柔克刚，老庄哲学啊，你这是四两拨千斤，太极高手啊。"侯班长很沉痛地告诉红柯："还不是怀礼的事情，加上 309 宿舍都要精神崩溃了，把我修炼成这一个样子，最大受益者就是我老婆，说我心细如发，对任何人都呵护有加，简直就是护理专业毕业的，简直就是南丁格尔再世。这种鹅毛般的细心护理一直延续到机床厂认错道歉写检查。"侯班长并不知道这种南丁格尔式的细心护理深深地刺激了厂办主任。好多年以后，位居市长高位的昔日厂办主任认出侯班长的那一瞬间，侯班长才明白世间无奇不有：对人的尊重也会刺激一个人，给人以爱心以尊严也会带来仇恨。在侯班长给红柯的倾诉中，我们知道离开会场回家的路有多么漫长，侯班长后背发凉，四肢僵硬，血液凝固，恐惧与不安远远超过枪林弹雨的战场……在侯班长的倾诉中，侯班长上过华山，"鹞子翻身"和"长空栈道"也没有如此恐惧……血的教训啊，他一点也不了解三笑市长的过去，被三笑市长认出来的那个晚上，他才明白，当年的厂办主任从生下来就没有被人尊重过，晴天霹雳般的礼遇就很容易让厂办主任浮想联翩，也给他自己带来好多麻烦。

1996 年 5 月 2 日下午四点半三笑市长认出侯局长的身份，侯班长就等待着三笑市长下手。一天一天，一个礼拜一个礼拜，一个月一个月，一点风吹草动都没有。就是那种等待死亡的感觉。有一天晚上，妻子突然坐起来吼他："你还让人睡不睡了？"他比妻子更吃惊，他没有说什么呀？连梦话都没有说过呀？唉声叹气都没有呀？他一脸无辜，一脸茫然。妻子就哭起来，男人们不怕老婆吼不怕老婆闹就怕老婆哭，不是那种嚎啕大哭，是那种抖着肩膀声音极其微弱的哽咽，马上要断气似的，妻子终于哽哽咽咽说出话了："打那天你半夜三更回家，吊个驴脸，你就神情不对，你就有心思啦，你常常发呆发愣，跟傻子一样，吃不香也睡不香，我又不敢问。咱们还是夫妻吗？心里藏着掖着，好几个月了，我跟一个特务待在一起，我跟一个克格勃待在一起，我能踏实吗我？"这种从来不撒谎的老实人抽了半根烟之后，把妻子抱到胸前，一边拍着妻子的肩膀一边严肃认真地撒谎，从当上局长求功心切，到同僚下属不合作，造成巨大的心理疲劳，于是乎就蔫不唧唧提不起神，就成了这么个毬样子。妻子扳住他的肩膀，盯他好半天，看不出任何破绽，就让他下保证："再不许藏着掖着，有心思一定要说出来，有福同享有难同当，明白吗？"丈夫碎娃一样点点头，妻子再次下令："睡觉不许背对着我。"妻子老母鸡一样把丈夫搂怀里慢慢躺下，抚摸着嘀咕着："我的小可怜长不大的碎娃。"丈夫脑袋埋妻子胸口，女人的乳房比鸵鸟把脑袋埋进沙漠安全多了，丈夫可以伴着女人的心跳唉声叹气甚至长吁短叹。当然不能说梦话，这道门丈夫把得很紧。丈夫故作轻松强颜欢笑了好几个月，丈夫后来告诉老同学红柯："我终于明白好多罪犯宁愿自杀也不愿接受法律的惩罚，等候宣判的滋味很不好受，尤其是死刑犯，都期待立即宣判立即执行。停那么十天半个月，甚至几个月大半年，等于死了十几次几十次几百次，再强大的生命也敌不住笼罩在心头的死亡的阴影。"年底三笑市长才开始动手，也就是年终考评不合格，就地免职，不分具体工作，挂起来了。结果一出来，侯局长长出一口气，彻底放松了，脸上有了笑容，还跟考评组的人一一握手，很真诚地致谢。妻子听到结果也一脸喜悦。不要那个官了,我们开开心心过日子。妻子陪他逛街看电影,买漂亮衣服。妻子的生活理念:遇上事,就要吃好喝好玩好,更重要的是穿好,自己给自己长精神长志气。妻子亲他一下:“咱要活得有意思,活出意义来。”他以为三笑市长会到此为止,结束一个公务员的政治生命,几乎等于灭了他。你还要怎么样?你还不让我活呀?感谢他有个好妻子,大学时他们就相爱了,就是王怀礼被苏干事勒令退学后,309 宿舍和全班陷入恐惧当中,侯班长也引火烧身,开始做噩梦,当时的女朋友,大胆热烈地拥抱他,平抚他内心的恐惧。好多年以后他再次人生不顺,成为他妻子的这个女人再次给他鼓励和安慰,他们紧紧相依,他们能听见彼此的内心。我们要活下去,我们要好好地活下去。

309 的人就没有这么幸运了。1985 年 7 月大学毕业,大家各分东西,很少来往,也没有机会来往。毕业好多年以后,都是偶尔听说彼此的信息,不一定准确。每个人情况各有不同,但有一个共同点……那就是他们的母亲在他们大学毕业参加工作三五年后先后去世,而且都死在去华山朝圣的路上。大西北的母亲们没有不喜欢秦腔的,那些传统剧目《三滴血》《打金枝》《杨门女将》《蝴蝶杯》《铡美案》《三娘教子》《火焰驹》《五女拜寿》《白蛇传》《法门寺》《劈山救母》《夺锦楼》《双锦衣》《软玉屏》《二进宫》《周仁回府》《十五贯》《苏三起解》《苏武牧羊》……她们百听不厌,百看不倦。不知为什么,她们的大学生儿子毕业参加工作不久,她们全都莫名其妙地喜欢上了《劈山救母》,包括城市母亲们。

儿子们都很努力,要得到公平的待遇总是要做出比常人多好几倍的成绩,他们自己都没有意识到自己从一开始就成了故乡的异乡人。按当时的大学毕业生分配原则,基本上是回原籍,回故乡。母亲们马上意识到儿子们的不幸。他们的妻子都没有意识到。毕业两三年,他们都成家了,个别人都做爸爸了。按理说,夫妻关系都不错,应该对丈夫的情况有所了解有所察觉,这一点上妻子们还真不如母亲们,在中国,母子情远在夫妻情之上,母亲可以为儿子舍命,妻子不会也没必要嘛。母亲们最先觉察到儿子的隐患。儿子都没意识到,母亲再三追问,儿子茫然不知。老太太离开后,妻子们会抱怨婆婆神经病,还把儿子当没长大的碎娃,不就是不放心媳妇嘛。女人的小心眼谁也没办法。妻子不依不饶继续给丈夫补加一刀,血淋淋的一刀哇:"什么时候把丈夫养成了儿子,我这媳妇成了你妈,你们家才会放心,我这个媳妇才会真正融入你们家,你们才会把我当自己人。"婚后三五年,夫妻还很淡漠,母亲们敏锐地觉察到儿子的隐患很正常。母亲们全都喜欢上了《劈山救母》,她们甚至不让人家用《劈山救母》的另一个剧名《宝莲灯》,理由很充分嘛,《宝莲灯》是京剧叫法,秦腔就叫《劈山救母》。可以想象那一段时间她们把家里人整得多惨,电视节目一定是秦腔,一定是《劈山救母》;没有《劈山救母》,就放收音机,收音机里没有就放双卡收录机,这个最方便,声音好大,反反复复就是《劈山救母》,就是《刘彦昌哭得呀两眼汪》,就是《灵芝抱上小沉香投奔刘彦昌》,就是《沉香勇斗舅舅二郎神》……刚开始家人都以为老太太们在赞美儿子呢,儿子考上大学那天她们就母以子为贵了嘛,中国人传统意识里出状元了嘛,最自豪的当然是母亲了。中国人传统意识里生儿子就足以让一个女人在丈夫跟前在整个家族在全社会挺直腰杆,扎下根,很粗壮的根。香火很重要,多少年后,这根香火考上大学,用古话说中状元,那是祖坟冒青烟,祖宗十八代的巨大荣耀呀。全家人到祖坟上祭拜祖宗,那是母亲最自豪的时候,母亲成为整个家族的功臣,这个丰功伟绩是要记在族谱上的。中国人没有宗教,中国人修史,州县修志,家族记族谱。城里人其实都是穿了西装的乡下人。招呼亲朋好友在大酒店举办一场场宴会,用普通话甚至英语表达永远也不变的传统礼仪。这种荣耀随着儿子入学毕业,参加工作,也就平淡了,成为常态了嘛。欢乐喜庆的这些年也没有这么热烈地倾心于《劈山救母》嘛,母亲们受尽坎坷,受尽欺压才会巴望儿子成为小沉香劈山救母。儿子大学毕业,而且成家立业,母亲们还一门心思要儿子"劈山救母",这不是给老伴找茬,跟家人过不去吗?老伴和家人也不好说什么,只好忍着。母以子为贵,已经很贵啦相当贵啦。家人们听见大秦腔《劈山救母》就浑身发抖。最疯狂的一幕出现了,秦腔剧团过来了,秦腔名角肖若兰陈妙华任哲中李爱琴马友仙等角儿来了,现场观赏大师们演唱的《劈山救母》很容易入戏,部分母亲进入角色。接下来母亲们就开始了可怕的朝圣之旅,她们要去华山朝拜三圣母。《劈山救母》已经不是戏了,成了真正的现实:儿子们毕业三五年了,那么努力地加倍工作,一点进步的迹象都没有,勉强转正,最起码的初级职称都在三年以上,毕业五年应该评中级职称,一点动静都没有,一官半职想都别想。母亲们踏上朝圣之路时,家人们才明白母亲们一直操心儿子,儿子从生下来到长大成人到考上大学到毕业工作到成家立业娶妻生子母亲们从来都没有放松过,母亲们去华山哪是救母哇!是救她们的儿子啊!儿子啊!我可怜的孩子啊!我娃可怜的!我娃不当当(可怜)的!

母亲们离家之后,大家再次醒悟,母亲们还是去救她们自己,救子与救母是一回事。在中国自开天辟地以来,都是母子同心母子一体。儿子过得好,母亲才安心;儿子过得不好,母亲就心如刀绞。朝圣之路就是为儿子们祈福之路。

309的母亲们的朝圣之路要比王怀礼母亲晚好几年。具体时间应该在1988年至1990年之间,华山还没有索道,母亲们跟怀礼母亲一样坐车到华山脚下,步行上山直奔西峰劈斧石,再下山到十几里山脚下的华岳庙。她们比怀礼母亲幸运,她们有家人陪伴,吃住都不错。可她们没有怀礼母亲1929年死人堆里逃生几百里的坎坷经历和磨练,她们也不像怀礼母亲一样在山脚下华岳庙敬拜三圣母小沉香和侍女灵芝时碰到了丹麦洋人何乐模,而且跟何乐模一起去朝拜离华山一百多里的圣母华胥庙和华胥娘娘那个了不起的女儿——抟土造人而且补过天的女娲娘娘庙，一直到蓝田猿人遗址，一直到蓝田与商洛交界的秦岭腹地公王岭猿人遗址，这才是真正的朝圣之旅和古老的圣母之旅。怀礼母亲比她们更幸运的是踏上朝圣之路前就从范家营中学菩萨地理老师那里听到了原始版的新疆哈萨克神话故事《长命泉》和草原上人人皆知的打羔故事。

这种遗憾是无法弥补的。渭北大学政法系 81 级二班 309 宿舍的七个男生，只有王怀礼是周原县人，去周原县城东北三十里地的范家营中学上补习班，有幸成为菩萨地理老师的学生。菩萨地理老师不但给王怀礼和王怀礼母亲讲长命泉和打羔的故事，也给历届学生讲这些新疆草原的故事。菩萨地理老师的另一个学生红柯大学毕业后去了新疆，直接进入草原神话史诗和民间传说的世界达十年之久。好多年后，红柯回到陕西，重述草原神话，长命泉的故事被他改造成小说《骑着毛驴上天堂》，另一篇《打羔》加进了菩萨老师在阿尔泰草原的爱情经历，发表在《岁月》杂志和《人民文学》，被《小说月报》《小说选刊》转载，轰动一时。309 宿舍的男生包括侯班长和王利锋才明白关中地区华山脚下秦岭脚下古老的华胥国华胥娘娘女娲娘娘神话与西域草原的长命泉神话打羔神话一脉相承。

2000 年夏天，309 的人看到这些草原神话时，他们的母亲离开人世已经好多年了，让他们伤心欲绝的是母亲们为了让他们活得好一点有尊严一点，活活地累死在华山朝圣的归途中。母亲们舍命也没救得了他们的孩子。309 的人生活得很艰难。母亲们华山朝圣给他们最大的刺激就是他们的生活出现了问题，人不应该这样生活，付出巨大的劳动和努力应该得到相应的回报和尊重。六位男生，其中有两位离婚，妻子忍受不了丈夫的窝囊，丈夫一点上进心都没有，更不用说男人的野心和雄心。竞争意识等于零，生活底线那么低，有份职业就满足了，知足常乐整天挂在嘴上，年纪轻轻就进入中老年状态。

哪个女人受得了，说离也就离了。孩子留给父亲，父亲既当爹又当妈，生活更艰难更辛苦，干脆不再结婚，与孩子相依为命。侯班长劝他们再婚，他们以孩子做安慰，没娘的孩子早熟，早当家，小小年纪干家务、做饭，学习更是用功，给父亲长志气长脸。亲戚朋友私下教唆，后娘似狼，孩子处于恐惧中，以自己的努力加上进严防父亲引"狼"入室。父亲的老班长侯班长使坏，碎子（小孩）就横眉冷对，让侯叔叔看墙上的奖状，正墙与侧墙都贴满了。幼儿园学前班的孩子，太懂事了，成熟太早了。侯班长把他的顾虑告诉老同学，老同学就告诉侯班长："找个后妈孩子成熟更快，懂事更早，父子相依为命吧，只能这样了。"两个离婚的老同学就是这种状况。状况最好的是那个能歌善舞的城里娃，最早把台湾歌曲《迟到》带到渭北大学的家伙，几年后那个叫张行的歌手才靠《迟到》红遍大陆，渭北大学的人都拿鼻子笑：算什么嘛，我们都唱好几年了。王怀礼事件发生后，309 的人都不敢唱《迟到》了，这么好的歌曲魔咒一样变成了王怀礼和 309 男生们巨大的心理阴影。事实确实如此，王怀礼这个农村娃上学时间推迟了整整三年，1984 年，原来的老同学都上大三了，再有一年就毕业参加工作了，王怀礼重新入学。《迟到》已经不是心理阴影和"吞钩现象"了，《迟到》成为一根刺，扎在每个人的咽喉，扎在每个人的心里，扎在每个人的脑袋里。这首歌曲 1981 年火遍港台，1984 年红遍大陆，有意思的是原唱华人歌星刘文正收入《迟到》的专辑叫《却上心头》，传入大陆后歌手张行的专辑叫《成功的路不止一条》。这样就给最早传播《迟到》的渭北大学政法系 81 级二班 309 宿舍的男生们的人生埋下了伏笔，巨大的心理阴影，如扎在心脏里的刺。人生的路崎岖坎坷，成功的路一条都没有。309 的这个歌手最早意识到这个巨大的灾祸。1984 年张行和《迟到》红遍大陆的时候，王怀礼也在这一年九月重新考上大学，309 的人抬上王怀礼存放了三年的行李铺盖送王怀礼去斜对面的渭北师范大学，大家再也不唱《迟到》了，大家唱《年轻的朋友来相会》，唱《驼铃》，唱《布兰诗歌》（《伊博兰之歌》）。309 歌手从大一就红遍校园，大一入学不到一个月发生王怀礼事件，他的歌声就变得苍凉悲壮，就快成古老的秦腔了。秦腔的基调和主旋律就是苦腔，就是哀歌，很不适合青春少年很不适合校园，他这种青春中的苍凉悲壮带着哀伤至极的沙哑而磁性的嗓音不但成为校园女生们的偶像，成熟女性也难以抗拒。少女们很快发现他不是作秀不是做戏，而是真正的哀伤，少女们就更疯狂了。那个年代盛行冷面男生，日本影星高仓健成为中国女性心目中的男神，男人们只学几招高仓健的皮毛，就能秒杀任何美女。309 这个歌手是真正的冷，这种发自内心的哀伤和冷酷已经接近自虐。飞蛾扑火固然是女人激情的一种本能，女人更大的激情是奋不顾身奔向冰上的火焰，冰上本没有火，而是投奔者的一种自燃。我们可以想象这个 309 歌手大学四年，有多少女生甚至包括年轻的女教师前赴后继蜂拥而至。其实也没到第四年，第三年，也就是王怀礼重新考上大学返校的时候，他才开始正眼看女生。应该是 1984 年 9 月 10 日，下午他独自一人去渭北师范学院看王怀礼，他早已大名在外，渭北市十几所大中专院校的男生女生们心中的偶像。秋天的校园，一片金黄，一个普普通通的女生从林荫道迎面走来，他眼睛一亮，那正是他正眼看到的第一个女生，他心灵深处的那双眼睛关闭了三年了，此时此刻在这位小女生面前豁然大开。小女生老远就看见这位偶像般的男生，快步过来正要跟他打招呼，一下子就被他眼睛里的万丈火焰震住了，就像脚下冲天而起的活火山，小女生惊慌失措，一片慌乱中又惊喜交加，最后是少女特有的羞涩。什么能比慌乱惊喜羞涩交织在一起的少女更有魅力呢？他们就这样走在了一起。肯定是校园里的爆炸性新闻。小女生可是太普通了，在大家议论纷纷中，小女生越来越漂亮越来越有魅力了，爱情可以把丑小鸭变成白天鹅，这不是神话，就是我们身边真实的故事。他不再出现在演唱会上了，他只给他的恋人唱歌拉小提琴弹吉他吹口琴拉手风琴,他对亲朋好友说:她能跟我过一辈子能跟我白头到老我就很满足了。多少年后,309 的男生们,离婚的离婚,冷战的冷战,吵架打闹互相折磨不一而足,只有他和中学老师的妻子美满和睦。好多年以后,309 的男生纷纷背叛初衷,返回母校给苏老师忏悔认错,只有他和王利锋没有违背当初的誓言,没有向苏老师低头,也没有给王怀礼落井下石。侯班长不是 309 的人,可侯班长是全班的班长,侯班长没有放弃班长的责任也没有放弃大哥的身份,一直为王怀礼的事情操心费神,当侯班长专门来给他致谢时,他捶了侯班长一拳:"你把我当啥人啦?我们还是兄弟吗?"侯班长就说:"不说啦不说啦,喝酒喝酒。"正好是三伏天,两人喝了六瓶啤酒。他很罕见地给妻子以外的人弹奏了《阿兰胡埃斯协奏曲》,《阿兰胡埃斯协奏曲》从来都是他给妻子一个人的专用曲子。侯班长很感动,侯班长搂住他的肩膀:"我们是兄弟,怀礼也是我们的兄弟,我们都是好兄弟。"309 的男生中王怀礼结婚最晚,快三十岁时跟一名女护士结婚,参加婚礼的人很少,渭北大学就他、侯班长和王利锋。

王利锋毕业那年跟女朋友分手了,王利锋拜 309 歌手为师,以歌声征服同班女生,他们相爱四年。女友父母都是大学教授,哥哥姐姐都出国留学了,父母也希望小女儿出国留学,哥哥姐姐在国外打下了基础,小女儿又是个学霸,亲朋好友一直夸赞她前途远大,比哥哥姐姐有出息。二十世纪八十年代初,出国留学的几率很小,跟宇航员上太空一样令人羡慕向往。大四的时候,她就开始考虑与王利锋如何分手。她太了解王利锋了,憨厚忠诚实在讲义气还有那么一点点小情趣,就是太实在,分手之后要是遇上一个好女人就是他的造化了,遇上不三不四的女人怎么办?她不能不急呀。不管遇上什么样的女人不能让王利锋吃亏,王利锋是个很容易吃亏的人。跟她相亲相爱快四年了,还是笨人王老大,还需要开开窍,还需要训练调教。男人呀，永远长不大。她才开始训练调教王利锋，也就是女人那种胡折腾，美其名曰魔鬼训练。

王利锋的苦日子开始了，几乎每周折腾一次，对他时好时坏，情绪极不稳定。不到一个月，王利锋都要崩溃了。她加大火力毫不手软。王利锋都崩溃五六次了，开始在梦中大骂女朋友了。歌手就告诉大家，王利锋没事，他会爱得更深。“你是说那个女孩在考验他，教授的女儿也不能这样看不起农村娃嘛。”歌手就说：那是她太看得起他啦，你们都没有这个福气，我都没有。大半年就这么过去了，王利锋请教歌手，歌手只能告诉他顺其自然，她还是很爱你的。王利锋就说：“我都想揍她一顿。”歌手说：“好啊好啊，说明你对她的爱上了一个档次。”王利锋脸都变形了：“女人怎么都这样，把男人变成土匪强盗臭流氓她们就高兴了就舒服了。”歌手说：“爱一个姑娘，光温柔体贴是不够的，还要显示男人的粗犷鲁莽和野性。”王利锋还没动手就让女朋友摆平了，后面几次都没有得手，他还跟猴子一样被女朋友随便耍弄。他再去请教歌手，歌手摆头不语。歌手还提醒309的人不要胡说八道，王利锋到了人生最关键的时刻。王利锋没那么傻，王利锋走出校园，到机关工厂到社会去找老乡，找老江湖老流氓风月高手。人家三言两语就说到关键问题了。有一天，王利锋带女朋友看电影，中途上厕所就不再回来。女朋友看完电影，在门口等到天黑也没等到他，追到学校追到宿舍，他在呼呼大睡。女朋友摇醒他大声质问，他什么都不知道：“我睡一整天了，礼拜天不好好睡觉看什么狗屁电影。”王利锋彻底醒了，光脚跳下床，揪住女朋友的衣服领子大声嚷嚷：“跟别的男人鬼混去啦，找老子来撒野，去你妈的，老子要睡觉。”跳上床手指女朋友：“别碰一个睡觉的人，我会动手打人的，我提醒过你了。”就蒙头大睡。半个月谁也不理谁。月底女朋友绷不住了，主动求和。一起去散步。刚安静两三天，女朋友带水果来看他，他吃了两个桃子，吃第三颗就吐了：“你妈怎么养你的，桃子好坏都分不清呀。大教授吃书本图片上的桃子呀。”再比如，聊天聊得正热乎着，他突然旧事重提，翻出两三年前的陈芝麻烂谷子，一一道来，真是心细如发，女朋友心惊肉跳。更让女朋友后悔的是几年前她告诉王利锋的中学时初恋往事以及家务事如今全让王利锋添油加醋很夸张地抖出来了，抖得是尘土飞扬名誉扫地呀。王利锋一个伟大发现就是女人赞美男人的胸怀要大，心要大要阳光灿烂全他妈狗屁，小心眼小肚鸡肠阴柔阴险阴毒心毒手辣心眼多变化多端极不稳定，这些人渣所具有的特征全都是拿捏女人的利器。连女朋友自己都没想到王利锋会走向另一个极端。马上就要毕业，女朋友不敢单独跟王利锋见面，侯班长陪着，女友说出自己的打算和家人的意见。王利锋哈哈一笑："我什么都缺，这辈子就不缺女人。"道别的时候，侯班长先离开了，王利锋严肃认真地对她说："分手的方式有很多，你千不该万不该让我拿你一下。我最恨拿人的人了，那就不是人造的，我看不起你，也不想再见到你，我们不说再见。"王利锋转身就走，也不知道女朋友什么表情。

让王利锋难以释怀的是他以后碰到的都是好女人，他都要拿人家一下，人家根本不在乎。问题的关键是他无法收手，习惯成自然，成本能，成嗜好，就爱拿人一下。更要命的是被他拿过的人他马上就蔑视人家，十二万分的看不起人家。可以肯定的是他结婚很晚，三十五六岁才定下心选中了能给他划上句号的女人，这个女人无论他怎么拿捏都毫无怨言，丈夫对她的鄙夷与蔑视不起作用。更可笑的是丈夫喝醉酒抽自己的耳光，一边抽一边抱怨："我咋成了这毬式子？我成为我最痛恨的那种人！我咋成了这种人？"妻子拼命拉他回家，塞进卧室，把电视声音放大，他再喊叫什么，没人听得见。夜就这么黑了，黑到零点，家家电视都停了，丈夫的声音没停，很刺耳的喊叫声："我要把我打碎，重新塑造一个我。我要投胎转世，让我转世吧，我给他压(nia 娘)打羔哩！打羔哩！打羔哩！"小区的人都听清楚了，打羔就是投胎转世,就是重新做人。他的声音小下去了,妻子进去扶他上床,脱衣服,脱鞋脱袜子,端热水给他洗脚。后半夜他睡得很踏实。第二天,小区的人都说他变样了。“是嘛? 我变了吗?”男女老少都点头称是。无论他怎么变,拿人的习惯永远不变。每隔一段时间,大家就会听到他的狼哭鬼嚎,台词永远就那么几句:投胎哩! 转世哩! 给他压(nia 娘)打羔哩! 打羔哩! 打羔哩! 打着打着就扯上了秦腔《劈山救母》,从刘彦昌唱到小沉香,从三圣母唱到二郎神杨戬,越唱越觉得自己不是个东西,父母健全,他活得就像个二毬,活成这么一个毬样子,实在对不起父母的养育之恩呀! 我要《劈山救母》。已经是大学毕业十年后的 1995 年了,华山有索道了,他带上老母亲去华山朝圣,妻子想去,他鼻子一哼:“好好养娃,娃长大让你娃带你去。”又觉着不对劲,上下打量妻子一番:“我又不是二郎神,我又没把你压在华山底下,我又没有欺负你,你想干啥? 你想干啥?”妻子马上进卧室,轻轻闭上门。老母亲斥儿子:“跟你媳妇好好说话,上过大学的人嘛,跟老农民一样。”有索道缆车,母子二人上西峰上南峰上北峰,五个山头挨个上,很轻松。下山去西岳庙拜三圣母庙,老母亲又是磕头又是祈福:“锋锋娃过好。我娃日子过好,我这他压(nia 娘)才算有福之人。我娃过不好,天大的福都是空的。三圣母呀,给我娃实实在在的福报,不管大小,只要是实的。”老母亲从怀里一摸,掏出几粒黄豆,跟哄碎娃一样叫王利锋把嘴张开,王利锋乖乖张开嘴,张得很大,跟窑洞一样,老母亲干瘦黝黑的手轻轻一扬,还念叨了一句乡村谚语:“噢——打嘎!”两粒黄豆就落入王利锋口中,王利锋咯嘣咯嘣嚼烂咽下肚。

老母亲是 309 宿舍众多母亲中华山朝圣唯一活着回来的。原因很多,其中之一,有索道缆车;其二,也是最关键的一条,初恋女友分手前整整一年的调教;其三,算是八卦吧,他不是学政法的,他是学化学的,一位道士告诉他:中国古代炼丹的道士就是化学家。

华山朝圣归来的王利锋不再拿捏人了,但妻子除外,因为拿捏人的习惯也是一种古老的法术,难以根除,只能压缩,就全压在妻子身上。王利锋一边拿捏折磨妻子,一边在心里感谢妻子。有一天,他终于说出实话:“这么过下去,我成了恶魔,你成了圣母。”妻子笑笑不吭声。狗日的,笑得这么开心。王利锋又睡不着了,不停地掐自己的手,不拿人行不行?不捏人行不行?行不行?行不行?行不行?天就这么亮了,没人听见他的叨叨。

不用猜,我们也能知道王怀礼后来的生活。1984 年 9 月王怀礼第二次入学时就不再是个单纯的大学生了。好多年以后与老同学红柯相聚时他的一段话让红柯喘不上气来(永远难以忘怀),他是这样说的:“二次入学就像一对再婚男女在一起,不管尽最大努力都得小心翼翼。”重新入学的王怀礼就是这种状态。在渭北师范学院中文 84 级二班同学眼里,王怀礼同学“与世无争”“沉默寡言”“特别善良”。他告诉老同学红柯:“我不善良又能怎么样?我只能善良地活下去,要活下去。活下去,善良就是我活下去的唯一信念和勇气。”红柯沉默半天给王怀礼介绍古代流行中亚地区的波斯拜火教,拜火教认为世界分光明与黑暗,善恶一体,二元对立互动。恩格斯都讲恶是人类进步的动力和杠杆嘛。鲁迅临死前都说过:一个都不宽恕。基督教也讲先下地狱,再上天堂,先做魔鬼再做圣徒。红柯很诚恳劝诫老同学:“一味慈悲不是办法,该愤怒的时候要愤怒一下,该发火的时候就不要压抑自己。”“我知道你想说一味地善良好心肠是无能的一种表现。很无能地活下去也能活出人的尊严。”王怀礼笑眯眯地看着老同学,右手贴在老同学红柯的膝盖上,红柯一时无语。王怀礼还是那么笑眯眯地看着红柯,手轻轻地拍着红柯的膝盖,轻声细语地告诉红柯:“我没有敌人。”红柯就脸红了,真的红了。

大学四年王怀礼每天打开水,都是拎四个热水瓶。一个宿舍七个人,天天提四个热水瓶,弄得大家不好意思。王怀礼就告诉大家提一个热水瓶去打一次水,提四个热水瓶也是打一次水,一样的。天长日久大家也就习惯了。二十世纪八十年代,停水停电大家去闹,闹得最多的是食堂的饭菜质量。有意思的是全中国师范院校的饭菜质量最好,师范学院被称为“施饭学院”,师范大学就是“施饭大学”,师范院校学生拿饭菜质量刁难食堂大师傅就有点鸡蛋里挑骨头的意思了。大家绝食停课那段时间,王怀礼同学照吃照喝,大家就埋怨他:“你对生活的要求太低了,有口饭吃你就乐呵呵的。”王怀礼就实话实说:“比渭北大学好多了。”大家就误以为他把渭北大学当地狱,把渭北师范当天堂,地狱与天堂就近在咫尺。大家也就不跟他计较了。一个跌过跟头的人能爬起来就不错了,大家就这么看他。大学四年他谈过两个女朋友,不到半年就分手了,两个女生都有相同的感觉:“你太善良了,哪个女人跟你过下去都要付出很大的代价,没人付得起啊。”其中一个本专业的女生说得更直白:“我喜欢那种坏坏的男生。”他就告诉人家:“我坏不起来呀。”“那你以后的生活就会很麻烦。”女孩子又来一句全中国女性最经典的人生格言,“男人不坏女人不爱。”他又问人家女孩:“坏和恶会让人很痛苦的,你喜欢在痛苦中生活?”女孩捂着肚子笑,笑半天摇头说:“你这么傻呀,女孩都希望男生对自己好,对这个世界坏。对这个世界恶,这样他才能把所有的爱奉献给他心爱的女人。”他开始摇头了,女孩打他一下:“明白了这个道理你成熟啦,你就能找到媳妇啦。”女孩欢天喜地跟他挥手告别,他也那么欢天喜地不停地跟人家挥手告别。女孩已经跑远了,他嘴里还哼哼着苏联二战时最抒情的歌曲《海港之夜》,水兵和恋人告别,水兵挥手,恋人挥蓝头巾。有意思的是 1987 年秋天下午四点半的渭北师范学院林荫道上,这个跟男生王怀礼分手的女大学生也在挥扬一条漂亮的蓝头巾,只是她没听见前男友哼哼的《海港之夜》,她的同学听到了,戏仿模拟那滑稽的一幕,“蓝头巾女生”就成为校园里的笑料。

毕业好多年以后大家还叫她“蓝头巾”,却没人叫王怀礼“水兵”。

大学毕业王怀礼分配到渭北市郊区一所中学当老师,分配得不算差,农村出来的大学生,最美好的愿望是留城市,分配到平原地区小县城也可以,最怕去山区。王怀礼很满意郊区这种城乡接合部。跟309的人一样,都是牛一样劳动,回报很少,付出与收获严重失调。跟309不一样的是王怀礼毫无怨言。刚开始领导还说人情味十足的假话空话大话安慰安慰他,后来连这些客套话都没有了,天长日久,都习惯了,习惯成自然,王怀礼同志应该如此。他的婚姻问题就很艰难。二十世纪九十年代工厂转型,工人下岗,工人阶级地位一落千丈,这些城市女工也不愿意嫁给中学教师王怀礼。王怀礼执教的第二年,有个女生发誓要嫁王老师,放弃考大学,考上中专,毕业后就要求分配到王老师执教的中学附近一家企业工作。工作两年后企业倒闭,就在学校附近开了一个小商店,就嫁给了王老师。

我们可以想象王老师带媳妇给父母上坟的情景。王老师先给母亲跪拜,王老师悲喜交加,声泪俱下:“妈,你儿子结婚啦,你儿子带媳妇看你来啦。你儿子把华山劈开了,你出来吧,出来吧。”媳妇惊慌失措跟他一起跪拜,他扶起媳妇离开时念念叨叨:“妈,咱走,咱回家吃饭。”媳妇不惊慌,媳妇一下子懂事了,也说了一句:“妈,咱回家吃饭,媳妇给你做臊子面。”

从此以后,饭桌上都是三双碗筷,老母亲就在身边。媳妇开始听王老师讲母亲的故事。媳妇终于听到长命泉的故事。不再是菩萨地理老师讲的原汁原味的《长命泉》,而是加工改造过的,具体时间应该是在1982年9月24日老母亲朝圣归来的路上,老母亲被送往医院抢救无效,王怀礼在太平间在老母亲身边呆了一夜,菩萨地理老师的长命泉故事重新在耳边响起,他就相信母亲没有死,也不会死。好多年以后他讲给新婚妻子听的这个故事已经被老同学红柯加工成《骑着毛驴上天堂》了,老母亲的朝圣之路就是上天堂之路。下边是这个故事的全文。

. 2.

他整天驾着毛驴车去沙漠里弄柴火。毛驴跟他有点像，毛不楞楞，灰扑扑的。他想把毛驴弄干净，用铁刮子刮啊刮啊。刮干净的毛驴挺漂亮，灰白中透出那么一点儿青，就像青灰色的呢绒裹在毛驴身上。毛驴高兴啊，扬起脑袋很嘹亮地高歌一曲。他也插进来，只能插一句："驾！"毛驴噔噔噔跑起来，碎蹄急切地敲打地面，像木槌一样。

离开村子不久，毛驴就灰尘满面。铁刮子在腰上别着呢，别人腰里别刀子他腰里别铁刮子。他撅起屁股又开始打扮毛驴。路上的人就喊："老人家，你嫁女儿吗？"他不吭气，很仔细地刮毛驴的一条腿。那人还想说风凉话，毛驴后腿一跨，黑乎乎的大家伙涌出来。那人"呸"唾一口痰，打马就走。他也有过纵马疾驰的日子。他老了，飞不成了，走下马背的人只能跟毛驴做伴。铁刮子在手里拍着，心里感慨很多。毛驴受不了这个，就嗷嗷叫。他手忙脚乱刮毛驴的背，背上尘土多，跟着火似的冒起呛人的烟雾。尘土原封不动移到他身上，他成了土老鼠。毛驴阔笑。只要毛驴高兴，他无所谓。不用扬鞭子，毛驴就噔噔噔跑起来。跑一阵停一阵，他很有耐心。连毛驴也奇怪，斜着眼睛问他：

"主人，你要嫁我吗？要嫁我也不能这么打扮我呀。"

铁刮子把毛驴刮疼了，不管多疼，它都挺着，主人赞美它是个聪明的驴子，它就有了耐心。

路途遥遥，尘土遍地，空气里也飘满细细的灰尘，太阳也是土眉土眼。太阳就像土洞里钻出来的土拨鼠，土拨鼠到了天上。他嘀叫起来："土拨鼠都到了天上，我的小毛驴，咱们也能上天堂。"

老头儿说的天堂不在天上，在沙漠里。老头儿从沙漠弄回一车柴火,就说他上了一回天堂。沙漠里的干柴火都是沉甸甸的。到了他这种年纪,能从沙丘里刨出干梭梭简直就是奇迹。每回他都弄满满一车,累得直打哆嗦。他会对毛驴说:这不是累,是高兴。毛驴也跟着高兴,毛驴那张阔嘴笑不了两声,血液就闪出银光,气势磅礴。灰扑扑的沙漠里,毛驴是个诗人是个真正的歌手。

拉着满满一车柴火,从沙漠回到村庄。柴火把村巷照得金光闪闪。毛驴真累了,累惨了。牛累到这份儿上就垂着脑袋看地上;马呢,马傻了,一动不动累成一块硬石头。毛驴可不这样,毛驴叫得更欢,长一声短一声,在欢叫声里调理呼吸恢复体力。大家就说毛驴偷懒,没好好干活儿,要是好好干活儿的话,会把力气用光,哪有力气叫啊,叫得这么欢势。毛驴委屈得能掉眼泪。毛驴能掉泪吗?毛驴只会欢叫,一声比一声长。

只有老头能听出毛驴的怨气。老头儿吆喝着大家搬柴火,他过来陪毛驴。他轻轻拍打驴背,他干硬的手,在告诉驴子:聪明的驴子啊,人都是些蠢东西,他们欣赏不了你的快乐。毛驴长长哦一声,毛楞楞的脑袋靠在老头儿肩上。毛驴安静了,真静,静得让人吃惊。大家就说:“它是你丫头吗?这么靠着你。”老头儿这辈子有儿子没丫头,有个丫头多好啊。老头儿就说:“我有这么好的丫头,你有吗?”大家全都傻了。这一天,驴子亲眼目睹了人们的傻相,又蠢又傻。

毛驴多聪明啊,它一下子明白了老头儿为什么这么精心打扮它,打扮得漂漂亮亮。毛驴的碎蹄子噔噔噔,嘚嘚嘚的,天堂天堂天堂,碎蹄子终于踩到天堂这个奇妙的节拍上。天堂就在蹄子底下,在灰扑扑的尘雾里。毛驴越跑越欢,好像在跟太阳比赛。

“怎么啦驴子,你要变成大白马吗?”

“噢哟!真是一匹大白马呀!”

毛驴这么天堂天堂地跑着,老头儿很快就受不了啦,一把老骨头哗啦哗啦像挂满了铃铛，所有的铃铛全都响彻一个声音："停下！停下！停下！"铃铛响不过天堂里的驴蹄子，踩着这么奇妙的节拍它就停不下来。

老头儿从车辕滚到车板上，老头儿大声吆喝："你这倔驴，你要干什么呀?"

倔驴追太阳呢！太阳进了沙漠就成了兔子，在沙丘上奔蹿。毛驴车就冲上沙丘。兔子蹦起来，也只能蹦三尺高。太阳到这份儿上，驴子有足够的勇气蔑视它。驴子死追不放，它再也听不到老头儿的喊叫声了。

老头儿挣起半个身子，抽了毛驴一下。那也不是鞭子，是一根小棍。老头儿用小棍赶毛驴。聪明的驴子不需要结实锋利的皮鞭，一根小棍轻轻敲打它的屁股，就像木槌敲打羊皮鼓，梆梆梆梆，驴蹄子踩着天堂，驴子就忘了这根小棍。

老头儿已经不能喊叫了，他仰躺在车板上，喉咙里发出很微弱的声音："我要死啦，我要死啦，停一停，停一停啊。"真奇怪，疯狂的驴子一下子听清楚了这有气无力的声音：要死亡停一停。它听得清清楚楚，要死亡停一停。毛驴和毛驴车就停在沙丘前边，太阳也停在那里。太阳累垮了，跟兔子一样栽倒在沙丘上，抖个不停。老头儿翻身坐起来，他竟然能坐起来："我死了吗？我怎么死在这里？"他看见颤抖的太阳，太阳趴在沙丘上抽筋呢。老头儿年轻时带着狗到沙漠上抓过兔子，狗撵兔，兔跑成一团火，最后就累倒在沙丘上不停地抖，拎在手里还在颤抖，剥了皮煮熟咬在嘴里还在抖啊。兔子肉让人心跳加快。太阳呢，太阳也成了这样子。老头儿爬下车，揪住驴耳朵："你不想让我活了，啊！"毛驴脑袋一扬，滚烫的歌声一下子盖住了沙漠：

你不是要它停下来，
它停下了嘛；

你不是要吃兔子肉，

兔子倒下了嘛。

老头儿对着驴耳朵大叫："它是谁，你说它是谁？"

"谁撵你它就是谁。"

老头儿自言自语："谁能撵我呢，啊，那是死神，除了死神谁还能撵一个糟老头子呢？我跑到这里是来找死吗？"

毛驴干干净净，干净得让人吃惊。老头儿摸后腰上的铁刮子，铁刮子早丢了。一只漂亮的驴子再也用不着铁刮子了。驴身上的灰毛开始泛青，那是真正的上等呢绒，青灰色呢绒裹在毛驴身上，闪出的光却是白的。毛驴来到了天堂，就扯嗓子赞美天堂。老头儿还说什么呢，一家人吃饭的柴火在这儿呢。刨柴火直到死。聪明的驴子是明白这些道理的，老头儿不嚷嚷了，到沙丘上去刨柴火。

老头儿刨了一辈子梭梭，到头来刨出的还是梭梭，是干梭梭。干梭梭都是死的。那些活着的梭梭，蹲在沙丘上跟黄绿色的狮子一样威风得不得了。老头儿不相信干梭梭会死，就点火烧梭梭。火焰吼叫着从梭梭干裂的木纹里冲出来，火焰纯净几乎无色，斜着看可以看出金红的棱角，跟刀锋一样。毛驴在歌唱，在毛驴的歌声里，梭梭才是真正的太阳。天上飘着的那颗太阳，让驴蹄子吓傻了，钻到沙子里去了。老头儿不嚷嚷不行了。

"老天爷呀，这可不能怪我，我没让它活它自己活过来了。"

干梭梭越活越旺，跟老虎一样。

"老天爷，我死不了啦，世上根本就没有死亡。"

老头儿的话传到天上，老天爷很生气，就派使者到地上来宣告上天的旨意。

老天爷说人的生命是有限的。

"可老天爷他自己还活着。"

老头儿劈柴火,压根儿就不理老天爷的使者。使者就威胁老头儿赶快接受上天的旨意,否则就给你颜色看,使者提到人类之初那场可怕的大洪水。

“不是有方舟有鸽子有橄榄枝吗?”

“可那是毁灭性的打击,人类差不多死完了。”

“还剩下一些嘛。”

老头儿没看使者,老头儿卷烟抽。使者继续谈大洪水,好像上天只有大洪水。老头儿就告诉使者大禹是如何治水的。

“多余的水我们放进大海,对我们有用的水就养在河里。”

使者口干舌燥,嘴巴里只剩下一句话:

“我求求你了,我得回到天上去。”

“你早应该求我。”

老头儿有点可怜那使者,他得回去交差呀。老头儿就跟上天订了协议:我不想活的时候就叫你。

死亡无影无踪。哪儿找?

梭梭是不能找了,干梭梭里的生命之火比老虎还猛。

毛驴就带他到沙漠深处。只有骆驼才能到这里来,这是死亡之海,没有兔子没有跳鼠,连四脚蛇都没有。老头儿高兴得拍打驴屁股,这下好了,死亡跟柴火一样能满满装一车。老头儿就刨那些干枯的死亡。真沉啊,跟石头一样。没有生命的东西都这样,比它们活着的时候重好几倍。根本装不了一车,一根就把车子压得嘎吱响。老头儿还得走着,他要坐辕上车子就得散架。

毛驴你慢慢走,慢慢走哟。毛驴就慢慢悠悠。老头儿年轻时骑着高头大马过天山,也是这么慢悠悠。

马儿你慢些走,慢些走。

马儿能快起来,主人不想快,主人让天山给迷住了。群山里的草原跟花毯一样裹到了骑手和骏马身上,走快一点儿就会把花毯抖掉。

慢悠悠的毛驴可不想把死亡撇到半道。老头儿更是小心翼翼，牵着毛驴一步一步走出沙漠。大家就喊：

"老人家,你拉了什么宝贝?"

"天上的宝贝。"

"噢哟,天上的宝贝呀。"

大家围上来,连马背上年轻的骑手也跳到地上过来看。

"这不是胡杨吗？老人家你拉回了胡杨。"

"我拉回了胡杨。"老头儿终于认出了死亡的真面目,"原来你是胡杨呀,你活得挺好嘛。"

大家都笑:"老人家,它还要活三千年呢。"

胡杨就是这么一种树,长着绿叶活一千年,落叶后干一千年,倒在地上躺一千年,要是长出新枝,又是一个三千年。

老头儿拉回来的这根胡杨沾满沙子,年轻的骑手用刀子剔掉沙子,露出的胡杨枝杈跟刀刃一样。"比刀子还利呢。"年轻人真想把刀子扔了。毛驴带来的宝贝太厉害了,连马都垂下脑袋。年轻人远远躲开。这么年轻正是骑骏马挎钢刀的好时机,就这么躲开了。我又不是魔鬼。老头儿对着驴耳朵大喊:"咱们不是魔鬼,咱们要赶快找到死亡。"

老头儿真的急了,不用老天爷来催,他得自己想办法。不管想什么办法,还得依靠毛驴这老伙计。老伙计站在路边不动,再喊也不动,这倔驴倔什么呢？其实很简单,不用去沙漠,越是荒凉的地方,生命的气息越强烈。

就在路边,一棵干枯的杨树等着呢。树干在腐烂跟棉絮一样,抓到手里人一下就老了。老头儿的筋肉比棉絮还软和,没有一点儿重量,风轻轻一吹就飘起来,跟蒲公英的白冠一样。那是我的头发。老头儿还能听见自己的声音。毛驴傻傻地看着白絮纷飞的景象,长一声短一声叫起来。你这蠢驴你叫什么呢,你唱呀！毛驴一着急就干嚎。一朵白絮落到驴耳朵上，毛驴一下子安静了。静下来的驴子一点儿一点儿变青，灰白中透出青沉沉的颜色，跟真正的青灰色呢绒一样裹在毛驴身上。毛驴成了一只漂亮的驴。它兴奋得嗷嗷直叫，叫着叫着歌就出来了。那么高亢的歌，无论是草原的歌手还是群山里的歌手都唱不了这么好。

歌声传到天上，老天爷听到了。这不是在嘲笑我吗？这不是在耍弄我吗？老不死的用驴来对付我。老天爷气急败坏。天上的神仙面对一头驴一点儿办法都没有。老天爷的智慧都是对付人的，没有对付驴子的准备，一点儿预兆都没有。听到的都是对驴子不好的评价，蠢驴呀倔驴呀骚驴呀，驴的档案袋里就这一点点记录。你听它还在唱。

整个大地成了驴子的手鼓，梆梆梆梆……飞扬的尘土闪出银子的光芒。那是真正的天堂。

天上的神仙都傻了。他们从来没有露过傻相，一点儿抵抗力都没有，呆傻蠢笨无限制地扩散，骨头缝都渗满了。老天爷哪受得了这个，老天爷气急败坏了，老天爷恼羞成怒，暴跳如雷，手里的雷电全打出去。天空被震裂了，电闪雷鸣，大雨倾盆，加上冰雹，轮番轰击。

老天爷蹂躏过的大地一片葱茏。绿洲如同云雾笼罩在群山大漠之间。天上的神仙都不见了。连老天爷自己也奇怪他身在何处？他再也愤怒不起来了，他安静到家了。这么彻底的安静让他万分惊讶。他要么缩头缩脑，要么探头探脑，他永远处在阴冷的地方，他的血都是凉的。由热而凉。他发生了巨变。他认不出驴子了，驴蹄子会踩着他，他听见驴蹄子就赶快躲开。他倒想见见那个老不死的老头子，老头儿脾气要好得多。

老头儿在野地里转悠。还是老习惯，拾柴火。老头儿没想到能在这里跟老天爷见面，老头儿更没想到老天爷会是这种模样。老天爷惩罚过蛇，自己最终还是变成了蛇。老头儿改不了北方人的习惯，见了蛇就打哆嗦。

“别过来,你别过来。”

蛇就停下来。老头儿说:“我穿着裤子呢。”嘴上这么说,手还是不由自主地捂住裤裆。蛇对他的裤裆不感兴趣,蛇只关心它自己,蛇冷冷地问老头儿:“你就这么永远活下去?”

“我已经死啦。”

“事实证明你活着。”

“老天爷呀,我怎么能让你满意呢?”

“你自己想办法吧。”

“死亡不是归你管吗?”

老天爷垂下头。老天爷到这份儿够委屈了,不垂头已经很低了,总不能逼着一条蛇钻到洞里去吧。人家已经呆在洞里了。人还在大地上晃悠。老头儿有点可怜老天爷。老头儿拨开石头让老天爷走利索一点儿。毛驴等他等急了,扯嗓子大叫。老天爷!蛇倏忽就跑远了。老头儿对着它的背影大喊:“放心吧老天爷,我会给你把这事办好的。”

老天爷再惨也是老天爷。老头儿很敬重老天爷。人上了年纪,万事不上心,老天爷的事儿例外。不用他张口,毛驴就知道他要说什么,毛驴屁股一撅,车上的柴火全滚下来。

“干什么驴子?”

老头儿总是比驴子慢半个节拍,坐到车上才知道毛驴要带他上路,不卸掉柴火怎么行呢。上路吧上路吧该上路啦,有毛驴陪着墓地也是天堂。天堂在驴蹄子底下响起来,天堂天堂天堂……

很快到了山里。山谷跟坟墓一样寂静,两边长满树,遍地是青草。老伙计好好吃吧。驴子啃青草。老头儿爬上坡朝树林走去。树静悄悄的,像在做祈祷。我也祈祷吧。祈求什么呢?祈求一棵树吧。他朝树施礼,树哗就亮了,是棵白桦树。他施过礼的树都是白桦树。

谁能离开树呢,树就像人的拐杖,人越老就越需要拐杖。

老头儿这才发现他是扶着树走动,他没想到他会老到这种程度,他问树:“你要带我去哪儿?”树叶刷刷跟雨一样。树叶儿跟牛舌头一样舔他。牛舌头这么舔牛犊子,树叶儿这么舔他。“我一脸老皮你舔我干啥?”他用手护着脸,树叶密麻麻旋上来舔他,把他舔得干干净净,清清爽爽。他没想到他会是一个漂亮老头儿,胡须跟丝绸一样闪着光。

一大堆金子在林间草地上闪闪发亮。老头儿走过去才发现是一只受伤的鹿,鹿正抬头看他呢,鹿头上长着一对有十二个叉的角。鹿被猎人打伤了,地上的血滴跟草莓一样。老头儿还没见过这么好的鹿。他采一把草药,揉出汁液敷到鹿的伤口上。鹿伤得太重,草药止不住血,血快要流干了,鹿很虚弱,身上的光透着金黄。那是生命最后的火焰。老头儿捧着鹿角说:“可怜的孩子我能帮你吗?”鹿感激地望着老头儿,鹿眼睛就像明亮的泉水,老头儿小声说:“知道泉水是什么吗? 泉水是大地的眼睛。”

大地的眼睛要比万物更早地逝去,更早地感到日光消失,当牧草和树林闪动金色的光芒时,泉水就已经停止歌唱,那明亮的眼睛首先在丛林和山谷里暗淡下去。老头儿把这个秘密告诉给鹿:“孩子,你眼睛里的泉水越来越亮,你能活过来。”鹿慢慢站起来,对着老头儿呦呦叫着:“你叫我孩子,我喜欢你叫我孩子。”老头儿就叫它孩子巴郎子小宝贝小鸽子肉蛋蛋。“我的命回来了,我要活下去,活一万年。”鹿朝林子奔去,老头儿很好奇,就跟过去。

林子深处有一片开阔地,那里的牧草碧绿娇嫩,草丛里的花跟钻石一样发出璀璨的光芒,一股晶莹的泉水躺在草滩上就像一个娇嫩明亮的婴儿。鹿静静地舔那晶莹的小手小腿小胳膊,一直舔到泉水明亮圆润的脸上。鹿的伤口不再流血,伤口慢慢地合起来,生命又回到它身上,它告诉老头儿:“这是长命水,喝一口能返老还童,喝两口长命百岁。”

“喝三口呢?”

“您就死不了啦,您就会永远活在世上,跟大地一样永远活下去。”

老头儿跪在泉边,老头儿说:“我是个牧人,我靠的是一双手,应该让手长命百岁。”泉水在手上哗哗响。

“水全流了,你要喝到肚子里才算数。”“瞧我的手多年轻啊,跟小伙子的手一样,我又成草原上的巴图鲁了。”

老头儿举着他年轻的手离开鹿和青草地。

老头儿在村口听到孩子出生的消息,人们告诉他:是个巴郎子,裤裆里带刀子的。

老头儿还不能见孩子,四十天以后他才能见到孩子,他举着他年轻的手说:“多么金贵的手啊,这是抱孩子的。”大家笑:“那是孩子妈妈的事不是你的事。”“这老头儿怎么啦?”

老头儿举着他的手走向另一群人。

“多么金贵的手啊,这是抱孩子的。”

老头儿走遍整个村子。大家不再议论他,他确实有一双不同凡响的手。这是草原上最勇敢的骑手说的。骑手从马背上慢腾腾下来,再傲慢的骑手见了老人都得下来。骑手走到老头儿跟前,老头儿的手也差不多要撞上他的眼睛了。

“噢哟,跟鹿角一样,梅花鹿才长这么好的角。”

骑手看自己的手,这手算什么手?这手就要去拥抱一位姑娘,姑娘在高高的芨芨草丛里等着他。“等我的手长成鹿角再说吧。”骑手牵着马回去了。

老头儿收起他的手,这些天他的手一直举着,现在他感到累。手在怀里发抖,抖着抖着就睡着了。老头儿的心是兴奋的。老头儿走出村子在辽阔的原野上走着。放马的陌生人问他怀里抱着什么宝贝？他太老了，连大人都叫他爷爷，他告诉放马的人怀里抱着孩子。

“你这么老了还有孩子?”

“我怎么不能有孩子，孩子才生下来三天。”

放马的人惊讶得说不出话，连那些马都在抬头看他。“喜欢看就看吧，不看才麻烦呢。”

还是不能见孩子。老头儿就跟毛驴呆在一起。毛驴一尘不染，斯斯文文像学校里的先生，老头儿就对毛驴说：“你做孩子的先生吧。”毛驴嗷——叫起来。大群大群的鸟儿飞过来听毛驴唱歌。鸟儿能唱，可鸟儿比不上驴子那么嘹亮高亢，鸟儿想学学不来，就跟小学生一样规规矩矩呆在树上屋顶上听驴子唱歌。

孩子满月时老头儿可以进去了。他把孩子举起来，孩子双腿间的小牛牛弯弯的亮亮的，老头儿叫起来：“就像天上的月牙，它会长成满月会坚硬起来的。”儿媳满脸通红，抬头看丈夫。接生婆豪迈地说：“巴郎子在河里洗过啦，他是我们草原上的铁。”

孩子饿了，哇哇大哭，儿媳要给孩子喂奶，老头儿不给，老头儿举着孩子出去了。丈夫劝妻子不要生气，老人喜欢孩子他不会让孩子挨饿。“不吃妈妈的奶吃什么?”“阿塔(父亲)是个神奇的老人，他会有办法的。”

老头儿举着孩子，毛驴哦哦唱着，孩子不闹了，安安静静听毛驴唱歌。他们走进白桦林走到林间草地，明亮的泉水叮咚响着，老头儿把孩子放在泉边，孩子啊啊叫着趴在泉边喝起来，边喝边摇脑袋。

儿媳三天没给孩子喂奶了，奶水溢出来，胸脯湿得跟河滩一样。孩子到她怀里一口气就把她咂瘪了，她大声喘息站都站不稳。

老头儿天天带孩子到山谷里喝泉水，孩子很快就能走路了。大家惊奇得不得了，孩子出生才三个月呀。“你给他吃了什么好东西他长这么快?”

“他有个好妈妈。”

人们像听神话故事。老头儿告诉他们："这有什么奇怪呢？英雄玛纳斯生下来两个月就能骑马，三个月就能放箭。我们的孩子三个月就不能走路了？"孩子走着去山里喝那甘甜的泉水。那一天，孩子从草丛里抬起头，小脸通红，嘴巴张啊张啊，终于喊出一声阿塔，阿塔。

"我是阿塔，我是阿塔。"老头儿把孩子举起来。孩子喊他阿帕（母亲）阿帕。老头儿的泪就下来了，老头儿告诉孩子：泉水才是你的阿帕。孩子还是叫他阿帕，阿塔阿帕连着叫。

生身父母成了哥哥姐姐，母亲受不了，哭着要孩子叫她阿帕。老头儿安慰儿媳："叫你姐姐不是很好吗？你还是古丽玛，草原上的一朵花，生多少娃娃都是一朵花。"

从第二个孩子开始叫她阿帕，叫丈夫阿塔。他们感到跟新婚一样，生一次孩子就年轻一次，小两口惊喜万分。

"看样子我们会永远这么年轻下去。"

"我们的父亲太了不起了。"

老头儿老得不能再老了，死亡遥遥无期，连个影儿都没有。他反复问他的毛驴，毛驴一声不吭，只管往前奔，细碎的蹄子天堂天堂地响着，大地跟锣一样。老头儿听呆了，就问自己：我是不是睡了？

1982 年 9 月 12 日王怀礼的老母亲从华山西峰劈斧石碑下来，又去祭拜山下的华岳庙，遇到了丹麦人何乐模。其实是小何乐模，老何乐模清朝末年民国初年来过西安，子承父业，小何乐模再次来到中国，重游陕西，陕西人不改初衷还叫他何乐模。人家已经不是"盗宝者"了，人家专门来搞考察的，跟一帮北京的考古学家来陕西，已经在西安碑林博物馆看到了他父亲以及几代传教士们梦寐以求的《大秦景教流行中国碑》的真迹原件，小何乐模买了拓片。丹麦老家有珍藏拓片，父亲老何乐模当年受教会委托无法盗走原物，只好急中生智，复制一件赝品运到伦敦大英博物馆。小何乐模从小观赏家里的拓片,十二岁时父亲带他去英国伦敦见识复制的古碑,父亲情不自禁地告诉儿子:“你一定要去看真正的石碑,墨色大理石,文字精美绝伦。”儿子已经被眼前的石碑深深吸引住了,儿子问父亲:“这个不好吗?”“那是另一种好!孩子,世界上美好的东西太多了。”儿子还是由衷地赞美了父亲仿制的杰作。好多年以后,小何乐模来到中国,已经六十多岁了,不小啦,在北京大学访学好几年,跟着北京大学考古队来到陕西。陕西是文物大省,考古队一个重要任务就是核实远古“华胥国”的真伪。各种古籍都记载古华胥国在华山周围。考古队登华山可不是旅游观光。王怀礼老母亲几次与考古队擦肩而过。在山下华岳庙再次相遇,也不是考古队的专家教授以及研究生们,偏偏是个洋人何乐模。

何乐模听见老母亲嘀嘀咕咕向三圣母祈祷:“救救我娃,让我娃活好活安然活安生。我娃活好了,我这他压(nia 娘)才有脸栽在世上。”考古队一位陕西籍研究生给何乐模当翻译,何乐模懂中文会汉语,那都是国语都是普通话,听方言还是有些吃力。他跟他父亲一样有语言天赋,来陕西不到一个月,就能用简单方言跟当地人交流。关中西部这个“压”(nia 娘)他还是第一次听说,陕西籍研究生稍微点拨“压”(nia 娘)就是母亲就是妈妈呀,何乐模马上就明白两个小时前在华山绝境游客们喊叫“我的妈呀!”同时也有当地人惊叫“压压,我的压压”,洋人包括外地的中国人都不明白当地人喊出的“压压”是啥意思,西安人也不懂,都是关中西部陕甘宁交界地区的方言。洋人就更不懂了。洋人何乐模在华岳庙听到王怀礼老母亲的祈祷,再经陕西籍研究生的点拨,一下子茅塞顿开,恍然大悟,开悟到极点,竟然把妈妈母亲方言化以后的“压”理解成压迫受苦难,一下子就转化升级成基督受难,圣母玛利亚受难的苦难情怀。此时此刻,王怀礼的老母亲解开蓝花土布包袱,取出金灿灿香喷喷的锅盖那么大的厚沉如原木如金属的锅盔。何乐模已经在西安见识过乾县锅盔,但厚度规模气势都不能跟王怀礼老母亲带来的锅盔相比,陕西籍研究生小声告诉何乐模,关中美食除过西安的牛羊肉泡馍水盆牛羊肉,就属关中西府周原的岐山锅盔岐山凉皮岐山臊子面。研究生还告诉何乐模,岐山锅盔还有一大作用,周原地区的孩子刚出生,要用岐山锅盔盖住捂一下,预示孩子一生平安。何乐模马上想到自己故乡欧洲古老风俗的大面包,用香喷喷的大面包给新生儿祝福,求上帝保佑,求天主求圣母玛利亚保佑。王怀礼的老母亲给三圣母献上了大锅盔,也给沉香和侍女灵芝献上了大锅盔,锅盖那么大的锅盔放在供桌上,就像麦面制作的一口大锅,三位神仙一下子形象大变,一下子富贵起来,一下子富丽堂皇起来。让何乐模感动的是这位老太太献给沉香和侍女灵芝的锅盔跟献给主神三圣母的一样大,一视同仁,不像前边那些游客最好的祭品给三圣母,次一点的给沉香,侍女灵芝随便放点饼干水果应付一下,老外何乐模连连摇头,感叹:这么势利!更让何乐模感动的是别人都夸赞沉香救母,只有这个老太太操心自己的儿子,一口一个我娃,祈求三圣母保佑我娃。陕西籍研究生就告诉何乐模:她儿子肯定遭殃了,不是入狱就是患病。老太太全听见了,老太太一本正经地告诉年轻的研究生:"我娃没犯罪也没得病,我娃遭殃了可是真的,我娃考上了名牌大学,上学一个月了,复查体检不合格,挨毬的苏干事硬把我娃赶出了学校,挨毬的苏干事造罪哩嘛作孽哩嘛。"周围的人都很吃惊,大家议论纷纷:"这算个啥事嘛,休学治病就行了嘛。""哪有这么简单,娃遇上硬茬了!这个小干事不简单,柿子专挑软的捏,农村娃老实好欺负,正是下手的好机会。拿人一下,树名立威嘛,谁遇上谁倒霉,谁遇上谁遭殃。""娃是遭了殃了倒了霉了。"老太太忍不住叫起来:"挨毬的苏干事,你心咋就这么硬呀,你是铁石心肠吗?你压(nia 娘)把你咋生养出来的?你不是女人生下的吗?你是石头缝迸出来的吗?"老太太突然一愣,明白过来了,转身掉头又去求三圣母,求小沉香,求侍女灵芝:"小沉香呀,你就是三圣母生在华山底下的,你就是石头里迸出来的,灵芝姑娘把你送给你父刘彦昌。十六岁上刘彦昌告诉你真相,你上华山劈山救你母,而今谁救我儿怀礼呀。"老太太呼天喊地求神仙的时候,何乐模就追问研究生"挨毬"是什么意思?何乐模知道"毬"是男性生殖器,为什么要让一个恶人,仇恨的人去接触生殖器?年轻的研究生抓耳挠腮回答不出来,考古队的大教授也解释不清楚,游客中有一个老工人就告诉老外:挨毬就是性交,相当于强奸强暴,那个苏干事没人性,要打回原形,让另一个男人再跟他母亲性交一次。何乐模就大叫起来:"我明白了,复活再生,中国人太厉害了,让母亲再次怀孕,让母亲改换父亲,相当于改变宗教信仰。"何乐模向王怀礼老母亲鞠了一躬,然后去祭拜中国神仙三圣母小沉香和侍女灵芝,还拿出三盒从欧洲带来的牛肉罐头,分别敬献给三位神仙,直接放在王怀礼母亲献的岐山锅盔上,转身走到王怀礼母亲跟前告诉老母亲:"神仙都被打动了,你儿子没事儿了。那个苏干事被神仙改造了。"老母亲跟做梦一样喃喃自语:"真的吗?真的吗?"老外何乐模忙活这阵子,考古队的几位专家教授就私下商量这个老太太不简单,临时雇佣一段时间肯定有利于现场考察。考古队经常搞野外考察,跟老百姓打交道很方便,一位老教授就对王怀礼老母亲实话实说:"华山周围二百多里地,都是传说中华胥娘娘、女娲娘娘的遗址,比华山三圣母还要神奇,这么多娘娘保佑你儿子,你儿子就是被鬼捏了都会起死回生一世平安。"老母亲颤颤巍巍问老教授:"这么好的事情,我能去吗?""管吃管住还有工钱,你就给我们做饭,就做陕西饭。"老母亲献给神仙的岐山锅盔就已经让考古队的人见识了她的手艺。

从华山到蓝田二百多里地,考古队租了一辆解放牌大卡车,走走停停,按地图考察。很快就到了骊山。骊山是周幽王和爱妃褒姒烽火戏诸侯导致西周亡国的地方,也是唐明皇和杨贵妃"贵妃醉酒"引发安史之乱的地方，到了二十世纪，蒋委员长在这里被张学良杨虎城“兵谏”，委员长一口气奔到骊山悬崖摔断了脊椎，改变了中国历史。考古队对这些不感兴趣，考古队直奔骊山老母宫。据说骊山老母是玉帝三公主，美丽贤惠，每年农历六月十三是骊山老母成道纪念日，也有传说骊山老母是华胥娘娘所生，当地人把骊山老母与女娲娘娘混在一起。骊山上有骊山老母宫，也有女娲宫，骊山被认为是炼石补天的地方。骊山从秦岭插向关中平原，势如奔马，“骊”就是骏马的意思。秦国的祖先非子以养马出名，专为周天子养马，骊山老母就被秦人奉为远祖，秦人从渭水上游秦安入关中立都雍就是今天的凤翔，然后东进咸阳，骊山成为东扩以后秦国历代君王的王陵所在，包括宣太后这些声望极高的国母，都安葬在骊山。最后一座王陵也是中国历史上第一座皇陵秦始皇陵就在骊山下。天下苦秦久矣，包括秦人自己，当地人就给秦始皇造谣，说秦始皇祭拜远祖骊山老母时发现骊山老母美丽无比，秦始皇就动了淫心，骊山老母不再以美丽少女的面孔出现了，就换上了后人见到的老太太形象，一怒之下灭了大秦帝国，简直就是殷纣王祭拜女娲娘娘庙时动淫心题淫诗的翻版。秦本是殷商后裔，秦的祖先飞廉恶来就是纣王手下大将，助纣为虐闻名天下，最出彩的举动就是纣王想看孕妇肚子里的孩子，恶来就把孕妇按倒在地做外科手术剖出胎儿博君王开心。周武王攻入朝歌，恶来拼命抵抗，被诛杀，余部逃往胶东，后又反复迁徙至西陲渭水上游。秦始皇比纣王更甚，不但对圣母动淫心，对民女也不放过，最有名的就是孟姜女哭长城。专家们就告诉老外何乐模：老百姓痛恨暴君就用这种民间故事的方式反抗暴君，其实秦朝历代君王还真不好色，反而是几位国母太后很出格，宣太后、赵姬可以跟罗马帝国后期的宫廷淫乱有一拼。何乐模还是喜欢听王怀礼母亲的民间故事。王怀礼母亲讲述的骊山老母神奇无比，活了多少岁根本说不清，跨越时空，每朝每代都会出现，收樊梨花穆桂英白素贞为徒。老外何乐模听得心花怒放惊喜不断:“中国的圣母太有意思了,总是爱上凡夫俗子,不惜被压在山下塔下,她们的儿子都很厉害,都能舍身救母。”考古队专家就告诉王怀礼老母亲一个秘密:大诗人李白也曾拜骊山老母为师,李白小时候贪玩不好好念书,骊山老母就化身为一个山野农妇,在溪水边石头上使劲磨胳膊那么粗的铁棒。李白问老奶奶这是干什么?老奶奶就说出了那句千古名言:“只要肯用功,铁棒磨成针。”让专家没想到的是王怀礼的老母亲比他还了解李白,老太太鼻子一哼:“李白遇到过贵人骊山老母,也遇到过瘟神高力士杨国忠,被两个大奸贼从宫里撵出去,成了酒疯子。”洋人何乐模又叫起来:“老太太你太厉害了,文学史你都懂呀。”专家就告诉老外:“李白既是诗人也是江湖能人,民间故事戏曲野史有关李白的作品很多,生意人开酒坊打广告都要用太白遗风招揽顾客。真心实意写老百姓苦难生活的杜甫老百姓反而很少知道,杜甫一直活在文人圈里。”何乐模摇头感慨:“这确实有意思。”何乐模追问王怀礼老母亲:“你不希望你儿子成为李白那样的伟人吗?”老太太头都不抬:“我原来也想望子成龙,我娃遭难以后,我只想我娃有口饭吃,安生过一辈子。”老太太开始抹眼泪了:“要有口饭吃,就得考个学校,有个工作有个职业。”老太太又抹一下眼泪,眼泪干了,老太太就长叹口气:“明年要再考不上就不考了,就认命了,咱没上大学的命咱就不上了,把他压(nia 娘)给日的没皮啦,咱不上了,跟他舅学木匠,学个手艺也能活。”专家们面面相觑,还是给老太太实话实说:“学个手艺是好事情,木匠不要学,木匠这个古老的手艺很快就消失。你别急,你也别问为啥,现代化机械化高科技大势所趋,娃不上大学不要紧,学手艺就会修家用电器,修汽车,修摩托车,你说修马车修架子车有前途吗?”老太太抖肩膀两声苦笑:“你说的这些洋技术洋手艺农村娃学不了,不就是技工学校嘛,技工学校不收农村娃只收吃商品粮的城里娃。”1982 年 5 月《收获》杂志发表小说《人生》,迅速红遍大江南北,外国留学生访学的洋专家洋教授也很好奇地看小说《人生》,肯定是一头雾水。洋人一个基本逻辑:高加林很优秀很敬业呀为什么离开报社?洋人不懂中国特殊的城乡差别,中国人只告诉他们:高加林犯错误,单位开除他是应该的。老外就是看不出高加林错在哪里?此时此刻到了骊山脚下华清池边,丹麦人何乐模同样不明白王怀礼母亲所说的农村娃不能学洋手艺不能上技工学校。技工学校不就是欧美国家的职业培训吗?上不了大学就去职业培训当技术工人很好呀。王怀礼母亲抱怨儿子上大学体检复查没过关被勒令退学,何乐模就觉得这个农村老太太在刻意扩大自己的苦难,上不了大学或被大学勒令退学在欧美很正常呀,可以再换一个学校呀,可以做别的事情呀,一个优秀的人是不会被埋没的,金子到处可以发光的。丹麦人何乐模还是敏锐地觉察到考古队十几位专家教授与研究生们的不同反应,城市背景的表示同情,乡村背景的人全都愤怒了,甚至有失斯文地大肆解释"挨毬"的原义与引申义,都快要解释成挨刀了。这是一个神秘而复杂的国度,远远超出外国人的想象。何乐模还记得父亲谈到中国时总是把目光投向窗外投向遥远的星空,声音那么缓慢而深沉,就像电影的画外音,进入画面的完全是另一个自己,另一个丹麦记者何乐模,十九岁就到了另一个世界中国,经历了大清王朝的衰落和灭亡以及中华民国的建立与混乱……那是一个神秘的国度,一个跟欧洲完全不同的世界和文明,另一种文明。父亲从来没有让他去中国的意思,父亲总是不断地谈自己在中国的经历,亲朋好友们也喜欢听父亲大谈中国。中国之行是父亲一生最有意义的事情。六十岁时他才有了去中国的想法,六十岁对一个北欧人来讲正好是中年,一切还来得及,他把父亲讲了几十年的故事理解为一种暗示,六十岁时这种暗示就变成一股神秘的力量,把他带到了中国。好了,该吃饭了。

考古队的人总算见识了陕西美食,王怀礼老母亲变花样做各种面食,也就是关中人的家常饭。嗨!家常饭才能显示出一个地方的特色。第一天吃裤带面,一根一碗,不要说老外何乐模,考古队里的南方人都嗷嗷直叫,跟一条大蟒蛇一样,加上辣子大蒜煮的小菠菜豆角和包包菜,大家都吃得大汗淋漓,痛快至极。第二天油泼面,面条又宽又薄,煮的绿菜上大把的葱花,撒上盐和辣椒面,用油一泼,吱喽喽响着递到你手上,就像开足马力的发动机,咽下肚,整个肠胃也就成了发动机,还在不停地吼叫。第三天老母亲最拿手的臊子面开场了,肯定是岐山臊子面,酸辣烫,薄煎旺,面少汤宽,就像捧一团大火,一口气吃十几碗,年轻小伙子都是三十几碗,洋人何乐模吃了二十六碗,他自己都不相信这个数。第四天没有一点辣椒也没有肉臊子的清汤臊子面,黑木耳黄花菜红萝卜丁土豆丁,切成菱形的鸡蛋饼,考古队里的南方人大呼过瘾。第五天,鸡汤臊子面,除过黑木耳土豆丁红萝卜丁外,汤是炖好的极有营养的鸡汤,连吃带喝,每人也就是两三碗。这是主食,中间不停地轮换麻食,旗花面片。旗花面片全是汤饭。不停地换各种豆类,黄豆、绿豆、小红豆,最有意思是饼豆。饼豆面是关中家常饭一绝,城里人没见识过,吃一次就再也断不了啦,其它豆类就不考虑了。饼豆就这样奇妙,饼豆加小米加大米煮的稀饭都不如黄豆绿豆小红豆,跟面片搭配,面片一下子就达到小麦的极致,光滑柔韧如鱼在水中,岂止口感妙不可言,肠胃以至于整个人都进入了鸟翔长空鱼游水中的状态。所有的人手捧陕西特有的黑瓷大老碗吃不到一半,就闭上眼睛进入冥想状态,肯定都在想他们的母亲他们的故乡。洋人何乐模在念叨上帝念叨天主……主啊,我到了流奶流蜜的圣地,我痛饮了天国的奶和蜜,我与主同在,我与神同在……阿门!……后边的声音就听不见了,从何乐模神态可猜个七八成,他肯定在心里这样念叨:一粒麦子不落在地里死了,仍旧是一粒;若是死了,就会结出许多籽粒来。考古队的陕西专家就笑眯眯地问何乐模:“见过两个穗的麦子吗?”何乐模摇摇头也是一脸微笑:“天堂里有,可惜没有人能上天堂。伊甸园里有,可亚当受不了夏娃的诱惑，被上帝赶出了伊甸园，从此男人们要拼命劳作磨断十指才能勉强糊口，女人要经受怀孕生产的痛苦。”陕西专家就把望远镜递给何乐模，从骊山南望西安南郊秦岭山麓的八里原、白鹿原、少陵原、神禾原，一直到骊山西侧的铜人原。陕西专家告诉何乐模神禾原的来历：神禾原也叫绝龙岭，三千年前商周在此大战，商朝统帅太师闻仲战败自刎，人们有感于闻太师赤胆忠心，自愿修闻太师洞，祭祀悼念。抗战前张学良率大军退守西北，行辕设在西安，带卫队南游回龙岭，建别墅，迎面来一老农，少帅问这个古老的窑洞的来历，老农就告诉少帅：闻太师战败自杀的回龙岭呀！少帅气愤难忍，就改为青龙岭，一年后发动西安事变，兵谏蒋介石，囚蒋介石半个月，自己被囚几十年。唐贞观元年（公元627年）太宗李世民巡游到这里，看见麦田全是双穗麦子，大喜，以为上天保佑神助大唐，就把这片沃土良田称为神禾原。到了后晋高祖天富六年（公元941年），神禾原还出六斤重的麦穗。何乐模已经不用望远镜了，他已经看清楚从华山到骊山，从骊山到终南山下五原的神迹，再从终南山下五原到西安古长安，又一条神迹。他抱怨父亲当年没有沿这两条神迹考察，否则父亲一定会把《大秦景教流行中国碑》的原件运回欧洲，作为礼物献给罗马教廷，那该是多么大的荣耀啊，会在世界历史上留下辉煌的一笔。唐德宗建中二年（公元781年），长安西郊建成大秦寺，波斯传教士士伊出资，在寺中建立《大秦景教流行中国碑》，大秦是当时中国对东罗马帝国的叫法，基督教当时在中国就叫景教。

老何乐模当年可是用心良苦，费尽心机啊。1891年欧洲某公使馆请求清朝总理衙门设法保护《大秦景教流行中国碑》，总理衙门汇出100两银子，到陕西时只剩下5两，只能搭一个草棚子遮盖。1900年十九岁的记者老何乐模在上海听说了景教碑的消息，老何乐模马上对此碑产生极大的兴趣，查阅大量资料，认为此碑是全世界最有价值的石碑，一定要把它盗走，运往欧洲，献给罗马教廷，他的伟业将远远超过斯坦因和斯文·赫定。经过七年准备,1907 年 5 月,他来到西安,用 3000 大洋重金收买七十二岁的金胜寺主持玉秀和尚,令其秘密雇人仿制同样的碑石,然后偷梁换柱将真碑盗走。西安百姓发现,告知官府,陕西巡抚马上派懂英语的陕西高等学堂教务长与他多次交涉,解除他与金胜寺主持玉秀和尚的密约,可以将复制碑带走。当年 10 月陕西巡抚请 48 名工人将两吨重的景教碑从西郊金胜寺搬到城内的西安碑林。

景教碑搬入西安碑林后,老何乐模花 210 两银子,雇佣特制的马车几经周转将复制碑运至汉口,1908 年 6 月 16 日运达纽约,参加纽约"大都会艺术博物馆"展览。八年后的 1916 年,纽约一位富有的天主教徒蕾丽夫人买下此碑,赠送给梵蒂冈罗马教廷,教皇特授予何乐模最高荣誉奖状。许多地方都仿制何乐模带来的这块复制碑,美国耶鲁大学,日本京都大学,包括大英博物馆。老何乐模带儿子去大英博物馆观赏的就是复制品的复制品。老何乐模去世前问儿子小何乐模:"你不想对我说点什么?""你为什么不让我去梵蒂冈看你从中国带回来的石碑? 罗马教廷不会拒绝你的。"老何乐模就笑了,儿子已经人到中年,老何乐模还把他当孩子:"你应该有你的梦想,你现在终于说出你的梦想,那你就去中国吧。"小何乐模抓住父亲的手抓那么紧,父亲的微笑在消失,但父亲的声音很清晰:"你不要担心见到真碑会让我很难受,复制品非常精湛,我请了西安最好的工匠,请了西安最好的书法家,水平一点也不弱于当年的波斯人景净和书法家吕秀岩,包括当时不知名的工匠。唯一的差别就是复制品太新了,没有历史的沧桑。真品一千多年,历经磨难,是中国人的历史,也是人类的历史,已经没有什么真假之分了。"父亲带着微笑上了天堂。

小何乐模仔细观察了王怀礼老母亲做饭的全过程。1982 年,不管是城市还是乡村,食品还是很绿色环保,地沟油转基因食品还没有出现，王怀礼的母亲采购蔬菜肉类很挑剔，挑三拣四，抓一抓摸一摸搓一搓闻一闻，还要尝一尝，收在篮子里的都是最好的，小摊贩们个个不寒而栗。面粉扫一眼就定乾坤，洁白似雪的面粉她看都不看，她挑的都是金黄色的麦面。麦子的原色，还有天然的纯香。摊主们遇上行家老手了。小何乐模已经吃了一礼拜王怀礼母亲做的美食，从骊山到蓝田的路上，小何乐模开始跟踪这个乡村老太太。小何乐模把老太太的一举一动纳入考古范围。采购原料相当重要。现在，他开始观察老太太做饭的过程。从和面开始，一边加水一边搅面，水里加了盐，还有鸡蛋。和好面蒙上湿布，当地人称为笼布，特制的专门在厨房用的棉布。让面醒好几个时辰，漫长艰苦的揉搓工序就开始了。考古队都是借住在农民家里，同时借用农民的厨房，王怀礼老母亲就很容易跟乡亲们拉扯在一起，用起家当来就很熟练。现在大家看到的就是最耗力气的揉面，反复揉搓，很容易让人联想到日本的柔道，柔道高手绝对不是王怀礼老母亲的对手。柔道高手总是把对手摁到地上反复揉搓直到对手失去任何反抗能力直到对手元气大伤浑身瘫软，王怀礼老母亲手里的面团在反复揉搓中越来越有弹性越来越筋道越来越有力量，王怀礼母亲已经成为气功大师了，不断地把生命的能量揉进面团里，小麦焕发出前所未有的洪荒之力，大地天空宇宙万物的能量以及微量元素全都整合融化，核反应堆一样激化了麦子的营养与芳香。我们听到了宇宙天地的声音，我们听到了上天与神的声音。上帝无所不在，神灵就在身边，就在手指间……1982 年中国大陆已经出现时髦的方便面了，人们很快就分辨出方便面与手工面的差别……1982 年秋天北方大地的麦子在王怀礼老母亲手里被和成面被反复揉搓成一只只生机勃勃的老虎豹子，松手的一瞬间充满无限生机的虎豹一下子成了刚出生的婴儿，王怀礼的母亲顺手在圆浑浑的婴儿屁股上拍了一巴掌，清脆响亮，婴儿的哭声更响亮……麦子变成面条会发出声音，他们埋头大嚼大咽吞食裤带面、麻食、搌面、臊子面、饼豆面、旗花面时他们已经提前听到了麦子的声音。王怀礼母亲第一天给考古队做饭时就有人看见了她揉好面以后拍打面团的一幕。一周后的骊山脚下，洋人何乐模才发现这一幕。考古队的陕西籍专家就告诉何乐模，不是每一个农村妇女都有她这种水平，她比我妈妈我奶奶我外婆的手艺都好。另一个陕西籍专家就告诉大家：她是从1929年过来的，遭过大难，十二岁从西安只身逃难到西府周原，两个多月没吃过一粒粮食，全靠树皮草根草籽虫子，大地上所有的能充饥的东西她都吃过。让人惊奇的是她吃了半月的观音土竟然能活下来，观音土最多吃两三天，超过三天全都腹胀不泄活活撑死。她确实是个奇迹，她对粮食的爱惜无人能比，她能把任何一种食物做到极致，麦子是农民眼里的神禾。心里反复吟唱麦子耶稣的小何乐模问大家观音土是什么东西？陕西籍的农村出身的专家就告诉何乐模："当地人叫板板土，这种土油质很大，一块一块的，跟石板一样。"何乐模追根刨底："板板土跟观音土有什么关系？""板板土能救人一命，灾难年代的人就把板板土叫观音土。""吃多了也死人呀。""能让人撑一二天二三天，说不定有粮食啦，就可以活命啊。"

很快就到蓝田，终南山下西安南郊五原横跨长安蓝田临潼三县，1982年这三个地方还是县，好多年以后成为西安的区，即临潼区、长安区，蓝田还保留县制。骊山往西南不远就进入蓝田县境，也就是骊山余脉，灞河南岸。灞河出秦岭向东向西沿北岭南原（白鹿原）之间川道入关中入渭河，百余里。浐河出秦岭由南向北在灞桥西边入灞河，是灞河最大的的支流。灞河浐河间百余公里，八千年前女娲娘娘造人补天的娲氏庄与人祖华胥娘娘的华胥镇就在灞河北岸，南岸两三里就是南原白鹿原，沿灞河顺流而下向西十公里就是六千年前母系氏族社会的半坡遗址，沿灞河北岸溯流而上，至秦岭脚下灞河水边公王岭坡根就是一百十五万年间蓝田猿人化石遗址，沿公王岭进秦岭就是历史上有名的蓝关，进入商於之地，也就是关中四关的武关。

考古队租的解放牌大卡车在灞河川道里疾驰,白杨树李树绿草迎面扑来,树木后是庄稼地里的玉米,玉米秆个个白发苍苍破败不堪,只有胸前两枚熟得金光闪闪的玉米棒子以少女般丰满和青春显示蓬勃的生命气象。有村庄出现了,庄前屋后高大的椿树槐树桐树山岳一般。娲氏庄就在谷地的南岸,村子西北是开阔的谷地,聚风,四面八方的大风暴风刮到谷地时就形成一个个大旋涡,旋涡越来越大,突然就静下来了,静成了一个大湖,波光涟潋气象万千,蓝天、白云、太阳、飞鸟、树木、花草、庄稼全都映入湖水中,风水一体,风土一体,风火一体。考古队的人看到的是一支神秘的手在揉搓大地揉搓天空揉搓风土水火,揉搓亘古以来宇宙天地间的一切,这双神秘的手就在他们身边,就是王怀礼老母亲揉搓面团的手。大家都看傻了。考古队长淡淡来了一句:"这可是风水宝地呀!"八千年前女娲娘娘就用这里的泥土造人,这些泥人成群结队走出谷地,进肥沃的关中平原,沿渭河沿秦岭走向四面八方……下了谷底,上了对岸的大坡,向北三十多里就是考古队刚刚离开的苍黛色的骏马似的骊山,女娲娘娘用骊山之石补天。

考古队在娲氏庄看到的是一道道土崖和一堆堆黄土,很难找到八千年前女娲娘娘抟泥和炼石的遗迹。专家们就在土里找物证,陕西籍专家反而不如外地专家,外地专家在河川里就发现这里的泥土优于北方所有黄土地带。河床越来越窄,岭坡却越来越大,谷地沿河道越往上越开阔,确实非同寻常。一般源出群山腹地的大小河流,河道与谷地往下而宽往上而窄,灞河相反,秦岭大山与关中平原之间有一道道几十公里宽一百多公里长的台原,就是西安南郊的五原(八里原,白鹿原,神禾原,少陵原,铜人原),这种台原左右纵横直到关中平原的起点宝鸡,宝鸡岐山最有名的就是诸葛亮当年与司马懿决战的五丈原,也是诸葛亮尽忠升天的地方,后人建有诸葛亮庙。苍黛色的秦岭山前都有一个浑圆丰满的肚子,雍容华美如贵妇,与秦岭对峙的渭河以北的黄土高原全是母性十足的巨乳圆臀和怀孕的大肚子，长满谷子、麦子、豆子、糜子，槐树、椿树、杨树，杏树、桃树、梨树、枣树、柿子树、花椒树，还有土坯房和窑洞。渭河南岸古长安南郊秦岭山前的五原比渭北干旱的高原更湿润更肥沃，八水绕长安的八水就源自秦岭，把秦岭山前金光灿烂的黄土台地切割成五个大原，原顶全是良田。2005 年从西域回到关中已经十年的红柯踏上白鹿原时猛然一惊，发现天山—祁连山—秦岭一脉相承连为一体，既是神州大地的一条古龙脉，也是亚欧大陆的一条大梁；天山南北，肥沃的黄土绿洲如同岛屿飘散在大漠戈壁的瀚海中；往东祁连山下肥沃的黄土构筑的河西走廊沙土交混大漠压境，绿洲最狭窄处仅几公里；进入关中，秦岭脚下八百里黄土平原黄土高原黄土台原连为一体，古称“天府之国”，生养了伏羲女娲的华胥娘娘建立的母系氏族社会华胥国应该是最早的“天府之国”。考古队的外地专家连仪器都不用，跟老农民一样抓起一把黄土，鼻子贴上去深深吸气，跟痛饮美酒一样满脸的陶醉，有人不小心提到了当年的陈永贵。据说当年农业学大寨，山西晋阳大寨大队的老农民陈永贵以国务院副总理的身份来到陕西，踏上关中平原的那一刻，陈永贵都傻了，一点副总理的架子都没有了，蹲在地头抓一把泥土，闻了闻，就闭上眼睛美滋滋地陶醉了一会儿，慢慢起身拍拍手：“这么肥的土，我们山西我们晋阳我们大寨大队的肥料都没这么肥哇！”然后就是那句让陕西人汗颜的：“八百里秦川，养了一伙懒汉。”这句名言就成了长辈教训子女领导教训下属的经典，甚至超过了毛主席语录。专家们抓的不是农民总理陈永贵在田间地头抓的散发着浓烈粪土味的泥土，而是娲氏庄后边土崖上的纯粹的黄土，专家们搓一搓闻一闻就认定这是中国北方甚至亚洲地区最好的黄土，山西甘肃宁夏青海新疆以及苏联中亚地区的黄土都无法跟这里的黄土相比。甘肃人引以为豪的“八百里秦川，不及董志原边”，说的是黄土层的厚度，天下黄土第一原的董志原黄土层厚度达 200

多米。陇东庆阳最肥沃平原,也是先秦义渠国所在地,但土质跟关中黄土没法比了。跟人祖华胥老奶奶的华胥国故地和女娲抟土造人炼石补天的浐灞蓝田地带的黄土就更无法比了。专家们开始动用仪器了。1982 年中国考古界已经采用先进的化学同位素技术和 14c 测量技术好多年了,开始运用人骨稳定同位素方法研究古人食物结构,食谱,农业起源,动物驯化,男女关系,民族融合,社会分化,文化交流等众多考古学问题,自然界碳元素由 12c,13c,14c 三种同位素组成。14c 核素具有放射性,它的半衰期为 5730 年,14c 的半衰期适用于对几千年至几万年的标本进行实测。一些含碳的物质如草、木、贝壳等动植物遗骸在古代遗址中普遍存在。考古队进入关中,就很容易找到这些标本。进浐灞流域的蓝田,标本越来越多。从这些标本可以判断出七八千年前秦岭北麓浐河灞河沿岸的自然生态。那个时候这里是亚热带气候,温暖湿润,森林茂密花草繁盛,河湖交错,犀牛虎豹野猪熊鹿猿猴猛犸成群,飞禽鱼类众多,人兽杂居,收集野果草籽捕鱼打猎就能生活得很好,人们团结一致齐心协力对付猛兽,抓捕小兽,人类的敌人都很简单直接,人的关系更简单更淳朴。《史记》《山海经》》《竹书纪年》《春秋世谱》《拾遗记》《列子》里记载的《黄帝梦游华胥国》,不仅仅是神话传说,而是真实的存在,就在华山到骊山到灞桥蓝田一百多公里的地方。华胥老奶奶创建的华胥国:"其国无帅长,自然而已……不知疏物,故无爱憎。不知背逆,不知向顺,故无利害;都无所爱惜,都无所畏忌,入水不溺,入火不热。斫挞无伤痛,指摘无痛痒。乘空如履实,寝虚若处床。云雾不碍其视,雷霆不乱其听,美恶不滑其心,山谷不踬其步,神行而已。"人类刚刚从蒙昧进入文明的生存状态就是这样子。华胥氏生伏羲女娲,伏羲女娲生黄帝炎帝,黄帝生少昊,少昊生颛顼,颛顼生帝喾,帝喾禅位尧,尧禅舜,舜禅禹,禹不禅让,直接传给儿子启,启建立夏朝。1953 年国家在西安南郊白鹿原西北侧浐河边建纺织厂,挖地基时发现了六千年前半坡人村落遗址。半坡人生活的年代正好与黄帝炎帝时代相吻合。1982年秋天，这支考古队以娲氏庄为中心仔细考察周围的孟岩村、红河谷、油坊镇，发现旧石器遗址数十处，新石器人类遗址二十多处，从人类学、考古学、民俗学等不同角度对母系氏族的起源，华胥族群的生成、历史沿袭及现存遗迹与神话传说历史文献对照进行考证。紧挨孟岩村西边的华胥沟就是华胥氏怀孕后栖息之地，越过华胥沟就是宋家村，宋家村南塬有古庙"三皇庙"，石碑上残留着碑文"古华胥伏羲肇娠地"，油坊镇红河谷下游就是考古队刚刚考察过的娲氏庄，红河谷又叫女娲沟，白鹿原上李华庄原名娲氏村。1982年秋天考古队重大考古发现轰动全国，油坊镇就恢复古老的叫法华胥镇。更大的发现是在与蓝田华胥镇相连的灞桥燎村，已经是四年后的1986年春天，北京大学考古队与西北大学考古队一起在这里发现了老牛坡商代遗址，成为当年年度十大考古发现，共发掘清理墓葬45座，灰坑21个，陶窑2座。墓葬中除四座为龙山文化墓葬和一座唐墓外，余均为商代墓葬，为新石器时代至商时期（约公元前4000年至前1100年）遗址。2010年11月，西安至商洛高速公路要穿越老牛坡遗址，陕西考古研究院专家对老牛坡遗址路段再次发掘整理，这次发掘又发现商代墓20座，夏代墓4座，清代墓1座，均为小型墓葬。绝大多数墓没有陪葬品，推测这些墓葬的主人可能是地位低下的手工业者贫民或奴隶。夏代墓葬四座，均有随葬品，数量八至两件不等。老牛坡遗址是陕西规模最大的一处商代遗址，也是商王朝在西部疆域最大的根据地。发掘的夏代墓葬灰坑及长沟，是目前发现的分布最西的夏文化遗存。1986年春天《老牛坡遗址发掘报告》的结论是：该遗址早期文化遗存还是古崇国所在地，《史记·夏本经》司马贞索引："鲧封崇伯"，《国语》称"崇伯鲧"，说明鲧的早期活动在这里。鲧之子大禹东迁，成为东方部落联盟首领，禹的儿子启建立夏朝。夏最早的活动范围在西安东南灞桥蓝田交界老牛坡一带，老牛坡与华胥镇仅一沟之隔。美好的华胥国不可能长久,人口越来越多,人类的生存开始陷入危机,黄帝只能怀念伟大的母亲华胥氏,只能梦游童年时华胥国乌托邦似的生活。自然界出产的食物不够吃了,炎帝开始尝百草,教人类播种五谷,叫太阳发出足够的光和热,使五谷孕育生长。相传他是牛的头人的身子,因为是他最早带领人类耕种土地。相传,他刚刚生下来,身边就自然地涌现九眼井,九眼井的水彼此相连,汲取其中一眼井的水,其它八眼井的水都会波动起来。相传,他教人民播种五谷的时候,天空就纷纷降落下来许多谷种,他把这些谷种收集起来播种在开垦的田地上,就有了供人们食用的五谷。更神奇的说法是,那时候有一只遍身通红的鸟,嘴里衔了九穗的禾苗,飞过天空,穗上的谷粒坠落在地上,炎帝便把它们拾起来,种在田间,长成又高又大的嘉禾,这种嘉禾就是西安南郊五原神禾原上的神禾,人吃了不但可以充饥,还可以长生不老。他既是太阳神也是农业神。史书里边有真实的记载:“古之人民皆食禽兽肉,至于神农,人民众多,禽兽不足,于是神农教民农作,神而化之,使民宜之,故谓之神农。”人们的饮食结构开始发生变化,开始由肉食为主转为素食为主。炎帝勇敢地走出浐灞丰饶的华胥国,到渭河北岸郃地以及关中西部宝鸡姜城堡清姜河地区采集培植各种农作物,包括有名的“茶”,原始“茶”起源于秦岭西段清姜河源头的秦岭腹地。炎帝还在清姜河畔发现培植了“姜”,清姜河和姜城堡的地名就来源于此。炎帝不但是太阳神农业神还是医药之神。他曾用一种神鞭叫做“赭鞭”,来鞭打各样的药草,这些药草经过赭鞭一鞭,它们有毒无毒,或寒或热等各种药性全都自然显露出来,他就根据这些药草的不同秉性,给人们治病,让人起死回生。神农氏死于秦岭山中的断肠草。相传他为尝药,曾在一天当中尝毒七十次,最后尝到了剧毒断肠草,肠子全烂断了。人们在宝鸡渭河南岸清姜河的清城堡修了炎帝词,子孙万代永世祭拜。好多年以后又一位农神后稷出现,也是周人的先祖。后稷的诞生很神奇,他的母亲姜嫄娘娘跟人祖华胥娘娘一样都是踩巨人脚印感应而怀孕,正好是母系氏族向父系氏族过渡,姜嫄以为生子不祥,曾三次抛弃这个孩子。第一次弃于街巷,牛羊经过,全都绕行不踩;第二次弃于旷野林莽,被打柴人抱回;第三次弃于河冰,飞鸟用翅膀保护。姜嫄就认为这孩子有神灵,便细心抚养,起名为"弃",作为纪念。这个故事《诗经》《楚辞》《史记》都有记载。感应生子的不是圣人就是帝王。夏的祖先就是人类大洪水时代的洪水英雄大禹王,其父鲧治水九年失败被处死,禹继承父业继续治水,"劳身焦思,居外十三年,过家门不敢入",三十多岁还没结婚,好不容易娶涂山氏,新婚不久,就撇下新娘去治水。要打通轩辕山,禹就要化作熊开山,又怕新娘看见,就叮咛新娘:"要送饭,听我敲鼓再来。"禹化熊开山,踏动石块,误落鼓上,新娘听见鼓声前来送饭,看见丈夫这副熊样子,十分羞愧,就逃到嵩高山下化作一块大石头,此刻她已有身孕,就要临盆,禹赶来大呼:"把儿子还我!"大石朝北的一面应声而开,禹的儿子启就诞生了。启改变了原始部落的禅让制,开创了中国近四千年世袭王朝之先河,建了夏朝。甲骨文中许多夏字合起来都是画的蝉的触须,宽宽的额头,纱一样薄翼,蝉在夏天是常见其形,常闻其声,蝉表示夏天,就是春夏秋冬的夏。早于夏朝的辽阔红山文化已有玉蝉,当时人们就已经意识到蝉—蛹,这种周而复始不断循环的神秘现象,象征着生命的延续不断。丧葬仪式中往死者嘴里放玉蝉,以寄托生命如蝉获得再生的愿望。蝉能蜕变,转生,蝉处于污秽而化高洁,蝉居高而鸣远,蝉饮露而清高;启以蝉形的夏字作国号,正是看中蝉代表神秘而美好的意义,启跟后来的秦始皇一样,有二世三世至于万世传之无穷的愿望。商朝远祖来自燕子,简狄吞燕卵而生契。这些都不如踩巨人脚印有感而孕的华胥娘娘和姜嫄娘娘。巨人脚印其实就是上天上帝在大地上的圣迹,西方只有一个圣母玛利亚,所生耶稣就是上帝在人间的化身;中国有好几个圣母,圣母华胥娘娘踩巨人脚印生伏羲女娲黄帝炎帝;女娲娘娘以身化神,以身化万物,造人补天,跟古希腊大地之母盖亚一样成为万物之母、众神之母和人类之母;然后就是圣母姜嫄,姜嫄娘娘诞生了上天上帝在大地上的化身弃。这个孩子被三弃三收,不断地起死回生,跟耶稣受难一样,比耶稣受难的次数还要多。《诗经·大雅·生民》解释说姜嫄三弃三收怕得罪上帝,要再三试验才放心。历史学家们认为这是一种积极的图腾考验仪式。姜族的姜嫄踩了姬姓部族上帝神圣的足迹,是一种异族玷污,绝对不能允许,姜族也绝不接纳这个神弃的孩子,先要弃子于牛羊之中,让以羊为图腾的姜族神灵牛羊来检验婴儿是否属于姜姓。然后再弃于旷野山水中,让姬姓上帝的使者神鸟来检验婴儿是否属于姬姓部族。三弃证明婴儿确实为姜姬二姓之子,才能合法生存。从此,姜姬两姓世代联姻,标志两个关中古老部族的融合。子从母居,弃在渭水泾水下游肥沃的邰长大,儿时便长得雄伟高大如同巨人,酷爱以种庄稼作为游戏,跟随善于耕种的姜族学会了农业生产技术,神农氏炎帝曾是姜族首领,弃就成为神农氏的真正传人。他又属于姬姓部族,长大后又与姬姓人生活在一起,传授姬姓播种五谷。据说他能分辨各种土壤,能清除杂草,还能挑选良种,用石头和木头制造出最早的农具,发明了用牛代替人力耕地;他还善于观测星辰天象,以掌握农时,制作"授时图"和"教稼台";豆有三十六变,麦有七十二翻,豆出于槐,也是他的功劳。他把槐移到自己家附近,每月移一个地方,一年移十二次,槐树荚里就有豆粒,就变成了豌豆。后来又把野皂角与豌豆杂交,就有不圆不扁的饼豆。再经过四十八次移栽,培育出蚕豆黄豆和红豆。相传麦子从杏树上来,他发现杏树下有一种野燕麦,他就种几行燕麦再栽一行杏树,杏子比以前甜,燕麦比以前饱满,他就把壳太厚的大麦与野燕麦杂交,就培育出优质小麦。尧帝听说弃的事迹后,就封姬弃为稷,稷就是农师,稷也是"粟麦稻豆稷"五谷之长,后稷既是农官也是农神。他在任期间大力推广农耕技术,天下人摆脱半饥饿的生活，民以食为天，天下安宁。舜帝时，洪水泛滥，大禹治水后又出现赤地千里的大旱，舜命“弃！黎民阻饥，汝居稷，播时五谷”，解决百姓口粮大获成功，舜就把邰地封给他，号曰后稷，别姓姬氏，邰地就成了他和人民的农业试验基地。1929 年关中大旱，王怀礼的母亲从西安逃往周原时途经古邰地也就是今天的武功杨凌，在废墟一样的教稼台挖蚯蚓吃，在姜嫄村找到极为罕见的野菜，恢复了一点力气，才有希望逃往周原。大难之后，于右任先生建议国民政府，在古邰地武功杨凌建立亚洲第一座“国立西北农林专科学校”。抗战前，陇海铁路从西安修到宝鸡，武功杨凌是铁路重点大站，人们从火车上可以看见“国立西北农林专科学校”的校园和大门口怀抱谷捆的后稷塑像，一代代后稷的传人走出校园，走向大江南北。关中平原和更辽阔的黄土高原上飘荡着世世代代怀念后稷的歌声。

娃娃的名字叫个弃，
封了官号叫后稷。
后稷是个什么官，
可箍个羊肚子手巾三道道蓝？
后稷是个庄稼汉，
他种的瓜儿实在是甜。
豆角角干来麦穗穗黄，
谷穗穗饱来麻秆秆长。
后稷种地有门道，
种地之前先锄草。
草叶叶沤成好肥料，
再把种子挑选好。
选出的种子黄先生，
黄先生的种子个个能。

钻出壳壳吐出芽，
大田里出苗齐刷刷。
风调雨顺拔节节，
长出穗穗像老爷爷。
沉甸甸穗穗结米子，
看看就知道是有邰的。
说起个黍子分粗细
割倒了黍子铺一地。
熟了糜子和高粱，
挑着背着到场上。
打下了粮食第一遭，
先把皇天喂饱了。
舂的舂来臼的臼，
又搓又扬随风飘。
淘起个米来嗖嗖的，
蒸出个馍馍来腾腾的。
浇上桶羊油点起堆蒿，
剥下只公羊火堆上烤，
流油的羊肉串成串，
一门心思想着祈来年。
高盘低碗溜溜地满，
香喷喷供品摆上案。
一套套祭礼后稷创，
传到如今还没忘。

后稷去世后，葬于山环水绕的“都广之野”，就是秦岭北麓渭河两岸的八百里秦川。古老的邰地武功杨凌和岐山周公庙都有稷王祠，关中农村一直供奉一种有头无身的“后稷头”，后稷的身体就是整个大地。历朝历代，都是社、稷合祭，社稷即天下，成为国家大典。

相传圣母姜嫄也是种庄稼的能手。那时候人们春吃草根，夏吃野菜，秋食野果，冬猎禽兽，人口增加，食物不够，姜嫄作为部落首领就开始寻找新的食物。她就从野生植物开花结果得到启示，培育农作物，充当口粮，后稷在母腹里就得到了原始胎教。相传姜嫄产子后，刮起三天三夜大风，孩子顺利诞生了，她得病死了，大风吹来的黄土将姜嫄娘娘掩埋成坟，堆积成山，就是稷山，郃地有稷王庙有稷山，她的后代在岐山脚下周原沃野立国建邦，岐山也是另一个稷山，建有姜嫄祠稷王祠和周人宗祠宗庙，统称周公庙。相传姜嫄刚分娩不久，身体虚弱，忽然听到远处传来的祈神的歌谣，就背着不到满月的婴儿到田野上。干热风不停地刮，禾苗快要枯死了，姜嫄娘娘忘了背上的孩子，只顾拨弄禾苗，察看禾苗长势。孩子饿得哇哇大哭，她一边给孩子喂奶，一边抚摸禾苗，禾苗跟婴儿一样娇弱，姜嫄娘娘母性大发，用另一只奶头的奶水滋润干枯的禾苗，禾苗一下子灌了浆直起腰杆，姜嫄娘娘就把孩子放在地头，挨个喂养禾苗，奶汁都挤干了，都渗出血水了，她还不停手，把带血的奶水洒向所有的禾苗……天亮了，人们发现一夜之间快要枯死的庄稼全都灌浆复活了，婴儿在地头哭哑了嗓子，四肢乱抖，他的母亲不知去向。大地无边无际，庄稼茂密如森林，大母神姜嫄消失在庄稼的海洋里，天地间的万物都是她的孩子，她要哺育万物。她的孩子被大家带回村庄集体抚养。《诗经・大雅・生民》在民间是这样唱的。

叫一声哥哥你听仔细，
头一个男人是谁生的？
头一个男人我说不上，
头一个女子本姓姜。

姓姜叫个姜什么?
她的情哥哥是阿一个?
姜娘娘名姓叫姜嫄,
她的情哥哥是皇天。
一指头戳你个红印印,
皇天怎么能当亲亲?
叫一声妹妹你听我说,
这事情书上早写着。
姜娘娘早起去掏苦菜,
土坑坑弄脏了红绣鞋。
原来那不是土坑坑,
它是皇天哥哥的脚印印。
踩上个脚印又能咋?
哥哥你快对妹妹我说下。
踩上个脚印可不好
姜娘娘把私娃娃害上了
恨不能掐你个紫茄茄,
再不听你胡咧咧。
叫一声妹妹你别恼,
我要是诳你我活不到老。
谁要你念咒念这个咒,
坏了心要把妹妹丢。
盘盘算算十二月,
头生个男娃娃不流一滴滴血。

可以听出来姜嫄娘娘与后稷母子的圣歌是考古队陕西籍的陕北汉子用信天游唱的,陕西籍的关中汉子也用秦腔中最细腻最委婉最抒情的眉户(迷糊)应和着唱,唱词都是一样的,唱得是声泪俱下柔肠寸断。专家里的江南人士无比感叹,秦腔信天游也这么细腻这么委婉这么抒情,远在越剧之上呀。

我们可以想象老外何乐模有多么激动,激动中的何乐模心中不断响起圣歌:麦子耶稣,我们是麦子耶稣的麦子……希望、丰收,我的汗水,阳春三月播下种子,葡萄园……

午饭肯定是饼豆面。与以往不同的是旗花面片红萝卜丁豆腐蒜苗小小的光滑如鱼的饼豆以外又加了许多牛筋一样橡胶一样非常筋道的小玩意,就指甲盖那么大,也很像泡嫩了煮熟了的指甲盖。南方人不明白,老外何乐模怀疑这东西是不是食物?还得陕西籍专家给大家解释。其实也不用解释,就看陕西人那德性,那副饿死鬼样子,一个个都成了土包子老农民,一点知识分子形象都没有了,捧着大碗,往小板凳上一蹲,稀里呼噜风卷残云山呼海啸狼吞虎咽,咥两大碗,尤其是咀嚼牛筋一样指甲盖一样的小玩意时那么咯铮咯铮嚼脆骨一样的声音太吓人太恐怖了。咥下两大碗,一抹嘴巴,再盛半碗,恢复到知识分子专家教授的斯文状态,沉着冷静理性地用红漆木筷夹起一粒蚕豆大小指甲盖一样的怪东西,告诉南方人和老外何乐模:“见过皂角树没有?”大江南北农村都有这种树,从古到今农民都用皂角树上长出的羊角一样的皂角当洗衣粉当肥皂来洗衣服。皂角刚开始碧绿如豆角,长熟后就变黑红了,坚硬如羊角牛角。就在皂角长大由绿变黑红的时候,妇女们就开始采摘绿皂角在石板上用棒槌砸烂敲碎浆洗衣服,这时候的皂荚饱满如豆,剥开豆荚,白生生筋嘟嘟的豆荚就是一道可口的美味。洗衣服的妇女们会把这些美味留给孩子享受。其实也不用留,孩子们一哄而上,当场咥光。这是妇女儿童的专利,男人们不会介入。村子的池塘边,河边溪水边洗衣服的地方都会有这种美景。晚秋皂角发红发黑坚实如羊角牛角,豆荚就不能吃了,跟木渣一样了嘛。1982 年秋天的灞河北岸华胥镇高岩村娲氏庄,高大如山岳般的皂角树遮盖了大半个村庄，全都在村庄后边，也就是关中农民称之为后院的地方。后院就是厕所，跟猪圈相连，人粪猪粪加上鸡粪，臭气熏天，全被墨绿色的皂角树吸走了，跟空气净化器一样，皂角树上长满了刺，都是一拃长的筷子那么粗的利刺，密如蜂巢，随树杈展开，也是天然的铁丝网，防盗防贼。妇女们不会把皂角敲光，长满利刺的皂角树就是一个巨大的刺猬，无法靠近，妇女和孩子手持长竿使劲敲打，半熟碧绿的皂角三三两两落下来，深秋的皂角发红发黑熟透了，长竿一敲就纷纷落地。到了冬天，树叶落光了，整棵树上只有干透的红铜一样沉甸甸的皂角，长竿轻轻一敲皂角就哗哗坠落，砸到头上会起包。1982 年秋天，王怀礼老母亲在灞河北岸华胥镇高岩村娲氏庄村后用长竿敲打碧绿碧绿的皂角时，考古队的专家们以为老母亲要用土法给大家洗衣服，考古队有肥皂洗衣粉啊，农村长大的专家们劝住了拿洗衣粉肥皂去帮老母亲的年轻人，告诉他们："洗衣粉肥皂都是化工制品，都不如皂角树上的皂角环保。"这些农村长大的专家们已经把童年时母亲奶奶嫂子们姐姐们给他们吃的牛蹄筋一样的皂豆筋忘记了，童年记忆可不是那么容易再次苏醒的。王怀礼老母亲在灞河边的石头上挥舞棒槌砸皂角剥皂角豆筋的场景没人注意，大家只看到她端了一大盆脏衣服，右胳膊上串一个大拌笼，满满一拌笼刚敲下来的新鲜皂角。洋人何乐模很好奇地跟到河边，亲眼目睹了王怀礼老母亲把汗臭浓烈的考古队员们的衣服泡在水里，压上石头，任河水反复冲刷，估计要在河里漂上一阵子。这种洗衣服的方式，在何乐模的老家丹麦农村也是如此，农妇们也是把衣服泡在河水里，压上石头，冲刷浸泡一两个小时，脏物就很容易被洗掉。何乐模不明白的是王怀礼老母亲把新鲜的皂角敲烂扔盆子里，并不马上洗衣服，而是专心剥豆荚上的皮，这些海鲜一样白花花的豆皮全放在一个小盆子里，淘洗得干干净净。几个小时后，吃中午饭的时候，何乐模就发现了饼豆旗花面里的牛蹄筋一样皂荚豆皮，他吃惊地看着大家疯狂的样子,后来他明白,专家们讨论中国古老的新石器旧石器时代以及夏商周历史与文物时,王怀礼的老母亲就亲自动手重演了四千年前后稷用皂角与野豌豆杂交培育这种不圆不扁的饼豆的过程。饼豆成了牛蹄筋,麦子做成的旗花面片成了牛蹄筋,红萝卜成了牛蹄筋,豆腐成了牛蹄筋,汤水又稠又黏也是那么筋道,一下子勾起了这些农村出身专家们的童年记忆,他们只在童年时把绿皂荚的豆皮当水果吃,从来没有当主食当饭来充饥,包括这些陕西当地的专家们,在关中老家也没有这么吃过饼豆旗花面。毋庸置疑,这是一种古老的美食,只有来自周原岐山的王怀礼老母亲有这种手艺,让大家享受到四千年前后稷用皂荚豆与野豌豆改良培育饼豆的奇迹。何乐模不再斯文不再绅士了,开始狼吞虎咽风扫残云,连咥两大碗,再盛小半碗,吃饱喝足,跟中国老农民一样摸摸肚子,打一串响亮的饱嗝,只是没有像这些陕西籍专家那样捧着大碗蹲凳子。摸完肚子开始在胸口划十字架,开始回归基督徒原形,开始赞美上帝在尘世的替身耶稣基督:“主无所不在,我们都是麦子耶稣的子……”这时他突然看见屋外的一整棵大树,椿树、槐树、桐树、柿子树、桃树、杏树,他甚至看见了田野上紫色的茄子,碧绿的莲花白绿的红的西红柿,都在闪烁神的光芒都在发出神的声音;当他的目光投向更高大更茂密的皂角树时,他看见了树荫下挥舞长竿敲打皂角的王怀礼的老母亲。明天,考古队又要饱餐加有牛蹄筋一样筋道的饼豆旗花面了,树木和蔬菜还有庄稼发出的声音和光芒在告诉他:“神无处不在,万物有灵,万物皆有生命。”

陕西籍专家告诉何乐模皂角树的另一种作用时,何乐模再次对这个古老的国家刮目相看。在民间,如果父母为老不尊,子女就会用皂角树制作棺材安葬父母。看着何乐模吃惊的样子,专家就告诉他,中国也有跟君父叫板的撒旦,民间版的《失乐园》,不过这种事情很少发生,几百年也不会出现一次,风险太大。何乐模反应过来第一句话就是皂角树简直就是核武器,谁也不敢用。何乐模也会开玩笑:“这是妇女儿童的专利，妇女儿童都是和平主义者，会把核武器变玩具。”这时候，王怀礼的老母亲端着一盆淘洗干净的皂荚豆皮走进对面的厨房，何乐模长长噢了一声：“玩具太浅薄啦，妇女们会把武器变成餐厅，变成宴会。”

沿灞河顺流而下向西十几公里，浐河东岸就是六千年前的半坡遗址，完全是八千年前华胥国与女娲造人神迹的自然延伸。专家们来过无数次，这次来只是对比验证刚刚在华胥镇高岩村和娲氏庄的新发现。上午去，下午返回，也算给王怀礼老母亲休假一天，全天在半坡遗址管理所吃饭，也让老太太参观一下半坡遗址。最开心的肯定是老太太和洋人何乐模，第一次参观半坡遗址嘛。村落里有泥块与木椽搭建的房子，也有半地穴式的房子，房子里都有火炕和火道。王怀礼老母亲就嘀咕：跟我们村差不多嘛，住单边溜厦厦房的都是地主财东有钱人，穷人都住窑洞，能住地上都是体面人。那些石斧石铲石锄石刀王怀礼老母亲很熟悉，刚想要伸手去摸，被讲解员制止了，这是国家重点文物，只能看不能动。王怀礼老母亲就说：“我都用了十几年了，生第二个娃娃时我婆婆才让我用铁锨用铁铲用铁斧头用铁镰刀。童养媳就是个牲口，连地主家长工都不如，长工都使铁器，穷人家童养媳只能使石器。”那些红色灰色黑色的陶钵陶盆陶石碗陶壶陶瓮陶罐陶瓶，让王怀礼老母亲感叹不已：“比我们家家什还齐全，肯定是个大地主。”王怀礼老母亲很快就看到了陶器上的图案，彩绘的大张嘴的鱼，跳跃的鹿，很快她就看到了一只红色陶盆内侧的彩绘人面鱼纹图案，心里一惊。考古队专家正给洋人何乐模解释女娲娘娘的形象：也是从陶盆内侧的人面鱼纹图案说起，很自然地说到女娲娘娘在各种史书上的记载：“人首蛇身，人兽一体，人类还没有走出自然，人类还处于半文明半蒙昧状态。”王怀礼的老母亲听不下去了，就开口说话了：“女娲娘娘摆脱野兽摆脱动物能活下去吗？她是个娘娘，造了那么一大群人，她得千方百计带大家伙找吃的，最方便的吃食就是飞禽走兽，就是动物。动物躲人哩不是人躲动物，人离开动物就活不成了活不下去了。我老婆子经历过民国十八年那场大难，那年我才十二岁个碎娃，从西安逃难到西府周原，吃草根吃树皮吃各种各样的虫虫子，想吃飞禽走兽还吃不到，臭虫蟑螂蝗虫都吃过，我亲眼见过逃难的人吃死人身上的肉，我从死人堆里爬出爬进，我饿死都不吃人，我都晕倒好几次，拼命抓土抓泥，泥土里一只曲蟮（蚯蚓）救了我。大难过后有了粮食，我就想念我吃过的虫子，它们救过我的命。我那些念过书的娃娃们都不爱听我讲吃过的虫虫子，我觉得这不是啥丢人的事情，我吃饭的时候心里念叨那些虫虫子，它们没有死，它们就在我的身上，就在我的命里头。我感激这些虫虫。我死了虫虫子又会吃我，等于我没死，我又变成了虫虫子。老先人把女娲娘娘跟动物画在一起是咱们老先人有良心，知恩图报感恩哩。”老太太就讲到了儿子王怀礼的地理老师从新疆带回来的哈萨克人的长命泉故事。喝了长命泉水的老猎手在山里碰到另一个喝过长命泉水活了好几百年的奇人，亲朋好友都死光了，很孤独地活了一百年又一百年，实在不想活了，就告诫这个老猎手，一个人活着很可怕很恐怖很难受，老猎手就把皮袋子里的长命泉水洒向大地，让草木万物永生不死。人类世世代代有森林庇护有鲜花相伴有飞禽走兽为伍，这才是人的生活。大家全都静静地听她讲，讲解员都没有阻拦她伸手触摸珍贵的国家重点文物——绘有人面鱼纹的红色陶盆，她的右手刚刚触到陶盆时她的手指就被一股神秘的力量所控制，立马跟鱼一样蹦起来，又轻轻地落下去，陶盆发出古朴浑厚的声音……王怀礼的老母亲听从上天的呼唤，双手扶地朝人面鱼纹的红色陶盆叩头跪拜，大家齐刷刷都跪下叩头。洋人何乐模站着祷告主耶稣基督，当他听到王怀礼老母亲与圣母女娲娘娘小声交流时，他也跪下了。王怀礼老母亲告诉圣母女娲娘娘：“我娃怀礼不再恨让他受罪的苏老师了，我也不恨苏老师了，祈求娘娘饶了苏老师，苏老师做的事情连他自己都不明白。”

娲氏庄北边山顶有古老的“人祖庙”女娲祠，每年农历七月十五，人们都要来这里朝拜，大多都是已婚妇女，向这位抟土造人的圣母娘娘祈求一个大胖小子。上香献供后，就在岭坡上抓揉黄土，跟揉面一样揉搓一阵子，出一身汗，就能很快怀孕得子。王怀礼老母亲先上女娲祠上香祭拜，然后从灞河里拎一桶水上到半坡，伏在地上跟和面揉面一样开始和泥揉泥。乡村的孩子们就这样玩泥巴，王怀礼的老母亲可不是小孩玩泥巴，她揉的泥巴有面盆那么大，一边揉搓一边加麦草棉絮加羊毛鸡毛，加着加着奇迹就出现了，泥土的毛孔全都张开了，大地上的各种虫子全都蜂拥而至。考古队的人面面相觑，这不是她当年逃难时吃过的虫子吗？洋人何乐模说：“虫子认识她，虫子没有死，就是你们史书上记载的反复循环死而复生的蝉。”蝉就是知了，还有知了飞过来了，暴雨一般降落大地。大灾之年，知了肯定是上天给人类的一道美味。在王怀礼母亲的叙述中，逃难路上根本没有知了，知了早就让人吃光了，知了是所有昆虫中最有营养最可口的美味，难民们只能想象只能无限向往。快到西府周原时她听到了知了的叫声，她就知道有救了，她能活下去了，老天爷没有抛弃她。知了就是上天在尘世的化身，听知了知了就心安，知了知了就是让人知道人与上天人与自己更内在更真实的自己。不识字的老母亲在知了的鸣叫中感悟整个世界。她的子女都上学读书，子女们告诉老母亲知了的文明叫法“蝉”。老母亲不知道蝉就知道知了。知了知了就是知道了知道了。老母亲也不知道史书上记载的蝉居高而鸣远，蝉饮露而清高，蝉蜕变转生不断地延续生命长生不死。孩子们烤蚂蚱烤知了大嚼大咽的时候，老母亲就很高兴，还帮孩子品尝这些野味，在老母亲看来，被吃掉的蚂蚱和知了没有死，全都转生变成了这些活泼可爱的孩子。现在她没有吃过的知了飞过来了，落在泥团上，被她揉进去，很快就在揉搓中蜕化转生，整个泥团一下子有了弹性跟充足气的轮胎一样，她每使一下力她整个人就处于惊涛骇浪中，天空野蜂飞舞蚂蚱蜂拥瓢虫蝗虫蚊子苍蝇花媳妇蜻蜓以及美若天仙的蝴蝶知了们无论美丑全都来了，整个天空五彩缤纷，蚯蚓蜈蚣蟑螂蟋蟀蚂蚁这些爬行昆虫把整个大地拉成一道道线缠绕在泥团上，大地在抽搐天空在颤抖，泥团在蹦跳。老母亲把泥团举起来的时候，何乐模就仿佛看到他和父亲崇拜的德国画家珂勒惠支的杰作《牺牲》：绝望中的裸身母亲双手托起一个婴儿，望着孩子的双眼冒着怒火，更多是慈爱和悲悯。这些虫子这些小动物都是她的孩子，她要让它们羽化成仙。泥团五颜六色，成了真正的五色土。相传姜嫄娘娘和后稷教民稼穑的教稼台就是用大江南北五种土壤构筑而成。老母亲在古老的娲氏庄土坡上把黄泥揉搓成了五色土。考古队的人包括洋人何乐模都猜测老母亲要制作人面鱼纹或者人首蛇身的彩绘陶盆。大家相信老母亲的手艺。有人还看见了老母亲身边的观音土，就是几个拳头大的泥团，老母亲掘土时从地里挖出来的，按理说观音土黏性好，更合适做陶器。观音土也叫高岭土，并不是泥土，而是一种矿物质，做瓷器的原料，也叫糯米土，细腻柔软，北方观音土近于麦粉，南方观音土近于米粉。《天工开物》说："高粱山出粳米土，其性坚硬；开化山，出粳米土，其性柔软。两土相合，瓷器即成。"大家马上发现老母亲把身边的几块观音土揉进去了，显然是最后一道工序，加进细腻如面粉米粉的观音土，泥团就能在陶器的胚胎上增添瓷器的光泽，跟琉璃瓦一样绚烂夺目。有人甚至提到了唐三彩。揉好泥团要醒一段时间，老母亲给泥团蒙上湿布，坐土坡上休息。大家等待最精彩的场面。

两个小时后，泥团醒好了，老母亲把面盆大的泥团抱怀里就像抱一个婴儿，一点点抟捏出婴儿的腿胳膊，最后是脑袋。大多胎儿头先出母腹，只有极少数胎儿脚先出母腹，产妇就要受大罪甚至难产而死。老母亲抟捏的是一个正常的胎儿，在旷野在土坡上上演八千年前圣母女娲娘娘抟土造人的一幕。考古队的人都知道老母亲为了救儿子,人家都上华山劈山救母,她上华山是为了儿子,下华山去圣母庙也是为了儿子,跟考古队一路寻访华胥娘娘女娲娘娘半坡遗址还有下周要去的公王岭蓝田猿人都是为儿子,母亲们为了子女会献出一切,全世界的母亲都是如此。大家很快就看到了老母亲抟捏成功的巨婴,胳膊腿与脑袋都是拱起来,处于抓挠状态,双腿间一对土豆一样的睾丸中间架一门大炮一样的鸡鸡,极为健壮的一个大胖小子,农村人说的毬毬娃,在坡地上在阳光下闪闪发光,显然还潮湿着,因为加了观音土,就闪射出泥土所特有的沉静的光芒。阳光显得更猛烈,坡下就是灞河,太阳的光芒从河水中反射出来,比天上的太阳更明亮,从泥娃娃身上再次反射,就有了三颗太阳,天上的地上的水里的,三阳开泰,光芒交射互相辉映。泥娃娃身上的湿气散尽了,满身热烘烘的,老母亲抱着新生儿,穿过田野回来了。

大家围上去看这个可爱的新生儿。有人马上发现不是老母亲的儿子王怀礼,大家正在发愣,洋人何乐模就告诉大家:“这个新生儿就是那个让他儿子遭殃的苏干事。”大家你看我我看你还是稀里糊涂,何乐模就念起了福音书:爱人如己还要爱你的仇敌,宽恕他们并且让他们复活让他们新生。老母亲就告诉这些专家教授:“洋人说得对,女娲娘娘跟我说了,饶那个恶人,再让他投胎转世。”婴儿状态的苏干事活泼可爱就像个小弥沙,慈眉善目。专家们哈哈大笑:“真人肯定不是这个样子。”老母亲呵呵笑:“他的脸跟刀子刻的一样,眼睛也是很厉害的三角眼,咱让他圆起来,圆起来。”老母亲摸新生儿的脸蛋和眼睛,老母亲手里的新生儿长成小伙子长到八十岁也是个善人,老天爷也相信他的善,所有的人都相信他的慈悲心肠。

苏干事就这样被改换了心肠。他自己肯定不知道。1982 年秋天刚刚三十岁的年轻人已经担任正科级办公室主任快一年了,春风得意风华正茂,早已不是苏干事,早应该叫人家苏主任啦。好事成双，老母亲去周公庙姜嫄娘娘太任太姜太姒诸位周太太们祈子大获成功，妻子立马怀孕，用农民的口气这就叫媳妇把羔打上啦，话很粗却很有成就感，看着城里的媳妇肚子一点一点大起来，那点成就感那种做父亲的自豪任何语言都难以表达。这个时候母亲病了，好事多磨，喜事太多，在所难免。接到老家的电话，苏主任先是一惊，很快就平静下来。大哥从县城邮电局打到办公室，他心里一惊脸上很平静，他只回了一句；“不要去县医院，到市里。”然后他就给熟人老同学打电话，不到半小时就联系到全市最好的医院最好的大夫。去年刚当上正科级办公室主任，他就告诉老家的老人以后有急事不用写信，直接给我办公室打电话。别小看这么一句淡淡的话，很快传遍整个村子波及方圆几十里。大哥以及家族的亲人们跟苏主任一样，也是很淡的口气，就一句：有事给我打电话。1982 年中国大陆很少有私人电话，城市电话号码也都是四位数，领导家里和办公室才有电话，电话与小汽车在 1982 年可是身份很高的一种标志。农民心目中另一种梦想就是去医院看病，最好是住院。农民患病都忍着硬撑，撑不住就吃几服中药，顶多几粒西药然后等死。当年的赤脚医生背着小箱子上门看病开处方，农民都视为天神了。公社医院小诊所不能再简陋啦，农民也就打个针买些药。病危才去县医院，都是抬着架子车，就像战场上下来的重伤员，大多都是活着进去，咽气前又匆匆抬回去。农民一定要死在家里，死在外边的人灵棚要搭在村外不让进村的。对苏主任刺激最大的是大学毕业留校工作领的第一笔工资，就是给农民父亲买了几服药。父亲多年的老病根无法医治，只能减缓硬撑，几服好药第一服就让父亲舒服多了。大哥显摆，在村子里给大家透露了药价，大家嗷嗷大叫，半年的口粮啊！大哥那种得意自豪，大哥在为吃公家饭的兄弟显摆不为他自己，大家嗷嗷完之后就竖大拇指称赞兄弟是个大孝子，参加工作第一月工资只给自己留个饭钱全给父亲尽孝了。大家开始嘲笑挖苦村子里还有邻村那些吃上公家饭领工资的家伙,先给自己置办行头,再买手表,回家看父母也就是点心水果之类,几块钱嘛,在农民眼里算一笔钱,在城里算什么呀!苏家兄弟真是好兄弟真是大孝子。高额药价传到父亲耳朵里,农民父亲就不吃药了,大呼:“造孽呀造孽。”大骂儿子:“这个败家子,败家男人。”父亲厉声喝令老大:“快把剩下的药卖掉。”然后击腿大嚎:“38块钱呀!38 块钱呀!一个鸡蛋才 5 分钱,一斤麦子 3 毛 8 分钱呀,100 斤麦子,50 斤猪肉,一个人半年的口粮两三天就糟蹋了呀!造孽呀!造罪呀!”农民父亲狼嗥一样的大叫响彻云天,村子里的人才知道苏家老大给大家显摆的时候很谦虚很低调了,38 块的高价药狗日的减了 20,只告诉大家我家老二给我爸的药 18 块钱,18 块钱当时就成了原子弹,整个村子比广岛长崎还惨!半小时后农民父亲的鬼哭狼嚎才道出真相,38 块,那个年代刚刚工作还处于试用期的大学毕业生每月工资 47 元,苏主任给自己留下最低的生活费九块钱。当时一个大学生一个月生活费 13.5 元,4.5 元当零花钱,吃饭就 9 块,已经工作的苏主任还保持学生的生活标准,给农民父亲花掉 38 块钱高价药费后,花了 3 毛钱请未婚妻看一场电影,再花 4 毛钱吃两碗馄饨。进饭馆时他故作姿态,很慷慨地请未婚妻吃羊肉泡,未婚妻笑眯眯地望他一眼:“我要吃馄饨。”他一下子放松了,用我们当地人的说法,心放到肚子里了。这顿饭吃得有滋有味。一碗馄饨 2 毛钱,一碗羊肉泡 4 毛 5 分钱。他就这么轻松地渡过了难关。农民父亲那道关,大哥有办法。大哥不会听从父命卖掉剩下的高价药,大哥动员家族长辈,大伯二伯,舅舅姑父姨夫,最后请来村干部,官民齐上阵轮番进攻,摆平了农民父亲。也是坑坑洼洼,一点也不平坦。父亲吃最后几服药的样子大哥不敢给老二说,那可真是把药当药,一口一口地抿啊抿啊。……父亲去世时还耿耿于怀。……可以想象接到大哥的电话时,苏主任的心情,绝不让农民父亲的悲剧重演。县医院就免了吧,直接到渭北市最好的人民医院。怀孕的妻子把婆婆当亲妈,亲自找人民医院的中学同学,最好的大夫出马。妻子刚有身孕,婆婆就提一篮子土鸡蛋抱两只老母鸡来城里照顾媳妇,美其名曰为苏家的香火。婆婆那个细心呀,亲娘都不好意思,先是周末来照顾女儿,后来就提前歇年假,跟亲家抢功,动员亲家等孩子生下来再来嘛,硬是把婆婆劝回去了。回去才两个月婆婆就病了,大肚子媳妇反而很健康,定期去妇幼保健医院检查就行。大哥把母亲送到兄弟家,吃饭后就立马返回,一切都交给兄弟了。

常规检查时就出问题了。大夫不跟儿子谈,先跟儿媳谈,大夫跟儿媳是中学同学、闺蜜。儿子就知道是女人之间的事情,母亲没啥大病。两个闺蜜进办公室,关上门,神秘兮兮的。大夫首先告诉老同学你婆婆没有生命危险,然后告诉老同学:“你婆婆的病让人说不出口。”“一个农村老太太有什么说不出口的病弄这么神秘?”大夫等老同学嚷嚷完,咬紧牙关,小声告诉老同学:“你怀孕几个月啦?”“五个月呀。”“你婆婆三个月啦。”大夫赶快上去扶住怀孕五个月的老同学,“听我给你慢慢说,刚开始以为是瘤子。都是专家,那水平,一锤定音的事情,看了单子,亲自上阵,不用仪器,肚子上压两下,就排除了肿瘤。就叫来了妇产科专家,摸的是那个地方,只摸一下就出来了,不敢当老太太面说,七十岁老太太怀孕老太太还不发疯?”儿媳发疯了,都叫起来:“我公公都去世好几年了,七十岁老太太怀孕,你在编神话故事呀!”“冷静一点好不好!天下最冷酷的莫过于医生和法官,你还是个读书人呢。”儿媳半天冷静不下来,大夫很冷静:“这种特例不是没有,正常情况女人四十八岁绝经,男人六十四岁绝精。实际上个别男人七十岁还有性功能,老太太六七十岁也能怀孕生子,武则天七十八还有那么多面首。我知道你是顾及婆婆的脸面,尤其是在农村,特封建,无性而孕都是古代神话,姜嫄娘娘踩巨人脚印感应而孕,简狄吞鸟蛋而孕,原始部落时代,性关系混乱,野外采摘遇上其它部落帅哥激情野合,肚子大了,无法摆脱的羞耻感啊抛弃了三次,孩子命大,死不了，只好养呗。具体到你婆婆，老太太可能很无辜，我们医院几年前也遇过一个病例。有个男人性变态，经常手淫，精液到处乱抹，女人们聊天，其中一个女人坐的砖块上就有一团精液。夏天嘛，火炉一样，那玩意凉飕飕她还觉得挺舒服，渗进去了，就怀孕了。现在是冬天，仔细算一下，你婆婆是秋天，九月中旬遭的殃。"儿媳彻底冷静下来了，静静地听闺蜜进行医学分析。"目前这种状况，手术是不能做的，七十岁高龄会要命的，老太太能吃能睡气色非常好，最好的办法，顺其自然。十月怀胎，瓜熟蒂落，到时候想自己养就留下，怕丢人就送人。我来负责送人，要孩子的人家太多了。现在就说你们两口子最后一件烦心事，老太太马上会显肚子，很丢人，你们就让她待城里，一直到明年生下来。给你老公给你婆婆不要说实情，就说是子宫肌瘤，良性的，明年国庆节前动手术，医院绝对保密，只有内科主任、妇产科主任和我三个人知道，剩下就是你了，你是你们家唯一一个知情人，你记住，明年国庆节前老太太住院生产前一天一定要告诉你老公真相，成年已婚男人，这种刺激毁不了他。"闺蜜拍拍儿媳妇的肩膀："你真是个好媳妇，这种事搁别人身上正好是拿捏老公的一把刀子。"儿媳妇已经哭起来了，边哭边抱怨："我婆婆怎么这么倒霉，好人总是遭殃。"闺蜜大夫跟安慰孩子一样边抚摸边嚷嚷："好啦好啦苏家的好媳妇，原来你不是这样啊，跟你爸你妈说话都凶巴巴的，苏主任给你使了什么魔法把你变得这么温柔贤惠，还不把你爸你妈活活气死。"儿媳妇根本不接闺蜜大夫的话，擦干眼泪，哽哽咽咽，肩膀一抖一抖："就是你说的那个时间，九月二十号，我婆婆怀孕的那天，他就变了。半夜我上厕所回来看见他睡觉的姿势，整个人蜷缩一团，就像个胎儿，脸就圆起来了，完全像个婴儿，像个小沙弥。他以前不是这个样子，脸盘有棱有角，刀刻一样，很酷的一个铁血男儿，一夜之间就一身佛光满脸菩萨相。""吉祥如意呀，你们家要大发啦，多少人几辈子都修不来的福气呀。""真的吗？"儿媳妇跟孩子一样仰起头眼巴巴望着闺蜜大夫，“你是说我婆婆良苦用心打造了另一个儿子，我婆婆太了不起了，简直就是福禄寿圣母啊！”好多年以后，苏主任两口子旅游去蓝田，无意中进女娲祠祭拜上香，就看到了摆放在圣母女娲娘娘膝下的五彩泥塑，典型的华岳庙三圣母与其子沉香的翻版嘛，更让他们两口子吃惊的是圣母女娲娘娘膝下的泥塑小人儿跟苏主任如出一辙，周围的人一片惊讶，有福的人啊！世间少见呀。苏主任扑通跪下了，一边磕头一边念叨：“压（nia 娘）！我的压（nia 娘）！你老人家给儿子做这么大的好事也不给儿子吭一声，儿子不来圣母庙儿子永远也不知道啊！压（nia 娘）！压（nia 娘）！压（nia 娘）！”苏主任哭得就跟个碎娃一样跟个孩子一样，妻子也跪下去了，夫妻俩抱头痛哭，在场的人都感动得不得了，都惊叹母亲的伟大和无私。在场的老外开始祈祷，赞美天主赞美上帝，很快大家就听到来自山谷的声音，从原顶从山谷从群山的腹地，从苍穹之顶，从四面八方吹来的风在告诉大地的人，不管中国人还是外国人，人们都听到风的声音：神灵无处不在，神灵与人一体……

时间返回1983年秋天，国庆节前一天，老母亲住进市人民医院，进的不是手术室，来的是一群接生的医生和护士。妻子提前带丈夫苏主任到闺蜜大夫的办公室，苏主任听妻子讲事实的真相，跳起来，以拳击墙，以头撞墙，所有的动作都显示这是一种奇耻大辱，跟野兽一样出气很粗，就是没有愤怒的吼叫声。还真让闺蜜大夫说对了，成熟的已婚男人，而且是刚做爸爸三个月的父亲，再大的刺激都能承受得起。妻子恰如其分递上热茶，苏主任一饮而尽，再续一杯，噗噗吹两口呷一口，茶就该这么喝，一小口一小口呷，扬脖子下去大半缸子那叫牛饮，跟喝凉水有何区别？呷了热茶的苏主任，慢慢冷静下来，跟妻子一起出去签字。接生很顺利，虽然是七十岁高龄产妇，毕竟是生养过好几个子女的母亲，不到半小时就完事了。更让医生惊讶的是老母亲一直神志清醒，护士抱婴儿要出去，老母亲不让，要亲眼看看。婴儿的哭声很怪诞,形状更是异常,人面鱼身,有人认为是人面蛇身,脑袋扁宽,有手臂无腿脚,一手四指,一手五指,呜哇呜哇的哭声与婴儿很像。刚落地的婴儿都很丑,但这种形状显然是怪胎,婴儿刚刚离开母腹,刚刚剪断脐带,医生就给护士递眼色快快抱走,按原方案进行。这些小伎俩怎么瞒得过一个母亲呢?老太太要看自己的小宝宝没有能阻止得了。医生只好让护士把婴儿送到老太太跟前,老太太一点也不惊讶,目光温和亲切,抱了抱,亲了亲,婴儿又发出呜哇呜哇的哭叫,老太太呵呵笑起来:“我娃!我娃!这么心疼的娃!”老太太镇定自如,叫儿子儿媳妇进来。儿子和儿媳妇忐忑不安,不知道老母亲要干什么,老母亲笑眯眯地告诉儿子:“这是你弟!”儿子凑上去望着这个奇异的婴儿,颤微微叫了声:“兄弟。”老母亲还是那么笑眯眯地告诉儿子:“也是你妹。”儿子抬头看一眼妻子,妻子使劲点头,儿子再次凑过去望着这个奇异的婴儿,叫了声:“妹妹。”老母亲就嘱咐儿子:“这是一条命,在街上放一天,在村子里放一天,第三天放到河里去。”儿子使劲点点头,妻子从护士手里接过婴儿,老母亲彻底放心了,开始呼呼大睡。生孩子等于过鬼门关,顺利过关也很累。老太太睡得又香又甜。

苏主任三个月前就喜得贵子,照顾婴儿那一套相当熟练了。他怀抱这个既是弟弟又是妹妹的婴儿,妻子在包里放了奶瓶和救急的药,按照老母亲的吩咐,第一天把婴儿放在渭北市大马路上,婴儿的呜哇声直上云霄,根本不需要民警指挥,大小车辆纷纷绕道而行,如同大国元首来访;每隔两小时苏主任就给婴儿喂一次奶,换一次尿布。第二天上原,不用上到顶上,北坡全是密林。深秋季节,大西北的林子一片金黄,游玩照相的人很多。大家纷纷拥过去看这个安详的婴儿,不时有人抱起大呼:谁家的娃!谁家的娃!苏主任就上去接住,人家就训他:“娃放地上不安全嘛。”苏主任不敢说是他弟或他妹,婴儿用毛毯包着只露个头,看不到可怕的身子,就是那个头也让人吃惊不小,人家走不到十来步就嘀咕:“咋看着像个娃娃鱼。”苏主任心里一惊,明白了老母亲的意思。母亲知道这是个怪胎,不忍伤害,让他叫弟叫妹,再让他放生回归大自然,母亲大慈大悲,母亲太伟大了太了不起了。苏主任泪如雨下,蹲在地上,一手抱着婴儿一手抱着刺槐树哽咽了好半天。第三天,苏主任去渭河放生,出门前妻子提醒到渭河南岸秦岭脚下清姜河与渭河交汇的地方。他们家住渭河北岸,金陵河与渭河交汇的地方离他们家不到两百米。南北两条支流差异很大。金陵河源自黄土高原腹地的陇县赵家山,沿岸黄土堆积,河水如同泥汤,与黄河渭河如出一辙;清姜河源自秦岭腹地神河峡谷嘉陵江同源,流向南就是嘉陵江,流向北就是清姜河,河水清澈水量充足。两口子都明白这是一个娃娃鱼,与他们刚刚出生百天的孩子相伴三天,人兽同处,多大的吉祥啊!第三天,娃娃鱼不再吃牛奶,苏主任的妻子把它当自己的孩子,让它吃自己的奶,吃饱饱的。苏主任怀抱娃娃鱼,小家伙不哭不闹,安静又安详。苏主任就出去了。不用打车,步行穿过闹市穿过渭河大桥,再沿河堤向西走两公里就是清姜河注入渭河的交叉口,清水与黄水相融。苏主任解开婴儿的衣服,小家伙确确实实是一条人首兽身的娃娃鱼,苏主任还是听从母亲的召唤,叫了它声弟弟,又叫了声妹妹,握握它的四指和五指手,就轻轻地放入河水中。中午两点半,太阳很亮,河水还是很凉,让他吃惊的是小家伙没有顺流而下,而是在水中兜一个大圈,逆流而上进入清姜河中,清澈的河水一下子就激起浪花,小家伙破浪而上。苏主任一下子就兴奋起来,他尾随着清水中的小家伙,小家伙全身发红,又红又亮,逆流而上。清姜河出山的地方两岸都是国营大厂,钓鱼的职工很多,娃娃鱼从来都是权贵们豪宴上的美食,老百姓更是向往之至。苏主任就成了一个生态保护者,不停地警告这些工人,这是国家级保护动物,小心我告你!长达三个小时的拼搏,小家伙穿过山口进入野猪蟒蛇横行的深山,密林中出现“禁止入内”的红字铁牌,河汊纵横,河道分散，水边山洞密布如同八卦阵，小家伙游入水洞，一晃就不见了。很快传出呜哇呜哇的叫声。不再是哭声，刚出生的婴儿是这种声音，而娃娃鱼永远是这种声音。山谷里全是呜哇呜哇的生命之音。

老母亲能听到娃娃鱼的叫声，老母亲就把孙子当成了自己的亲骨肉，不像个奶奶，更是亲生母亲，儿媳妇感动得掉眼泪。苏主任带妻子到清姜河源头去过一次，见不到娃娃鱼，只能听到娃娃鱼呜哇呜哇的叫声，其实都是回声，谁也不知道真正发声的地方。妻子又哭起来："我们一定要孝敬她老人家，哪个女人也受不了自己的亲骨肉与自己分离啊！"苏主任很理性很冷静："幸亏我们有孩子，隔代亲，多少能给她一点安慰。""哪是隔代亲，她把孙子当亲骨肉啦，这才让人伤心。"

苏主任是个认真的人，他开始查阅有关娃娃鱼的资料，不查不知道一查吓一跳。娃娃鱼学名大鲵，全世界就中国和日本有，分中国大鲵和日本大鲵。日本大鲵主要在北海道，数量很少；中国大鲵主要在长江流域珠江流域和黄河中下游各支流的山涧溪流洞穴暗河中。秦岭是中国地理南北分界线，动植物天然博物馆，长江最大支流汉江与嘉陵江都源自秦岭腹地，嘉陵江与清姜河竟然同源。秦岭腹地大鲵最多，质量也最好，是世界上现存最大最珍贵的两栖动物，野生种群数量极少，具有优质蛋白质丰富氨基酸和微量元素，肉质细嫩，肥而不腻，味道鲜美，优于鲍鱼海参燕窝鱼翅和甲鱼，被称为"河神""水中人参""水中大熊猫"，营养价值极高。同时又是珍稀补品，名贵药材，《本草纲目》《本草拾遗》中都有："治痴疾治斑疾。"提高智力滋阴补肾补血行气治癫痫。幼体以腮呼吸，成体以肺呼吸，眼小视力差，怕光，怕惊吓，生性凶猛，以水生昆虫、鱼虾蟹蛙蛇鳖鼠鸟为食。捕食方式是"守株待兔"，夜间静守石堆中突袭猎物，牙齿尖而密，猎物很难逃脱。猎物入口不咀嚼，囫囵吞下，胃中慢慢消化。忍饥能力极强，两三年不进食不会饿死，又能暴食，饱餐一顿体重猛增五分之一。缺食时同类相残，以卵充饥。

知子莫若母，简直就是在说自己。

苏主任惊出一头汗，刀刀见血。1982 年中国大陆最早的富豪已经露头，富豪大款们餐桌上出现娃娃鱼就是一种社会地位的象征。“河神”“水中人参”“水中大熊猫”，国家二级保护水生动物，不能吃，吃了犯法。越是禁品越有价值，巨大的商业利益，捕捉虐杀，野生娃娃鱼大量减少，恶性循环，需求量飙升。最新资料显示，人工养殖的可以吃，但也是天价，一般大款一般富豪吃不起。人工养殖周期很长，野生娃娃鱼都是 150 年到 200 年，也叫长寿神鱼。野生娃娃鱼繁殖出来后人工饲养的叫子一代，再下一代叫子二代，子二代才可以吃，也就是孙子辈，富豪们吃的是孙子娃娃鱼。此时此刻老母亲正逗孙子玩呢。母亲用她的血肉之躯洞察了天地间的一切。苏主任合上《四库全书》医药卷，桌子上还有大量报纸和最新医学专著，这些文字都不如这个农村老太太。

下来的事情就很简单了，无非就是给自己找一个心理安慰。这是必须的，千万不要嘲笑阿 Q 精神，人活的就是一种精神，无所谓高贵低贱。苏主任回到老家周原，挤在人群中进周公庙祭拜姜嫄娘娘祭祀太姜太任太姒，接着就是玉石爷洞里摸玉石爷。进去的大都是女人，都是来求子，大多数人则为治病，哪里有病就摸哪里，苏主任被一股神秘力量牵引过去，仔仔细细认认真真摸遍了光武大帝生殖大神玉石爷的全身。当他摸到大神的肚子时，他一下子明白什么叫心灵感应？什么叫感应而孕？圣母姜嫄娘娘踩巨人脚印而孕绝不是神话传说而是真实的历史。压（nia 娘）！压（nia 娘）！你太了不起了！你太伟大了！你太神奇了！你就是上天的替身！你就是神！苏主任从玉石爷洞里出来就涨得不得了。不是给我涨，给我压（nia 娘）涨哩，人有时候就该涨，这是一种自信，也是一种尊严！

回到家里，苏主任一板一眼地给妻子讲圣母姜嫄娘娘踩巨人脚印感应怀孕的故事。这是必须的,城里人总是把乡村古老的神话传说故事视为封建迷信。妻子真不错,听得那么入迷,苏主任就讲得津津有味神采飞扬……姜嫄娘娘怀孕长达十二个月,胎儿出生也带着胞衣,形体未露,完全是一团肉球。“老公你太了不起了,这些细节只有生过孩子的女人才能体验得到,你说得有鼻子有眼……”妻子跟小姑娘一样突然打住,手指横在嘴巴上,盯丈夫半天:“妈太了不起了!真是个伟大的母亲!高龄产妇一定要好好保养,明年等妈养好了身子,我们全家去华山。傻瓜,还不明白吗?劈山救母呀!宝莲灯呀!三圣母呀!你就是你妈的小沉香!母亲为自己的儿子会把生命献出去的,你记住,你妈为你献了两次命,过了两次鬼门关。”话说到这里,只能点到为止。苏主任已是泪水涟涟,清姜河放生的是他自己,神灵无处不在,神灵与我们同在,神就是更内在的我……1983 年 5 月 1 日发生了轰动全国的第四军医大学学员华山抢险事件,五一假日华山游人猛增,千尺幢险道游人拥挤出现严重阻滞。上午九时许,一声惊叫传来,一位中年工程师被游人挤离了台阶,一个跟头摔下去,碰撞了别的游人,连锁反应,一连十几个游人往下掉……四军大节日游华山的学员奋力抢救,把十几位遇险的游人从死神手里抢了回来。华山抢险英雄事迹激动人心,也给中老年人以警示,登华山很危险。十年后 1992 年华山索道缆车建成,老母亲八十高龄,兴致勃勃,孙子也十岁了,苏主任已经是著名学者教授了,妻子已经是附小校长了,全家人快快乐乐游了一趟华山。劈山救母的劈斧石下合影,山下华岳庙三圣母大殿祭拜上香。苏主任已经成功转型为苏教授了,就是没有意识到与华山三圣母相连的圣母华胥娘娘圣母女娲娘娘从华山到骊山到华胥镇高岩村娲氏庄圣母祠半坡遗址公王岭蓝田猿人一直到商於之地的圣母之道。直到 2006 年春天,农历二月二龙抬头,省电视台直播西安南郊蓝田县华胥镇数万乡民锣鼓喧天祭奠人祖圣母华胥娘娘,苏教授和妻子筷子悬在空中,羊肉韭菜饺子衔在口中,跟碎娃娃一样一直把镜头上的热闹场面看完。这年秋天他们去了蓝田华胥镇，看了半坡遗址，祭拜了高岩村华胥娘娘庙和娲氏庄后边山顶的女娲娘娘庙，就看到了1982年秋王怀礼老母亲献给女娲庙的五彩泥塑，没人告诉他们两口子五彩泥塑出自谁之手，连年代都不清楚，与大教授如此相像完全是天意，是神授，也是神在显灵。他们还是忽略了几十公里以外的公王岭蓝田猿人遗址，更不会注意，再往南进入秦岭腹地的古老的商於之地，也就是当年商鞅大败魏国收复河西之地被秦孝公封赏的六百里商於之地，卫鞅转型为商鞅，成为商君。

1983年秋天被娃娃鱼唤醒的苏主任放弃前程远大的仕途全身心投入学术研究，从行动转入理论。刚开始比较隐秘，节假日、下班后熬夜，琐碎的行政事务就不怎么上心，只求不出错，绝不上进。大家误以为苏主任忙于家务，正是上有老下有小的年纪，母亲的好儿子，妻子的好丈夫，儿子的好父亲，力不从心，大家也能理解。1983年整整一年，苏主任都在埋头苦干，整理收集翻阅资料，1984年初见成效，出手不凡，写出两万六千字的长文《浅论孔子法制思想》，发表在吉林省《社会科学战线》1984年五期。当时能在这本杂志发表论文的都是国内学术精英，不要说渭北大学，整个陕西以至于大西北，能在这本杂志上发表文章的都很少见。当时的《社会科学战线》直逼中国社会科学院的《中国社会科学》杂志，渭北大学有几位老右派教授鲜花重放在《中国社会科学》杂志超过五六千字左右的论文，工农兵学员出身的教师能在本校校报发论文就不错了，要发在西安某家高校学报要通报表扬以资鼓励的，大家可以想象行政人员苏主任的大作发表在《社会科学战线》上有多么轰动。年底就应邀去南京参加全国学术年会，在大会作重点发言，十五分钟，掌声不断，中国社会科学院的专家当场就要约他报考研究生。第二篇论文就不是浅论而是《再论孔子的法制思想》，发表在《中国社会科学》1985年二期。上个世纪八十年代初孔子大热，国学传统文化复兴，像苏主任这种把孔子置于法学范畴的文章太让人不可思议了，崇尚孔孟的学者都愤怒了，愤怒归愤怒，学术问题只能理性加理智再加上一点点科学方法。苏主任从常识出发，只抓住一点，孔子当过鲁国大司寇，就是司法部长，虽然时间很短，却是货真价实实权在握，先秦诸子百家里的孟子、庄子、荀子、韩非子、墨子，公孙龙们都没有当过官，老子也只是东周守藏史，就是国家图书馆馆长，权力很有限，庄子的漆国吏根本不值一提。先秦时期，大权在握的大都是法家，最早的管仲、子贡、李悝、吴起、慎到、申不害、乐毅、商鞅、李斯就掌握军政大权，都是国之将相，儒家在先秦只有大司寇孔子能与之相比。全文一以贯之，就是大司寇孔子，司法部长孔子，核心就是法。远古时代的法，夏商时代的"理官"，《汉书》曰："法家者，盖出自理官。"到了春秋就是大司寇，中国传统的法理法律并非出自法家，孔子儒家亦有贡献。可以想象这样的文章在《社会科学战线》发表后引起的争议有多么大。学术年会上，中科院专家主动联系苏主任报考研究生，苏主任微微一笑，没有立即回答，只要了人家的联系方式。三个月后，中科院就收到了苏主任的新论文《再论孔子的法制思想》，文章继续探讨作为行动人的孔子从大司寇孔子延伸到元圣周公姬旦。孔子最敬仰的人就是周公，所谓梦见周公，周公当年辅佐武王讨伐纣，又辅佐侄子成王，一人之下万人之上，所创的周朝礼乐为孔子的儒家思想和学说打下了坚实基础，被称为元圣和儒学先驱；孔子对周公的继承和发展不仅仅是礼乐制度和文化，更重要的是实践是行动，这就使孔子有别于同时代的人类文明先哲，比如苏格拉底，比如释迦牟尼，这两位先哲都没有从政经历，释迦牟尼本是王子，也是离家出走。中国的圣人全是知行合一，孔子极其短暂的大司寇官职造就了后世儒家学子"修身齐家治国平天下"的家国情怀，学而优则仕，实现远大的政治抱负，才是人生的目标和目的。法理与礼乐并不矛盾，并不对立，有很深的内在联系。学术争论很快就从法学界波及史学界哲学界，人文学科全陷入大论战。苏主任推出第三篇雄文《孔子与少正卯之关系》。这篇文章的标题很容易让人想到海外新儒家学者唐君毅。1974 年初,大陆开展轰轰烈烈的评法批儒运动,元月 4 日《人民日报》发表杨荣国《孔子杀少正卯说明了什么?》,各地报刊积极响应,重点就是"孔子为相,七日而诛少正卯!"身居香港的新儒家学者唐君毅数月之内在香港《明报月刊》《中华月刊》连发《孔子诛少正卯传说之形成》《孔子诛少正卯问题重辩》《孔子在中国历史文化的地位之形成》,主题就一个,孔子诛少正卯只是一个历史传说,不是信史,是法家之徒的伪造和污蔑;再谈孔子在先秦时期的学术文化之原始地位,汉代儒学与孔子地位之形成,魏晋隋唐文学家对孔子的尊崇,宋明儒者对孔子学说的发扬光大以及孔子至圣先师地位的确立,孔子在清代学术文化中的地位,最后结论:孔子与中国文化生命构成一体性,在中国历史文化中有崇高的地位,不容亵渎和侮辱。另两位新儒家代表钱穆徐复观力挺唐君毅,专门撰文证实孔子诛少正卯完全是法家之徒先误传再伪造抹黑伟大的孔子,万变不离其宗,还是那个很关键的孔子诛少正卯,孔子杀没杀过人。苏主任的雄文《孔子与少正卯之关系》,标题就很清楚地宣告孔子与少正卯的关系无法撇清:其一,孔子诛少正卯实质,就是孔子师从元圣周公,周公辅佐武王伐纣,接着二次东征平三监之乱,诛武庚,杀管叔,流放蔡叔,一直进攻到海边斩杀殷遗民飞廉,飞廉就是秦的先祖,周公杀伐决断非同一般,这才是一个大儒政治成熟的表现。孔子诛少正卯只能证明孔子言行一致,名副其实,不是坐而论道的空谈家。一本《论语》全是亲身体验的经验总结,与古希腊苏格拉底柏拉图亚里士多德的纯理论和严谨的逻辑推理大相径庭。儒学重实践讲究身体力行。孔子周游列国不是田野考察搞研究是谋位求职,谋求一官半职,几千年历史,儒生们都学而优则仕,仕途就是人生目标人生目的。其二,即使法家之徒误传伪造,其目的和动机绝不是污蔑和抹黑,恰恰是对孔子的崇尚和敬仰。法家长于干事短于做人,中国从古就重做人轻做事,法家的声望一直不高,法家要做事就必须寻找一个金光灿烂的金字招牌,应该说孔子的社会价值文化价值历史价值最早是被法家之徒洞察到的,而不是孔子去世百年后的儒家门徒。正是法家之徒对孔子的无限敬仰,他们才有必要先误传再伪造,来神话孔子,这种不实之谈完全具备了欧洲文化中的形而上与超验特征,信史已经不重要了,重要的是儒法的内在联系。唐君毅自己都承认:“历史上的儒法只是治国理念不同,并非水火不相融的绝对对立的‘斗争’。历史上不存在儒法斗争,而是外儒内法。”第四篇论文理所当然就是《孔子与秦始皇》,都是殷人之后,都强调“秩序”都崇尚权力。《论语》中就有“翼如也”的精辟细节,至圣“秦王”以文化“千古一帝”以军政同共创造了几千年的中国封建社会。第五篇论文《〈论语〉与〈韩非子〉之比较》。一部《论语》中心话题很多,核心就是君子小人,这两个词出现次数最多,其实只是孔子对人的一种渴望与内心塑造,在礼崩乐坏的春秋时代,君子极为罕见而小人遍地都是,孔子暗夜行路,在小人堆里找君子,在黑暗中找光明。《论语》读多了以后就会发现:孔子对人是不相信的,君子只是一种幻想,而小人都是实实在在的存在。《韩非子》干脆撕下所有的伪装,直捣人的本质存在,何为人?伪君子真小人也!所有的治国手段与理念全是针对小人,只有把人当小人,就行之有效;伪君子盛行,国之危矣。汉独尊儒术,大儒王莽灭汉,宋明儒学上升为理学道学,皆亡于空谈儒生。《论语》与《韩非子》中间有本大书《荀子》,《荀子》完成了儒到法的过渡,儒学以经为主,法家长在权变,儒学一体则有经有权,有操作性。法家就是现实操作中的儒学。法家不是学问不是经典不是道,只是势与术。法家的所有理论基础全在原儒孔孟,以后的儒家全都玄虚化了。

五篇论文全都在三万字左右,全发表在《社会科学战线》和《中国社会科学》杂志,很快就出了单行本,中国社会出版社出版。1984

年出书很难,名牌大学每年也就一两个大学者出本专著,大出版社每年也出不了几本书。让人不可思议的是苏主任学术声望如日中天的时候,校领导数次找他谈话,动员他转到教学岗位从事教学与科研,苏主任总是那种经典的微微一笑,不急不急,又不影响工作啊,业余时间足够了。那段时间,苏主任白天上班干行政,晚上熬夜苦战,大战群雄,不给单位添麻烦,弄得全校上上下下都不好意思给外校同行做解释。大家不明白这个家伙到底想干什么?著书立说,相对应的不就是职称吗?第二篇论文发表时,学校就找他谈话,直接从行政科级转到教学讲师。1984 年大学讲师都是四十岁左右的中壮年,三十出头的讲师很少,工农兵学员大多都干行政或后勤,在教学科研岗位上出道的机会很少,当学校特批他从正科级系办公室主任转为法学讲师时多少人羡慕嫉妒恨呀!第三篇论文很快出世,学校只好再次破格升为副教授,那个年代教授副教授都是五六十岁的老头,大家统统叫做老教授。苏主任面对副教授这么大的诱惑,初心不改,还是那么神秘地微微一笑,良久,才慢条斯理地告诉领导:“不急不急,咱不急。”你狗日的不急领导急呀。干着急没办法呀,眼睁睁看着这个狗东西跟鸡下蛋一样扑咚一声第四篇论文,再扑咚一声第五篇论文,几个月后,论文集专著出版了,领导们真急了。会议室里坐不住了,从校园嚷嚷到大门口,门房老大爷不咸不淡一句话让众领导恍然大悟。门房大爷当年亲眼目睹苏干事如何苦追校长女儿那一幕以及当年苏同学苦追市长三姑娘全城都传得沸沸扬扬的“文革”往事,门房老大爷就提醒这帮高学历学者型大学校长副校长书记副书记们,法学法理法律都不如法权,有法没有权,等于有汤没有肉嘛。大专院校的后勤人员耳濡目染都很斯文都能来两句学术术语。校领导们一下子就开窍了,不吭声了,快步往会议室走。进了会议室直奔主题:各系主任副主任没有空缺,唯一可以考虑的就是学报主编,这几年科研成果显著,好几家科研单位和高校都私下策反,主编就要大牌,频频威胁学校,辞职报告交了好几次了,每交一次,学校就给一份好处,该有的都有了,还贪心不足,半年前又交了一份辞职报告。大家进会议室就谈主编的事,不到五分钟就达成共识,批准,而且不留余地,彻底离开渭北大学,爱上哪上哪。就这么定啦!大家纷纷起身离席时,一位副校长有点顾虑,建议先跟小苏同志交流一下。校长哈哈一笑:"不用啦,门房老大爷都把他看透了,我们再犹犹豫豫就不像话啦。我们这些专家学者陷入理论概念的泥潭不能自拔,反而不如大老粗直截了当一针见血,一针见血呀。"校长叮嘱秘书:"给小苏同志专门送一份文件,注意他的表情,每一个细节都不要遗漏,立即给我汇报。"

我们可以想象政法系办公室苏主任小苏同志拿到校办最新文件时的样子,文件清清楚楚地写着聘任苏某某同志为渭北大学政法系法律史研究室主任兼渭北大学学报主编。副教授职称年底落实。校办秘书死盯着苏主编的一举一动,苏主编没有一般人那样接过文件瞅一眼就激动成一条狗浑身乱抖,苏主编平淡沉稳,目光流水一般漫过纸页上的每一行每一个字,稳如磐石的身体慢慢发光,一圈圈黄中带红的光芒笼罩在身体四周,脑袋上的光圈更显眼,随着光芒的延伸,苏主编慢慢抬起头,只对小秘书说了一句:"我收到了,谢谢组织对我的信任,我一定努力工作。"然后面无表情地看着小秘书,小秘书反而浑身不自在,走出政法系办公室时不由自主地回头又看一眼苏主编,苏主编的身上头上确实有一道光圈,这回没看错,不是幻觉,确确实实浑身放光。小秘书下楼梯时还听到了呜哇呜哇的婴儿的哭叫,小秘书停下来,耳朵都竖起来了,雷达一样捕捉到了非常清晰的呜哇声……还有人体的亮光,从系办公室照射到楼道间……小秘书把这一切告诉校长时,校长又是哈哈一笑:"那是一种按捺不住的埋藏很深的狂喜,会不由自主地放光,会回到原始孩童时代发出赤子之声。"小秘书来自秦巴山地:"我听着怎么像娃娃鱼的叫声?"校长一愣:"娃娃鱼的声音跟婴儿哭叫一模一样呀。"小秘书就告诉校长:"娃娃鱼生活在山涧淡水边的洞穴和暗河里，阴气很重。”“它们的声音怎么那么像？母腹和洞穴和暗河，还是有区别的。母腹滋养胎儿的是羊水，洞穴和暗河全是阴冷之气，年轻人，一定要好好分辨两者的不同啊。”

走出政法系办公室的小苏同志三十出头，就已经身兼两职，法律史副教授兼学报主编，那个年代渭北大学以至于整个陕西高校最年轻的副教授校报主编正处级干部，按惯例副教授都不称副，应该叫苏教授苏主编。苏主编没有直接去行政大楼二楼东侧的学校编辑部，苏主编只是瞥了一眼，依然那么淡定，毫无得意之色，他知道此时此刻无数双眼睛在盯着他，千万不能得意忘形。他对着无限期待的办公大楼二楼东侧的学报编辑部投去惊鸿一瞥，马上掉头回眸曾经学习工作了十一年之久的法学院教学大楼，而且是一望三回头，目光所及，神光四射，天空竟然出现一道彩虹，天桥一样一头接办公大楼二层东侧学报编辑部，一头接法学院大楼二楼西侧政法系办公室。彩虹桥拱下的苏教授苏主编头顶罩着一团五彩瑞云，如十二杈鹿角，这些奇景苏本人全然不知毫无察觉，苏本人淡定沉着向家属区走去，妻子正好下班，从幼儿园接三岁的儿子回家，母子俩就看见了苏某人头顶以及校园上空的奇景。妻子蹲下来抱住儿子小声告诉儿子：“快看，你爸爸，你了不起的爸爸。”儿子兴奋得手舞足蹈，扬头大喊：“呜哇——爸——爸，呜哇——爸——爸。”童声清脆激扬，大家听到的全是三岁小儿奶声奶气的“哇哇——爸爸”“娃娃——爸爸”，父亲们全都惊呆了，三岁孩童有神灵，童心亦赤子之心，娃就是爸，爸就是娃。父亲苏教授苏主编管不了这么多了，再也淡定不了沉着不了啦，快步向前，抱起儿子，抓起妻子的手，一家三口兴高采烈回家去。五彩瑞云被树荫冲散了，天上的彩虹也不见踪影如同梦幻。

苏教授还记得他第一次抱儿子的情景，差点掉地上，真把他吓坏了，全身都软了，双膝都跪地竭力拱起双臂……刚出生的婴儿娇嫩如水，没有任何骨感，就像抱一团水一团细泥；婴儿把父亲也软化成了水和泥，父亲还是很坚强地爬起来，用腰杆带动躯体。……三个月后，苏教授又抱了一次老母亲产下的“怪胎”，苏教授已经抱了三个月的亲儿子，老母亲的如水如泥的新生儿不可能让苏教授再次双膝跪地，双臂拱起。苏教授怀抱着相当于兄弟的“怪胎”去河边放生，水浪涌至手臂，他也没被软化，漂浮在河水中的“怪胎”呜哇呜哇叫着摆动着娇嫩的躯体逆流而上，进入暗河和洞穴，他的手臂还在水浪中，给人感觉他依然在拥抱水浪。三年后，儿子三岁了，上幼儿园了，猴子一样手脚麻利地在父亲身上攀上攀下，骑大马一样驱赶父亲如牛马。父亲已经从正科级主任荣升为学报主编教研室副主任和大教授了，苏主编苏教授头戴五彩祥云再次抱起三岁小儿时，再次感觉到了儿子娇嫩如水如软泥的肉体。儿子最神奇的创举是把娃娃鱼的呜哇声和爸爸爸爸混合在一起，这种奇特的天籁之音从彩虹上滑落，彩虹连接的不再是大步高升的苏主任和苏主编，而是娃娃鱼和三岁娇儿，是亲生儿子和亲生父亲。这就是苏教授苏主编怀抱娇儿一步一步走回家时的真实感受，这种感受将会永远延续下去，儿子到老年与父亲拥抱时，依然娇嫩如水，喊出的爸爸依然是混沌鸿蒙的呜哇呜哇。

你的孩子，其实不是你的孩子，
他们是生命对于自身渴望而诞生的孩子。
他们通过你来到这世界，
却非因你而来，
他们在你身边，
却不属于你。
你可以给予他们的是你的爱，
却不是你的想法，
因为他们自己有自己的思想。

你可以庇护的是他们的身体，

却不是他们的灵魂，

因为他们的灵魂属于明天，

属于你做梦也无法达到的明天。

你可以拼尽全力，

变得像他们一样，

却不要让他们变得和你一样，

因为生命不会后退，

也不在过去停留。

奇迹就这样出现了，第二天，儿子自己回家。老师和家长吓坏了，前去接儿子的母亲在幼儿园门口没见到儿子，老师也没看见孩子，一下子就乱了。幸亏是本单位幼儿园，也幸亏是 1985 年秋天，贩卖儿童的案件还不很多，大家四处寻找。邻居告诉大家孩子已经回家了："死倔！就坐自己家门口，就是不进我们家。"家长和老师上到三楼，就看见这个三岁小儿埋头写作业。幼儿园小班的作业都是画画，认字很少。妈妈肯定比老师更懂孩子，孩子用蜡笔画了一道彩虹，一头接幼儿园一头接自己家那栋楼，彩虹如同桥拱，成弧形弯曲在天空，桥拱下有车有行人有小商店有仓库有树木花草铁栅栏围墙水泥路面沥青路面砖铺小路，还有大烟囱，从幼儿园到家属区五号楼房二单元沿途大小物件与行人一个不落还记录在案，包括彩虹上边的云朵和飞鸟。儿子很投入，毫不理会围上来的大人，老师悄悄告诉家长："这不是作业，是他自己的爱好。"老师悄悄离开，家长耐心等待儿子完成他的爱好。儿子完稿后，跟大人进门。下来的举动该大人吃惊了，儿子把画的作业铺在桌子上，把笔塞到父亲手上，父亲马上明白了，父亲郑重其事地细看一遍，打了 85 分，签上名字。儿子一板一眼地收起来，放在抽屉里。从那天开始，儿子自己折叠被子，自己穿衣服，洗脸刷牙洗屁股洗脚洗衣服，自己打理房间，跟个小大人似的。儿子的第二张画是幼儿园的教室，每个桌凳一一画出，窗户前后门黑板，标上数字，三岁小儿只能 1 +1 +1，家长只好教他最简单的加减法。第三张画就是整个校园，教室、操场、老师的办公室，树木花草，门房师傅。图画上已经有简单的文字数字了。第四张图画，父亲苏教授亲自指导，一一记录礼拜天坐公交车上街的路线。十一个站，父亲只要求儿子记录下每个站。下一周，十一个站牌附近的建筑物就能记下来了；第三周，十一个站的树木花草，来往车辆一一记录在案。图画减少，文字数字增多。下一步就是人民公园河滨公园姜城公园动物园植物园，已经接近地图了。这就是学前班三年儿子养成的好习惯。小学入学第一周，儿子开始画家门口的大街，半个学期就完成了。从最熟悉的大街，到陌生的大街，由近而远，父亲苏教授也就是个保护伞，拎个包，提供个服务，点到为止，稍啰嗦几句会遭到儿子的反击。小学毕业时，整个渭北市尽在儿子胸中。儿子很自然考上了全市最好的初中，儿子小学三年级时就很鄙夷地看渭北大学的附小和附中。儿子独自去渭北市重点初中报到，老师们都很吃惊，小家伙不会告诉任何人早在几年前这所重点初中就被小家伙用铅笔描绘出来了，图纸就在家里的抽屉里。可以想象儿子的高中不可能在渭北市上，提前被全省最好的中学——西安八十五中挖走了。父亲苏教授很乐意给儿子当跟班，一切听从儿子的意愿，不坐火车，坐长途汽车。从关中平原的起点渭北市到省城西安有两条公路，一条在渭河北岸，一条在渭河南岸，两条公路中间就是有名的陇海铁路。父子俩坐北线的车去西安，下次从西安回渭北市时坐南线车。高一全年，都是坐汽车北线南线，高二开始坐火车。让父亲吃惊的是儿子不再绘地图了。儿子全记在脑子里，逐条陈述，条理清晰逻辑严密，已经不能拿记忆力来做鉴定了，完全是中国人所稀罕的逻辑能力。有道是知识求实，逻辑求是。全省最好的重点中学儿子没有对手。儿子没有选择北大清华，儿子考入西工大，本科毕业直接去澳大利亚留学，选择生物工程专业。澳大利亚的生物工程在全球属于领先地位。苏主任苏教授还记得儿子赴澳大利亚留学登上机舱那一刻，天空出现一道耀眼的彩虹，一头在中国另一头在大洋那边，飞机基本上沿着五彩祥云飞上天空，又沿着这道五彩天桥飞向海外。苏主编苏教授还记得儿子在墨尔本大学获得博士学位时他们夫妇俩特意出国去参加毕业典礼，世界各地不同种族的学生身穿同样的博士服头戴同样的博士帽，喜气洋洋接受校长和导师的祝贺祝福，当黑色博士帽戴到儿子头上的那一刻，五彩祥云再次从天而降，洋人华人当地土著一片惊呼，信基督教的澳洲白人都知道《圣经·创世纪》里彩虹代表上帝对人类永恒不灭的承诺，神说："我与你们并与你们这里的各样活物所立的永约，是有记号的，我把虹放在云彩中，这就可作我与地立约的记号了，我使云彩盖地的时候，必有虹现在云彩中。"澳洲土著的虹蛇图腾形象就是一个长着袋鼠头鳄鱼牙鱼尾巴羽毛状耳朵长穗般身躯的古怪动物，其实聚集了各地土著部落的虹蛇神话与传说。土著人相信人类初创有一个"梦幻时代"，不受时间影响，没有过去现在未来，动物与人属于同类，它们像人类一样说话行动。华人们马上联想到秦末天下大乱，群雄并起，刘邦先入关中，约法三章，关中父老及秦人都奉刘邦为关中王。项羽入关中，烧阿房宫，屠秦王室，刘邦还军霸上，刘项对决鸿门宴，项羽的军师范增就看见刘邦头顶有五彩祥云，有帝王气，提醒项羽一定要诛杀刘邦。华人们从刘邦头顶的五彩祥云联想到远古人首蛇身的圣母女娲娘娘以及仰韶文化龙山文化半坡人山顶洞人原始氏族时期的人鱼人兽相连一体的陶器花纹。更让人惊叹的是儿子获得博士学位后留校任教，几年间就连连破格从讲师到副教授教授。儿子拿到副教授那年就把研究的重点转向故乡陕西，转向中国大陆南北分界线的秦岭，就是神奇的娃娃鱼。儿子从半坡遗址人鱼花纹与女娲娘娘人首蛇身的图案得到启示，包括澳洲土著以及美洲印第安人五彩祥云一样的华丽头饰。其实很简单，人是自然的一部分，人与自然一体，人与万物一体，人与兽一体，娃娃鱼就是活标本。

苏主编苏教授百感交集，一方面为儿子而自豪，一方面又陷入无尽的烦恼，这种烦恼无法倾诉，包括妻子。妻子心细如发，也只能发现书房里被丈夫翻了几十遍的中国古代神话，全都是夏商周以及更遥远的古代母系氏族时期那些踩巨人脚印吞鸟蛋而孕的圣母们的故事。妻子一直把丈夫当大孝子，丈夫也喜欢人家叫他大孝子，妻子不可能发现书房里隐藏的另一些古书，妻子不在家的时候丈夫才偷偷翻阅。丈夫首先从慈禧太后的故事得到启发，终于明白老母亲六十多岁怀有身孕是无法篡改的事实，连慈禧太后都无法避免，何况平民百姓。母亲是人不是神，对外人可以神话母亲，在儿子内心，父亲去世多年后母亲怀孕肯定是奇耻大辱。苏主编苏教授翻阅《清宫秘史》时尴尬到何等程度！据说当年慈禧四十六岁怀孕，御医们都心知肚明，不敢明言只好开些滋补养颜处方以求自保，看到皇额娘久治不愈，光绪皇帝下密诏，暗令各省举荐名医进宫为皇太后诊治。各地名医都无法诊断出太后的"病情"，直隶总督李鸿章就举荐无锡名医薛福辰，薛福辰无法抗旨，随钦差日夜兼程来到京城。光绪皇帝同薛福辰给太后悬丝诊脉。有道是行家一伸手，便知有没有。薛福辰为慈禧搭过脉，马上明白："果然不错，太后真有喜了！"薛福辰不仅医术高明，为人更是精明过人。慈禧丈夫咸丰皇帝驾崩多年，怎么能说她有喜呢？于是他斟酌再三，编了一套说辞："太后为国操劳，心力交瘁，气血阻滞，积于腹中，治宜行气通络，清淤活血。气血一旦通畅，凤体自然会康健无恙。"光绪皇帝不明就里，慈禧大喜，愁云尽散。开出的处方名为清腹中淤血实为打胎，更让太后安心的是薛福辰又上一招："薛家祖传规矩，凡为王公大臣诊病，只配药不留方，太后老佛爷当然例外，但药方只能太后亲览。"等于不留证据嘛。慈禧太后按此良方几番折腾腹中淤血，堕胎成功，缓过神来了，马上意识到只要薛福辰活在世上，自己“寡妇怀孕”的丑事就会传出去，马上命令大内高手，赶赴江南无锡清除更大的“淤血”。薛福辰早有安排，回到无锡老家就假装死亡，吩咐家人大办丧事，修坟立碑。大内高手赶到无锡，亲眼见证了浩浩荡荡的出殡队伍与郊外的坟墓，禀报太后，太后心里的“淤血”也算彻底清除。苏主编苏教授连封医生护士们口的能力都没有，民间传说中的母亲形象有多么糟糕只有天知道。不要说外人，就连他这个亲儿子都情不自禁地一边收集古代圣母们感应巨人而孕的故事以清白自己的母亲，一边又很好奇地翻阅古代禁书中的黄色故事《如意君传》《痴婆子传》《清风闸》。尤其是《如意君传》，写尽女皇帝武则天与面首敖曹床笫之欢，更有趣的是武则天以皇帝的名义下圣旨为面首张易之的母亲拉皮条。张易之张昌宗兄弟共事武则天，有其子必有其母，张氏两兄弟的母亲臧氏生性淫荡，与凤阁侍郎李迥秀长期私通。两人年事已高，李迥秀体力不支，而臧氏如狼似虎，李迥秀想与臧氏分手，臧氏郁闷寡欢。张易之为孝敬母亲，把母亲的苦恼告诉武则天，武则天深表同情，光明正大地下旨：“李迥秀私侍臧。”有了圣旨，臧氏愈发纵欲无度，李迥秀被弄得身心俱疲，只好消极抵抗，整日喝得酩酊大醉，臧氏只得另觅新欢。大孝子张易之对李迥秀怀恨在心，在武则天跟前说李迥秀的坏话，李迥秀被贬为恒州刺史，发配到边远地区。

人性神性就这么二元对立，又合为一体。

苏主编苏教授眼巴巴看着儿子带着中澳联合科考队在秦岭腹地寻找原生态娃娃鱼，他又无法告诉儿子真相；即使儿子知道真相，也不会放弃对娃娃鱼的考查和研究，科学不以人的主观意志为转移，科学跟法一样不讲情不讲理只讲事实。

苏主编苏教授还记得儿子2004年大学毕业赴澳大利亚墨尔本大学读研究生，从航天动力专业转为生物工程专业，2006年在《自然》杂志发表有关澳洲大鲵与蝾螈的论文开始读博士。论文用英文撰写,图片小孩都能看懂,大鲵与蝾螈都是两栖动物,蝾螈没有鳞也没有小孩那样的叫声。当时他就一惊,妻子沉浸在儿子的辉煌成就里,不可能注意他微妙至极的心理变化。儿子在电话里告诉父母他的硕士论文上了《自然》杂志。小学老师还没反应过来,苏主编苏教授就告诉妻子,那是全球最权威的学术期刊,西安工大、西安交大、西安电子科大的教授不一定能在上边发表论文。儿子在电话那边调侃一下老爸:"回答正确。"妻子抢过电话:"儿子你太了不起了,快给我们寄一本。"苏主编苏教授就告诉妻子:"咱们学校外文资料室里有。"儿子再次调侃父亲:"回答正确。"两周后整个校园轰动了,渭北大学建校百年以来只有两位学术泰斗在《自然》杂志上发表过论文,苏主编苏教授两口子成为大家追捧热谈的中心人物。母以子贵,大家对妻子的赞美热议远远超过丈夫苏主编苏教授,接着就是很庸俗的众母亲前来取经,一定要小学教师传经送宝,如何培养出这么优秀的儿子。白天喧闹,晚上安静,妻子总要告诉丈夫:"我儿子给你们苏家争光了,光宗耀祖啊!"丈夫就小声提醒妻子:"也是我儿子。"妻子一愣,下次照犯,如是者整整半个月。妻子终于承认我儿子也是你儿子。妻子不依不饶,进一步指出:"我们应该再上一次华山,劈山救母的不是你是我儿子,我儿子才是劈山救母的大英雄,我儿子才是沉香再世。"

2006年秋天,他们再次上华山到西峰那个有名的劈斧石到山下香火繁盛的三圣母华岳庙,他们得知还有更尊贵更辉煌的华胥娘娘圣母庙。1982年秋天北京来的一帮考古专家从华山一路向东向西到骊山到灞桥到蓝田,最后得出结论:华胥国(蓝田华胥镇)不是神话而是真实的历史,女娲娘娘炼石补天抟土造人的娲氏庄附近高家崖村就是华胥娘娘感应怀孕生育女娲伏羲的圣地,油坊镇就成了华胥镇。民间流行数千年的二月二龙抬头祭拜华胥娘娘庆典仪式得到专家和官方的认可,成为旅游景点。苏主编苏教授与妻子就到娲氏村后边高坡上的女娲祠里看到了王怀礼母亲的杰作——那酷似苏教授的彩色泥塑,五彩祥云化为云泥,彩虹桥接通上天与大地,更让人感动的是多了一层菩萨的慈眉善眼……好多年以来一个声音一直回响在内心深处……俄要把俄打碎重新塑造一个俄!……他并不知道1982年夏秋季节母亲与妻子先后怀孕期间,王怀礼的母亲在这里重新塑造了另一个他;十年后的1992年他带母亲登华山西峰劈斧石又下山去华岳庙祭拜三圣母和小沉香;2002年母亲去世,他总以为他是母亲的骄傲他是沉香再世,他至死也不知道王怀礼母亲对他的再造之恩,2006年秋天在娲氏庄后边高坡上的女娲祠见到自己被改造过的泥塑真容,他相信这才是真正的自己,他相信神的存在,也是更真实更内在的自己,他忍不住哇哇大哭,纯正的关中西府方言,压(nia娘)啊压(nia娘)啊地大叫,很快就成了含混不清的婴儿般的呜哇呜哇,婴儿的哭叫声跟娃娃鱼如出一辙。妻子没法劝他,任由他呜哇呜哇地哭叫,此时此刻儿子那篇有关澳洲大鲵与蝾螈的论文已经发表在《自然》杂志上,几年后儿子带着中澳科考队回到故乡陕西,从渭北市南边的西秦岭一路向东逐个寻找秦岭腹地山涧暗河与溪水洞穴里的原生大鲵。大鲵就是娃娃鱼,地球上大多数娃娃鱼都集中在秦岭腹地,商洛山区商南县被称为娃娃鱼之乡。2010年儿子带领的中澳科考队从西秦岭一路向东抵达东秦岭,也就是西安南郊秦岭最有名的终南山地段,从终南山蓝田方向向南入秦岭腹地就是商洛山区就是古商於之道,就是洛南娃娃鱼之乡。2010年苏主编苏教授已经进入老年,脸上棱角早已消失脸盘圆乎乎慈眉善目近于孩童。老伴一口咬定儿子救了你这老东西,你越老越像娃娃鱼都是儿子的功劳,儿子不是劈山救母而是救父,救你这老东西。苏主编苏教授含笑不语,老伴一边叨叨一边擦梨花木架上的老古董,仿制的半坡遗址人首鱼纹彩陶,人首蛇身女娲娘娘泥塑,还有各种各样的娃娃鱼图片。苏主编苏教授就误以为他伟大的母亲感应了神灵，在圣母女娲祠里重塑了一个自己，苏主编苏教授心里的阴影彻底消失了。

母亲都是伟大的圣洁的，不管是谁的母亲，母亲就是母亲，在大地上就是母亲在天上就是圣母。彩虹沟通上天与大地，沟通神与人。

儿子和他的科研团队在秦岭腹地穿梭时人们都会看见五彩祥云从儿子的头顶烟花一样升起绽开，绽开后并不消失，形同孔雀开屏。考察队到达商於古道时终于找到了最好的娃娃鱼，洛南县就很快成为全中国以至全球最权威的娃娃鱼之乡。考察队的考察方向从东西横向调转为南北纵向，从商於古道向北出秦岭到蓝田公王岭就是有名的115万年前的刚刚直立行走的蓝田猿人，人类从趴行到直立，再往北到灞河浐河边就是八千年前圣母华胥氏踩巨人脚印怀孕生养女娲伏羲的华胥镇高崖村，隔一条沟就是圣母女娲娘娘炼石补天抟土造人的红河谷娲氏庄，再往北就是六千年前的半坡遗址，一直往北就是圣城古长安（西安）。五彩祥云一直随儿子到达华胥镇女娲庄半坡遗址环绕的西安南郊五原雄伟壮丽的白鹿原，五彩云升上天空，到达苍穹之顶又成弧形弯向古长安，五彩祥云成了接通上天与大地神与人的彩虹桥。在古老的传说中，豪杰勇士是永生不死的，他们死后他们的魂魄会通过彩虹桥到达祖灵所在地。有意思的是儿子只停留在白鹿原上，遥望古长安和原下浐河灞河边的圣母华胥氏圣母女娲娘娘以及半坡人遗址，然后沿蓝田猿人遗址返回商於古道返回秦岭腹地；当他进入群山中时，彩虹桥就散落成孔雀羽状，扇面一样铺向山谷坡岭以及山涧溪水洞穴暗河，密林灌木草丛都不放过，群山以至于大地成了他披在身上的大氅，华美至极。他就这样一次一次重显人首蛇身人面鱼纹的远古图案。

苏主编苏教授突然意识到儿子在商於古道上要干一番惊天动地的大事。谁都知道从劈山救母的华山三圣华岳庙到浐河灞河岸边的圣母华胥娘娘女娲娘娘圣母祠到半坡遗址蓝田猿人遗址是一条东方文明的朝圣之路，是寻找安栖祖灵之路，向南终于秦岭北麓公王岭蓝田猿人遗址，古谓之终南山；向北终于渭河南岸圣城长安，跨过渭河就是古都咸阳，自古凶险之地，从公王岭蓝田猿人遗址进入商於古道更为凶险，诗人韩愈当年由此进入商於过蓝田写下伤心欲绝的诗句："雪拥蓝关马不前。"商於本是楚地，在西周至春秋《诗经》那个歌唱的年代之后，战国末期诗人屈原开始在楚地嚎啕大哭，从此中国文学开始了漫长的哭号历史，《红楼梦》达到哀歌的高潮。不能不承认大地上最早的哭声来自秦巴山地的娃娃鱼。儿子在改造娃娃鱼的声音。自从儿子进入秦岭腹地，回荡在苏主编苏教授内心深处的娃娃鱼呜哇呜哇的哭声就变成了歌声。苏主编苏教授忍不住抱住老伴一阵狂吻，老伴吓一跳："发什么疯？老不正经！""谢谢你老婆，你是我们苏家的圣母，也是天下人的圣母，生养了这么了不起的儿子。咱们的儿子太出色了，他要改变历史，不不，他在创造历史。"苏主编苏教授盯着儿子的一举一动。当然是有关中澳科考队的科研成果和新闻报道了。

有关娃娃鱼的研究成果和考察报道引起全社会的关注。理所当然吸引了三笑市长。这回倒霉的就不是侯咏春侯班长了。三笑市长的标志性的笑容突然消失了，消失得莫名其妙毫无道理。这段日子应该是三笑市长一生中最美好最惬意的时光，已经不再需要自己刻意私下操作了，每次出错发生故障都会自然而然有人顶罪，或被无形的力量推上前台，各种力量博弈的结果他总是胜者，包括他的对手也不得不感叹狗日的鸿运高照福星降身，人们梦寐以求的福禄寿全落他身上了。这个时候他就看到了电视里有关中澳科考队在秦岭腹地商洛山区考察娃娃鱼的报道，专家把娃娃鱼抱在怀里面对记者越谈越兴奋，娃娃鱼呜哇呜哇哭叫不停，谁都知道这个专家是从渭北市走出去的学霸大才子，渭北市的骄傲，渭北市家长教育孩子的楷模。三笑市长真的被这个年轻英俊的本土专家打动了，就哈哈大笑起来。家里人都惊呆了。三笑市长从来都笑不露齿不出声，完全是发自内心的自然流露，鲜花盛开一样烟花四射一样，用我们当地人的说法就是刺蘼一笑，远胜少女们的莞尔一笑。此时此刻，全家人都在客厅看电视，三笑市长打破常规十分创新地来这么一笑双肩乱抖得意忘形的孩童般的哈哈大笑，还笑不够，继而哇哇大笑，都笑出眼泪了，都笑傻了，妻子拍他一掌："哪像个市长的样子，都笑成二毬二百五了。"三笑他依然哇哇大笑。奇迹就发生了，电视屏幕上的娃娃鱼挺直肥胖浑圆的身子，团团脸朝向了电视机前的观众，那双呆滞模糊近于盲人的近视眼盯上了哇哇大笑的三笑市长，盲眼突然间闪出一道亮光，紧接着就开始哇哇大笑。电视机前的观众，三笑市长本人家人以及电视直播现场的专家记者全都惊呆了，几百万年甚至上千万年的哇哇大哭眨眼间进化成了笑声，理所当然比三笑市长的破锣嗓子圆润悠扬清脆，加上山谷密林曲折通幽的回荡，一下子有了歌声的美妙感觉。哭声变歌声，马上成为轰动一时的新闻。第二天三笑市长在办公大楼一楼大厅里边走边翻阅报纸。这个举动就足够引人注目，不要说市长副市长局长处长，就是一个小科长，都在办公室里慢条斯理地边喝茶边看报纸，茶与报纸从来都是官员的标志，只有小干事小年轻在楼道在大厅在院子里匆匆忙忙边走边看报纸，在暗示大家我很忙但我爱学习关心时政。三笑市长这种异常举动吸引了整个办公大楼的目光，从窗户、大楼道、大院树荫间的角落里各种目光齐刷刷全都投射过来了，报纸头版大半个版面都是商洛山区溪水边那个年轻英俊的专家怀抱娃娃鱼的图片，图片上边通栏大标题：娃娃鱼的美妙瞬间——一亿六千五百万年的哭号羽化成仙。正文开始报道这个与恐龙同时代繁衍生息并延续至今的珍稀物种昨天下午四点五十二分记者现场直播时，在专家的怀抱里呜哇呜哇的哭叫突然变成笑声，继而变成优美的歌声。三笑市长浏览一遍还不过瘾，又小声念一遍，念不到一半就情不自禁哇哇大笑,先是双肩发抖,继而全身发抖,哇哇大笑中的三笑市长四肢短小,身体浑圆,团团脸,眼睛细成一道缝,活脱脱一条娃娃鱼。那一刻三笑市长就成了大地上的珍稀动物。难怪他的运气这么好!人们梦寐以求的福禄寿全聚集在他身上了。大家只能自认倒霉,娃娃鱼本来就稀少,跟娃娃鱼一模一样的大活人地球上有几个?大概只有这么一个,就在我们渭北市。渭北市地处关中西部周秦故地,一点没有亏待娃娃鱼。三笑市长那种惬意那种妙不可言的满足,大家全都看在眼里记在心里。美好的时光就这么到了尽头。三笑市长在办公室坐一会,去院子散步,散步之余不经意间走出市政府大院。任何人一旦走进城市大街,就如同进入熊熊火焰,三笑市长身边不远处一伙农民工在起哄:“张师张师笑嘻嘻,娶个媳妇半个×。”那个叫张师的小伙子笑得更欢了,眼睛都没有了,眉毛都蹿到头顶了。路过的一对城市小两口好奇地看这一群农民工嬉闹,又不明白如此粗俗不堪的话,被嬉闹的张师不生气不发火。有个中年人就告诉小两口:“他娶了一个大美女大家就要逗逗乐,越逗他越乐。”小两口还不明白,中年人就说:“这话原本很伤人,过去农村,新娘不是处女,村里人就这样戏弄嘲讽新郎。”小两口恍然大悟,继而大笑:“笑嘻嘻这么有趣,农村人太幽默了。”中年人下过乡插过队,中年人牛皮哄哄地来了一句:“城里人油滑浅薄,逗乐搞笑讽刺幽默比不上农村人。”

三笑市长已经走远了,脸都青了,进了市政府大院,那张驴脸等于核爆炸,整个办公大楼处于恐怖之中。我们可以想象,下班回家以后家里的气氛,差不多进入切尔诺贝利核电站与福岛核电站的状态。

需要说明的是三笑市长并不是妻子的初恋。妻子当年是有名的校花,校花的初恋是个校园诗人,“文革”开始诗人就自杀了,校花在众多追求者中选择了极为普通的工科男三笑市长,用校友们的话说,陷入痛苦中的校花从卓越走向平庸,这也是三笑市长穷其一生痛恨杰出优秀伟大卓越鹤立鸡群万众瞩目的原因。农民工的几句戏言在三笑市长心里迅速发酵,用科学术语叫原子裂变,用文学语言叫万丈波澜。奇迹,从来与奇迹无缘与卓越优秀杰出出类拔萃鹤立鸡群无缘的奇迹在这个中年男人身上出现了,不是在脑袋上,是在下半身,就是男人的命根子,借用卡夫卡《变形记》开篇那句:"一天早晨,格里高尔·萨姆沙从不安的睡梦中醒来,发现自己躺在床上变成了一只巨大的甲虫。"三笑市长半夜起床,迷迷糊糊,具体地说是被鸡鸡牵引着下床进卫生间,通俗说法老二带动老大。进卫生间他自己都惊呆了,双腿间窜出一条狡兔,比西北高原奔窜的狡兔更凶猛更彪悍,狡兔在高原常常奔突如火焰,他的鸡鸡从裤裆奔窜而上时动如狡兔,狡兔的身上很快暴起一根根蚯蚓状的血管,六根血管呈蚯蚓状棱角分明齐聚龟头,都快成螺纹钢了。这点自知之明他还是有的,他的优势就是平庸,校花当年就因为风华正茂的恋人自杀而选择平庸至极的他,仕途发达也是因为各种势力角逐反复淘汰精英才俊最终平庸者胜出,此时此刻人所应有的飘逸潇洒豪迈卓越英气逼人器宇轩昂全都聚集于大鸡鸡上,他都不敢触自己雄壮无比的大鸡鸡,鸡鸡很骄傲地对着马桶嗷嗷直叫,尿水喷射如水枪如瀑布如万马奔腾如万炮齐射如倾盆暴风,高档陶瓷马桶都快要爆裂了。他不再平庸不再无能,他跪在地板上终于有勇气双手捧起这根铁棒槌,然后慢慢起身,穿过客厅走进卧室。睡熟中的妻子被他的大鸡鸡吓一跳,慌乱中不停地喊叫:"你是谁?你是谁?你怎么进来的?"床头灯亮了,妻子还是不相信:"都这年龄了,吃伟哥抹神油你不要命啦。"

第二天妻子彻底清醒了,妻子学文科的,知道武则天七十高龄牙发重生,《如意君传》中描写的那个面首薛敖曹尘根粗大异常,斗粟挂茎首,昂起有余力,久经沙场的风月女子初见美少年爱而慕之,继而睹肉具,无不呼号逃避。三笑市长有薛敖曹之阳具,却无薛敖曹的眉目清朗矫健动人,更谈不上薛敖曹的博通经史善于琴棋书画。妻子马上预感到自己可能沦为《金瓶梅》。妻子暗中利用三笑市长的人脉关系，开了一家公司，赚了一笔钱，两年后带女儿移民美国。

客观地讲，三笑市长还真不是一个坏人。首先不爱钱，这在官场很罕见，当官贪钱从古如此，岳飞当年就说过武官不怕死文官不贪钱天下太平。每逢换届，动辄几十万上百万的入门费都成为官场潜规则，三笑市长不可能独善其身，随大流，但只做做样子，几千元几百元就能打发，这还真是他的一大亮点，下属很钦佩他这一点。在鸡鸡雄起之前，他也不好色，老婆就是一大美女，当年的校花，温柔贤惠还有个乖女儿，关键是他不好这一口。现在这一切都变了，变的也只是女色，还不是黄花闺女，全都是少妇，已婚妇女，而且是渴望进步的下属们的妻子，最好是恩爱夫妻，有特别的味道。妻子出国前与闺蜜告别，长谈至深夜而眠，后半夜梦中哭叫，边叫边搂抱闺蜜狂抖不止，醒后如实相告："这就是我当下的生活。"闺蜜也实话实说："你刚才的叫声太吓人了，像婴儿哭叫又像娃娃鱼哭叫，呜哇呜哇太吓人了。""娃娃鱼！对，就是娃娃鱼！"中年妇女了，没有什么不好意思的，妻子就告诉闺蜜："他变了，不是给人重生脱胎换骨，仅仅变了下半身，就是那个地方，就是《如意君传》里薛敖曹那样巨大的家伙。"闺蜜先是一愣，继而大笑，调侃："手不能握，尺不能量，头似蜗牛，身似剥兔，筋若蚯蚓之状，挂斗粟而不垂。""我给你说正经的，不是给你开玩笑。""渭北市的姑娘们要遭殃了，我支持你带女儿出国，咱们是受过高等教育的现代女性，就是一个村妇也不会受这种屈辱。"

事实证明，渭北市的姑娘们安然无恙，渭北市的老百姓家庭幸福美满，受难范围很有限，就是各级部门的官员，小公务员屁事没有，级别不够。刚开始肯定不习惯，习惯后吃亏不吃亏就不一定了，某种程度的快乐和享受少不了的。难受的是她们的丈夫。失去贞操的妻子，跟丈夫再次做爱，发出的声音就是呜哇呜哇的娃娃鱼的哭号，绝不是婴儿的叫声。整个渭北市只有三笑市长妻子的闺蜜知道其中的奥秘，在市长妻子极其恐惧的诉说中，女人们不但发出娃娃鱼的叫声，而且在身体里感受到三笑市长的阳具跟娃娃鱼一样凶猛豪迈能牙利齿手脚并用。身体是不会骗人，从肉体到灵魂全都被娃娃鱼吞噬掉了，瘫软在床上一对狗男女就是赤条条的娃娃鱼嘛。

危险再次降临侯班长。年终考核并没过关，就地免职被挂起来好多年，现在乌云笼罩在他妻子头上。从大学一年级相恋到参加工作，喜结良缘，他们是人人羡慕的恩爱夫妻。渭北市大大小小官员中的恩爱夫妻纷纷沦陷，许多并不恩爱的官员为了升官开始假装恩爱，再主动上门努力进步。侯班长为了保护妻子保护家庭，就跟许多为了买房办离婚手续假离婚的人一样也办了离婚手续。有人为了进步就揭发他。他跟妻子的婚姻状态就进入地下，战争时侦察兵那一套特技发挥作用，盯梢的人弄得很累，很难发现他的行踪。天长日久不是个办法，侯班长只能选择离开渭北市了。侯班长当年曾以第一名成绩考中渭北市建国以来第一批正处级干部，报考外地公务员考试易如反掌，很快就考中了四川攀枝花市政府一个正处级岗位，笔试面试全都顺利通过。调档案办调动手续时出现麻烦。他跟三笑市长的关系渭北市人人皆知，根本不需要三笑市长打招呼，任何部门的小头头都不会放弃这个美好的机会。侯班长就选择难度更大的国考，笔试面试顺利通过，调动手续再次受阻。最后背水一战，选择中外合资企业，还是走不了。妻子劝他直接找三笑市长面谈，说不定三笑市长不知情，下边人为了表功自作主张才这么做。侯班长望妻子半天："你太善良了，你不知道官场游戏法则，谁能拒绝主动送上门的投名状？"

侯班长正处在上有老下有小的人生困境，只有死工资没有岗位津贴，等于下岗官员，比下岗工人还要尴尬。相当长时间侯班长做地下生意维持生计。红柯已经从新疆回渭北市一所大学教书，红柯并不知道侯班长的处境。侯班长不敢求救于市属单位的亲朋好友，大学不归渭北市管辖,只是驻市单位,风险小。侯班长隔三差五找红柯借毕业证,红柯先拿出自己的毕业证,接下来就把整个大楼各个院系老师们的毕业证全借个遍,弄得大家很不高兴,碍于情面勉强给红柯,反复叮咛别弄丢了,毕业证一次性的,不能补办。大家私下议论来自天山的红柯做黑生意。红柯理所当然怀疑侯班长做黑生意。好多年后,红柯迁居西安,《南方周末》大版大版报道三笑市长如何落马,其中就有侯班长与三笑市长苦斗的详细过程,红柯才知道了当年的真相。那些借用的毕业证轮番上阵,还真的解了侯班长燃眉之急,仅仅维持生计而已。这么熬下去不是个办法。

苦熬的人很多,越来越多的奉献老婆的官员并没有如愿以偿,提拔的机会与职位毕竟有限,美其名曰等待忍耐,万一有一天三笑市长调走咋办呀? 老婆不是白送了? 还要惹人耻笑。三五年后,没有收益的官员扛不住了,后悔了,就拿老婆出气。老婆只能忍。女人的韧性远远高于男人。也有例外,有个女人熬不住,自杀了。无耻的老公才想到了老婆的好。老婆第一次去献身的样子记忆犹新。那个秋天的黄昏,老婆打车去秦岭山庄,老婆不知道老公特务一样紧随其后,车子直扑秦岭山庄3号别墅。老婆下车还很从容,成熟少妇又不是小姑娘,一身最能体现东方女性无限风情的各种花色交汇的旗袍绚烂至极,下车的一瞬间,别墅前就仿佛出现了一座花园,车子至门洞也就五六米的距离,花团锦簇的旗袍少妇走得那么艰难迟缓。进门洞时,旗袍少妇静立半天,做深呼吸,双手合十,抚胸,双目紧闭,求上帝求菩萨,所有的祈求都不顶用,大概是女人一生中最无助的时刻,少妇浑身松软无力,剥皮抽筋了一样,几乎没有力气抬腿迈上台阶,风摆旗袍,被卷进去了。丈夫还记得妻子回家时的困倦疲软苍白,夫妻一夜无话。更要命的是第二次,妻子有了喜色;第三次眼含微笑;第四次满面春风;第五次神采飞扬;第六次妩媚温柔;第七次小鹿一般蹦跳活泼,仿佛回到少女时代。一句话,少妇浴火重生,旧貌换新颜。丈夫且惊且喜，心情十分复杂，就期待着被提拔重用。副科长当了十二年啦，快四十岁了，就靠三十五岁的妻子最后一搏了。美好的期待达三年之久，还没有结果，四十二岁的副科长彻底绝望了，妻子带回来的消息：再等等。丈夫就崩溃了，首先终止妻子与三笑市长的关系。妻子很听话，不再去秦岭山庄 3 号别墅。三笑市长多次呼叫不顶用。丈夫洋洋自得了两三天，以为机会来了，又蠢蠢欲动，让妻子提条件，不提拔就不去。妻子依计行事，重拨电话，没谈两三句那边就把电话挂了。妻子如实相告，三笑市长可能要调走。丈夫再次崩溃。更大的灾难是夫妻生活也崩溃了。妻子与三笑市长通奸这三年，他们夫妻性生活非常好，远胜新婚蜜月。个中原因不明，就是他妈出奇的好啊。每次妻子从秦岭山庄与三笑市长幽会归来，丈夫就胃口大开，仿佛在睡市长老婆，干劲倍增，妻子也很给力，畅快淋漓，进入仙境一般。妻子与三笑市长关系中断那一夜，结发夫妻挣扎半天，没滋没味。妻子无法解释，手段用尽，也无法恢复原状。丈夫跟世界上所有窝囊废丈夫一样开始拿妻子出气，而且变本加厉，越来越变态，花样百出。三个月后，老婆熬不住了，自杀了。地点在秦岭山庄 3 号别墅门口。公安局询问丈夫妻子自杀前的精神状态，丈夫如实相告：老婆提醒我，你不是当官的料。相当长一段时间，渭北市想进步的官员送老婆以求提拔早已不是新闻。警察让丈夫签了名就挥挥手，放他回家。

安葬妻子后丈夫就追悔莫及，开始想念妻子的种种好处。丈夫还记得妻子与三笑市长交往的第二年，妻子开始调教丈夫。妻子显然在三笑市长身上发现了某些成功的秘诀，丈夫老大不愿意，妻子都生气了，丈夫只好勉强接受。第一步，对下属要狠如狼。狠与狼只差一个点，你就知道它们之间关系多么紧多么密切。这个不难，训斥下属对大小官员来说还不是小儿科？但要达到狼一样的凶狠，还有很大距离，假以时日，也不是问题。第二步，对同僚狡诈如狐狸。历来官场凶险如战场,都不是平凡之辈,丈夫十多年原地踏步,只有狐狸的样子,没有狐狸的特性。妻子就如实相告。第三步最后一步才是关键,可以弥补前两者的不足,那就是对上级媚如狗。妻子反复调教,还让丈夫现场观察,当然是躲在暗处,窥窃三笑市长现场表演。那场面让任何人都永世难忘,众官员在宾馆门口迎接高官,车队鱼贯而入,高官下车,三笑市长趋步向前,昂首阔步,从容自如,与高官握手的一瞬间,神情大变,尤其是那花苞绽放般的笑容,让高官为之一惊,随即也眼含微笑,如朝霞四射,八方生辉,整个场面一下子亮堂起来。高官情绪高涨,当场指示几句,然后进宾馆休息。迎接的官员在高官离开后,当场执行领导指示,三笑市长与同僚你一言我一语,语气平淡诚恳,水下波涛汹涌漩涡越漩越深,刀光剑影闪烁不定,以三笑市长的哈哈一笑了结,同僚摇头叹气离开,现场只剩余各部门头头全是下属,三笑市长依然语气平和,眼含微笑,那语气和目光让下属浑身发抖。三笑市长离开后,众下属不停地擦汗。十几分钟场景交替风云际会。躲在暗处的丈夫就像看了一场好莱坞大片,回家后给妻子讲得神采飞扬。妻子就知道丈夫无可救药。死马当活马医吧,中国女人从古以来就嫁鸡随鸡嫁狗随狗有什么办法呢?跟三笑市长有染的女人们中还真有那么几个不靠市长提拔,全凭妻子从三笑市长身上学来的真经,完成了从狼到狐到狗的融合转化,顺利地得到提拔,妻子们也全身而退。相当多的丈夫们希望破灭,调教无果。自杀噩耗传来,他们就联合起来,告发三笑市长。这些绿帽子丈夫们最受不了的是妻子遭到他们暴打后吐露的真言,女人无法抗拒高官的诱惑。人们总是以为与高官有染的女人看中高官们的权力和种种利益,有人甚至认为权力本身是一味春药。这些陷进去的女人告诉她们这些仕途不顺的丈夫们,高官真正的手段其实很简单,他们只要拿出一丁点巴结领导的手段来勾引女人,女人毫无还手之力。哄领导巴结领导是门艺术,女人们也需要这种艺术。被人哄骗被人奉承被人巴结是一种美好的享受，皇帝会成为昏君，女人会束手就擒任人摆布。实话实说后果很严重，万幸的是女人们不再挨揍，难受的是她们的丈夫。男人们开始行动了。他们找到了侯班长，侯班长也是受害者当中唯一没有戴绿帽子的男人，理所当然成为老大。失势官员们提供的都是干货。政法专业毕业又从事过多年纪检工作的侯班长很快整理出材料详实证据充分逻辑严密的材料，分别投送中纪委省纪委。半年后，三笑市长落马入狱。

好多年以后，侯班长把一切告诉作家红柯时，已经发表数百万字作品的作家都惊呆了，跟所有作家艺术家一样，红柯总以为作家艺术家情商最高，绯闻最多，情人成群结队，与官员有染的女人跟妓女差不多。三笑市长让他大开眼界。西域大漠的经历还是难以让他改变对女性的尊重。红柯到菩萨老师与小学老师初恋的哈萨克草原去过好几次，不要说人，动物也是有感情的。红柯去新疆之前，中学时就听菩萨老师讲打羔的故事了，"打羔"不再是骂人的脏话，而是美好的生命过程。

好多年以后，菩萨老师的学生王怀礼被苏老师勒令退学，苦苦哀求垂死挣扎，噩梦中不断喊出："我给你压（nia 娘）打羔哩！"309 宿舍的人都在恐惧中喊出："我给你压（nia 娘）打羔哩！"大家都相信这不是骂人，而是一种中国式的拯救，救自己也救他们的苏老师。好多年以后红柯从天山回到关中，把他在新疆体验过的牛羊马驼打羔的故事与老同学王怀礼的遭遇结合起来开始创作小说《打羔》，2000 年 5 期《人民文学》发表的《打羔》只是冰山一角，以短篇的形式小试牛刀，然后开始了长篇《打羔》的漫长写作。

2000 年 309 宿舍的人跟红柯一样毕业十五年，他们的同学王怀礼毕业十二年。十二年当中，309 的人隔三岔四到王怀礼单位来串门子，都是突如其来不打招呼。离开时才见一下老同学王怀礼，也是在公开场合。同事先去叫王怀礼，王怀礼那么淡定，那么从容，好像这一切都在意料之中，气氛就很尴尬。但 309 的人依然故我，反复不断，轮番前往。事不过三，309 的人过三、过五、过六、过七，过山车一样锲而不舍。其实第三次的时候，大家就明白了，他们为当年的事情追悔莫及，他们工作不久很快就发现“拿人”是一种古老而常新的生存方式也是生命的一种本能，可他们全都丧失了这种能力和本能，他们全成了被拿捏的对象，不要说同行同事，连学生都拿不了。更可怕的是亲朋好友也时不时地拿他们一下，那种伤痛锥心刺骨。夫妻间的拿捏很快就开始了，所谓七年之痒、红杏出墙这些庸常琐事全都转变为夫妻互相拿捏，装修房子，置办家具，孩子上学，照顾双方父母老人以及走亲访友的大小礼物都成为导火线，立马引爆一场热战或冷战，都不是因为正常夫妻的情感纠葛。我们知道大多情况下，都是妻子先出手，女人都有孩童心理，一旦上瘾就越发来劲。丈夫们很快败下阵来，丈夫们几乎不寒而栗，妻子在上演苏干事拿捏王怀礼的一幕，环环相扣，如出一辙，那么稔熟那么顺畅。离婚的念头野草般疯长，也只能长在男人心里；正是上有老下有小的年龄，男人有贼心没贼胆；男人离不起；有道是男人越离越害怕，女人越离越胆大；提出离婚的肯定是女人。309 还真是个奇迹，与 309 宿舍男生们离婚的女人很快就后悔了。再婚后她们才发现她们拿人的本领本能与手段十分可笑，还处于幼儿阶段，她们那些再婚丈夫一个喷嚏就把她们摆平了，跟坦克压蚂蚁一样跟推土机碾鸡蛋一样，那种惨烈的场面她们永世难忘。更悲惨的是二婚丈夫轻蔑鄙夷的眼神。两三年后再次离婚，肯定不是女人，是再婚丈夫们甩鼻涕一样把她们甩了。有道是女人是要被征服的，前夫没有征服过她们，连还手之力都没有，好不容易被征服得服服帖帖，岂能放弃？我们可以想象再婚丈夫抛弃她们的时候她们有多么悲伤有多么绝望，自古以来女人能哀求的办法她们全都用了，磕头下跪抱脚抱腿，甚至不惜舔人家脚后跟。一夜夫妻百日恩，后夫也没有那么浑，后夫们被逼无奈只好实话实说：“夫妻之间男女之间恩爱一辈子也是博弈拿捏一辈子，咱们不是一个重量级的，距离太大了。老虎斗蚂蚁，狮子斗瓢虫，很搞笑嘛。”只能物归原主，与前夫复婚。她们回到前夫身边的那一幕全都是同样的模式，都是黄昏时分，老人和孩子出去遛弯了，家里只剩下可怜巴巴的前夫。前夫那熊样子不可能再婚嘛，这就给前妻留下了温馨的后路。肯定是小城脏乱差的小巷，七拐八拐，街坊邻居怪怪的眼神，走近故居时屋里正好在播放音质很差的台湾歌手郑智化的《水手》：

总是一副弱不禁风孬种的样子，
在受人欺负的时候总是听见水手说，
他说风雨中这点痛算什么……
擦干泪不要问，为什么。

可以想象若干年来，前夫们每天都在听这首歌，也只听这几句最核心的关键词：

他说风雨中这点痛算什么，
擦干泪不要问，为什么。

当他们的前妻归来时他们跟狗一样很快觉察到了，离弃了好几年了，跟别的男人生活那么久，前夫们还是敏锐地嗅到了女人身上特殊的气味，收录机里的歌词立马调节成：

他说风雨中这点痛算什么，
擦干泪不要怕，
至少我们还有梦。

前妻们受到了鼓励，勇气倍增，不再犹豫不再徘徊，不再在乎街坊邻居叽叽喳喳的流言蜚语和奇奇怪怪的目光，昂然走进前夫家门，坦然接受孩子叫妈妈，前夫叫亲爱的老婆。《水手》确实是一种励志歌曲，当年就被收入中小学音乐教材。甜蜜的生活也就那么几个月，夫妻关系又回到从前，比从前更可怕。女人们开始怀念被后夫征服的日子，虽然受尽屈辱，但那种被征服的滋味不正是女人们孜孜以求魂萦梦绕的吗？她们很快与后夫暗通款曲，已经不能用偷情来解释了，成了一味药，医治灵魂与肉体。与后夫幽会一次，就跟汽车加油电池充电一样活力四射神采飞扬半个月一个月，月底就蔫下去了，就情绪失控全家陷入核恐怖中，尤其是后夫有事无法幽会，很容易让人联想到切尔诺贝利核电站福岛核事故，王者归来已经不是加油充电那么简单了，必须进行难度极大的修复和调理。三方都在苦熬。女人确实不易。街坊邻居们听到的还是郑智化标志性的《水手》，全球华人都不提《水手》了，309 宿舍的男生家庭，从磁带到 DVD 到 CD，涛声依旧，重点有所不同，女人反复倾听吟唱：

他说风雨中这点痛算什么，
擦干泪不要怕，
至少我们还有梦。

男人肯定是这几句：

他说风雨中这点痛算什么，
擦干泪不要问，为什么……

肯定是在心里反复吟唱，不会吐露出来，大家听到的依然是郑智化的声音。必须要说明的是这些人当中不包括王利锋和那个最早传唱《迟到》的歌手，他们俩大学时就以歌声征服了学生，参加工作踏入社会，歌声给他俩很大的便利，家庭相当稳定。他们俩就没必要找王怀礼的麻烦。他们俩去王怀礼那里完全是同学之情，王怀礼很感动。他们俩曾劝解 309 那五位同学不要给王怀礼落井下石，从逻辑上讲你们的遭遇跟王怀礼没关系，可逻辑顶屁用，现实生活谁讲逻辑呀！真正苦熬的肯定是王怀礼。

王怀礼没有歌声，只有去世好多年的老母亲。

1982 年秋天，考古队抵达公王岭蓝田猿人遗址，一百十五万年前人类还是野兽还在爬行，蓝田猿人完成了从爬行到直立行走的转变。考古队在这里很难有新发现，吸引他们是秦岭终南山的自然风景。吸引洋人何乐模和王怀礼老母亲的当然是展览馆里的猿人化石。何乐模一下子就看明白了，王怀礼老母亲也看明白了。讲解员是西北大学历史系考古专业的实习生，二十出头的女大学生，惊讶地看着人高马大的老外和干瘦苍老的中国农村老太太，农村老太太脱口而出："这不是牲口吗！人真格是牲口变的呀！"他们先看到的是院子中的蓝田猿人雕像，眉骨粗壮，加上方形眼眶，很容易让人联想到原始野生的剑齿虎、纳玛象、野牛、披毛犀牛，老太太所谓的拉车耕地的骡马牛驴都比这些原始猛兽体面斯文得多。何乐模拿出考古学图册让老太太看，老太太越看越吃惊，不用何乐模提醒，老太太就明白与农民相伴几千年的牲口早都进化成土地上的壮劳力了，高脚大牲口从来都是农民的好伙伴，与农民休戚与共。在秦岭公王岭蓝田猿人遗址展览馆，王怀礼老母亲才明白在这个地方说某某人是牲口绝对是一种不可思议的夸奖赞美。他们很快进了陈列室，看到了蓝田猿人头盖骨仿制品，这块中年女性头盖骨，旁边那些同期古生物化石，牛角就长达七十多公分，纳玛象的一颗獠牙长达二十多公分，还有剑齿虎披毛犀的牙齿和犄角，如同刀枪剑戟凶猛无比。洋人何乐模都看呆了,呆傻惊讶好奇交融混杂波浪般起伏变异,老太太却是另一番景象,一边看这些猛兽一边吸冷气,浑身哆嗦。秋天凉爽,秦岭凉中散发寒气,也比不过远古猛兽的杀气。何乐模就安慰老太太不要怕,它们是死的,死了一百多万年啦,都成化石了。西北大学考古专业的女实习生也告诉老太太:“这些化石被考古专家发现前全都散落在田间地头,农民耕地一脚就能踢出来一镢头就能挖出来,捣碎还能止血呢,卖到药店就是中药。”老太太颤颤巍巍地说了一句:“我们那里挖出来的都是青铜器。”实习生就知道老太太是关中西府周原人。老太太被古生物化石和古猿人头盖骨的威力强烈地笼罩着,整个人矮了半截,实习生给她递上热茶,她唧唧地呷着热茶,还是在吸冷气,女实习生就引导她不要看那些犀牛、剑齿虎、纳玛象的犄角和獠牙。“你就看猿人。”“还是个野兽嘛,一大群高角牲口都抵不住它。”“她不是野兽也不是牲口,她跟我们人一样站着走路。”“她跟前围这么多野牛大象老虎。”“野牛大象老虎再厉害也是趴着走路,站不起来。”老母亲扬起头盯着女实习生:“站起来和趴下就这么近,站起来那么艰难,可轻轻这么一拨拉人就趴下啦。”老母亲死死地盯着小姑娘,不、不,她已经是个二十出头的大姑娘,正在走出校门的大学生,被一个沧桑老人这么盯着,都浑身发毛了。洋人何乐模很沉稳:“你太厉害了,你一句话就说到点子上啦,从公王岭蓝田猿人到半坡人五十公里一百多里地,人类整整走了一百多万年,从半坡人到沣镐到长安城才两三千年。”老母亲的目光转向何乐模:“从长安城到半坡到蓝田公王岭得多长时间?从人到猿到野兽得多长时间?”洋人何乐模和女实习生都大张嘴巴说不出话来了,洋人何乐模和女实习生的目光越拉越长,在历史与现实之间反复穿越回环,时而清澈时而浑浊,他们清醒过来后把这种回环式目光戏称为五花肉目光,螺纹式目光,从内心从眼瞳深处旋转喷射,眼眶骨肯定都酸了都麻了,眼泪都下来了,回环旋转的目光肯定是潮湿的。他们的螺旋式目光很快感染了老母亲,老母亲不再死盯他们，老母亲的目光从野牛剑齿虎纳玛象的犄角和獠牙转向了那个地球上最早直立行走的中年妇女头盖骨化石，化石有了光，老母亲的眼睛也有了光，那亮光几乎是彼此同时闪烁燃烧起来的，有一种久违的默契："她们都是母亲。"洋人何乐模喃喃自语："她们是圣母。"

女实习生含着泪花说不出话，可她能清晰地感觉到从少女到大姑娘的蜕变。做女人是幸福，这种幸福与苦难血肉相连，她不知道未来的苦难，更不知道眼前这位老母亲曾经有过的苦难，可她能直觉到老母亲身上的苦难，此时此刻，一百多万年前地球人所有的磨难以极其微弱的光芒从蓝田猿人头盖骨投射到老母亲身上，老母亲晃晃悠悠走出展厅，走出院子。并不走远，围墙外边几十米就是一道土崖，老母亲出去时从墙角捡起一把洛阳铲，考古遗址附近这种铁铲很多。何乐模劝女实习生不要过去，不要打扰她。"她在干什么？她找到了文物？""她在救她儿子，她儿子考上了大学，又被劝退了。"何乐模三言两语说出了老母亲和她儿子的灾难，灾难跟瘟疫一样迅速蔓延，女实习生开始向陌生人讲自己的灾难：相恋三年的男朋友，毕业前夕，爱上了官员的女儿，就是为了留在省城西安。她就自暴自弃，选择了偏僻荒凉的蓝田猿人遗址展览馆，实习的地方也就是毕业后就业的地方，男生都不愿意到这里来，等于发配流放嘛。跟老母亲的灾难比起来她至少考上了大学，有了一份安稳的工作。"她从土里能刨出什么？挖出文物也得上缴国家。""她是有经历的人，她不会盲目瞎干。"

老母亲很快挖出了馒头一样的观音土，五个，拎起衣裙兜起来、往回走。当然，不是蓝田猿人遗址展览馆，是考古队驻扎的村庄，她去收拾东西，她要去救儿子。"她应该买复习资料，她带观音土有什么用呀？""她在祈祷，祈求观音菩萨保佑她儿子，要比复习资料有用得多。""你来中国才多久，也迷信起来啦。""对神的信仰可不是迷信，西方人信上帝，东方人信神灵，你们中国人的神灵就是观音菩萨，你们的观音菩萨竟然埋在土里，太不可思议了，没有粮食的时候，观音土就能救人一命，热爱大地等于热爱神灵热爱上帝。”何乐模手持洛阳铲，随地乱挖竟然也挖出了一颗拳头大的观音土，捧在手里左看右看，轻轻撕下一小块，塞嘴里，愣半天，慢慢吞咽，“啊，跟面粉一样柔软细腻可口。”惊呼之后，又咽下一小块，连吃三块以后，把第四块递给女实习生，女实习生又是摆手又是摇头：“我可不想吃泥巴，饥荒年代没有粮食才吃这东西。”洋人何乐模跟他父亲一样语言天赋极高，来陕西不到一个月就学会了陕西方言，“瓜女子，你瓜到家啦，这是上帝给人类的恩惠，没有播种不用劳动，直接从泥土里生长出这么难得的食物，这可是天赐神粮啊。你不要后悔，我独吞了。”基督教圣歌里还真有一首《天赐神粮》，洋人何乐模划着十字细嚼慢咽着观音土哼着圣歌《天赐神粮》，气息饱满、连贯、均匀，何乐模慢慢地躬下身坐在地上，观音土全下肚了，他就躺在地上，圣歌弥漫大地，他在吟唱倾听……他躺的那个地方是田间土楞，长满了雪草，细密如发，绵软如地毯，他沉浸在观音土与圣歌里。主啊，人活得这么艰难，可草木这么旺盛这么绚烂……女实习生跟看电影一样被眼前的场景感动了，她大概后悔没有分享神奇的观音土，她拿起何乐模用过的洛阳铲在地上连刨带挖，累出一身汗，刘海贴在额头上，大口喘气。何乐模醉汉一样躺在土塄上一动不动，脑子却很清醒：“你不要瞎折腾了，你太年轻，你挖不到的。”“你一个外国人都挖出来了，这可是我的祖国我的家乡。”“姑娘，经历很重要，我都可以做你的父亲了，我离过三次婚，一次是我背叛妻子，两次是妻子背叛我，我自杀过一次，我活不下去的时候找到了我父亲写的那本他寻找复制《大秦景教流行中国碑》的书，如同上帝的福音我又复活了，在中国的土地上我找到观音土，真是天赐神粮啊。”女实习生又开始折腾，挖着挖着她就被泥土的气息和泥土幽暗的光泽吸引住了，她抛下洛阳铲，抓一把泥土揉面团一样反复揉搓，浓烈的土味和幽暗的光从手指间喷射弥漫。何乐模闭着眼睛告诉她:“瓜女子,开窍啦。”“你告诉我,观音土是什么滋味?”“馒头饼子是不能相比的,那种光滑细腻筋道就像豳(bin)豆,对,就是豳豆。”“哈,你这个老外,你连豳豆都知道啦!”“老太太给我们考古队做豳豆饭、豳豆米汤、豳豆麻什、豳豆旗花面、豳豆拌汤。要了解中国就要亲口品尝豳豆饭,还有观音土。”

考古队的人游山玩水回来了,他们老远看见躺在地上的何乐模,以为出事了,就从山顶狂奔而下。女实习生告诉大家:“没事没事,他在享受观音土呢。”考古队里有特邀的西北大学考古专业的老师,也是女实习生的老师,老师把学生叫一边去追问:“他真的吃观音土啦?”学生拼命点头。考古队另两位农村出身的专家跟西北大学考古专业的老师都经历过三年自然灾难,都吃过观音土,观音土确实救过他们的命,可他们的爷爷奶奶没有挺过来,吃观音土后第三天就死了。他们年幼,肠胃好,挺到了第五天,吃到了真正的粮食,活下来了。观音土还真是上天所赐,断粮的饥荒岁月,上天可以用观音土让人类挺一个礼拜,当然都是年轻健壮的生命。那些挺不过来的人,躺在地上,皮包骨头,骨瘦如柴,跟孕妇一样挺着一个大肚子,孕妇在创造生命,他们的生命在被摧毁,他们倒下去的时候,干瘦的肢体全都沉在土里了,筋骨全被泥土吸下去了,留在地面的圆鼓鼓的大肚子完全成了土丘,跟大地上的土坟一模一样,人来自土归于土。这几个幸存下来的乡村孩子好多年后考上大学接受高等教育,他们入学后做的第一件事就是去图书馆查观音土。自然科学告诉他们观音土不是上天所赐,而是死人和死去的动物身上的油脂所产生的,人骨和兽骨成了化石,血肉化为土,油脂凝结成观音土。就这么简单。我们可以想象这些吃过观音土的乡村大学生是如何走出图书馆的,他们有些冲进卫生间拼命呕吐,有些躲进校园密林中抱着树根拼命呕吐……可以肯定的是没人哭泣。没人知道他们流的是什么泪,没人知道。那一刻,他们只有一个感觉,厕所里的屎尿都在散发着迷人的芳香,校园草坪和密林里的一草一木都在闪闪发光如同日月星辰……老师一字一顿地提醒学生："不要告诉何乐模观音土的真相，就让他把观音土当神话吧。"

考古队刚进村老母亲就离开了，最后一顿饭是老母亲最拿手的豳豆拌汤，发面油锅盔。考古队给老母亲多开的工钱老母亲退回去了，37 元 5 角，多给的 12 元 5 角老母亲坚决不要。大家劝她留下来，劝不住，大家都明白蓝田猿人对她的刺激太大了，也就不劝了。老母亲也不要人送她，也不搭村子的手扶拖拉机，拎着包袱，外加一个考古队赠送的帆布提包，朝山外平原走去，山谷一下子开阔了，村庄全都一一闪过，白发苍苍的老母亲风尘仆仆一颠一颠往前走，大家竟然能看见蚯蚓、蟑螂、蜈蚣、蝎子、蟾蜍、蜘蛛、蜥蜴从草丛泥土里钻出来，紧随着老母亲。女实习生和年轻的考古队员都惊叫起来。年纪大的专家就告诉他们："老母亲经历过旧社会大饥荒，这些虫子都是她吃过的，救过她的命。"洋人何乐模划着十字小声嘀咕："她儿子要遭三次难，三年以后才能考上大学。"女实习生问洋人何乐模考大学简直就是过鬼门关，为什么会是三次？洋人何乐模就告诉她："耶稣曾三次受难，老母亲的儿子不会比耶稣更幸运，连她吃过的虫子都来帮她，她会挺过来的。""她不会吃观音土吧。""那是她救儿子的，她在女娲庄圣母祠已经救过一个人了，用观音土重塑了那个人的形象，不知不觉中就把一个恶魔改变了。""你在讲神话呀。""女娲娘娘就是用观音土造人的。"考古队的人都愣住了，六千多年以来人们都把女娲娘娘造人的土当做黄土，谁也没想到黄土也好黑土也好南方的红土也好，泥土最柔软最细腻的部分就是观音土就是观音菩萨显灵的地方。蓝田坡大沟深、聚风，老母亲乘风而行，风很快就吼叫起来了，风先是呜哇呜哇叫，很快就成了我娃我娃，女娲娘娘就这么喊着叫着创造出人类……蓝田是大地上最聚风的地方……老母亲从蓝田走到白鹿原，白鹿原也叫长寿原，老母亲喊着叫着我娃我娃，白鹿原就成了长寿山；老母亲过灞水的时候，灞水就成了远古时代滋养万物的滋水，周人从岐山东进建沣镐古城时就给这条滋养万物的河起名滋水；老母亲走到大平原时，风把关中平原全都吹响了……蓝田高坡上的洋人何乐模不再用望远镜追寻老母亲，洋人何乐模划着十字低声吟唱的不再是圣歌，而是风之歌，来自上天的《母亲之歌》……

呜哇——呜哇，
我娃——我娃——，
压(nia 娘)啊——，
压(nia 娘)啊——，
女娲——女娲——，

所有的人都唱起来了，都泪流满面低声吟唱。

关中平原其实就是个洼地，就是夹在秦岭与黄土高原之间的洼地，也是西起宝鸡东至潼关的大坡，秦岭七十条大峡谷和西部高地的长风浩浩荡荡，老母亲小声吟唱的只有这么一句："我娃——我娃———"……老母亲一步一步一颠一颠从蓝田走到半坡走到女娲补天造人的华胥镇走到西安，然后从西安向西向西一路向西……沿途的汽车、拖拉机、摩托车、自行车、三轮车、马车、牛车、毛驴车，都放慢速度，大妈、大娘地叫着要帮她，老母亲没有反应，只有低沉沙哑的："我娃——我娃——"大大小小的车辆就让开了，让老母亲走在大路的中央。老母亲呼唤儿子的声音在关中大地反复回荡，虫子包括飞鸟全都过来了，拥挤到大路的两边，虫鸟的祖辈父辈曾救过战乱饥荒年代的老母亲，虫鸟的子孙们更密集更庞大，奋勇向前毫不畏惧潮水一样簇拥着老母亲。远古时代人面鱼纹人首蛇身人兽一体的女娲娘娘再现人世，老母亲跟真正的女娲娘娘一样用观音土抟土造人，老母亲把观音土捏成小泥丸，再吞咽下去，每天吃一块观音土，整整吃了五天。第五天，吃完了所有的观音土，第六天没吃东西快到周原时就倒下去了。倒下去的时候也没有停止《母亲之歌》里那句最精彩的："我娃——我娃——"一辆拉煤的大卡车把晕倒的老母亲拉到附近一家医院。1982年秋天全国所有的医院还没有那么严格，救人要紧，医生护士忙大半天还是没有救活老母亲。老母亲的行李中有儿子王怀礼的地址。

两小时后王怀礼就急匆匆赶到医院。医生护士带王怀礼去太平间看去世的老母亲，然后给他看病历以及相关资料。王怀礼就像个木头，任人摆布，签完字，第一个反应就是给机械厂的姐姐姐夫打电话。王怀礼告诉姐姐姐夫，你们明天过来吧，我要陪压(nia娘)一晚上。王怀礼整夜守在太平间。让王怀礼吃惊的是老母亲的面容，栩栩如生，面带微笑，如同观音菩萨。王怀礼不相信死亡，母亲太累了，睡着了。他攥着母亲的手，母亲的手是热的，母亲手里的长命百锁也是热的。1982年银子制作的吉祥物也就十几块钱，也只能在省城买到。刚开始王怀礼以为母亲是给小外孙买的。当他听到自天而降的《母亲之歌》时，他蹲在地上抱头吞声啜泣。风声越来越大。值班医生和护士听到只有这么一句：

压(nian娘)啊——
压(nian娘)啊——
……

关中西部高原更高，秦岭主峰太白山常年积雪，长风冷峭凌厉，值班医生和护士很快就听到了完整的《母亲之歌》：

呜哇——呜哇——
我娃——我娃——

压(nia 娘)啊——

压(nian 娘)啊——

女娲——女娲——

……

值班护士悄悄地推开太平间的门,王怀礼已经站起来了,王怀礼坐在母亲身边,一动不动地枯坐着。护士要开灯,拉灯绳时又放弃了。护士看见了黑暗中母亲观音菩萨一样栩栩如生慈祥柔和的面容,灯光会摧残母亲的容光,护士的手牵着灯绳,慢慢松开,轻轻拉上门,在院子里站了很久。她已经分不清《母亲之歌》来自上天还是来自王怀礼的内心,她终于听见自己内心的声音,反反复复就这么一句:

我娃——

我娃——

……

王怀礼不相信死亡,王怀礼从长命百锁想到了菩萨老师反复讲述的哈萨克神话《长命泉》,长命泉水与观音土……

在长命泉的故事里,那个哈萨克老猎手放弃了一百岁一千岁一万岁一百万岁的寿命,把长命泉水撒向大地,草木鸟兽天地万物与人共生共荣繁荣兴旺。王怀礼就相信母亲已经永生,母亲就活在草木虫鸟里,母亲就活在风中活在水里活在日月星辰的光里。

天一下子就亮了。

王怀礼真的从太平间窗外的杨树叶子上看到了母亲的面容,从麻雀瓢虫细小的眼睛里看到母亲慈祥温暖的目光,王怀礼有了力气,王怀礼站起来慢慢往外边走的时候并没有意识到蓝田猿人从爬行到直立用了一百十五万年,从蓝田到半坡一百多里路走了六七千年,从半坡到周原走了三千多年,老母亲一个礼拜就走完了,老母亲没吃一颗粮食,就吃观音土……

走出太平间,院子里落满阳光,天蓝得不可思议,哥哥嫂子姐姐姐夫们冲过来嚎啕大哭,王怀礼一句话就把他们劝住了:“先别哭,先看一眼压(nia 娘)的脸。”哥哥嫂子姐姐姐夫就看到太平间床板上母亲栩栩如生的观音菩萨一样的面容,所有的哭声都噎在喉咙里了,所有的泪水都凝滞在眼窝里了。王怀礼回身指向窗外的杨树槐树梧桐树还有树上的虫虫鸟鸟。“看压(nia 娘)的脸了嘛,看见压(nia 娘)的眼神了嘛,压(nia 娘)活得好好的嘛。”男人们抬老母亲上车时,姐姐躲在墙角吞声哭了半天。

好多年以后,老同学红柯以王怀礼的经历写这部书的时候,以作家可笑的想象力想象王怀礼一定珍藏着老母亲留下的银质长命百锁。可以肯定的是红柯这部书的灵感来自哈萨克神话《长命泉》与王怀礼老母亲的长命百锁。红柯西上天山十年,见证了天山腹地天堂般的唐布拉草原、那拉提草原、库尔德宁草原、巴音布鲁克草原,红柯相信远古时代中原大地女娲娘娘用观音土造人的时候,天山草原上的老猎手用皮袋子装满甘美的泉水浇灌草原上的一草一木。回到关中老家,红柯一定要见证王怀礼老母亲舍命购买的长命百锁。王怀礼就告诉红柯:“我从我压(nia 娘)手里取出长命百锁时就想到了菩萨老师讲的哈萨克神话《长命泉》,我就知道我压(nia 娘)最怕我爬下立不起来,明白了我压(nia 娘)的心事,就没必要留长命百锁了,就放进棺材里跟我压(nia 娘)一起入葬。”看着红柯惊讶的样子,王怀礼就说:“人家哈萨克老猎手把长命泉的水都洒到树上草上了,十几块钱的银子百锁埋进土里算个啥嘛。”红柯就脸红了:“我新疆十年白待了,还不如你这么一句话。”王怀礼就诚恳地告诉红柯:“咱俩谁也甭笑话谁,猪黑甭笑老鸦黑,我也不是啥好东西。当初我报考政法专业就想当官,就想手握大权,就想以强力治人,没想到反而被人家美美地炮制了一顿。老母亲拿命提醒了我,我才改专业,报考师范,当教师,宁可叫人家治我,我也不治人家,不露牙,不当龇牙。”王怀礼说着说着眼泪就下来了:“我压(nia 娘)一辈子没过过一天好日子,十二岁卖到我家当童养媳,我压(nia 娘)的话说就是给你王家当牲口,干最重最多最累的活,吃的都是剩饭。当年从西安逃难到周原,吃了半个月观音土,还能活下来,家里就让她三天两头吃观音土。十六岁跟我爸圆房才吃全粮。儿子大了,有机会回娘家了,三个舅听到我压(nia 娘)在婆家受那么大委屈,操起镢头就要去婆家大闹一场讨个说法,我压(nia 娘)眼泪一抹,质问娘家人:你们把我卖给人家的时候咋不讨个说法,你们卖我的时候我还不到十岁,现在我有儿有女过上人的日子啦你们当好人去呀,好人就那么好当吗!啊?回家路上我告诉我压(nia 娘):我爷、我婆、我爸、我姑,王家大大小小还有村里的王八蛋欺负你这么多年,就让我几个舅舅教训教训这伙王八蛋。我压(nia 娘)看我半天:你还是个学生娃,你不知道世事有多难水有多深,你以为你舅舅是为我打抱不平主持公道去呀?他们看咱们家日子红火起来啦就想借机敲上一笔,女回娘家都是诉冤屈可不是给娘家人提供发横财的机会,你那些舅个个都是贼吃鸡。我就说他们都是老实巴筋的农民嘛。我压(nia 娘)就笑:你爸,你伯,你三爸,你大姑,你二姑,阿一个不是土里刨食的稼娃子,阿一个都想逮着机会把人拿一下哈(下)。我压(nia 娘)说着说着就摸我的头:我娃好好念书,吃上公家饭过上好日子,压(nia 娘)心里就展畅啦,就不用爬着活人啦,爬着活人跟牲口没啥区别。那时候我就想当大官拿大权,劈山救母呀。后来我改专业考了师范当了教师,我反思我自己,可劈山救母的念头没有变。”王怀礼抹一把脸上的眼泪,朝沟底奔去。

秦岭以北,渭河以北,一望无际的北方高原,深沟大壑越奔越深,越奔越宽阔,不断地开阔着开阔着,狂奔而下吼秦腔的人很快就成了鹞鹰。红柯在西域见到的鹰都在群山之巅都在大漠草原的苍空之上,故乡渭北高原的鹞鹰都在沟壑间纵深翱翔,深沟大壑就这样被鹞鹰越犁越深越犁越开阔,高原波涛汹涌,带血的秦腔开始回荡。王怀礼唱的是秦腔《劈山救母》中最精彩的那一段:

刘彦昌哭得呀两眼汪,
怀抱着娇儿小沉香。
官宅里不是你亲生母,
你母亲是那华岳三娘娘。
……

新主继位,旧势力反扑,最佳逃跑路线应该是商於南边的楚国,商鞅却带着卫队向东边的魏国逃窜,显然想吸引追兵,好让另一支卫队带家人尤其是老母亲去楚国逃命。

被历史掩盖的真相是母子俩上演了一场互相援救的大戏。最精悍的死士高手护送老母亲离开府邸不久,就发现老母亲不吃粮食只吃观音土,每天一块观音土,吃了整整五天。第五天的时候,老母亲就成了观音菩萨。跟几千年后的王怀礼的老母亲不同的是商鞅的老母亲没有倒下,老太太很精神,五天时间儿子肯定已逃出秦国了,老母亲哪都不去,打道回府,在六百里商洛山地兜了好几圈,追兵都被兜晕了。老母亲不怕死,死士卫士们就更不怕死了。可怜商鞅的妻子儿女处在死亡的恐惧中早就没有眼泪没有哭声了,他们吃的是粮食,吃粮食就有喜怒哀乐,他们只剩下哀,无限的哀痛。

商鞅的妻子儿女一直生活在秦国,正宗秦人啊,妻子心里不停地吟唱《母亲之歌》中最伤心的那一句:我娃——不当当(太可怜了)的我娃。商鞅的老母亲来秦国时商鞅已经从卫鞅高升为商鞅商君了。六百里封地,大权在握,豪宅、家兵家将好几百,出门铁甲车,比秦穆公时的百里奚牛多了。老母亲更自豪的是卫鞅的祖先本是宗周姬姓分支,入关中等于寻根归祖,老母亲很快就融入秦地。大难来临,逃亡途中自然而然就在内心深处吟唱起《母亲之歌》中的"我娃——不当当(太可怜了)的我娃。"

追兵们赶到府宅很快就灭了商鞅的死士卫队,斩杀了商鞅的妻子儿女,杀到商鞅八十岁老母跟前时,官兵的手就软了。官兵也是吃粮食的,眼前这个满肚子观音土的老母亲浑身散发着大地的容光和黄土的温馨,官兵们的手软了,兵器垂下去了,头也垂下去了。再这么退缩下去就弄不成事咧。被商鞅割掉鼻子的公子虔大吼一声,指挥自己亲兵家将往前冲。好多年来,没有鼻子的公子虔闭门不出羞于见人,在家人家仆家兵家将面前都戴着面罩,家兵家将耳濡目染掩耳目的功夫相当熟练,他们纷纷以衣袖遮目奋勇向前,砍杀效果就相当混乱。不当当(好可怜啊太可怜了)的老母亲就这么被乱刀砍死。

让刽子手们恐惧的是老母亲没有惨叫,兵器上也没有血迹,遮着眼睛乱刺乱砍,只听见噗噗的声音,完全是农具翻耕土地的声音。变法后的秦国从周的礼乐井田变成了耕战之国。按斩杀敌人的首级立功授爵,一颗人头等于几十亩地啊,每次大战都是发财的机会。此时此刻,这群武艺高强的血性男儿把刀砍进老母亲的身体时,一下子就成辛苦劳作的农民,黄土,不,不,黄土深处最细腻最肥沃最筋道的观音土被刀斧砍杀的时候,黄土用低沉沙哑的声音开始吟唱了:

呜哇——呜哇——

我娃,不当当的(好可怜啊,太可怜啊)我娃;

我娃,不当当的我娃;

女娲——女娲——

嗯啊——嗯啊;

压(nia 娘)啊——

压(nia 娘)啊——

人来自于土,终归于土,被兵刃砍杀的老母亲伤口里流出来的全是刷刷的黄土。刽子手们最恐惧的是他们以衣袖遮目杀掉老母亲后,他们的眼睛一抹黑,再也看不到亮光了,日光也好灯光也好,全都是黑的,整个世界都在黑暗中,都在地洞里,仿佛一下子返回到几百万年前的原始林莽世界,刀斧兵刃与手脚合为一体,成为剑齿虎披毛犀纳玛象的獠牙,成为虎狼之师,横扫六国。两千年后的 1963 年,考古队在商於古道的出口蓝田公王岭发现了猿人遗址,发现了第一个直立行走的猿人头盖骨以及附近的剑齿虎披毛犀纳玛象锋利的獠牙,变法后的秦国大军从这里后退一百万年成为威震天下的虎狼之师,兵刃与肢体合为一体。

可以肯定的是母亲被砍杀的那一刻,儿子商鞅也被捕获了,就是历史上有名的五马分尸——车裂。据说新王嬴驷为处置商鞅费了一番心思。王室成员秘密协商,嬴驷异母弟嬴疾,足智多谋提出良策:“以国仇而治商鞅之罪,列国人才必远遁;以私仇而治罪商鞅,只损一时之名声尔。”嬴驷大喜:“此事就如公子疾所言去办,众卿一定谨守消息,待国丧完备,即可发兵捉拿商鞅。”就任由公子虔处置商鞅,商鞅及家族被处决后,嬴驷又以查无实据为由处置了公子虔。公子虔最早告发商鞅谋反,憋了几十年的怨气全都发泄完了,也无所谓了。我们可以想象公子虔从商於古道一路讨伐有多么威风,渭河滩上车裂仇敌商鞅无疑是复仇火焰的高峰,好多年前在关中西府郡县渭河滩上,商鞅一次性处决七百多“犯罪”百姓,家属哭号之声惊天动地,到了今天,商鞅以及家人被残酷诛杀,“秦人不怜”,没有一丝动静,万物沉寂,只有肉体筋骨被撕裂的声音……一百多万年前,商於古道出山的蓝田猿人在公王岭附近与剑齿虎披毛犀纳玛象搏斗时,肯定不是猛兽的对手,猛兽的獠牙轻轻一击,猿人就肢体碎裂,血肉横飞,那种残酷的碎裂声在变法十年后的秦国土地上再次回落。让刽子手们恐惧的不再是老母亲身体里流出的簌簌黄土，不再是黄土深处发出的低沉嘶哑的《母亲之歌》，商鞅被撕裂的那一刻，一只苍狼从天而降，兀立于高原之顶，发出一声声嗥叫……自古以来，人类第一次听到狼发出婴儿般的叫声：

呜哇——呜哇——
呜哇——呜哇——

很快就转换为真正的人子之声：

嗯啊——嗯啊——
嗯啊——

当苍狼呼叫出：

压（nia 娘）啊——
压（nia 娘）啊——

狼就开始吼秦腔了，可以肯定的是那是大地上最原始的秦腔了，豪迈悠扬悲壮苍凉：

我娃——我娃——
我娃，不当当的（好可怜啊太可怜啦）我娃
我娃啊……

狼还没唱到“女娲——女娲——”刽子手们就崩溃了，全都跪下了，公子虔两眼发黑彻底失明，撕碎商鞅的五匹马脱缰而逃，成为无缰之马，奔逃的路线肯定是从渭河滩由北而南过沣水灞水过白鹿原蓝田直扑商於道，成为秦岭深处的原始野马。最可怕的是商鞅被撕裂的肢体刚刚落到地面，那颗硕大的心脏就蹦出来了，兔子一样三蹦两蹦跃入渭水，成了一条鱼，而且是凶猛无比的娃娃鱼，横渡渭水，直扑渭水南岸最大的支流灞水，逆流而上，直扑灞水河源蓝田秦岭腹地东家沟。娃娃鱼一路呜哇呜哇叫着，发出跟苍狼一样的原始秦腔，并且把苍狼发出的原始秦腔上升到《母亲之歌》，其实也就是歌声结尾处加了一句：

女娲——女娲——
嗯啊——嗯啊

秦惠文王嬴驷以查无实据处理了师傅公子虔，暗中祭奠商鞅，继续商鞅新政新法，秦国越来越强大，到了秦王嬴政继位，六国只能等死了，十年间，一统天下，嬴政成为始皇帝，大秦帝国强大到不可思议的地步。可大秦帝国没有歌声，被灭掉的楚国有《楚辞》，前朝西周东周有《诗经》，山东六国有诸子百家。将军蒙恬北伐匈奴后以北方草原苍狼的毫毛创制了毛笔，宰相李斯创制了大篆小篆，可留下的文章只有《谏逐客书》以及始皇帝祭封禅的诏令。一时之间，天下书法大盛，都是没有实际内容的文字游戏。真福音结麦子，假福音结稗子。被先王穆公改滋水为灞水的神禾原白鹿原上，颗粒无收，当年周平王在滋水河畔以长寿山相称的沃土高原与白鹿相遇，现如今白鹿再现原上，周人当年所建的沣镐之地凶吉难料。新主二世胡亥已经厌倦了当皇帝的重负，二世的师傅权臣赵高把周人视为珍奇的白鹿从原上带入皇宫，上演了一场指鹿为马的好戏。白鹿受尽屈辱，出宫后撞崖而死。天下开始大乱，二世胡亥开始后悔当初不该当这个皇帝。皇帝可是承受天命，等于上天上帝在尘世的替身。

秦失其鹿，天下大乱，群雄蜂起，逐鹿中原。西楚霸王项羽勇冠三军，由东向西破潼关入关中前，坑杀二十万秦国降兵，让楚军吃惊的是身强力壮的秦兵个个手持利刃都不作任何反抗，眼神忧伤沉郁，平视马上要掩埋他们的土坑，其神态跟几千年后被发掘出来的兵马俑一模一样。不同的是当兵器砍杀他们，当黄土掩埋他们的时候，兵器和黄土就开始吼起令人胆寒的秦腔，这才是真正的秦腔，不再是西部高地苍狼的引天长嗥，也不是从渭河到灞水到秦岭山下蓝田猿人生活过的娃娃鱼的呼叫，兵器击打黄土：

呜哇——呜哇——
压(nian 娘)啊——
压(nian 娘)啊——
我娃，不当当的(好可怜啊太可怜了)我娃
我娃，不当当的(好可怜啊太可怜了)我娃
女娲——女娲——
嗯啊——嗯啊——

楚军也开始唱起来了，秦军二十万全被他们坑杀了，他们被铁器与黄土发出的大秦之声震撼了，他们就疯了，失控了，包括他们的伟大的项王。项王不听军师范增的良策，绕过潼关，从武关走商於之道入关中，当关中王，再王天下。项王已经荡平天下，天下无敌了，怕个鸟，亚父老矣，他才不相信商於古道武关天险，刘邦走过的地方，西楚霸王岂能重走？项王从潼关入关中，大开杀戒。都是楚人，刘邦入关中与关中乡老约法三章，封宫室，封秦王子婴为相，派兵士守护秦皇陵。史书记载，始皇帝巡游天下，项羽发出“彼可取而代之”的豪言壮语，亭长刘邦带民工入关中修皇陵，始皇帝巡检，刘邦羡慕崇拜到极点：“大丈夫当如此也！”从此为自己树下了人生的榜样和标杆，活人就要活到这份上，就要成为这个样子，榜样的力量是无穷的，可以使人确立自我，实现自我。刘邦二次入关中的时候，马上感觉到他才是始皇帝之子，他才是真正的秦二世，他才是关中王。他的大军迅速撤离咸阳，过渭河沿灞水向南还军灞上，也就是周平王以白鹿命名的吉祥福地白鹿原上，等待与西楚霸王一决高低。有名的鸿门宴就开始了，项王的亚父军师一见刘邦就大吃一惊，从商於古道过武关过蓝关驻军白鹿原的刘邦头顶旋绕五彩祥云，满身上天之子上帝之子的神态，从此，无论范增使用多么厉害的良策都一一失效，楚汉相争到白热化的时候，项王一箭射到刘邦胸口，刘邦竟然一手捂胸一手按脚，边跳边叫："哈哈，项羽小儿，你太无能了，号称天下第一神射手，射到老子我的脚后跟了。"项羽大吃一惊，拔了拔弓弦，楚军将士也都大为吃惊，我们威武强大的项王真的不行了。楚军撤离。刘邦已经撑不住了，左右挽扶退后，扎在胸口的箭头已经渗出大片的血，汉军将士还在为他们的汉王摇旗呐喊，全军将士士气高涨。军师张良都暗暗吃惊，主公刘邦心理素质太好了，原来他不是这样啊，也许这就是天意。从商於古道当年卫鞅成为商鞅商君成就大业的地方入关中，过蓝田过周平王命名的白鹿原，过华胥氏女娲娘娘的华胥古国补天造人的圣母圣地，过周文王武王营建的沣镐古都，这才是中华大地上真正的王者之道。过渭水入咸阳时，军师张良才发现，秦始皇晚年已经意识到真正的王城不在咸阳，而是渭河南岸，渭水、泾水、潏水、涝水、滈水、浐水、沣水、灞水八水环绕的沣镐古城，秦始皇把他的皇陵建在这条王道东侧的骊山脚下，开始在灞水与渭河相交的渭河南岸营建离宫。时不我待，大秦帝国二世已亡。灭楚大战开始了，韩信指挥汉军围而不攻，以张良妙计，唱楚歌瓦解楚军，发关中兵最后猛攻。项羽大军听到的楚歌还是秦腔《母亲之歌》里的包含着苍狼娃娃鱼与婴儿啼哭的：

呜哇——呜哇——
我娃——我娃——
女娲——女娲——

嗯啊——嗯啊——

楚军彻底崩溃了，逃亡的项羽被萧何不断发来的关中兵一路追杀到乌江，只能横刀自杀，肉身被汉军将士大卸八块，汉王刘邦有重赏。遗憾的是项羽自尽的地方就在乌江水边，却没有变成娃娃鱼。

汉王刘邦成为高祖刘邦，天下再次统一。到了晚年高祖刘邦遇到了跟秦始皇同样的难题，众皇子中选太子。秦始皇选了公子扶苏，关键时候却把太子扶苏放逐到北方边境站岗放哨，巡游天下却挑选才智最差的小儿子胡亥跟在身边。历史学家一直认为宰相李斯终身拘于社稷与茅厕之爵难以自拔，目光如炬却在寸指之间，与中车府令赵高合谋篡改先皇遗诏，强推平庸的胡亥上位。这才是先皇嬴政的本义所在，放逐最出色的太子到边疆，冷落比幼子胡亥更出色的众皇子，这不就是大秦帝国自《商君书》到《韩非子》的治国之策吗？汉高祖刘邦绝不会让大秦帝王的悲剧在三秦大地重新上演。可高祖跟始皇帝一样，太爱幼子了，真命天子的神性也难以摆脱世俗的人性。天下百姓都这样，累死长子，忙死二子，所有的好处留给幼子，父亲的最后一颗精子母亲的最后一粒卵子最后一块沃土良田所创造的最后一子，那种疼爱是刻骨铭心的，毫无理智的。让理性滚他妈蛋，老子就爱幼子，老娘就爱小儿子。到了晚年老父老母们还在回忆他们最后一次床笫之欢，再现先祖女娲造人的最后的辉煌，老百姓干脆就叫刮锅底，铲锅巴，幼子也叫锅巴娃。高祖刘邦喜欢戚夫人更喜欢与戚夫人所生的小皇子如意，想废太子刘盈扶如意上位。刘盈的生母吕后是高祖结发妻子，跟高祖一同打天下，见多识广，马上求救军师张良。张良轻轻一点拨，吕后就恍然大悟，原来从远古就是一条从商於古道出蓝田过华胥古国灞水沣水到沣镐古城王城长安的王道，也叫朝圣之路：圣母华胥氏圣母女娲娘娘营建沣镐古城的周人圣母姜嫄娘娘，三大圣母之路呀。吕后本名吕雉，有一股不可阻挡的野生力量，入皇宫当皇后，那种与生俱来的洪荒之力再次发作。吕后亲自去商於古道请商山四皓下山，辅佐太子刘盈，走的就是军师张良划出来的从沣镐古城王城长安到灞水沣水两岸的华胥古国到女娲庄到蓝田蓝关到商於古道。出了皇宫的吕后不再是母仪天下的皇后而是一个母亲，跟天下所有母亲一样为儿子可以不惜一切，不惜搭上自己的性命。久经战火洗礼的吕后目光如炬，如果太子刘盈被皇子如意替代，继承皇位，如意的生母戚夫人及其家族就会大权在握，群臣纷纷投靠，亲生儿子刘盈与她这个生母下场有多悲惨还用想象吗？此时此刻灞水沣水里的娃娃鱼唱起了原始秦腔《母亲之歌》，那可是包涵着苍狼长嗥与娃娃鱼啼哭的真正的秦腔，带着血泪的天籁之音：

呜哇——呜哇——
压（nia 娘）啊——
压（nia 娘）啊——
我娃，不当当的（好可怜啊太可怜了）我娃
女娲——女娲——
嗯啊——嗯啊——

所有的人都哭了，都泪流满面。吕后不哭，也没有泪，只有那颗心在汹涌澎湃，一直澎湃到秦岭深处。八十高龄的四皓为皇后的诚心所动，毅然下山，辅佐太子刘盈。有一次宴会，太子侍奉在侧，四个老人跟随在后。高祖刘邦大吃一惊："这不就是名满天下的商山四皓吗？"多年来高祖派人寻访商山四皓，他们都避而不见。天下谁人不知高祖当年率大军从商於古道破武关过蓝田过白鹿原入关中，成就大业，一统天下的高祖如果请不出商山四皓，岂不成天下笑柄？高祖一直耿耿于怀。这个心结却让太子刘盈解开了。不用说，太子已羽翼丰满，高祖只好顺从天意："有劳诸位高人今后辅佐太子。"散席后，如意的生母戚夫人大哭,刘邦哈哈一笑:“你给我跳楚舞,我为你唱楚歌。”这大概是汉长安以及皇宫里的最后一次楚歌楚舞了,长安皇宫早已四面秦腔。高祖刘邦与戚夫人半个月前就听见吕后不再说楚语,满口秦腔,一声:“压(nia 娘),压压。”就让高祖与戚夫人为之一惊,半个月后皇宫御宴上的这一幕是有前兆的。我们就知道高祖与戚夫人演唱的最后一曲楚歌有多么哀伤,已经有点霸王别姬与《垓下歌》的味道了:“鸿鹄高飞,一举千里。羽翼已就,横绝四海。横绝四海,又可奈何!虽有矰缴,尚安所施!”

新王登基,吕后家族大权独揽之前,张良离开长安成为隐士,隐居在当年关中到汉中的陈仓古栈道留坝秦岭南坡的紫柏山麓。专权的吕后从圣母的神性到为人之母的人性急速下滑,大开杀戒,把戚夫人扔到茅坑里,爬了三天,最后派人砍掉戚夫人四肢,剜去戚夫人迷人的眼睛,再用毒药熏聋耳朵,强迫她喝下哑药,在茅坑里疼得打滚,称为人彘,受尽折磨而死。吕后这么歹毒,她的儿子汉惠帝刘盈却很善良。吕后招戚夫人儿子赵王刘如意入宫,惠帝知道母亲吕后要毒死如意,兄弟情深,惠帝日夜与如意相伴,吕后无法下手,气得要死。几个月后,惠帝清早去打猎,如意睡懒觉,终于被太后派去的刺客下了毒药。惠帝打猎回来,床上的兄弟如意口鼻流血成了一具僵尸。惠帝余哀未了,太监奉吕后之命,引惠帝去看“人彘”。开了厕所门,只见一个人身,花脸没有头发没有四肢,两个血窟窿一个无声的大嘴巴的怪物,还在动弹。惠帝反复追问,太监才告诉惠帝是戚夫人,惠帝不禁失声:“人彘之事,非人所为,戚夫人随侍先帝有年,如何使她如此惨苦?臣为太后子,终不能治天下!”惠帝为母赎罪,忧郁而死。吕后欲哭无泪,再次踏上从长安到灞水沣水两岸的华胥古国女娲庄到商於古道出山的蓝田圣母之道,滋养万物的灞河沣河里再也听不到娃娃鱼的叫声,再也听不到如同天籁的原始秦腔《母亲之歌》。从商於古道返回皇宫的吕后完全失去了昔日的威力,心智大落如常人,吕氏家族危如朝露她也不管了，她只想着做一个女人，晚年倾尽所有力量修饰打扮，宫人惊诧不已，太后越老越漂亮。有人甚至发现了太后身上的戚夫人气象，当年的戚夫人可是天下第一舞蹈高手，也是围棋高手，秀外而慧中，美不胜收。也有人惊叹："戚夫人神灵附体到仇敌吕后身上了。"毁灭与新生就这么奇妙。可以肯定的是吕后很幸福很美丽地告别人世。关中人有感于惠帝刘盈与皇子如意的兄弟情谊，有感于刘盈为母赎罪的善举，就把劈山救母的神话故事改编为赴长安赶考的穷书生刘彦昌路过华山脚下华岳庙抽签与三圣母的一段美好姻缘，神仙与凡人所生之子刘沉香长大成人，练一身好功夫，打败舅舅二郎神，上华山劈山救母。秦腔始于周秦，成熟于汉代，《劈山救母》应该是第一部成熟的秦腔大戏。

第五章　新　生

.1.

安葬完母亲已经快到国庆节了，按老规矩，还要一七二七三七直到七七，四十九天，还有百日，然后是一周年二周年三周年。最忙的是过七，一七安葬，二七较小，三七稍大，最后一个七，七七与百日就比较忙，过完七就可以放松一下。哥嫂姐姐挑大头，小弟王怀礼完全是仪式性参与，亲人们更关注他考大学，那也是老母亲的愿望，长辈们反反复复就一句话："给你压（nia 娘）尽最大的孝就是考上大学。"哥哥姐姐也是这话。

头七一过，王怀礼就返校了。胳膊上扎一道黑孝布，在校园里很扎眼，王怀礼尽量不公开露面。上完地理课，菩萨老师到没人地方跟他聊了一会儿，听说他把老母亲在西安买的银质长命百锁放进棺材与母亲一起下葬时，菩萨老师在他肩膀连拍三下，连声称好："你真正地领会了《长命泉》的精髓，把银子埋进土里就相当于那个哈萨克老猎手把长命水洒向草木。"菩萨老师抓住他的肩膀望着他："以你目前的情况，你最好保持现状，只要不滑下去，坚持一段时间，一切都会过去的。”王怀礼眼睛湿了，哽咽好一阵子，问老师：“我不知道咋保持现状呀？”“不要老躲在屋里，出来走走。”“可我实在不想见人。”“那你就到野外去走走，每天至少半小时，去看看树木花草，虫虫鸟鸟。《长命泉》的故事里，那个给树木花草浇灌了长命水的哈萨克老猎人，不但在树木花草上找到了自己的亲人，也找到了朋友，不断有亲朋好友加入。小伙子，你没有在荒漠待过，在沙漠戈壁荒山野岭，人们见到一棵草、一只虫子都会把它们当成亲朋好友。”

离县城三十多里地的范家营中学周围全是村庄和庄稼地，还有大片的松柏。出校门不远就是一个大水库，一条从北山冲出来的大沟直扑渭河，两边沟坡，大坡全是良田，大坡之间的小沟小壑全是树木花草，小溪泉水，飞禽走兽窜来窜去；当然不是猛兽，都是些野兔黄鼠地老鼠松鼠之类，我们那里把松鼠叫毛榉溜。从老母亲手里取出银质长命百锁的那一刻，母亲的面容就出现在树木花草上了，母亲的眼神就出现在飞禽走兽的眼睛里了，随着葬礼的进行，树木花草只能让他哀伤不断，飞禽走兽黑黑的小眼睛万箭穿心啊，更可怕的是，风吹动树叶花草，风带着鸟兽的声音，风不断地扑面而来……

好多年后，王怀礼跟老同学红柯谈起当时的情景就浑身发抖难以自持。菩萨老师讲述的哈萨克神话终归是哈萨克神话，我这个关中农家子弟没有去过那里，我去的最远的地方就是渭北大学，不到半年就被打回原形，成为一个农民，走不出土地走不出村庄的农家子弟，读再多的书还是农家子弟。红柯就告诉他大漠草原的春天，产羔季节相当于内地农民夏收，农民们叫抢收，跟打仗一样不分昼夜抢收、抢打，一鼓作气，直到粮食入仓才放下心，才松口气。牧民们春天接羔比中原农民抢收粮食更辛苦，产羔接羔那可是接生啊，男女老少个个都加入接生大战，动物是生命是活生生的生命，难产，产下的羊羔病弱不堪。女人们就跟抚育自己孩子一样掏出乳房喂养呵护病弱的羊羔，还要唱《奶歌》感化那些不认羊羔的羊妈妈。从春到夏到秋天,羊羔长肥了,秋末就要大开杀戒,把自己精心喂养的亲生子女一样的羊成群宰杀,风干,过冬。草原漫长的冬天,冰雪暴,只留下怀孕的母羊和强壮的公羊过冬,秋天收割的牧草有限。秋天马肥牛壮羊更肥,既是喜庆的大丰收也是牧人无限哀伤的日子。红柯说着说着就情不自禁地吟唱起草原牧歌,以及无法抒怀的呼麦长调:苍凉,忧伤,悲怆,一点也不亚于泣血的秦腔。秦腔大都是哭戏大都是哀歌,草原牧歌总是哀中有乐,乐中带泪,沉郁顿挫,杀生与惜生,死亡与新生,毁灭与复活,都在顷刻之间。王怀礼就紧紧抓住红柯的手,说不出话了。

1982年秋天,葬礼中的王怀礼,每天都要在野外待半小时,高原长风呼啸而来,母亲的面容在树木花草间闪烁,母亲的呼吸在树木花草间回荡,母亲的眼神在鸟兽的眼睛里灯一样。直到冬天来临,秋叶落地,母亲的面容和呼吸无法消失,因为校园里还有大片大片的古松柏。岁寒,而松柏不凋,且常青,枯黄的野外沟壑间,虫子已经冬眠,鸟兽依然奔窜,其目亮如星火。来年开春,万木兴荣,新芽再生,王怀礼看到的都是陌生人的面容,风中传出的都是陌生人的声音,亲切感人,偶尔会见到母亲的面容,会听到母亲的声音,母亲混在人群中,母亲不孤独,也不寂寞,亡灵有亡灵们的生活。王怀礼却悄悄地哭了。在春天高原的土崖下,王怀礼一边吞声哭泣一边拍打土崖,风霜雨雪吹打了上千年上万年的土崖,土层脆弱如朽木,轻轻一拍就哗哗掉落,扑簌簌流淌如泪水,土块里很快落出一块圆球状的观音土,我们当地叫做板板土、崖娃娃。最传神最生动的莫过于崖娃娃,从土崖里生出的胎儿嘛。王怀礼捧着富有弹性的崖娃娃,就像捧着大地的心脏,躬身轻脚走到溪水边,双手浸入水中,大地的胎儿就游动起来,哇哇叫着,很快卷入激流进入河水不见了。王怀礼彻底放松了,当他抬头环顾四周时,他第一次看到树木花草那么茂盛那么鲜艳,鸟兽窜来窜去那么欢乐,他的步子越来越快,他听见自己的心跳,他听见他在对母亲说:“压(nia 娘)我活来了,我活来了。”风马上就从树木花草中带着母亲微笑的面容,鸟兽们带来母亲温暖的目光。风越来越猛,西部高地坡大沟深,聚风,风很容易形成万丈波涛,树木花草虫鸟中的亡灵的音容笑貌越来越多,母亲与众生相伴,母亲不孤独也不寂寞。风大片大片扑到他脸上,树木花草给他那么多微笑,虫鸟给他那么多歌声,走进校园时他破天荒地主动上前给同学打招呼,同学为之一愣,马上打他一拳,他也打人家一拳,两个乡村少年就笑起来了。

老师们马上告诉王怀礼,你进步了,每门课的成绩又恢复到原来的水平了。已经是 1983 年春天了,离高考不到三个月了,其实很悬。老师们只能这样鼓励他。

这年高考失利是必然的。

菩萨老师还是用原来的办法鼓励他,每天去野外半小时,“半小时不够,再加一刻钟,四十五分钟。”菩萨老师跟他击掌鼓励。1984 年高考,填志愿时王怀礼所有志愿都填师范,都是中文系汉语言文学。班主任提醒他:“教师可不是啥专业,连媳妇都不好找。”二十世纪八十年代,教师收入没有工人高,工厂女工都不愿意嫁老师。王怀礼意志坚定,班主任再次提醒他:“你娃受菩萨老师影响太深,那是要吃亏的,要受煎熬的,你想好了? 想清楚了? 你爸不在了,你压(nia 娘)不在了,起码得跟你哥你姐商量一下嘛。”“不用商量,我的事我做主。”两个月后,王怀礼顺利拿到渭北师范学院录取通知书。

1984 年 9 月 7 日王怀礼到渭北师范学院办完入学手续,下午四点半到同一条大街斜对面的渭北大学政法系 309 宿舍去取行李。刚进校门,就被 309 宿舍的老同学看见了,拥抱,欢呼,政法系 81 级二班的同学全都奔过来了,女同学都哭了,侯班长提醒女生,不要把喜事哭坏了哭瞎了,女生们破涕为笑。整个校园轰动了,学生们老师们都成了叽叽喳喳的麻雀。309 的同学肩扛手提帮王怀礼拿行李,两个同学左右相拥在前,行李随后,最后是那个有名的歌手提着双卡收录机,放着当年很轰动的台湾歌曲《迟到》,然后是西班牙吉他曲罗德里戈那首有名的《阿兰胡埃斯协奏曲》第二乐章,乐曲反复回旋着死亡与新生,对上帝的乞求以及上帝与人的对话。整个乐曲全是一种无声的哭泣,当人接受上帝的安排,音乐马上进入平静状态,和弦开始,生命开始复活新生进入天堂……王怀礼和309宿舍的人穿过大街进入渭北师范学院。

一周后的一个下午,渭北大学学生会主席带两个学生记者来到渭北师范学院中文系采访王怀礼。刚下课,王怀礼愣了一下,没说话,宿舍里的同学炸开了锅:"哈哈,这么不要脸,坏事变好事,黑白颠倒,颠出成绩来了。"陪同的渭北师范学院学生会主席劝大家冷静冷静不要激动:"不管怎么说,王怀礼同学重新入学是一件很了不起的鼓舞人心的事情嘛!是值得大力宣传的嘛!是一个努力上进奋发有为的榜样嘛!这样的先进事迹感动了多少人啊!"大家都愣住了。渭北大学的学生会主席就说:"人家苏老师第一时间跑到校办,要求学校大力宣传王怀礼同学的先进事迹,学校很重视,马上把这个光荣的任务交给我们学生会。当我们要采访苏老师时,苏老师拒绝了,反复提醒我们不要宣传他,他最不值得宣传,他还给我们重提当年他给你说过的那段话:怀礼同学,你现在恨我,十年二十年后你会感谢我感激我。苏老师刚说完,旁边一位老师马上插话:要不了那么长时间,毕业后三五年他们就会感谢苏老师感激苏老师把他们拿了那么一下,拿得越狠越猛你娃越有出息,想在单位扎下根就得拿人,就看谁下手快,要快——准——狠,生活就是这样。"王怀礼就说:"苏干事的生活不是我要的生活,也不是所有人的生活。"王怀礼说:"你们最应该宣传的是菩萨老师。"王怀礼刷刷几笔写下菩萨老师的联系方式:"他的事迹一本书都写不完,见他一面你就知道教师这个职业有多么了不起。"两个学生会主席离开时还是强调了苏老师的重要性。

王怀礼声音轻轻地:“是苏干事,苏科长,不是苏老师。”

渭北大学和渭北师范学院两家报纸很快就做了一大版长篇通讯报道王怀礼同学的先进事迹。两家报纸都尊重了苏科长的意见,只宣传王怀礼不宣传苏干事。至于菩萨老师和周原县范家营中学连影都没有。外行看热闹内行看门道,业内人士从字里行间能看出苏科长的影子。西部高地,坡大沟深,聚风,苏科长要显山露水太容易了。

如苏科长所言,毕业三五年后309宿舍的人就来拜访苏科长了。让309诸位同学吃惊的是苏干事不但荣升为苏科长,而且成为法学教研室副主任,讲师。那个年代,副教授都是白发老头,讲师都是中年教师,三十出头的青年教师很少,工农兵学员能有这么好的学术成就就更难得了。309的同学发自内心地很真诚地叫苏主任为苏老师,苏老师为之一愣,苏老师的妻子、小学老师反应过来了,一边给同学递水果,一边说:“这就对啦,不要一口一个苏主任,学生看老师就叫老师。”学生再次叫苏老师,连苏主任自己也才意识到被学生,尤其是对他积怨很深的政法系81级二班309宿舍的学生,叫一声老师那简直是一种无限美好的享受啊!苏老师兴奋得难以自持:“吃苹果吃苹果。”看着亲爱的学生吃得那么香,苏老师突然有一种做父亲的感受,他早就是一个好父亲了,儿子都上小学了,儿子叫他爸爸的感觉到现在终于有学生叫他老师的感觉连在一起了。还是古人说得好:一日为师,终生为父。苏老师头一扬:“王老师,展示一下你的厨艺咋样?”“苏大人的话奴家敢不从嘛,奴家从命。”王老师早就在厨房忙活开了。苏老师压低嗓门:“人家王老师才是咱的领导,今天有学生在场,人家领导给咱面子哩。”学生全都傻了。苏老师哈哈一笑:“难道你们在家里不听领导指挥?”当是时也,309的同学个个老婆不是出轨就是离婚再婚,他们正在备受煎熬,他们的苏老师这么一问,他们都哭起来了,他们好多年都没有这么开心地哭过了。他们异口同声地说出真心话:"苏老师啊苏老师,没想到你这么幽默。"苏老师又是哈哈一笑:"老婆领导我们,就这世道,有啥办法呢?"大家实话实说:"苏老师,今儿我们才发现你有一副菩萨心肠。"苏老师又是为之一愣,扭脖子朝厨房那边喊:"王老师,听见了吗? 我有一颗菩萨心肠。"王老师端着松鼠鱼上来了:"好好好,你是菩萨,我不再说你是商鞅再世了。"苏老师又是哈哈一笑:"这句话比给我一个大教授都开心呀。"苏老师打开西凤酒,每人满上一杯。王老师的拿手菜一道一道全上齐了,师生开怀畅饮,跟过年吃晚饭一样。跟苏老师道别时,苏老师脸一沉:"要经常来看老师,但有一点不能不警告你们,下回来不许带烟呀酒呀茶呀这些东西,你苏老师不喜欢这些东西。你苏老师离开农村几十来年了,骨子里还是个乡棒稼娃子,就喜欢农家乐,下回看你苏老师就带一包干面面辣子,或者一包玉米糁子,或者两包岐山挂面,或者一壶自家酿的醋,一串柿子都行,最好莫过于白萝卜小红萝卜蒜苗茄子洋柿子。"王老师配合苏老师:"嫁鸡随鸡嫁狗随狗,我也喜欢农家乐。"学生下楼时嘀嘀咕咕的声音让苏老师听见了:"真想不到苏老师还有这一面。""还是要多交流,一吃一喝,人撩得很嘛,撩得太太"。

大家再也不需要结伴去看望苏老师了。当初校刊宣传王怀礼先进事迹,就有人私下议论这是给苏某人变相贴金。现在,王怀礼的同学纷纷前来看望苏老师,等于忏悔等于崇拜敬仰嘛。309 的人很快觉察到苏老师对王怀礼的期待,苏老师当然不会点破,309 的人也不会提及王怀礼。

309 的人开始有针对性地去渭北市北郊那所中学晃荡,跟学校的领导和老师谈天说地,就是不与王怀礼见面,王怀礼一出现,他们马上离开,弄得大家对王怀礼疑心顿起。王怀礼就很尴尬,大家又不好去问。这种尴尬很快就成为一种常态,处在尴尬中的王怀礼很快听到大家在谈论当年他的先进事迹以及那个成全了他的苏老师。王怀礼哈哈一笑,就给大家讲周原老家范家营中学教地理课的菩萨老师。大家就说:"渭北大学那个成就了你的苏老师不就是菩萨老师嘛。"王怀礼这回没笑,王怀礼一字一顿地告诉大家:"成就我的只有我老家范家营中学的菩萨老师,只有一个菩萨老师,大学里没有菩萨老师。"

王怀礼的苦难就开始了。大家对中学地理老师不感兴趣,大家关注渭北大学的苏老师,苏老师对王怀礼的成全之术太高明了,高!实在是高!王怀礼就成为所有人的拿捏对象和拳靶子。

309的人很少光顾王怀礼了。说实话,他们的日子好不到哪里去。大多数人离婚再婚,妻子们也如实相告:"你得想办法让我做一回女人啊。"妻子们带着哭腔哀求他们。他们练气功练密宗吃各种补药,六味地黄丸不顶用,神油地精都用上了,男人的雄风没减啊。可他们妻子不满意的问题在哪里?从苏老师那里回来后他们确实开窍了,甚至认为自己得到了苏老师的真传,苏老师的著作成为案头枕边书,苏老师把拿人术都提升到哲学高度了。可他们跟苏老师不同的是他们缺少实践与行动力。理论与实践两张皮嘛。有人说过:权力就是春药。他们有些人当科长当副处长了,还是不行嘛。老中医告诉过他们,刚开始他们还不信,女人跟拿人术有狗屁关系,现在他们明白了,妻子这么折腾他们,还真是为他们好,想让他们上进。上进的第一步先把妻子搞定。女人为丈夫有出息可以付出一切。应该说309同学娶的妻子都不错。她们几乎跟苏老师遥相呼应,鼓励丈夫们掌握真正的拿人术。目前这种状况,太小儿科了,简单粗暴,总是给人家留下把柄。妻子们离婚再婚,用生命用身体从前夫身上带来的拿人术也无法传授给亲夫。可见拿人术确实很神秘,难度大得出奇。妻子告诉丈夫:"阴谋的阴,好好想想。"丈夫跟小孩一样想偏了,想到了阴谋的,谋就是谋划策划,

谋算算计,心计心机诡计,宫廷戏看多了。妻子再次把阴谋的阴拉回来让丈夫想,好好想,妻子把下半身露出那么一点点,丈夫一下

子就长大了。古代的兵书战策,阴谋权谋权术心计心机都来自这个简单而复杂的阴——道,阴就是道,道就是阴。他们才知道妻子为他们付的代价有多么大,他们还是这么不争气。他们进步之后,总是想起妻子做出的牺牲。与妻子做出的牺牲相比,他们的进步简直不能相比。

王怀礼竟然来看他们。王怀礼把他当年的经验介绍给他们,每天独自一个人到公园到有树木花草虫鸟的地方待半小时。他们好多年都在琢磨人,都琢磨到女人的阴道里了,就是对大自然无动于衷。我们可以想象他们到河堤到郊野到公园看到树木花草虫鸟时那副样子,他们情不自禁地在心里呐喊:“老天爷呀,人是这么不当当(好可怜太可怜了),草木是这么茂盛,虫鸟是这么欢乐。”

专案组的人告诉侯咏春,三笑市长太不是东西了,搞了那么多女人,365 个,全交代出来了。报纸开始追踪报道,人们对贪官贪钱兴趣不大,人们跟看电影看大戏一样总是盯着贪官们如何贪女人,尤其是投怀送抱成为情妇的女人们。已经追踪报道到了第八个情妇了,早已超出《渭北晨报》《华商报》,红遍大江南北了。等于给渭北市做广告嘛。

侯咏春头大了,报纸抖成扇子。妻子剥开一枚金橘,递过来:“你生什么气呀,那些女人又不是你搞的。”报纸落地,侯咏春压低嗓门:“里边有一个女人是咱们班 309 宿舍同学的老婆。”妻子就放下鲜花盛开一样的开瓣橘子,“真的嘛,有这回事?”“你仔细看,仔细看。”同班老同学嘛,参加过婚礼,参加过同学聚会,字里行间马上就看出了名堂。妻子紧张起来:“这叫她怎么活呀,男人真不是东西,一点担当都没有。”两口子一时无语,开始一瓣一瓣吃橘子,吃到第五瓣,妻子叹口气:“女人有时候很无奈,咱们同学的这个老婆,咱们最了解,绝对是为丈夫进步把自己献出去了。”侯咏春一拍大腿:“365 个女人,相当多的女人都是出于无奈,这太可怕了。我不能让他这么干,我不能让他这么混账,一点男人的血性都没有。"侯咏春大手一挥,长胳膊像古代武士的大刀一样刷一下把空气劈为两半,政法干部侯咏春又回到了浴血奋战的陆军侦察班长侯咏春,应该是政法干部与侦察班长的高度综合。

侯咏春开始了艰苦卓绝的明察暗访。不到半年,侯咏春就找到了三笑市长的经济问题,然后是 365 个情妇的口供旁证照片以及文字资料。给三笑市长致命一击的是已经与女儿移民美国的妻子的经济案件。三笑市长搞到第三个情妇时,妻子扛不住了,又不想离婚,就开始筹划与女儿移民海外。美国梦是要用真金白银打造的。妻子就利用市长丈夫的人脉资源开了一家公司,包揽了冯家山水库给渭北市的供水工程。投标公司很多,陕西境内几十家公司都可以中标,最终中标的却是山东一家不起眼的小公司。民间传说就很多,有心人只要顺藤摸瓜很容易找出破绽的。侯咏春把这次破绽放在三笑市长面前时,三笑市长就"呼"地站起来,直瞪着侯班长,侯班长长吸一口红好猫香烟,青青的烟团从鼻孔缓缓而出,冉冉升起。三笑市长慢慢坐下去,木凳子咯吱咯吱响,眼神飘忽复杂,就像中国女排纵身一跃打出的飘球,也像乒乓球高手打出的胡旋球,具有极大的不确定性。侯咏春把烟头往桌子上一摁,使劲揉几下,就像摁死一只蚂蚁,然后淡淡地吐出这么一句:"经济问题就是经济问题。"三笑市长和他的凳子还在嘎吱嘎吱响。侯咏春的嗓门抬高了一点:"你们夫妻还是有感情的,不就是因为你老婆跟你结婚前有过一段刻骨铭心的初恋吗?那个人早就死了嘛,你想让他复活?你现在不就做这种事嘛,让死去的情敌变成耶稣基督?精神恋爱在中国很奢侈的。"三笑市长屁股下的凳子立马止声,三笑市长长出口气,吐出的肯定是淤积几十年的浊气。三笑市长搞过的 365 个女人交待到第八个就停止了,民间传说戏称《第八个是铜像》。后边那 347 个情妇及家庭算是保住了,暂时和谐了。

何乐模在西安待了一段时间。他在回忆中这样写二十世纪八十年代的西安：这个汉唐古都已经变成脏兮兮的水泥工业城，尘土煤灰无处不在，麻雀都是黑乎乎的，刚洗好的衬衫挂在户外，不到两小时就由白变灰，衣服下边的树丛草坪成了唯一干净的东西。大街上发臭的煤灰秋天的烂泥，锈迹斑斑暴跳如雷的卡车。救赎西安的只能是城外辽阔的关中平原，苍莽的秦岭山脉和金色的渭北高原。让何乐模难以忘怀的是王怀礼老母亲徒步穿越关中平原的景象：密集的虫子铺天盖地，小动物包括蚂蚁都势如潮水，从天上从地下编织交错如同孔雀开屏……战乱年代这些小动物救了她的命，现在她拿自己的命去救儿子。被吃掉的小动物全都复活了，跟她一起去救那个不幸的儿子。何乐模再次听到哀伤至极的《母亲之歌》。王怀礼一家人安葬母亲的那段时间，何乐模已经到了古老的周原，在岐山脚下周公庙里祭拜姜嫄和太姜太姒太任周室三太。何乐模对周文王周武王周公召公不感兴趣，对公刘、古公亶父也不感兴趣。周的先祖后稷是他关注的重点，更大的目标是姜嫄和周室三太。他给圣母上香，他不会跟当地人一样跪拜，他划十字，然后跟着妇女们进洞摸玉石爷，他动作娴熟让周围的中国人吃惊。多年来他的肠胃一直不舒服，他就认真地摸玉石爷的大肚子，黑亮光滑的石雕，被人们摸得热乎乎的，温润如玉。他的手不由得停在玉石爷最滋润的肚脐眼上，他已经感觉到了观音土的柔和绵软细腻，一股暖流穿身而过，他听见身后有人嘀咕："这个洋人肠胃不好，就让他多摸一会儿。"另一个人马上回应："洋人吃肉喝奶还肠胃不好，要是吃玉米吃高粱，屙屎都成问题，就得摸玉石爷的勾子。"洋人何乐模不声不响，从玉石爷身上溜下来，从两个陕西农民身边走过时嘿嘿一笑："俄要摸你的勾子。"陕西农民吓一跳，洋人何乐模哈哈一笑："压（nia 娘）压，把你个瓜怂哈（吓）日踏咧。"周围的女人们笑翻了天:"压(nia 娘)压,洋人都会说陕西话,俄的压压。"

何乐模去了邻县凤翔,大秦帝国建邦立国的雍,就是现在的凤翔,与周的龙兴之地岐山相连。周公庙往西五六里就是凤翔,凤翔没有秦的圣母祠,何乐模找到的都是宣太后赵姬这样的淫妇,史书野史与民间传说中的秦始皇的母亲赵姬的情人嫪毐的生殖器竟然能壮如车轴,欧美自古就是性崇拜,也没有如此威猛的阳具。中国人的性崇拜性想象完全是发自内心深处。何乐模在日记中写道:"中国与西方对性表达上,差别很大,中国人直到现在也没有能力把性提升到美的境界。"何乐模很喜欢中国古典文学中"境界"这个词,中国古代艺术从诗词歌赋到音乐美术,全都是自然风景花草虫鱼飞禽走兽松竹梅菊,日月星辰甚至包括石头,人很少很少,或藏而不露。自然风景成为主体,栩栩如生,气象万千。人却那么柔弱卑微谦虚。

何乐模不知不觉就到了原顶,渭北高原完全不同于渭河以南秦岭山麓沟深坡大水草丰茂树木参天。渭北是典型的旱原,田野上没有一棵树,树都长在村庄的房前屋后,树不会与庄稼争资源。田野上的路很窄,就是一条条土塄,野草刚长出来就被农民拔掉喂牲畜喂猪,虫子全让鸡吃掉了。野草野树都长在悬崖峭壁上,长在庄稼无法生长的地方。树林是那么罕见。何乐模在一条大沟里看见了一片小树林,简直就是黄土高原上的一团绿色火焰。一条浑浊的小河从林中穿过,其实就是一条翻滚的泥浆。一个女人在河边挖一个坑,拎着木桶把浑浊的黄泥汤倒进土坑,倒满之后就拎着木桶往菜地里灌黄泥汤,沾满黄泥的莲花白显得更青翠,青中带白生机勃勃。有意思的是坑里的黄泥汤很快就沉淀变清了。这个农家妇女浇完了地,满脸通红,头发散乱,走到水坑边,蹲下去,对着清澈如镜的水面开始梳妆打扮,也就是一把小桃木梳子,刷刷几下就把头发梳得乌亮乌亮,发际中间闪出一道白光,润泽如蚌中壳水中鱼。树林中的何乐模听到这个农家妇女的那声嘀咕时惊呆了,这个打扮得漂漂亮亮的农家妇女,对着水面看着自己,然后扬头看天,满心欢喜地嘀咕道:“老天爷,我偷了一片天。”然后一手拎木桶一手拎铲子,一跃一跃上了坡。何乐模奔到水坑边,趴下,何乐模就看见了水坑里自己的面孔。几十年前,少年何乐模在丹麦的森林里,在清澈的湖边,就这样看自己。水中的自己完全不同于镜中的自己。所有的欧洲孩子从懂事那天起就知道希腊神话中的美少年纳塞西斯在林中湖畔看到水中的自己,那么俊美,喜不自胜,无数少女对他的热恋也无法使他摆脱自恋,上帝就是自己内心那个更真实的自己,他就纵身一跃跳到水里淹死了,变成了一朵水仙花。英文水仙花自恋与纳塞西斯词根是一样的:Narcissus——Narcissism。欧洲人在水中看到的不是天,看到他自己,欧洲人在希腊神话时代就确立了自我。何乐模也不例外。十二岁那年何乐模在丹麦森林中的湖畔就这样找到了自我。半个世纪后在中国西北高原深沟大壑的小河边,在脸盆大的人工水坑里看到了自己的面孔,也看到了蓝天,蓝天上的自己那么渺小,即使偷来一片天,人还是那么渺小,人在天地间是那么卑微。何乐模脑子里反复回闪故乡丹麦森林里的湖水,湖水里的水仙花:希腊神话美少年纳塞西斯,当他的脑子闪现眼前的人工水坑里的一泓清水时,他马上就想到王怀礼老母亲讲的长命泉故事,他马上意识到希腊美少年纳塞西斯跳入水中那一瞬间,湖水就成了长命水,欧洲人没有意识到罢了。何乐模把这个发现写到当天的日记里,后来他专门写了一篇长文《水仙花与长命泉》发表在德国《法兰克福汇报》(FAZ)。

何乐模一步三回头离开了那个小河边的水坑。一个月后他重返此地,水坑早就干了,让他惊喜的是水坑边长出三棵娇嫩的手片大的马刺苋。应该感谢考古队的陕西专家,给他办理了西北大学考古专业的外聘教授,他可以在中国继续一年,想继续待,就续聘。他一定是产生了错觉,把黄土地上的马刺苋当水仙花了,他甚至想守护这三棵野草。他这一生伤害过三个女人，伤害过他的女人都已经成为被伤害者了，都是他的错。因为这三个不同的女人离开他时都说他太自恋，最后一个女人离开他之后，他一直单身到现在。他当然不缺女人，可他对水仙花有恐惧感，宁愿到大江大河大海去，也不愿到湖边去。在中国西北的黄土地上，不知不觉就喜欢上了湖水、泉水。水仙花再次复活。我还这么自恋吗？他伸手触摸到了带刺的马刺苋，那么娇嫩，女人对男人的伤害是有限的，刺疼了你，让你的心滴血，可这血终有一天会结痂会长出新肉。何乐模的心在颤抖，那双男人的大手触摸到马刺苋的叶子，他触摸到了自己的心，心在风中颤如草叶，心在黄土地动若狡兔。主啊，人是这么卑微又是这么强大。何乐模一步三回头走上土坡时，放牛娃和羊群过来了，所有的草都淹没掉了。何乐模为自己的淡定感到吃惊，何乐模划十字的时候听的不是上帝的声音，而是宇宙天地间万物的声音……人来自于土归于土，土生万物，万物有灵，万物不死，生命永生。

.2.

新生入学不久，全班同学都知道王怀礼是个会过日子的人。王怀礼竟然从园林工人那里弄来一盆花，放在宿舍的窗台上，宿舍的人一片欢呼！楼下的同学也都仰头看中文 84 级一班男生 512 宿舍。隔着玻璃，红玫瑰如同火焰。女生们好羡慕，宿舍的人就开王怀礼玩笑：你小子要有艳遇了。

谁也没想到第一个发现王怀礼秘密的是外语系女生，那个女生就成为王怀礼的初恋。众女生私下悄悄议论玫瑰小王子时，这个外语系女生凌晨背单词边走边背诵，很快就走到校园最偏僻的花房，塑料大篷里园林工人们已经开始劳作了，大学生王怀礼混在工人们中间特别显眼，但手艺娴熟。外语系女生就凑过去，贴着灰蒙蒙的塑料布看好半天，王怀礼出来时外语系女生追上去：嗨！你是园林工人还是大学生？连珠炮似的不给王怀礼说话的机会，“刚入学就勤工俭学？你很困难吗？你可以申请助学金呀！”王怀礼笑眯眯看着她叨叨完，再告诉她：“师范生国家管吃管住，我没必要申请助学金。”“你学雷锋呀？都什么年代了，雷锋早过时啦。潘晓发在《中国青年报》那篇有名的《人生的路怎么越走越窄》你没看过？”“花草树木可是一条通天大道呀。”王怀礼就开始给小女生讲新疆哈萨克神话故事《长命泉》。小女生是城市长大的女孩，父母都是中学教师，从小就读《安徒生童话》《豪夫童话》《伊索寓言》《拉封丹寓言》《克雷洛夫寓言》，希腊神话和中国古代神话，边疆少数民族也就知道一个阿凡提。她所接触过的农村同学个个学习刻苦，成绩优异，就是知识面窄，基本不读课外书，也没条件读。她头一次听一个普通话很别扭的农村大学生讲哈萨克神话故事。这个《长命泉》神话颠覆了以前她读过的所有寓言和神话，那些神话和寓言告诉人们如何长生不老长生不死，人生最大的幸福就是永远活在世上。哈萨克《长命泉》神话里喝了长命水的老猎手与那个活了几百年用树杈想叉死自己的树人却为亲朋好友的离世而痛苦，死亡竟然也是一种幸福，把长命水洒向草木，与万物共生共荣，与万物成兄弟伙伴，这才是人生最大的幸福。天一下子就黑了，早已过了吃饭的时候，他们去了校外小饭馆，两人狼吞虎咽吃了好几碗馄饨。王怀礼第一次吃馄饨，第一碗馄饨上来他以为是饺子。女生告诉他：“世界上最好吃的不是面条不是饺子，这是饺子的弟弟，叫馄饨。”女生呼噜呼噜扒下一半，王怀礼照她的样子开始大嚼大咽，有一种吃面片的感觉，但比面片有味道。女生吃得慢，王怀礼抢先买单。

第二次吃饭是在周末，他们去看当时最火的电影《人生》。看电影时，女生不停地流泪，王怀礼给她手绢。出电影院，两人半天没说话。他们进了公园。女生望王怀礼半天：“你太成熟了，我在你跟前就像个小孩。”“我也想有你那样的一颗童心，一直到老。童心未灭，多好啊，早早失掉童心那才是人生的灾难。”“你没有失掉童心就是因为《长命泉》的故事?”“有这个故事，我可以抵抗任何灾难。”他们去一家老饭店吃饭，还是女生点菜，宫保鸡丁，豆角烧茄子，酸辣汤，加米饭，都是王怀礼没有吃过的菜。女生点菜时就提醒王怀礼：“这次我买单，这叫男女平等，尊重女性。”王怀礼吃了三碗半米饭。

国庆节回家，女生一进家门，家长就惊呼：“不到一个月，全变了。”女生也一愣：“有这么夸张吗？你们不认识我了?”吃饭时妈妈实话实说：“你一下子长大了，成熟了。”哥哥嫂子也这么说。父亲笑眯眯看着宝贝女儿，越看越心疼。返校时，妈妈告诉爸爸：“咱们的宝贝女儿有男朋友了。”二十世纪八十年代高中生恋爱叫早恋，大学生不准恋爱，但不算早恋，知识分子家庭比较开明，都不反对孩子恋爱。女生的妈妈暗中跟踪，老远看着女儿与王怀礼从林荫道走过，王怀礼老成持重，女生的妈妈就放心了，回家告诉丈夫：“两人窃窃私语，连手都不敢拉，好着呢。”

一年后他们分手了。他们度过了一年四季美好的春夏秋冬。他们从城市大街小巷的花草树木到秦岭山麓黄土高原的深沟大壑，这个城市女孩第一次走进大自然，走得越深越觉得城市公园可笑，就是个小盆景嘛。

女生天资聪慧，走到郊区菜地时就被各种花花绿绿的蔬菜蝴蝶小瓢虫迷住了，就拉着王怀礼返回校园，“不行不行，再往前走我要崩溃了，让我歇口气，下周我们继续努力。”第二天女生给父亲单位打电话，让办公室叔叔转告父亲，把家里的照相机送到学校，再买两个胶卷。两天后哥哥送相机和胶卷给女生。我们可以想象周末他们有多么愉快。王怀礼逐一介绍郊外田野上的庄稼蔬菜和昆虫，小女生小鹿一样蹦来蹦去抓拍。小女生也教王怀礼如何使用相机。那个年代的农村学生初中毕业高中毕业上大学才照相，也就这么三次。摆弄照相机跟做梦一样。小女生就让王怀礼进入梦境。下一周他们进入秦岭大峡谷,小女生不吭声了,也不摆弄相机了。家人带她游过的杭州西湖山东泰山安徽黄山陕西华山都很可笑了,那些旅游胜地不就是个大公园嘛。大地上这么多山川江河,都是人间美景,任由你去观赏。小女生慢慢举起照相机,开始抓拍。这才是真实的大自然,飞禽走兽,花草虫鱼,泉水溪流,群山林莽。每一处美景,都是王怀礼搀扶小女生,王怀礼竟然抓到了一只松鼠,递到小女生手上时,小女生抓住王怀礼的手,他们开始拥抱,小松鼠竟然没有逃走,在一对拥抱亲吻的小情侣肩上窜来窜去。当他们热吻到高潮时,小松鼠正好站在他们的头上,毛茸茸的褐色长尾巴高高跷起,跷成拱形,大片大片的阳光飘落下来,松鼠尾巴就成了一道彩虹。小女生当天的日记里写下这么一句话:今天在大山深处,照相机成了我的眼睛。

又一个周末开始了,他们走进渭北高原的深沟大壑。他们坐汽车一直到关中以北一直到了陕甘宁交界的陇东固原,黄土高原的腹地。小女生站在高原之顶,高原如猛虎,如万顷波涛,一棵草就像瀚海里的岛屿,就像暴风雨中的海燕,就像一只鹰。王怀礼小声告诉她:都不是。“那是什么呢?”小女生喃喃自语。王怀礼朝觐的圣徒一样走到一丛狗尾巴草跟前,抖动的狗尾巴草就像黄土崖上的一撮头发。王怀礼攀上去,双手捧起草叶上面的毛茸茸的草尖,草尖就像松鼠尾巴,王怀礼跟圣徒一样跪下去的时候,小女生忽然发现波涛汹涌的高原都是跪拜的姿势,小女生就听见王怀礼小声嘀咕:草是大地上的神,庄稼都长不到这么高。小女生已经抓拍到深沟大壑里的星星草野菊花灰条喇叭花刺笕枸杞树了。当她到了原顶,看到狗尾巴草时,她发现所有的高原都向野草跪拜。小女生开始抓拍那些光秃秃的高原,拍着拍着她发现这些圆浑浑金灿灿的黄土高原个个都像和尚,不是像不像,它们个个都是远古而来的披着袈裟的高僧,佛就在草木中央就在万物中。小女生心中大叫:“哇,大地上最高的不是山,是树,群山向树跪拜,高原向草跪拜。”

我们可以想象小女生拍出了什么样的照片。《中国摄影》杂志很快发表了她的杰作。很快参加全国摄影大展,一直传到海外。

该是他们分手的时候了。小女生实在不忍心,爸爸妈妈也觉得王怀礼是个可以终生依靠的男人。可他们的宝贝女儿进步太快了,前途太远大了,这是没办法的事情。爸爸妈妈想给王怀礼很大的补偿,小女生含泪摇头:“干什么呀,人家也是有自尊的。”小女生决定把120海鸥照相机送给王怀礼,他们一起用这个普通照相机抓拍了秦岭和黄土高原的一草一木,参加全国摄影大展后,她拥有了专业摄影师使用的德国蔡司照相机。在文化局当科长的哥哥马上制止了妹妹的愚蠢举动:“多少年后这架相机就是文物,你的成名作来自这架相机。”全家人都如梦方醒,小女生也惊呆了。嫂子微微一笑:“请他吃顿饭,嫂子给你们当灯泡。”爸爸妈妈异口同声“选最好的饭店,不能叫人家娃吃亏”。一家之主父亲做最后总结,也是对女儿的忠告:“找男朋友要么找农家子弟,要么找知识分子书香子弟,千万不要跟小市民子弟交往,千万不要跟流氓混混地痞无赖打交道,千万别听什么狗屁男人不坏女人不爱,记住了,记住了。”中学校长父亲从女儿的肩膀拍到腿上手上。女儿的新男朋友是名牌大学教授的儿子,工科男高材生,北京全国摄影展上与女儿一见钟情。中学校长父亲的眼神里全是无限的期待。女儿使劲地点头。

这么乖的宝贝女儿哪个父母不放心呢!

两年后女儿与第二个男朋友分手,第三个男朋友是澳大利亚墨尔本大学学生物工程的博士。洋人被摄影杂志上的狗尾巴草吸引住了,爱屋及乌爱上了中国女孩。小女生已经成长为大姑娘了,相当成熟了,又不是第一次出国,也不是第一次见洋人,对洋人的风俗习惯文化背景很了解。她就给洋博士讲狗尾巴草的故事。相传:仙女下凡与书生相爱,遭到王母娘娘阻挠,仙女与书生拼死反抗,抗到最后,仙女的爱犬为了救助主人舍命而死化作狗尾巴草，世世代代，传承着对爱情的见证。洋人深情地看着这个中国姑娘，低声问道："你一定经历过一段刻骨铭心的爱情。"姑娘点点头。洋人的声音还是那么低沉："你太美了，美得让人无法想象，你知道吗？有过美好爱情的姑娘就会跟爱情一样美好。"他们就走在了一起。结婚后洋人丈夫建议她把狗尾巴草的故事与她初恋的爱情故事配在摄影图册上，封面就是狗尾巴草图片与一段有关狗尾巴草的传说。书迅速红遍全球。红到中国大陆时，父母着急了，打国际长途，妈妈都快要哭了："瓜女子，你咋能出卖你自己。""妈呀，你这是咋咧？""女人的隐私，初恋，咋能抖出来嘛。""让杰克给你说。"洋女婿操电话对中国岳母哈哈一笑："有幸福的初恋也有痛苦的初恋，我美丽的妻子很幸运得到上帝的眷顾，经历一场幸福美好的初恋，已经感动了全世界，您作为母亲不感到自豪吗？"妈妈放下电话，不停地嘀咕："洋人怎么这样？洋人真叫人不可思议。"

女儿的第二个男朋友，大学教授的儿子当初就因为狗尾巴草的图片与传说主动追求女儿，女儿给教授儿子讲述自己的初恋时，教授儿子就不顾一切地爱上了女儿。

陕西人太保守啦，陕西的城市人也一样保守。母亲和父亲互相问对方："这是我们的女儿吗？"中学校长父亲长叹一声："我们的女儿太幸运了，遇到的都是好人。"母亲小声嘀咕："我总觉得是狗尾巴草的功劳，相传它是仙女下凡时从天上带下来的爱犬变的。"母亲就给女儿打国际长途：绘声绘色地讲狗尾巴草的故事。女儿静静地听着，听完后告诉母亲："我仿佛回到童年，妈妈你讲得真好。"

女儿就给王怀礼打电话，只能打到单位办公室，国际长途挺吓人的，多少双眼睛盯着呢，多少只耳朵顷刻间成了雷达，没有任何秘密可言。但大家听不见电话那头的声音，王怀礼不停地是的是的，就是这样。王怀礼回复对方的声音大家全都听到了，就是那个老生常谈的长命泉故事。长命泉的圣水浇灌了花草树木,当然包括狗尾巴草喽,狗尾巴草是没有结果的,颗粒很小,鸟儿虫子都不吃的,就是样子很美,很合适拍照,算是荒原上的装饰,我嘛,你放心好了,我要感谢你给我那段美好的回忆,没有结果更好嘛,重在过程。《长命泉》里的长命水就是这样子嘛,老猎手要万物常青,而不是自己一个人长生不老。电话那头停了一会儿,王怀礼才放下电话。大家就拥进办公室,热情主动问这问那,王怀礼就环顾左右而言他,大家也不好追问。改革开放十多年了,国际长途不算个啥。王怀礼回家如实向妻子汇报,妻子是城市人,也不知道狗尾巴草的传说,初恋女生抱怨他是有道理的,民间故事都在乡村,城里人连麦子都认不出,要是当初告诉她狗尾巴草的故事,她拍得就会更精彩。妻子刮他鼻子:“你是故意的吧。那是个爱情故事,不好意思讲。肯定是她主动追你的,你挺有女人缘的,你们大二就分手了。大学四年呢,老实交代,还有几个?”“你不要吃醋(哦)。”妻子跟小孩一样窜到厨房拎来一瓶酱油:“我吃这个,满意了吧,说吧,快说。”王怀礼笑眯眯地讲那两个女生。

第二个女生是学地理的。狗尾巴草的图片最先在学校展览引起轰动,就引起了地理系女生的注意。半年后地理系女生在校园碰见王怀礼帮园林工人收拾草坪,地理系女生就调侃王怀礼:“你转我们系算啦,一看就不是学中文的料。”王怀礼哈哈一笑:“要转也转西北农学院,转不到地理专业。跟你开玩笑呢,真是死脑筋,周末帮我采标本去,还是狗尾巴草,不会伤害你吧。”“我没有那么脆弱。”“我有云南白药有三七粉,跌打损伤都能治疗。”“你挺幽默啊。”

每到周末就去秦岭,半年后上高原,地理系女生吃苦耐劳的精神和毅力让王怀礼大受感动,简直就是个农民工,喝生水,野果充饥。王怀礼赞叹:你能当特种兵。地理系女生就告诉王怀礼:“都是长命泉的故事给我的鼓励。”确实如此,地理系女生在董志原的大沟里找到了紫色的狗尾巴草,属于稀罕物种,地理系的老师都惊呆了。地理系女生就告诉大家:“到了荒原深处,就是渴死,也不要把水喝完,就像举火把暗夜独行一样,拎着水壶植物就会反应,你就会觉察到异样的植物气息。越是苦寒之地,水的吸引力就越大。”老教授都竖起大拇指,说呀,你继续说。地理系女生就讲长命泉的故事。大家听完后,最大的感受就是文学太重要了,文学的想象力具有一种超验能力。竺可桢先生的著作中引用那么多古典诗词,科学也是一门艺术啊。地理系女生硕博连读。大三最后一学期他们分手了。分手的理由很简单,地理系女生认为王怀礼没有雄心壮志,“一个男人没有一点点野心,很难让女生动心的。”王怀礼很吃惊:“我的野心够大了,你让我大到天上呀。”“哈哈,你有野心,说说你的野心。很快乐地生活就是你的野心,不用上大学,学门手艺也能快乐地生活呀,你的人生目标太低了吧。我觉得你并没有走出渭北大学政法系那个冷酷的苏老师给你带来的阴影。”王怀礼脸上的笑容消失了,王怀礼告诉地理系女生:“我确实被他狠狠地拿了一下,拿得我很难受,跟死了一次一样。一个死亡线上过来的人最大的愿望就是快快乐乐开开心心地活着,一棵草一朵花都是那么美好。”地理系女生死死地盯着王怀礼:“失恋也不能给你带来痛苦?”“怎么会呢?跟美丽的姑娘一起度过一段美好时光,多么难得多么幸运呀,这是上天对我的眷顾。”“我就是一朵花?一棵草?”地理系女生哭着离开了。

同班女生出现了,也到了大学最后一年。中文系女生自信满满。刚入学就看上了王怀礼,并不是王怀礼喜欢花花草草,而是中文系女生们难以自拔对忧郁和哀伤的迷恋。王怀礼的忧郁和哀伤不是飘在眼神里,也不是弥漫在面容上,而是一种内在的气质,老远从整个躯体散发出的一种气息。女生们远远就被刺疼了。外系女生捷足先登,就让她们折腾吧,怎么能逃文学专业女生们的法眼。外语系女生与地理系女生离场,中文系女生从容登场。

应该说这个同班女生比较靠谱,她没有那个年代大学生们的雄心壮志和勃勃野心，喜欢平庸日常的生活，喜欢小情小调，被大家戏称为家庭主妇、贤妻良母，一点上进心都没有。那个年代大学校园里最能打动女生的经典一幕就是男生在校园人群中往最亮丽的女生跟前一站，斜着身子抖着腿，一身脏兮兮的黄军裤褂，头发乱如鸡窝，满脸怪笑，声音沙哑："你可以不爱我，但你不能不爱艺术。"美女当场就垮掉了，跟狗一样乖乖跟随其后，任其摆布。这个生活型的中文系女生也曾被某男生在校园稠人广众之下拦截过，当男生以魏晋风度扛着西班牙吉他重复那句陈词滥调"你可以不爱我但你不能不爱艺术"时，中文系女生笑嘻嘻地看吉他男生半天："我不喜欢什么狗屁吉他，我喜欢巧克力，意大利的、德国的、瑞士的，你有吗？法莫娜，大白兔奶糖也可以啊。"吉他男生落荒而逃。那个年代文艺青年都被女生包养着，软饭吃得理直气壮。

中文系女生眼里只有王怀礼。全班春游，中午饭就在河滩上点火野炊，男生收柴禾点火烧水，女生包饺子。王怀礼从麦田挖了一兜兜荠荠菜和小菠菜洗干净，等大家吃完饺子，做菜汤，提前声明，菜汤分两种，加盐加醋的，不加盐不加佐料的清水菜汤。绝大部分同学要佐料，没佐料连盐都没有，比和尚还清淡。应和王怀礼的只有一个女生，就是那个绰号贤妻良母的女生，她要看看王怀礼如何做出无佐料连盐都没有的菜汤。王怀礼没有用饺子汤，用滚烫的白开水直接往搪瓷碗里一冲，小菠菜和荠荠菜就散发出一股清香，筷子是用剥掉皮的柳条做的，也是一股苦涩的香味，王怀礼捧着蓝色黑边搪瓷碗走到女生跟前，等于把黄土高原春天的气息送过来了，小菠菜和荠荠菜成熟带着生，清脆清香，汤水也清澈中带着香，轻轻一嚼，唇齿间清香无比，王怀礼声音很轻："盐会把青菜变老，汤水会失去鲜味。"女生声音很小："你快吃。"女生端着碗，直到王怀礼用烫水冲出一碗菜汤，她才动筷子。

他们就这样走在一起。王怀礼告诉中文系女生，面条也可以这样吃。女生一声尖叫，砸他一拳："太夸张了吧，白面条啥都不放赤裸裸下肚，怎么可能呢？"

周末，女生带王怀礼到她们宿舍，小案板小面盆煤油炉子，王怀礼开始和面揉面醒面，反反复复，几个小时后，拉出又薄又宽的扯面，一根一根丢进锅里。锅小，一次只能煮一碗。先让女生品尝，女生犹犹豫豫挑起一根热腾腾的金黄金黄的面条，一下子就让麦子天然的香气迷住了，面条刚碰到嘴唇就滋溜一声窜入肠胃，然后是长长一声啊——啊，好多年以后新婚之夜与丈夫床上交欢到高潮时就发出这种声音，好多年后举国上下全面开放，黄片进入家庭，盗版 DVD 美国色情大片《深喉》里的那个女护士也发出这种令人颤悸的声音……接着就是第二根面，第三根面，一大碗热乎乎的没有任何佐料与蔬菜的白面条顷刻间全部下肚，没有咀嚼，全都是咽下去的，还在肚子里咕咕响。小女生春色满面，声音小小的："你这个坏蛋，你咋弄的，把面条弄成这个样子。"两个香喷喷的饱嗝，女生捂住嘴，她还是要吃，一定要说："狗日的，这面条就像你生的，你狗日的能生孩子。"王怀礼嘿嘿傻笑，小女生拧住王怀礼耳朵："你使了啥魔法这么厉害？"不等王怀礼回答，小女生恍然大悟："《长命泉》，你讲过的《长命泉》，你掌握了这些活命水的秘密，什么东西到你手上都会栩栩如生，你把泥巴都捏活是不是？"他们已经抱在一起了。小女生整理她零乱的头发时狠狠打王怀礼一拳："你太有女人缘了，我猜得不错的话，前边那两位也是主动追你的，是不是？""我不要你回答，我是明知故问。"他们再次拥抱，小女生还不停地叨叨抱紧我抱紧我，再紧一点再紧……啊我活过来了我活过来了。他们缠绵的时候，好几个女生在外边偷听呢。晚上大家叽叽喳喳到后半夜时，有人怪声怪气地喊："我活过来了我活过来了。"小女生一愣，一跃而起，抡起枕头挨个砸同室女生。整个宿舍笑成一团，笑够了，气都喘不过来了，有人提醒小女生："等你喊出我要死了我要死了的时候，你们就要走进婚姻殿堂了，众姐妹就要吃喜糖了喝喜酒啦。”小女生这回没闹，很严肃地告诉大家：“我想应该是这样。”

我们就知道小女生的厨艺长进得有多么快。明显的标志还不是她做的美味佳肴，是同班女生在澡堂里的伟大发现，小女生的乳房和屁股都要翘上天了，雄鹰展翅处于飞翔状态啊。众女生仿佛明白热恋对瓜女子们的重要性，她们私下嘀咕王怀礼哪是揉面啊，揉面的功夫全用到女朋友的乳房和屁股上啦。

陕西人对面条的热爱可以用《圣经》比拟，城市也不例外。亲朋好友招待贵客都要请小女生下厨。舅舅就在渭北市工作，舅舅朋友的儿子出国前专程来看望舅舅，舅舅就叫外甥女来展示厨艺，舅妈做菜，外甥女做面条。对菜肴的赞赏有点言不由衷，完全是出于礼节，当面条上桌时，大家都失态了，陕西男人的本性袒露无遗，虎豹一般捧碗大咥猛咥狠咥，椅子嘎吱嘎吱响，腮帮鼓圆，筷子与手如同刀剑，双目圆睁，脖子粗壮青筋暴起。舅舅被噎住了，以手示意，快、快、加面、加面。交往多年的老朋友了，朋友一家太熟悉女主人的厨艺了，朋友一家太感动了，儿子出国，人家专门请了大厨，用心良苦哇。都是儿子为父母争光啊，关中西部小县城小职员的孩子，考入西北工业大学，杨振宁来大陆挑选的十几名公费赴美留生学之一，整个陕西教育界都轰动了。出国前吃到这么好的家乡饭，亲妈都觉得不好意思。亲妈就去厨房感谢大厨，女主人就说：“会让你大吃一惊。”从厨房出来的是个小菩萨的年轻姑娘，姑娘还不停地躬身致谢：“做得不好，叔叔阿姨吃好了没有？”客人们半天说不出话。客人们看到的这个姑娘就是热乎乎香喷喷的一碗面。

接下来的事情就简单了，出国手续得好几个月，小伙子就住在叔叔家里，每天都能吃到姑娘的手擀面手拉面，百吃不厌呐。小伙子就给姑娘讲从幼儿园到小学到中学到大学刻苦学习的经历，当小伙子讲到拼命一搏赢得诺奖获得者全球华人引以自豪的杨振宁对他大加赞赏时，姑娘就脱口而出："都是大学生，我觉得我都白活了。""你把面条做到这种水平。大厨都比不上你，行行出状元，一个人一生做好一件事就是天才。""你说我是天才，太夸张了吧？""一个人离开家乡离开故土的时候，才能体会家乡饭有多么珍贵，感觉特别敏锐，母亲做的面条都比不上你，你太了不起了。"

与此同时，舅妈带着小伙子的母亲来回穿插于外甥女父母之间。按规定，公派留学生可以带配偶一同出国，照顾生活。当父母给女儿挑明这一切时，女儿就笑："真把我当大厨呀，给他当保姆呀。"父母不知说什么好。舅舅就告诉她："当年阎锡山逃离大陆，没有带他最心爱的三妹子，一定要带上大厨。到台湾要吃家乡饭呀，三妹子要是有一门好厨艺阎锡山能丢下她吗？娃呀，记住，管住男人的胃，就等于管住了这个男人，何况是在异国他乡呢。"母亲刚要挖苦女儿的男朋友王怀礼，父亲马上制止了。要相信咱们的女儿嘛，要有点文化自信嘛。

女儿真乖，周末女儿就跟王怀礼进行了一次推心置腹的交流。女儿告诉王怀礼："知足常乐都是针对中老年的，我发现你对生活的要求特别低，能活着就很满足了，你应该忘掉几年前退学那件事，你已经考上大学了，快毕业了，以你的成绩和能力留在城市没问题，你是个城市人了，国家干部了。"小女生就说不下去了，神情复杂地等待王怀礼的反应，王怀礼就告诉她："让生活过得有情调有意思难道不好吗？""那我就告诉你一个秘密，我发现你吃美味佳肴和粗茶淡饭的神情是一样的，这就是你热爱的生活，我不想过这种生活。"小女生就离开了。

到底是同班同学，离开时告诉王怀礼："你不能总是把一个个女孩变成美好的回忆，你应该面对当下，面对未来，当下不是梦，未来更不是梦。"

王怀礼就这么毕业了，应该承认王怀礼同学相当优秀，那个年代还比较公平，以学生的成绩和能力进行分配，王怀礼在本专业排名前十，就分到渭北市教育局。农家子弟的梦想就是留在城市，全班同学吃散伙饭时，王怀礼主动与抛弃他的小女生敬酒，那神情明明白白在告诉大家我的梦想实现了嘛。小女生眼睛就湿了。

据说市教育局可以把他分到市属几所大学，也可以是市属重点中学，拨拉来拨拉去，不断被人顶包，最后落脚一所郊区中学。

王怀礼参加工作这一年，当年309宿舍的老同学已经工作三年了，已经回过味了，已经三三两两去拜访苏干事苏主任苏老师了。理所当然也三三两两到王怀礼单位来，对王怀礼不理不睬，明眼人就看出来王怀礼是最佳拿捏对象。王怀礼的苦难就开始了，凡是拿过王怀礼的人全都功力大涨，十分了得。过一段时间，309老同学开始第二拨巡访，王怀礼单位的人就知道了王怀礼的先进事迹，也知道了苏老师的作用有多么大。有道是榜样的力量是无穷的，得到苏老师真传的人都进步很快。王怀礼基本上成了“拿人术”训练基地，好心人摇头叹气：“小王呀，你都成拳靶子了。”王怀礼同志兢兢业业，开始有人叫他菩萨老师了，这是学生和学生家长对他的赞誉。有学生家长就给王老师介绍对象。九十年代了，工人阶级的社会地位大幅度下降，工厂女工开始正眼看中小学教师了。学生家长给王老师介绍的工厂女工是个过日子的实在人，跟王老师交往两个月就以工人阶级精密机床一样严谨缜密的目光发现了王老师的病根子：“知道你为什么三次恋爱三次失恋吗？女人使男人成熟，你一点都不成熟，还是个小孩子还是个碎娃。”渭北市就夹在秦岭与黄土高原之间，也是关中平原的起点，相当狭窄，就是大喇叭的把柄，任何尖利的声音都会引发群山和高原的回声，群山深处回荡而来的是娃娃鱼呜哇呜哇的声音，黄土高原深沟大壑里回荡而来的是观音土嗯啊嗯啊的叫声。当女工惊慌失措，王怀礼连说：“崖娃娃叫哩，城里人没见过崖娃娃。”“明明是你王怀礼怪声怪气吓唬我，少拿这一套骗我。”女工走几步又回头痛斥王怀礼：“男人不流氓，发育不正常。大学没白上啊！反应很快啊！立竿见影啊！”齐耳短发一甩，高跟鞋噼噼啪啪成了机关枪。

好心人反复提醒王怀礼：你要反击，你不能被动挨打，你可以恨苏老师，但你不能恨拿人术，这个世界什么事情都得拿人一下或者被人拿一下，你这是何必呢？王怀礼就这样回答人家：“我过得很好啊。”人家也就不好说什么了。

有高二女生在校园没人地方拉住王怀礼：“老师，我有话对你说。”“课堂给你讲过了嘛，还要我给讲一遍？”“不是课文，是你的问题。”“我有什么问题？”小女孩小脸涨得通红：“我要嫁给你，做你的妻子。”王老师和他的自行车同时打了个趔趄，差点倒地上，王老师结结巴巴：“你你你胡说什么，好好好好念书考大学，中学生不许早恋。”小女孩捂嘴大笑：“把你吓成这样了，都二十七八了还早恋，老光棍还早恋。老实告诉你，高中班女生都有嫁你的愿望，不管你答应不答应我，后面还有很多很多，她们会前赴后继直到你结婚为止。”王老师冷静下来了：“这是犯法的，有违师德，是在害我，知道嘛。一点法律常识都没有。”

小女孩回去跟大家一商量，法律条文里还真有这么一条：未成年人十四岁。小女孩们叽叽喳喳大半天，其中一个女生大叫一声，有啦有啦，我有一个堂姐，命运坎坷啊，跟王老师如出一辙，同病相怜。众女生拥抱欢呼，解决王老师婚姻大事的历史重任就搁这个小女生肩膀上了。小女生回家跟堂姐刚开个头，堂姐马上就明白了，堂姐抱一下可爱的堂妹，进房间去了。中学生堂妹往房间里冲，被嫂子拉住了：“瓜女子这么瓜，你姐都兴奋成下蛋的鸡了，你捣什么蛋呀！”堂姐在自己的闺房里打扮了一个多小时，笑眯眯出来了。中学生堂妹当向导当探子，出门时嫂子提醒女中学生：“快到学校时你就借机躲开。”“她又不认识我们王老师,我得介绍一下呀。”“你咋这么瓜呀!这叫缘分,有缘分的人不用别人介绍,你只管引路。”

如嫂子所言,快到学校门口时,堂姐就被一群蝴蝶和蜻蜓引走了,瓜女子中学生嗨嗨乱喊乱叫,堂姐就挥挥手:“好妹妹,你忙去吧。”蝴蝶和蜻蜓一直把堂姐带到校园后边那块坡地,细心的老师与职工在土坡上开垦出一块块地种菜种庄稼,大多都是菜地。一条小溪从两坡之间的壕沟流下去,直奔渭河支流金陵河。水边全是灌木芦苇和菜地。王怀礼也是唯一一个跟职工们一起住在校园最后一排平房的教师,几年前学校就建了住宅楼,住平房的都是学校的底层。下课后王怀礼就到菜地里忙一阵子,一分多地,种的茄子、辣子、西红柿、韭菜、莲花白、红萝卜、白萝卜、豆角、洋葱,土豆根本吃不完,大都送人。就图个快乐,与植物与昆虫为伍,乐在其中。当一股罕见的女人的体香飘过来时,王怀礼手攥着红萝卜缨子站起来,一下子就被眼前这个姑娘惊呆了。姑娘一点也不惊奇:“这么专注这么执着,我在你跟前站好半天了。”“怎么是你?”姑娘就是1982年秋天母亲去世的那家医院那个陪他一晚上的护士。“我现在不是护士了,我成了无业游民,想吃两根胡萝卜。”他们就坐在菜地边的草丛里,姑娘吃完胡萝卜就讲自己的经历。

姑娘当年初中毕业就考上了卫生学校护理专业,工人家孩子,都想早早参加工作,1982年毕业时才十六岁,一年后才能转正。负责临床护理的副院长有个习惯,女医生女护士都要跟他上床,当然是他看中的。那些医科大学和卫生学校毕业分配到这家医院的漂亮姑娘就要倒霉了。不倒霉也可以,就无限期延长实习期。漂亮姑娘们千方百计,动用各种关系,有的过关,有的妥协上床,也有的抵抗到底。女护士肯定是唯一一个死扛到底的姑娘。“你在太平间守灵的那天晚上,医院左右两侧的大沟里全是呜哇呜哇的叫声,我怎么听着都是婴儿在哭,我还以为是你在哭你妈。我去太平间好几次,看见你静静地

坐在你妈身边,可外边大风刮来的全是婴儿的哭声,越听越上心,听着听着就成了歌声

呜哇——呜哇——

我娃不当当的(好可怜,太可怜)我娃——

压(nia 娘)啊——压啊——

嗯啊——嗯啊——

医院的人都哭了。从那天起,这首带着哭腔的歌就没有停过。每当我遇到坏男人骚扰时,我耳朵里就响起这首歌,我发誓我不会跟那些狗男人上床,让他们坏了我的身子,我要对得起我的孩子,我要给未来的小天使小宝宝一块清洁之地。"姑娘咔嚓咔嚓嚼完胡萝卜,又接过两颗西红柿,她没吃西红柿,她反复地摸西红柿,抹一把眼泪,继续讲她的故事:"我谈过三个男朋友,每个男朋友跟我交往不到一年就进步了,提升了。谈到第三个时我才醒悟过来,我不能再给人当跳板,我就辞职了。这么多年我什么活都干过,就是不给打我坏主意的臭男人低头。"姑娘要咬西红柿时,王怀礼抱住她,姑娘就崩溃了,脑袋顶在王怀礼胸口上嚎啕大哭。王怀礼也崩溃了,把脑袋贴在姑娘不断耸动的后背上哭得跟孩子一样跟个碎娃一样。风从群山从高原从四面八方吹过来吹过去,吹响的全是《母亲之歌》。亘古以来,人们遇到灾难都这么哭爹喊娘,其实喊的都是娘。

婚后他们在学校附近开了一家小商店,妻子把她这些年打工的经验全合在一起,专门销售茶叶,用橘皮配茶叶配各种滋补中药,还保持她的医学专业特长,收入很快超过丈夫的死工资,越来越像一个老板娘了。开始雇了两个小姑娘。把丈夫喜欢的花草虫鱼加进来,其实都是一些图案,人鱼相混、人首鱼身、人首蛇身,很容易让人想到伏羲女娲神话和白娘子传说,就描绘在陶瓷小罐上小木盒上小铁筒

上,都成工艺品了。有大众顾客也有高雅之士。她的家人都很吃惊,自从嫁给王怀礼完全变了一个人,闺蜜问其秘诀,她摇头不语,逼急了,她就拿亘古以来中国女人的经典名句:“嫁鸡随鸡嫁狗随狗,嫁给狐狸满山走。”连她自己都没意识到她无意中还真的说出了老王家的家族秘史,“我家怀礼就是个崖娃娃,我婆婆战乱年代死里逃生,吃树皮吃草根吃虫子吃观音土。”校园后边菜地左侧大沟里就传来了崖娃娃呜哇呜哇嗯啊嗯啊的叫声,很快就来了许多虫子,蝴蝶、蜻蜓、蚂蚁、蜈蚣、螳螂、七星瓢虫全都来了,女人们吓坏了,她们往王怀礼老婆身上挤,王怀礼老婆镇定自如:“别紧张,它们不能吃人的,它们是救人的,救过我婆婆嘛。”王怀礼妻子手一挥,虫子就让开一条路,女人们紧随其后,浑身发抖如同风中树叶,进了校园,女人们哇一声大叫:“你成神仙啦,神灵附体。”然后就奔到王怀礼家的屋子里,拿走了饰有人首兽身一体图案的工艺品。王怀礼老婆很大方地劝她们慢点慢点,就是要送给你们的。

新产品马上出来了,几乎是百兽图,拼在一起,却能看出人的样子。

309 老同学们正处于离婚复婚的尴尬状态,他们纷纷拜访苏老师,但也无法得到苏老师的真传。经验这种东西完全是个人知识,不是公共知识,再高明的老师也没办法。苏老师恨不能替他们上阵,没办法啊。他们在单位拿捏了不少人,也取得相当好的成果,就是欠火候。他们当然不放过老同学王怀礼。应该说他们开始拿的第一个人就是老同学王怀礼,客观地讲被老同学狠狠拿一把,其疼痛远超苏老师。王怀礼还给他们送花花草草,告诉他们这是治愈心灵创伤的长命活水,是我亲自从野外采集焙制的。王怀礼和妻子有了新产品,第一个想到的就是 309 老同学。妻子听王怀礼讲 309 老同学们状况,妻子说:“他们太可怜了,不管他们给你做过什么,你都不要在意。”夫妻俩送人首蛇身,人首鱼身,人与百兽合体的,配制了各种果干茶叶的新产品去看望309老同学。老同学们跳起来了:“啥意思? 我是动物吗? 我是野兽吗?”他们的妻子把礼品捧在手里,悄然无语。他们就安静下来了,接受了这些奇特的礼物。礼物还有“劈山救母”的图案,有三圣母,有小沉香,有书生刘彦昌,妻子怪怪地看丈夫半天:“你是刘彦昌呢还是小沉香? 我可做不了三圣母。”这些美好的礼品全让妻子拿去送给她们最心仪的男人了。他们很快就意识到这些人兽一体工艺品的奇特魅力,他们背过妻子,去王怀礼妻子专卖店买这些礼品。王怀礼妻子全给他们优惠价,提醒他们自己享用。他们太崇拜苏老师了,他们要奉献给苏老师。

苏老师见此大礼,差点跳起来,捧在手上又是闻又是翻看,喜不自胜,品尝之后,又为之一愣,问妻子:“你二弟生意咋样了?”“他生意多了你问哪个?”“咱们的宝贝儿子给他二舅舅捣鼓什么人工培植娃娃鱼,人工娃娃鱼,有人吃吗?”“噢,你说他那个大酒店,生意可火了,广告太夸张了,什么每周吃一次娃娃鱼多活三十天,连吃大半年增寿三五年,做生意都做疯了。我抱怨咱儿子,儿子说:这是保护野生动物,再不人工培殖,野生娃娃鱼不到三五年就灭绝了。唉,现在日子好,人人都吃了五谷想六谷。”苏主编苏教授闭目沉思,妻子以为丈夫有什么大论文要构思了。

苏主编苏教授当天下午就去了二舅哥的天一大酒店,就点一道菜:清蒸娃娃鱼。连吃半个月,效果奇好,奇妙,妙不可言呐。首先,精力旺盛,元气大增,神采飞扬,古人讲的六维不就是天地人精气神嘛,全都齐啦。苏主编苏教授就直奔二舅哥办公室,开门见山:“我不占你便宜,一分不少你的。”二舅哥马上明白姐夫的意思:“上瘾啦,野生娃娃鱼没问题。一家人不说两家话,这样吧,第一年一分钱不收,第二年半价,三年后优惠价。”三年后的优惠价当然给权贵们的,姐夫应该享受这种高规格待遇,书呆子外甥一分钱好处都不要,就还给他父亲吧。两个月后,夫妻一起同享,三个月后,把老母亲也带来了。

半年后,夫妻俩就比同事们年轻许多,三年后比同龄人年轻十岁,退休前竟然一副青壮年气派,比同龄人年轻二十岁。老母亲活到了一百零一岁。夫妻俩刚刚神力大发时,妻子先想到远在澳大利亚的儿子,马上打国际长途,丈夫压住了电话,丈夫还是这么理性冷静:"你还不知道咱们的儿子吗?科学,他永远相信科学,他要是知道真相会马上向政府举报他二舅。我动员你练气功练瑜伽就是掩饰咱们这神态嘛。"妻子难过得都哭了:"我们快六十岁了,跟儿子儿媳妇站一起就跟兄弟姐妹一样,再这么下去,辈分都乱了。""亲爱的,你想多了,美好的生活,长寿长生长命再也不是神话传说啦。""可活这么久有什么意思?""有意思得很啦,跟我在一起不好吗?""儿子孙子,我心疼他们。""儿孙自有儿孙福,不要想得太多,不要想得太多。""你就想让我这么糊里糊涂浑浑噩噩地活着。""亲爱的,这已经是帝王一样的生活啦。"苏主编苏教授就对妻子如实相告:"王怀礼的进步与我当年的严肃认真有关啊,我一直期待他来拜见我这个老师,名师有高徒,严师也出高徒呀。309 的同学都来了,送来了王怀礼小两口研制的新产品,真是好东西啊,他来不来无所谓了。这些人兽一体的礼物真让我茅塞顿开,我马上就想到了秦始皇陵,《史记》里记载:秦始皇地宫里千年万年不灭的长明灯由鲛油制成,鲛油就来自娃娃鱼,学名大鲵。民间传说,当年秦始皇入殓时,大群大群的娃娃鱼从秦岭深处商於古道出山,沿灞河而下,直奔皇陵。商君不死,商君变成娃娃鱼向皇帝表忠心来了。娃娃鱼真是好东西啊,民间传说是有根据的呀。"

苏主编苏教授慈心大发,请 309 同学到二舅哥"天一大酒店"聚餐,309 同学吃到了达官贵人们才能吃到的娃娃鱼。309 同学功力大增。他们先把老婆晾一边,在单位大显身手,对手们大惊失色,半年后见效。当他们牛皮哄哄地接近老婆时,老婆不由自主地成了羔羊。后来老婆对丈夫实话实说:"太奇妙了,你的功能没变,变的是我的感觉,还真如常言说的男人征服世界,女人征服男人。"丈夫百感交集,也对老婆实话实说:“男人征服了世界,才能征服女人。”老婆哼哼笑两声:“终于上道啦。”

此时此刻,洋人何乐模的研究课题也到了很关键的一步,何乐模以日耳曼民族的理性和严谨对中国历代帝王进行考证:历代帝王的平均寿命五十四岁,不及普通民众,结论是帝王很辛苦。何乐模又以生理学的常识来验证:男人终其一生排放的精液大约 80 升(四斗)左右,皇宫里那么多妃子,三千粉黛,劳动量太大了。洋人何乐模自己首先被这个数字吓出一头汗,以为自己搞错了。重新计算,就是这个数。中国的皇帝太了不起了,也太辛苦了,简直就是一个辛勤劳作的农民。农民也没有这么辛苦啊。中国人太不可思议了。二十四史无法让这个死心眼的洋人了却心中谜团。何乐模开始翻阅经史子集,五六年过去了,终于找到了谜底,其实很简单:宫,就是女人的子宫、阴道,皇帝在宫里养那么多美女,不是为了爱情而是为了得道,哈,掌控天下大势天下众生的“天道地道人道”全在女人的阴道里,道就是规律,就是西方的“逻格斯(Loges)”,中国太神奇太神秘太不可思议了。久居关中十多年之久的洋人再次感到中国帝王的辛苦,跟炼金术一样从三千美女体内提炼“道”。

此时此刻,侯咏春再次提供证明为三笑市长开脱,三笑市长被提前释放,三笑市长再次追问侯咏春:“我整过你,你为什么还来救我?”“你玩女人只是了结妻子美好的初恋,你没有把女人玩成一种整人的心术权术法术,这是你跟其他贪官不同的地方。”三笑市长走出牢房大门时,正好是夏天,知了暴雨般飞过来,落了满满一头,就像戴了王冠。三笑市长就笑:“老婆孩子都不来接我,知了把我当亲人了,我也值了。”到了美国与老婆孩子团聚,美国的知了也迎面扑来,老婆很吃惊,一下子就原谅了丈夫。老婆的初恋男友在诗中写得最多的就是蝉,俗称知了的虫子,古人就说了嘛:“蝉脱于浊秽,以浮游尘埃之外。”且“居高声自远,非是藉秋风。”

三笑市长这么轻松出国让那些献妻升官的官员很难受,老婆在他们眼里早就不值钱了，他们大权在握小蜜成群，小蜜只能用来泄欲却无法得道。从狱警那里得到消息，侯咏春已经查实，三笑市长没有从下属献来的女人身上得过道，下属的一切努力全都白搭。他们就开始了对侯咏春的围追堵截。羊肠小道没有，侯咏春在难中。

王怀礼没有给侯咏春带礼物，两人拍拍对方的肩膀，半天无语，离开时侯咏春突然说："有空去看看 309 老同学，我太累了，缓过劲我就去看他们。"

王怀礼走到没人的地方就走不动了，慢慢弯下腰，蹲地上抱头哽泣："压（nia 娘）啊，压（nia 娘）啊，他们才是可怜人，他们不当当得很。"

309 唯一不可怜的同学就是那个吉他歌手，百年校庆，主席台上没有一个政法系 81 级二班的人。吉他歌手就走到苏主编苏教授跟前，问人家："你老实告诉我，当初你为啥要这么做？到底为啥？"人家就淡淡地来了一句："啥都不为，就想拿人一下。"

.3.

何乐模去梵蒂冈朝拜他父亲献给罗马教皇的《大秦景教流行中国碑》，虽然是复制品，依然那么逼真，如同实物。何乐模把装满豳豆的陶罐和圆浑浑的观音土放在碑石前边，陶罐上饰有人首蛇身的女娲图案。何乐模一边划十字，一边念经，谁也听不清他念的是《圣经》还是东方经典。教皇问他这块黄土是中国文物吗？何乐模就告诉教皇，这是中国人的上帝，我们的上帝在天上，中国人的上帝在地下，在泥土里。教皇就问他："你是丹麦人还是中国人？"何乐模就说："我也不知道，但我很想成为一棵草，一棵被长命泉水浇灌的野草。"

1995 年，红柯离开新疆之前去了一趟天山。他居住的小城奎屯就在天山北麓，对面是独山子，独库公路从这里穿越天山，再往里边就是蒙古人的牧场巴音沟。在巴音沟芳草萋萋的泉水边，红柯趴地上，双手捧泉水痛饮，然后洗脸洗头沐浴一番，心里就念叨古老的长命泉的故事。这时候，山坡上一位牧羊的卫拉特蒙古族少女就唱起布里亚特民歌《小草》：

阿拉特嘎刺只在北方生长，
根叶坚韧，生命顽强。
我是父母的掌上明珠，
如同阿拉特嘎刺一样强悍绵长。

回陕西后红柯开始写长篇《长命泉》，写了整整十年。洋人何乐模也在丹麦森林长满水仙花的湖边写《长命泉》，一边写一边喝豳豆米汤，身边还放圆浑浑的观音土，就是西北高原人人皆知的崖娃娃。我们不知道哪个版本的《长命泉》更真实更感人？

2017 年 4 月中旬常宁宫起草
2017 年 11 月 21 日上午辰时完成

编　后　记

2018年1月，上海文艺出版社和红柯老师续签了《西去的骑手》等五部长篇小说的出版合同。与此同时，也签下了新作品《长命泉》。

其时，《长命泉》的初稿刚完成，还未修改，手写的稿纸密密麻麻，红柯老师在微信中说：长命泉在陆续打印，学校放寒假了，估计春节后才能打印完。

然后，和红柯老师的微信就永远停在了2018年2月15日的新年祝福上了……

从2018年到2020年，我们和红柯老师的家人一起整理《长命泉》的手稿，录入、打印，审读……有一些是明显的录入错误，有一些是原因不明的跳漏，还有一些是情节的缺失……感谢红柯老师的家人，在巨大的悲悼中，默默而执着地为我们提供尽可能接近的文本补缀，而作为编辑，这次的审读和修改，也因为作家的离场而变得格外慎重和仔细。

我们想呈现的是最后、最真实的那个文本。

我们想留下的是骑手心中最质朴、最初始的文学奔涌。

生命正大，永远向光而行。

这正是《长命泉》的意义。

以致敬。以纪念。

图书在版编目（CIP）数据

长命泉 / 红柯著. -- 上海 : 上海文艺出版社,2020
ISBN 978-7-5321-7498-0
Ⅰ.①长… Ⅱ.①红… Ⅲ.①长篇小说－中国－当代
Ⅳ.①I247.5
中国版本图书馆CIP数据核字 (2020)第171052号

发 行 人：毕 胜
责任编辑：谢 锦 乔 亮
特约编辑：杨 扬
装帧设计：周伟伟
绘　　图：陈婉清

书　　名：长命泉
作　　者：红 柯
出　　版：上海世纪出版集团　上海文艺出版社
地　　址：上海市绍兴路7号 200020
发　　行：上海文艺出版社发行中心
上海市绍兴路50号 200020 www.ewen.co
印　　刷：苏州市越洋印刷有限公司
开　　本：710×1000 1/16
印　　张：17.5
插　　页：9
字　　数：219,000
印　　次：2020年12月第1版 2020年12月第1次印刷
I S B N：978-7-5321-7498-0/I.5966
定　　价：69.00元
告 读 者：如发现本书有质量问题请与印刷厂质量科联系 T: 0512-68180628